作家出版社 & 悬疑世界（上海浩林文化传播股份有限公司）

命运有无限种可能

瓶中人

孙 未 著

作家出版社

目 录

第一章	001
第二章	016
第三章	035
第四章	053
第五章	072
第六章	093
第七章	110
第八章	136
第九章	158
第十章	180
第十一章	200
第十二章	219
第十三章	239
第十四章	260
第十五章	285
第十六章	300
第十七章	320
第十八章	347

《瓶中人》番外之一	355
《瓶中人》番外之二	366
2022 年后记	379

第一章

1

5月15日。长假过后的第一个周六。上海市区气温陡高,阳光饱满。徐家汇的汇洋商厦里人流如梭。下午3点10分左右,张约和徐鸣之已经出现在中央大厅,向咖啡吧走来。(据6号服务生回忆,应该是这个时间。)

尽管约定的时间是3点30分,还有足足20分钟。

两人的手里都没有购物袋。他们也许是约了提前在商厦的东门或南门见面,本来想顺便先逛逛楼上的商铺,结果大家都没什么兴致,就直接来了约定地点。也许,他们本来就是从同一个住处而来,张约或徐鸣之的公寓,起床之后,吃了早午餐,看了一会儿电视,心神不宁,彼此谁也没办法安抚谁,于是干脆决定早些出门赴约。

张约35岁,大江集成电路株式会社的高级工程师。如果不是今天的表情,他应该是看上去比较开朗的类型,长方脸,眉毛架眼镜,头发剪得很短。穿着不规则条纹的灰色T恤衫,一双运动鞋。175厘米的中等身材，还没有发胖。他一边向咖啡座走近，一边不停地环视四周，以致错过了咖啡吧的入口，又不得不折回来。

徐鸣之30岁，《新申晚报》的副刊编辑。身材修长挺拔，忽略鞋跟应该也有168厘米以上，五官虽算不上漂亮，但借着出奇白皙的皮肤，显出一种特别的清秀。苹果绿的大领针织衫，很衬她的肤色，扎着马尾，修身长裤，高跟鞋。与张约相比，她似乎是细致打扮过，脸上有得体的淡妆。她挽着灰色的手袋，走在张约旁边，几次抬起右手，似乎是想挽住他的胳膊，又被他手肘僵硬的姿态提醒，再次放下。

这家商厦的大厅特别宽阔，像是一整个街区似的。我也在里面逛过几次，如果绕一圈，走得不快的话，足足需要一刻钟，而且高度直达9层楼的穹顶。在最热闹的地段有这么大的空间，着实让人感觉气派和心情开朗。

坐在大厅中央咖啡吧软绵绵的座位上，抬起头，可以望见自动扶梯在9个楼层中穿行，还没摘尽的彩色纸带和亮闪闪的纸花从天穹中垂下来。这时候，最好是微微眯上眼睛，因为商厦的穹顶是全透明的。水流般的阳光正充盈着大厅的每一寸空间，尤其是正对天顶的这片咖啡吧。好不容易熬过了上海阴雨绵绵的季节，谁不愿意在休息日的下午，坐在这里尽情地沐浴太阳、发呆、做梦呢。

如果不是正好睡了个午觉，这个时候，也许我也乘着地铁来到徐家汇，带上一本推理小说，在几乎满座的咖啡吧里占一个座位，晒着太阳，翻着书，啜着卡布奇诺的奶泡。也许，一抬眼间，我就亲眼看到张约和徐鸣之向我走过来。也许我刚好占了唯一剩下的位置，他们只能怏怏地站在一边，等待约见他们的人。也许这样的话，后面的事情就会发生在我的身上,或者任何一位在座的年轻女士身上。"

可是我不在那里。所以,当他们向咖啡座走过来的时候,发现在最靠近外围的地方,还剩下最后一个空着的座位。一个小方桌,两个面对面的沙发座。

他们先是各自坐了一个沙发座,因为沙发座有点窄,坐一个人略嫌宽敞,坐两个人又嫌拥挤。他们当时都心不在焉,张约在看周围,而徐鸣之在留意着张约的表情。虽然座位窄,两个人下意识地就这么坐下了。坐了两三分钟,据说是服务生们已经看见他们,还没来得及把冰水和饮料单送过来之前,也许是徐鸣之发觉不对劲,提醒张约说:"可是,这样的话……她来了坐在哪里呢?"

张约于是站起身。徐鸣之往沙发里面让了让,张约挤着她坐下来。这沙发座确实太窄了,也许根本就是为一个人设计的。第二个人要是想让整个臀部坐进座位里,两个人就不仅是手肘挨着手肘,简直是两个身体都紧紧贴在一起,分外亲热的样子。

这时候,6号服务生正好把饮料单递到张约手上,这是一个足足八开大的褐色皮面本子。张约像是自言自语地说:"这么挤,翻也不好翻。"又重新站起来,坐回徐鸣之对面去。

徐鸣之说:"这样她来了怎么坐?跟你挤在一起,还是跟我挤在一起?"恼怒的片刻,她白皙的脸上升起一片红晕。6号服务生正在欣赏着这么细白的好皮肤,而这文静又纤弱的女人,忽然地这一下发作,让他也有些尴尬了。好在张约似乎料到她今天会有这么一下子,说:"别紧张,至于这样吗?"他站起来,又挤坐到她的身边,还故意往里再挤紧一点,一只手放在她的手背上,用力握了握,对她露出了一个足以让她安心的微笑。

徐鸣之点了一杯热的低因蓝山。张约要了杯冰摩卡。

之后,因为阳光过于丰盛,连这位最勤勉的服务生都昏昏欲睡了一段时间。他只记得服务台接到过一个电话,说是找"张约先生"。他在各个座位间依次询问了好一阵,最后在徐鸣之诧异仰视的目光中,这个戴眉毛架眼镜的摩登男人起身走到吧台接了电话,但是电话已经挂断了。

已经是3点40分。张约拿了几本咖啡吧的免费杂志在翻阅,只坐了大半个臀部,斜着身体,半个背对着徐鸣之。在约定时间快要到达和已经到达的那一阵,他曾经表现得有些坐立不安,左顾右盼,现在他似乎已经拿定主意要让自己休息一下,整个人都钻进了杂志里,该来的、迟来的或不来的人,爱来不来吧。

徐鸣之坐在张约的内侧,虽然被他半个背对着,她却并不觉得生气,因为这是一个保护她的姿态。如果约他们的人走进咖啡吧,肯定是从张约的那一侧朝他们走过来。张约会第一个看见,并起身跟来人打招呼。那时候徐鸣之已经做好了充分的准备。所以她的状态也很放松。

她先是靠在沙发里,懒洋洋地眯着眼睛,望着周围发了一会儿呆。有人坐在远处的大理石台阶上读书。有人在后方立柱边上的投币电话亭打电话。更多的人匆匆埋头走过,即使休闲,也保持着他们平时工作的一贯焦虑。有的人还冒失地踢倒了她左侧的花架。花架是当作咖啡吧围栏用的,其实就是一条松木制作的狭长花槽,才15厘米宽,紧贴着她这一侧的咖啡座,杂色石竹种得还不及她的肩膀。所以,那些路人踢倒花架,其实就跟直接踢到她的座位差不多。

她发呆得无趣了,就掏出手机开始发短信。

"今天是你打电话到咖啡吧找张约吗?"她发送给她的闺蜜任锦然。因为今天的约见她只告诉过任锦然,也许是她故意跟他们开玩笑也说不定。

很快,短信回来:"没有呀。你们见着了吗?谈得怎么样?"

她按着键盘打字道:"别提了,人都还没来呢,我们很早来了,一直等到现在……"

忽然间,屏幕上的光线被挡住了一瞬,她感觉到左边脸颊一阵冰凉,从耳根一直到嘴角,随即是横亘了半张脸的痛楚。她细细地叫了一声,扔下手机,摸自己的脸颊,摸到了满手火热的液体,还有更多的正蜿蜒流淌下来,沿着她的脖颈,浸入她的前胸、她的针织衫,有些就直接滴到她的修身长裤上。

前几秒钟,极大的疑惑让她处于一种惊人的平静。她呆呆看着自己满是鲜血的手掌、米色长裤上殷红的点点滴滴。直到张约惊慌失措地推开小方桌,转到她正面,用恐慌的眼神直愣愣地看着她的脸颊时,她猛然意识到发生了什么,尖声地大叫起来,一声连着一声,攥着一手浓稠的血,瞪大着眼睛,连哭都忘记了。

从沾满血点的手机屏幕的倒影中,她看见自己左边的脸颊上多了一道骇人的口子,从耳根一直延伸到嘴角,现在它正像一片嘴唇那样一点点翻张开来,血还在往下流。

据6号服务生说,当时的一幕,恐怕任何见过一眼的人都难以忘记。前1分钟,还是姣好白净的美人,而且她似乎也知道自己的出色之处,即使只是随随便便靠坐着发一条短信,也显出几分骄矜。可是后1分

005

钟呢，她方才所有的长处，都成了这个伤口最恐怖的衬托。请你想象一下，小半身殷红的血，在特别白皙的肌肤和苹果绿针织衫的映衬下，是怎样地鲜艳，乃至妖冶，而那个足足占了半张脸的残暴作品，在她漂亮的修长身段上，又是怎样地让人震惊。

张约的两只手一高一低举在半空，也许是想要用一些温柔的动作抚慰她，或是想做什么救护的措施，比如拿起桌上纸巾替她按住伤口止血。可是举高的右手只是绕了一个弧线，绕开徐鸣之鲜血淋漓的左边身体，飞快地在她右肩上拍了拍，就收了回来。

这个时候，人们才想到，一切是怎么发生的？回想起来，就是眨眼的瞬间，她的脸就忽然涌出鲜血，咖啡吧里没人走动，周围大厅里的行人步伐如常。在这么多双眼睛面前，阳光是如此充沛而安宁，就连一只苍蝇飞过时翅膀的振动都躲闪不过，可是，包括张约在内，谁也说不出一个所以然来。

瓦西里的口头禅，每当女儿哭鼻子时就会哄她——

"不要难过，不要哭。会有的，都会有的，面包会有的。"

2

无涯网是一个很小的网站。但是，编辑们的勤奋程度绝对值得支持，特别制作了一个"'5·15'汇洋商厦毁容案"的专题。这样一起人身伤害事件，没有大规模的恶性效应，不涉及名人要员，转帖社会新闻，短短百字不足。结果编辑们居然找到了6号服务生的博客链接，还加了一个网络聊天采访。由此引来了一批自称当时在场的"目击者"，继续丰富内容。更有好事者搜罗信息，把受害者和男伴的私人资讯都查得一清二楚。

短短10天，细节已经展示得如此详尽，而且图文并茂。如果福尔摩斯在这个世纪推理破案，简直都不需要去现场，光坐在液晶屏幕前，每天等着看网络新闻就足够了。

我不是福尔摩斯，我只是一个患有轻微网络依赖症的女性网民。

或者正式一点地介绍，我叫周游，29岁，标准的"剩女"一枚，还有1年就将正式晋升"败犬女"的行列。可是说实话，目前我还完全没有想好，自己究竟想要过怎样的人生。是在职场上掘金扬名，过着一种让众人羡慕的生活，还是让自己好好爱上一个人。

所以，我这个华东政法法律系毕业的硕士生，无心去争当律师事务所的合伙人，宁愿窝在法务部，做一个小小的法务。而且我懒得相亲已经很多年。不但懒得相亲，我还懒得饭局聚会、卡拉OK、BBQ和新年派对，以及一切与人交际的活动。

平时上班的时候，穿得领子笔挺、皮鞋死硬，跟人谈这个合同、那个谈判的，已经快要了我的命。所以不用上班的时候，我最愿意穿着粉红色的全棉运动服，把长发随便夹在头顶，披着毯子，窝在沙发里看卫星电视，叫一个比萨外卖过一整天。高兴的时候，我也会一个人出去逛逛，当然依然是恬不知耻地穿着运动服和球鞋，没准头发也没想到放下来梳一梳。就这样邋邋遢遢地踱到门口的电影院，买票看一场电影，或者大摇大摆走进饭店，旁若无人地叫一桌菜一个人吃。如果没有意外的话，我打算这样过到老死。

因为我这个状态，何樱姐不知道跟我唠叨了多少回。"败犬女"这个词语,就是她从杂志封面的大标题上指给我看的,旨在引起我对这一悲惨前景的重视。

当时我对着这三个大字直愣愣看了5秒钟,然后告诉自己,既然出现了这个新造词,就证明了这已经是一种公众现象,我不算变态。既然它还是一个舶来语,就更证明了这早已是一种国际化的潮流。

何樱33岁,如果按"败犬"的标准来划分,她就是一只典型的"胜犬"。26岁就顺利嫁给了第一个相亲对象。现在儿子也有5岁了。而且她还急于把她的成功经验在我身上发扬光大。

每当她试图给我安排相亲时,我都搬出一套"办公室哲学"来搪塞她说——何樱姐,你是法务部的经理,是我的顶头上司,所以人人都可以给我介绍对象,唯独你不可以。因为你介绍的对象,如果我觉得不合适,那就是忤逆了顶头上司的判断,有违办公室伦常。如果我们好上了,将来事事他都拿你来压我,岂不是更加违背了家庭伦常?

何樱听得眼睛眨巴眨巴的,半天迸出一句:"游游,你要是有机会参加庭审辩论,肯定能发挥得不错。"

对我而言,每个工作日里最大的享受,就是在办公时间里偷偷打开无涯网,先浏览一会儿新闻,胡思乱想,然后点击无涯社区,再点击其中一个黑天使的图标,进入论坛。

努力念了18年书,又不迟到早退地工作了5年,忽然间,觉得人生不过如此而已。不知道正在读这些字句的你,是否也有过同样的感受?莫名其妙什么都不想做了,就是想在下一分钟里,有谁能来陪着自己,哪怕在他怀里靠一会儿也好,可是,偏偏只有自己,想到谈恋爱又嫌麻烦。于是只能无聊地不断点开网页。

还有，无聊到极点的时候，不知道你有没有试过在搜索引擎里输入自己的名字？"周游"，那一天，我就这么把自己的名字打进了Google的方框里，然后回车。23651条搜索结果，没什么可惊讶的，怪只怪我的名字就是一个词语，搜出来的也无非是一些"周游世界"之类的网页。就在我翻到第35页、点击开第523条的时候，跳出了一个页面，上面写着：

周游，不知道有一天，你会不会看见这个帖子。

写下这个帖子，是因为这个论坛的名字，它就好像是我心里一个重要的声音，让我第一次发现这里以后，又不知不觉地逛回来了。

你知不知道，我在MSN上面不断地改签名，就是想让你知道我的心情。

你知不知道，我在你家电影院门口排队买票，排到了，又站到队伍后面去重新排，就是为了能遇见你正好经过，我就可以对你说，这么巧，不如我们一起看场电影吧。

你知不知道，每次我看见你一边走路、一边皱眉头的时候，我都在想，如果有我陪着你，就不会让你有任何皱眉头的机会。

你也许永远也看不到这个帖子，看不到我在这里对你说，周游，我是多么希望，由我来给你幸福。如果有一天，你真的看到了这些字句，我想，这么说也许有些夸张，可是我真的，死都会瞑目的。

真是见鬼了！这个帖子的标题是"夜了，我很想你"，楼主的ID是"胡桃公子"，发布时间是2003年10月23日凌晨2点17分。孤零零的一楼，没有任何人顶过，楼主也再没有下文。如果不是我当天快要无聊致死，恐怕这个沉没4年的帖子，我一辈子都不会看见。

我很肯定地想，啊哈，终于找到一个跟我同名同姓的人了！她的运气貌似还不坏。我刚要把这个页面关掉，犹豫了一下，鼠标从右上方移到了左上方，进入论坛首页，注册了一个名字就叫作"周游"的ID，然后回到这个页面，在帖子下方用二号红色大字回复道：

阅毕！你安息吧！

其实我想说的是，就是这样，我意外发现了无涯网，以及网站里这个黑天使图标的论坛。论坛的名字非常古怪，叫作"就是想让你知道"。这算是什么名字呢？

然而，后来，我也不知不觉地又逛回了那里，似乎也是同样被它的名字所吸引，从此天天潜水，迄今已经3年有余。它渐渐成了我生活中最重要的一部分。如果每天不上去逛一逛，我就会觉得坐立不安。有一次，公司的光缆出了故障，我还暴躁地摔了一个杯子。何樱姐以为我是为了无法收发工作文件而着急。只有我自己知道，与这个论坛隔绝，让我内心有一种突如其来的真空的恐惧。

我很难描述这个论坛是关于什么主题的。这么说吧，人们总会有一些内心特别重要的感受，想让某个特定的人知道。那个人可能没有借口再见一面,也可能朝夕相处,却无法当面告诉他。某种程度而言,这个论坛不仅是周慕云的树洞,每一个秘密还都在默默期待被启封的那一刻。需要一个对的人,一份意外的机缘,一种想要了解的愿望。

3

电话铃声让我从网络世界一下跌回办公室。我早就习惯了这种下坠的速度,眼睛还在网页上,手已经准确地按到电话听筒上,拿起来,放在耳边。奇怪,是拨号音。

对面办公桌的何樱姐正在接听电话,嘴里一边"嗯嗯啊啊"地回应着,一边笑眯眯地望着我,表情好像在说:"就知道你又偷懒上网溜达了,我还不了解你呀?"

现在是2010年5月25日周二,上午10点20分,我所在的地方是一间老旧却敞亮的办公室,应我的要求,门终日大开着,门框上镶着一个中英对照的不锈钢小标牌:帕罗药业法务部。标牌上方是镂花的字符:1906。

办公室约24平方米,天花板比一般写字楼高30厘米左右,雕花的石膏贴角线优雅地徊转着,一只栗色镂花的老式电扇悬在头顶中央。栗色护墙板,白色粉墙,沉重的铜质双层玻璃窗向外打开着,从72年前的设计来看,窗户的开幅已经算很大的了。慷慨的阳光照在两只实木的办公桌上。两台电话分机中的一台,30秒钟前刚刚发出过催命的巨响。

现在何樱姐正在接听电话,刚才打趣望着我的笑容已经消失了。

她嘴里的"嗯嗯"声变得越来越低沉。

我们有麻烦要对付了。帕罗药业的全资研究机构——帕罗生物医学研究有限公司被起诉，新药临床实验致人死亡，法院已经立案。

这种新药名叫"爱得康"，是研究中心1年前正式研制成功的一种抗抑郁新药。更负责地说，它的作用机制已经超出了一种单纯的抗抑郁制剂。据说在一次公司高层的会议中，研究中心主任孟雨忽然一反他吝啬用词的习惯，对这种新药作了一个激动人心的描述。

孟雨的描述大意是，你相信世界上存在这样一种药吗？无论你是新近失恋、单身多年没有人爱、穷困潦倒被人鄙视还是情绪低落到想要自杀，你只要每天早上起床服用一片，两周以后，你都会进入一种完美的积极心态，吃得香、睡得沉、早上醒来嘴角带着微笑，走在路上，看见新发芽的柳树会跳起来摸一下，就像是——你处于热恋稳定期的状态一样，觉得幸福、安全、有人爱护，每件极小的事情都非常有意义。

这样的描述是有科学依据的。从药品的作用机制来看，目前市场上的抗抑郁药，不外乎三环类和单胺氧化酶抑制剂、选择性单胺氧化酶抑制剂、选择性5-HT再摄取抑制剂、选择性NE再摄取抑制剂、5-HT和去甲肾上腺素再摄取双重抑制剂、去甲肾上腺素和特异性5-HT能抗抑郁药，以及一些非主流的据说是天然成分的提取物。

"爱得康"不属于其中任何一类，它的作用机制超越了以往所有的框架，另辟蹊径。出于知识产权保护的目的，请原谅我在这里不能透露太多。这是2003年，孟雨在研制一种高血压药品的过程中，无意中得到的一种化学物质，并且发现它对大脑的某个部位产生了极其奇妙的影响。2005年，孟雨从高校辞职来到公司，主要工作就是发展这项研究，公司上下也对这种新药寄予了极高的期待。

新药经过了动物模型实验、健康志愿者实验，一切指标都非常令人满意。直到它进入三期临床，也就是病患实验。事实上，一种新药到这个阶段，对人体的安全性、疗效都已经很有把握了。公司联络了瑞安医院的临床药理中心，从现有的病患中挑选了一些样本，询问了他们配合实验的意愿。

10天前，就在实验进行到第3周的时候，非常不幸的，实验中的第23号病人，一位名叫苏亚的年轻女性，在她单独居住的公寓中自杀身亡。苏亚的父母接受不了这样的事实，从女儿的治疗记录中找到了实验的资料后，当即请律师起诉了制药公司。这个案子就落到了何樱和我的手上。

15分钟以后，公司副总裁卢天岚、何樱和我，在19楼的会议室开会讨论这个案子。

从法律的角度来讲，这个案子我们九成能赢。因为每个病人在自愿参加新药的实验之前，都会在伦理委员会的监督下，签署几份内容非常详尽的知情同意书。如果你曾经为自己或家属签署过手术知情同意书，就可以大概明白，这其中风险免责的意外情况罗列得多么详尽与宽泛。

公司担忧的是，在新药获得SFDA认证文件的前夕，出现这样的事件，尤其是诉诸法律，引起舆论关注之后，就会影响新药正式投入市场的进程，甚至，在SFDA过分谨慎的官僚作风之下，"爱得康"没准就此夭折，成为一个永远留在实验室里的分子式。

官司赢了，新药输了，对于公司来说，输得更惨。

何樱提出，是否可以跟苏亚的父母私下和解，赔一点钱，让这个案件尽快消失在舆论的视野中。

"不行！"卢天岚抬了抬眉毛，钢笔在纤细的手指上漂亮地转了一个圈，"这样的姿态，等于默认新药有问题，媒体更会大做文章。"

卢天岚36岁，据说12年前从公司一个小小的医药代表做起，从跑医院做推销，做到销售总监，继而成为公司副总裁，至今单身。从外表上看，她完全不像这个年龄的人，尖下巴，眉眼微微上挑，一头笔直的黑色长发，精神得很。身材瘦小，160厘米左右，小方领白衬衣，藏青羊毛背心，别致搭配着蓝色凌霄花的大摆长裙。

说句题外话，我私下里非常崇拜卢天岚。以前大学里上马列公选课的时候，我就非常崇拜前排的师姐，钢笔在手指上转十几个圈都不掉下来。当然，我崇拜卢天岚不仅仅是这个原因。如果说，"败犬女王"这个词要找一个代言人的话，用在她身上无疑最合适了。她美丽、独立、有品位、事业成功。有一次开会间隙，我看见她一个人站在会议室后门的吸烟区抽烟，手臂交叉在胸前，左手指间夹着香烟，低着头，头发垂在两颊上，两只眼睛黑白分明地幽幽望着地板发呆，简直酷似一个小女孩。

何樱比她小3岁，却下巴圆润，身材发福，165厘米的身高显不出修长。为了打理方便，剪了一个发髻贴着面颊的短发。说话很难停下来。喜欢粉色系服装，休息日必穿连衣裙。听说她们两个人还是无话不谈的好朋友，我实在看不出，她们之间能有什么共同话题。不过，何樱心细，懂得照顾人，这倒是一个事实。

她见自己的意见被否决了，就跑出去招呼楼层前台给我们沏茶。

然后，我们三个对着红茶杯又讨论了40分钟，依然不得其解。毕竟是一个人自杀了，而且是在服药的疗程中自杀的，当事人的父母还不依不饶，要想做到对"爱得康"没有任何负面影响，确实非常困难。

卢天岚忽然说："谁的自杀是没有任何实际理由的呢？事业不顺利、失恋、孤单、慢性病等。换而言之，谁的抑郁又是天生的呢？"她露出了少见的微笑，一只手指把钢笔稳稳支撑在桌子上。

对啊，我明白了！只要找到苏亚自杀的现实动机，舆论就不会再执着于"爱得康"与她自杀之间的关系了，药片可没法对一个人的现实生活负责任。

卢天岚的这个意见更像是一个机锋，点破了这个事件中被习惯思维蒙蔽的环节。所以，操作成功的可能性也非常大，只需要花功夫去了解苏亚自杀前的生活及自杀的细节，多半能找到对我们公司有利的信息。

第二章

1

5月25日下午3点30分,我在公安分局的刑侦支队枯坐了1小时47分钟,终于等到了警察王小山。他是苏亚自杀案的负责人。

他告诉我,本来像一般自杀的案子,派出所处理一下就可以了。但是苏亚的父母情绪反应非常强烈,他们认为自己的女儿绝对不可能自杀。因为苏亚的事业非常成功,是一家图书出版公司的副总经理,也是出资人之一。公司的经营状况近来处于上升期,还有可能被收购上市。苏亚虽然年龄不小了,还是单身,但是她已经很多年没有谈过恋爱,连安排的相亲也从来不去,可以说,不会遭到失恋的打击。她的健康状况非常好,除了小时候割过盲肠,成年后患有慢性咽炎以外,每年体检都一切正常。要说抑郁症的话,只是前一段时间工作比较疲劳,睡眠差一些,医院诊断也只是轻度抑郁。

5月1日长假之前,苏亚刚刚安顿好公司的事务,打算放假休整一段时间,去度个假,还查询过一些境外旅行的资料,如巴厘岛、希腊等。

5月16日上午7点20分,苏怀远和齐秀珍出门买菜,经过他们女儿的公寓前。这是一个美丽的早晨,上海虹桥地区的罗马庭院里,大多数车辆还停在车位。修剪整齐的草坪中央,天使雕像的喷泉每15分钟涌出一片水花,在晨曦中闪闪发光。穿着藏青制服的保安相互敬礼,换岗。大道两边成排的棕榈树在微风中像一幅静止的图画。

罗马庭院拥有76栋联排别墅和2栋33层的酒店式公寓。前些年,苏亚为他们在这里买了一栋别墅,又给自己买了一套公寓。两处住所步行只需要15分钟。苏亚说,她更喜欢每天有人打扫、洗衣的公寓。不过她总是把别克停在别墅的车库里,她说,这样可以强迫自己每天走一走路,还可以一早一晚顺便看看父母有什么需要。

苏怀远和齐秀珍出门之前,特意看了看车库,别克还停在里面,说明女儿还在家里没出门。难得她愿意放一个长假,已经连着休息了两周多,不像以前,半年也没有一个休息日,苏怀远想着,她这么待在家里,中午、晚上可以打电话叫她来别墅吃饭,可是早饭吃什么呢?女儿从小就有早起的习惯,7点钟肯定醒了。

对于这类高档住宅区,菜场总会有些远。等到苏怀远端着豆浆、油条,齐秀珍提着一只生鲜母鸡、半斤草虾、两颗西蓝花回到小区门口时,已经是8点10分。苏怀远提议,不如先把豆浆、油条给女儿送去当早饭。

来到公寓大楼门口,坐电梯上29楼,来到29C门口。齐秀珍按了几次门铃,没人回应。她对苏怀远说,可能女儿以为是打扫卫生的服务员提前来了,还没穿好衣服,所以不开门。想打个电话让她开门,但是老夫妇都没有带手机的习惯。

于是苏怀远把豆浆锅子放在地上,摸出钥匙。苏亚把公寓的大门和家门钥匙配了一套给他们,就是不常用,拧了几次才打开。齐秀珍先走进去,把菜放在门廊地上。苏怀远跟在后面,小心翼翼端着锅子,放在客厅的桌子上。桌上有一堆没拆的信。金鱼在鱼缸里受了惊,拼命地游。这时候,齐秀珍已经走到卧室的门口,叫了两声"苏亚,爸爸妈妈来了",就推开了门。等苏怀远跟过去,发现齐秀珍已经无声无息地滑坐在地上。

床,像一个已经平静的水洼,黑红色的液体已经凝结。米色的床头柜和台灯上溅着红褐色的小点,像飞落在那里已经睡着的小鸟。淡紫色的丝绸被褥非常平整。卧室是朝向西南的,这个时候还有些幽暗。晨曦从窗外照进来,给眼前的一切镀上了一层不真实的光泽。苏亚,穿着玫瑰花纹样的真丝睡袍,半个身体沉没在黑红色的水洼中,长发披散在枕头上,歪着头,就像睡着了一样。

"是割腕自杀的吗?"我问王小山。

他耸耸肩,又挠挠鼻子,这才很为难地答道:"是割脖子。"

苏亚的左边颈动脉上有一条很深的口子,血就是从那里喷溅出来的,最后很快地流干,苏亚应该没有遭受太多痛苦。从她右手垂落的位置和掉落的刀片来看,她应该是先把刀片放在床头柜上,最后一次将平淡紫色的丝绸床铺,然后平躺在床上,整理好自己的睡袍,右手从床头柜上拿起刀片,手臂环绕到左侧耳边,深吸一口气,飞快而准确地插进了自己的颈动脉。

可能1到2分钟后,随着心跳的停止,她的肌肉就完全松弛下来,手臂垂落到前胸,手指自然松开,刀片滑落到身体左侧的被褥上,沉没到血泊里。1到3个小时以后,肌肉收缩,关节僵硬,就保持了这个姿态。

"噢。"我平淡地应了一声,埋头在本子上做笔记。

王小山歪着头看我,他问:"喂,你不怕吗?女人能这样用刀片割喉咙,啧啧。"

"怕什么?我也能,女人就喜欢那么割。"我故意摆出一副更冷静的表情看着他,心中暗自发笑。

他虽然穿着笔挺的制服,但因为活泼的小动作不断,这制服在他身上,每一寸都好像捋不平似的。长着一对大大的瞌睡眼,很爱笑,又努力把笑收回去。头发已经着意剪成很传统的式样,不幸因为他右边头顶多了一个旋,摘下帽子以后,一撮头发生生地翘着,就跟卡通里的人物似的。就这么站着说话短短的时间里,他一直用左手捏着右手手腕,不时发出轻响,我敢断定,他一定有打游戏到深夜的爱好。我还敢打赌,他一定没我年纪大。

在苏怀远和齐秀珍的坚持下,案件上报到了分局刑侦中队,年轻的王小山警察就这样从派出所接手了这件案子。现场勘查、采指纹、查大楼进出记录、查电话和电脑记录,没想到调查还没完全展开,就已经找到了苏亚自杀的遗言。

王小山动作敏捷地坐到电脑前,对我招招手。我还没坐稳,他就娴熟地输入了一个极长的域名,浏览器跳出一个页面,正是无涯社区,然后,点击一个黑天使的图标。"就是想让你知道",他打开的就是这个论坛!

我今天刚好没来得及上去看，原来第一页多了那么多新帖子。王小山的鼠标在网页上转了半圈，打开了一个跟帖数已经达到1943的帖子，楼主的ID是"糖糖"。

Y，我想让你知道，其实……我没有看上去那么无所谓。

我知道她已经有男朋友了。我知道她年纪还小，所以时常有困惑要咨询你这个大哥哥。你还告诉我，你们只是网友而已，没见过几面。

可是，我就是受不了你没事就趴在电脑前跟她聊天。受不了你们每天发短信，临睡前还得说个"安"。她发了痘痘跟你讲，跟男朋友吵架了跟你抱怨，要不要换新发型也跟你商量。

你故意夸我善解人意，你故意说，我们之间的默契没有别人能够相比。你以前怎么不这么夸我呢？这么夸又是为谁在夸呢？

其实呢，要是我不知道也就好了。你说上海这么大，她到哪里去实习不好，偏偏到我工作的出版社实习，还主动要求分在我们编室。一天8小时在一起，听到她手机响个不停。她一边埋头回短信，一边告诉我又是你的，向我展览她手机里有这么多你的短信，让我猜你手机里有多少她的短信，还天真无邪地叫我"嫂子"。"嫂子"的手机安静得像一只蜘蛛，爬在皮包深处，想哭。

说起来我也真没出息。大半夜的，爬到网上来说这些事。再这样下去，我怕我实在受不了。跟你说呢，我又觉得自己没面子，我们8年的感情，让我开口说，我介意你的一个新网友吗？还是在你特别指出"我们之间的默契没人能比"之后。

你这是想逼我吧……逼我到实在受不了的那一天。

发帖时间是2003年8月11日深夜11点58分。后面有各种安慰、开导的跟帖。

这个论坛就是这点好，尽管每个发帖的人其实都是在自言自语，但是永远有一批论坛成员热烈地表示关怀、出主意、想对策，有的还表示愿意在站内邮件里联系，大家约时间出来坐坐，陪她说话。楼主一般也会愉快地表示回应和感谢。

越过他们之间的交谈，"糖糖"下一个自言自语的发言是在2003年12月24日凌晨0点22分。

你说，那好吧。

当我提出分手，你回答得那么迅速，就好像早就等待着这一刻似的。

平安夜，你还记得吗？我们在1994年校园的平安夜舞会上开始，现在，我们在9年后的同一个夜晚结束。今年年初的时候，老同学聚会，他们还在催我们说，8年抗战都过了，你们这对金童玉女还在等什么呀？那时候，我们两个还商量着，打算在明年春节举行婚礼。

可是一切就这么结束了，迅速得让人来不及眨一下眼睛。

是我们9年的感情竟然脆弱到这种程度，还是你的心，早就已经不在我这里。

你说想不到我这么小心眼。你说，我限制了你正常社交的自由。你说，我介意的不是你对我的感情变少了，因为事实上没有少，她跟我完全是两码事，我介意的是我的自尊心。你说，我只关心自己的感受，从来不考虑你的。

这就是你对我的判决，一个分手的判决吗？

于是我问你，那么，你关心过我的感受吗？我们气鼓鼓地相对，这听起来就像一句回击的话。其实不是，我是发自内心地问出这句话，我希望你想一想。亲爱的Y，我想让你知道，过去的半年里，我忍耐着多大的痛苦，强装没事人一样跟你们两个说笑。我想让你知道，你已经很久没有注意过我的新发型、新外套，有没有用唇彩，但是你能说出她脸上有几个新痘痘。我想让你知道，主动跟你提出分手，不是为了表示我有多了不起，只是想停止我的痛苦。

我当时对你说的是，要是你们继续这样交往下去，我们两个就分手吧。

你并不是没有选择的权利，你选择了她。

也许，当我转身离开后，你就急不可耐地发短信给她，然后跑去跟她见面，共度这个平安夜。我祝你们幸福。

之后，帖子沉没了3年，直到2006年4月9日夜晚10点32分，"糖糖"又自己找出了这个帖子，在56楼上重新发言。

其实我是骗人的。我一点也不喜欢工作。

其实我很没出息。我想你，Y，想得每寸骨头都在疼。

我辞职了。我开了公司，两年。公司做得很好，很忙。忙，很好，因为我不想给自己时间去想你。

结果，我还是想你。

紧接着是5月2日上午11点5分。

我好像已经死了。

我的心不会笑了，没有特别的期待。这一天和下一天没有差别。

多想再回到你身边，Y，哪怕一个月也好。

这个题为"其实……我很介意"的帖子，我某次无聊到极点的时候，深挖陈帖，曾经翻到过，不过看了也就忘了。今年4月，我看见它忽然浮起来了两次，因为上班忙得像条狗，帖子页数又增加到15页之多，就没翻下去看。

现在已经是第6页页尾，王小山看我基本也知道大概了，就没耐心一页页陪我看，直接点击打开了第15页。

2010年4月25日下午4点7分，不知怎的，"糖糖"忽然决定约见她的前男友，兴许是整整7年都没有忘情吧。

Y，我今天打电话给你了。你的手机号码竟然没变。真好。

我说，我想跟你见一面。

你似乎有些尴尬，犹豫了一下，回答说，那就，过完长假以后吧。

这样的回答，很像是面对一件公事，长假以后吧。长假当然是要留给家人、恋人的。

我说，那好吧。我又补充了一句，你愿意自己来也行，愿意跟她一起来也行。

"看这里。"王小山的鼠标指针和左手一起点到了屏幕上。

就在这个跟帖的6楼之下，出现了一个ID叫作"苏亚"的跟帖，时间是5月15日傍晚6点32分。

Y，今天我看见你们了，你们那么亲密地坐在一起，完全没有顾及我的感受。或者，你们就是故意想让我知道，你们在一起有多么幸福，我是多么多余，多么可笑，多么可悲！

所以，我决定用刀片和鲜血，让你们永远记住我，时时刻刻感觉我在你们身边。

我已经决定结束我的生命，这是你们的错。

其实这一切都可以不用发生的。Y，只要你还念一点旧情，一个人来见我又能怎样？或者，你们稍稍对我有一点负疚之心，两个人表现得不要这么张扬，要亲热可以回家去亲热。你们只知道自己的幸福，你们知道我的心有多痛吗？这么痛，却无法说出来！

"刀片和鲜血",我看着这个词,吐了吐舌头。

王小山说:"看见了吧,这就是遗言!"

我问:"你是说,这个糖糖就是自杀的苏亚?"

王小山笑呵呵地瞟了我一眼。我仿佛看见他大脑里在琢磨,我问这个问题究竟是因为太笨,还是太聪明?最后他为了保险起见,选择了后者,不惧麻烦地从头跟我解释道:

"这个帖子是我们在苏亚电脑的上网记录里找到的,而且几乎每页都有。苏亚跟前男友是大学同学,总共恋爱9年,分手了将近7年,这些情况我们从苏亚的父母那里得到了证实,分手的年份也是对应的。最重要的是,苏亚在她发的最后一个帖子里,用了她的真名。这就说明了,在自杀前,她已经决定要让所有人都知道,这个帖子就是她写的。"

那么在之前漫长的7年里,她写这个帖子又是为了什么呢?

我猜想,"糖糖"很可能是一个只有两个人知道的昵称。当年,注册这个ID的时候,她可能就在想,这是他们之间唯一的暗号。以后无论哪一天的哪一分钟,只要Y再次想起他们在一起的快乐时光,无聊或寂寞中把"糖糖"这两个字输入Google,没准就看到了这个帖子。她就是想让他知道,并且只是想让他知道。可是7年2500多天180多万分钟里,他始终没有做过这个动作。

最后,她发现,她终于只剩下"苏亚"这个名字了。她也终于只剩下自杀这个方式,来让他知道她究竟在想什么。

2

如果我有一把刀片。我能不能用右手拈起它，就一下，毫不发抖地插入自己的左侧颈动脉呢？如果我有一把刀片，我想，如果有的选择，我还是宁愿拿着刀片朝向别人。比如说，用来划破别人的脸。而且要干就要干得漂亮，迅速而巧妙，就像汇洋商厦里那个神秘的凶手一样，造成一个惊悚的谜团般的现场。让上海地区所有15到45岁的女士都不敢去咖啡吧，10天后仍有人在大惊小怪地议论这个事件，这才牛呢！

想起上午看到网页上说，汇洋商厦的那个案子已经被警方暂时下定论为，"可能是一起没有锁定对象的案件"，凶手有所准备，然后等候合适的人出现，实施犯罪行为。

于是就有心理学家跳出来说，几十年来，国内不乏类似的案件，比如骑在摩托车上，拿个榔头敲破路人的脑袋，或者拿着注射针筒在广场的人群中一阵乱扎，其实就是为了引起公众的关注，宣泄自己受到漠视的痛苦。这样的凶手一般故意选取公众聚集的场合，没有锁定对象，连续作案。

因为这种说法，汇洋商厦咖啡吧的生意顿时减少了90%。好事者拍下照片贴到网上——空荡荡的座位间，只有两位男士一南一北坐着。

如果我有一把刀片。如果我就是那个凶手。

走在阳光普照的中央大厅里，不动声色地给一个坐在咖啡吧边缘的女士脸颊上来一刀。那实在是太容易了。张约以为他坐在徐鸣之的右侧，也就是靠近咖啡吧的一侧，就是非常绅士地坐在"外侧"。其实，徐鸣之坐的才是真正的"外侧"，只有一道15厘米的花架作为与大厅的屏障，任何一个路人走得趋近些，衣摆就可以擦过她的左边面颊。

我想象着如何实现这个计划。我只需要穿一件带两只口袋的薄外套。最近的气候简直太适宜这种装束了，男装和女装都有这种基本款式。我把两只手插在口袋里，右手的三只手指间攥着一枚薄薄的刀片，刀锋透过口袋下侧已经划破的小口子留在外面。没有人会注意到这个细节，大多数人就算朝夕相处，也未必能说出对方外衣的口袋上究竟有没有扣子，更不用说是路上擦肩而过了。

现在，让我装出一副若无其事的样子，手肘一定要放松，就像两只手只是随意地插在口袋里。除了那三只手指，其他所有的地方都放松。必须保持不算太慢的步速，因为脚步的加速度也是刀片的重要助力之一。眼角确定她所在的位置，微微调整脚下的路线，假装要让开另外两个行人那样，不得不非常贴近地在她身边一掠而过。

这时候，藏在口袋里的右手手腕稍稍旋转，加上步伐本身的速度，留在口袋外面的刀片已经足以完成一个够深够大的口子。外人看起来，只是我的衣摆飘过她的发际。然后，我只需要轻轻松开三个手指，借助刚刚划过肌肤的摩擦力，刀片自然会从口袋外面掉落下来。这么大的空间里，没有人会注意到这么细小的东西掉落的轨迹或声响，有录像也未必能摄录到这样的细节，况且还是在我身体遮住的一部分阴影中。

我只管继续往前走，不要让自己的步伐有些微混乱。我可以加快一些脚步，甚至放慢一些。这会儿，她应该已经开始尖叫了。原来走在我周围的人群向她围过去。我也大可以靠过去几步看看热闹，然后再装作不感兴趣的样子提前离开。或者，我就装作特别清高的样子，完全不理会人群的波动，皱起眉毛更快地离开。

真是太简单了，简直比偷一个钱包的技术含量还低。

我疏忽了。我应该准备一副手套。最好是很薄又不会打滑的外科手套，别的也行，注意不能太厚，否则塞在春装的口袋里会很明显。我可以在口袋里把手套戴上和脱下来，这样刀片上就不会留下指纹。

我这么想着，就自然而然地从王小山手里拿过鼠标，点击无涯网新闻，继续看上午被打断的内容。至于我当时究竟是摸到王小山的手背，抬起他的手掌，轻轻将鼠标从底下抽出来，还是用力掰开他的手指，把鼠标夺过来，我完全不记得了。这完全是一个不经大脑的下意识行动。

网站的专题里，居然还有知情人爆料了警方的调查。

据说警察接到报案电话，飞快赶到现场。在徐鸣之坐过的沙发座左侧的花架里，粉白、粉红、深红的石竹花之间，他们找到了一枚薄薄的男用双面剃须刀片，刀面上有DORCO的商标字体，上面还沾着血迹。如果不仔细看，会以为花丛和剃须刀之间的血迹，也是石竹的自然色泽而已。刀片的大幅图片被一并发到了网上，当然不是待在证物柜里的那枚，应该取自一张广告图片，刀片边上还有一个5片装的包装盒。

汇洋商厦有监视录像。中央大厅的摄像头分别安在6根立柱的顶端。可惜大厅实在太过宽阔，立柱位于四周，而咖啡吧位于大厅的正中间，恰好成了一个所有摄像头都拍摄不到的盲区。这些录像唯一能够起到的作用是，通过2号、4号、6号摄像头的图像对照，可以判断出哪些路人曾经经过咖啡吧附近。可是当天大厅里的人实在太多了，案发的具体时刻当事人也未必说得非常准确，如果按照前后误差5分钟来统计，有嫌疑的人足足有50个不止。这还不包括经过1号、3号摄像头，同样绕过咖啡吧一侧，从6号摄像头走出画面的人。

在案件的调查上，警方尽了最大的努力。他们从录像上截取了82个人的图像，当然是比较模糊的侧影之类，半数以上还戴着帽子或墨镜，也难怪，那天下午阳光确实强烈。警方综合了目击者的辨认，最后确定，那个时刻经过那个位置的人，可能有51个。他们拿着这些照片，找来张约，希望他能指出其中有没有他以前熟悉的人。

例如，编号012，男，60到65岁，穿米色夹克，驼背，头发花白。编号013，男，30到40岁，浅蓝色运动衫，瘦高。编号015，男，30到40岁，橙色短袖T恤衫，微胖。编号026，女，35到40岁，短发，粉紫色连衣裙，配白色小外套。编号029，女，30到35岁，长发微鬈，带丝质披肩的黑色紧身裙，个子高。编号032，女，30到35岁，长直发，杏红色宽松套装，中等个头……

张约的喉结上下动了两下，摇了摇头，把一沓照片推回到桌子那头。

3

5月25日傍晚5点30分，我跟着王小山一起来到罗马庭院。王小山从保安那里拿来钥匙，打开了苏亚公寓的门。

在门外，我就闻到了一股铁锈的气息。据王小山说，他没闻到什么，但是有可能这是血液的气味。虽然已经清理过，但这里毕竟流过4公斤的血，还在房间里整整停留了20多个小时。所以在开门的一刹那，其实我已经后悔了。我明显地感觉到一股阴冷的空气扑面而来，掠过我的身边，飞快地逃逸到外面的走廊。

真是鬼使神差，难道我还嫌工作得不够呕心沥血？居然主动要求跟着王小山来勘查现场。也许，是因为我对苏亚产生了莫名的亲切感和好奇心。

35岁的"败犬女"，事业成功，资产不菲。照片上的她一头柔顺的披肩长发。一双少女般的圆眼睛，这让她无论是笑还是沉默，都带着一丝惊讶的表情。茂密的眉毛，心形小脸，唇边深深的笑纹，美丽得像一枚春天的果实。我想象着她的Y唤她作"糖糖"，实在是贴切不过的昵称。

没错，她就属于我崇拜的那种女人，美丽而聪明，心里自有一套主张，跟卢天岚是一类的。她笑得这么自信，她的头发那么服帖笔直，卢天岚的也是，我的头发却天生又卷又蓬松，怎么也弄不好。唉，难道能干的女人，连头发也眷顾她们？

"喂喂！你别乱摸！"王小山一声大叫，我刚刚捧起床头柜上的一帧照片在研究，吓得差点把镜框给摔了。

鬼使神差的人还不止我一个。听说分局领导早就让结案了，可是王小山每天一下班就来这儿报到。按他的说法是："总觉得哪儿不对劲，哪儿呢？哪儿呢？"

除了尸体、血床和证物，现场还保持着原样。苏亚的公寓没有任何闯入的痕迹，门锁完好，现金和首饰都在书房的抽屉里。书桌上的手提电脑处于休眠状态，保护屏静静闪着各种图案。卧室没拉窗帘。梳妆台上的护肤品有点乱，这也是正常的。卧室除了通往主卧卫生间的门以外，还有一扇专门通往衣帽间的门。这扇门打开着。

按照尸体的情况判断，死亡时间应该在5月15日傍晚。

根据对公寓大楼保安的调查，5月15日上午11点50分左右，有一个必胜客的外送人员上过29楼，说是给苏亚送外卖的，一个9寸装的海鲜至尊比萨。外卖人员5分钟左右就下来了。警方询问了附近的必胜客，确认了这一事实。

因为很多温州人投资了罗马庭院的房产，29楼的住户很少。当天除了送外卖的，根本就没有其他人上下过29楼。下午2点30分左右，苏亚自己出去过一次，5点30分左右回来。电梯录像的显示也是如此。

估计回来后不久，她就洗澡、吹干头发，换上睡衣，准备好刀片，切开了自己的颈动脉。

苏亚公寓的座机电话很少使用，只有跟父母别墅的电话往来。

手机通话记录显示，5月1日前，她的电话使用非常频繁，每天通话在30次以上。自5月1日以后，接听的电话就变得非常少，更没有什么打出去的，可能是经常关机。与她通话的人，大部分是工作关系，也偶有几位闺蜜，短信也是如此。5月15日下午3点27分，有过一个座机号码来电，徐汇区的字头，通话43秒。

因为遗言找到了，警方也就认为，没有必要再投入警力做进一步调查了，调查社会关系毕竟太耗费警力。另外，当然是因为电梯录像已经显示得很清晰，当天傍晚，根本就没有人去过苏亚的公寓，难道这样还可能是谋杀？

我弯下腰，埋着头，开始翻腾每个房间的垃圾桶。王小山一看我这样就乐了，他说："推理小说看多了是吧？打算先查垃圾？我还不知道这一招吗？当初的现场就没有一丝垃圾，应该是苏亚2点30分出门的时候，一起带到楼道的垃圾箱里扔掉了。公寓里连剩下的比萨也没有找到，也许是苏亚有洁癖，不吃前一顿剩下的食物。也许是那个时候，她就已经知道自己用不着再吃下一顿了。"

我了解一个人为什么喜欢点外卖比萨。因为方便。它方便到可以完全不用玷污任何盘碟碗筷。方便到可以不用在餐桌边坐下。这样你就不用摆好一整套餐具，却得一个人坐在餐桌上，独自完成一个漫长、复杂而无聊的用餐过程，并且不由自主地审视自己。它方便到甚至不需要改变唇齿咀嚼的方式，不用分辨，不用享受也不用冒险，这样就等于几乎省略了这个最重要的人生需求之一，同时省略了你自己的存在。

想到这里，我一头冲进洗手间，带上门。

王小山在外面喊："不要摸，记住，不要摸任何东西！你要上厕所，可以到底楼的公用厕所嘛！唉，就是去客厅里的那个也行嘛！"

我在里面高声答道："要了解一个女人，就一定要观察她的洗手间，你懂吗？"

过了一会儿，我跑出来，又转身进了衣帽间。王小山已经把自己手上的手套摘下来，塞进我手里："好吧。摸吧。戴上摸吧。我败给你了。"

苏亚的衣帽间有 15 平方米这么大，镶框的落地镜子，分别安装了镜前灯和顶灯，左右两排开放式的柜橱、衣架，中间的柜子里挂着一副壁球拍，6 套不同颜色的壁球服整齐地叠放着。喜欢球类运动的人是一定需要搭档的，除了壁球，可以自己打、自己接。

苏亚喜欢温暖的颜色。米白、橙黄、杏红、湖绿，还有深浅不一的咖啡色系。宛如她的人，春天一样和煦。款式偏宽松，面料柔软。鞋子大多是平跟和坡跟。

还看得出她是一个非常严谨的人。就像垃圾筒里空无一物，各个房间的摆放简略、整洁到不能再整洁。梳妆台上，从护肤品到彩妆，每一件无一例外都是雅诗兰黛。洗手间里的卸妆乳和洁面膏也是这个牌子的，除了洗脸台上方的柜门里多了一瓶用过一半的资生堂卸妆油。衣帽间更是齐整得惊人。左侧的橱柜里都是秋冬季节的服装，右侧都是春夏季节的。相同颜色的排列在一起，远看宛如一个个色块。

唯独有一套衣裳违反了这个规律，挂在最靠门的这边。杏红色的宽松套装，手肘和腿臀部分有些褶皱。也许是因为穿过了，打算拿去干洗，被暂时挂在这个位置。

我拿起这套衣裳，在自己身上比划了一下。王小山咬着手指瞪着我，他说："小姐，你不要搞错了，这里不是专卖店啊！"我拉起外套右侧的衣摆给他看。这么一抻拉，在匀净的灯光下，右边口袋底部的一个小口子就很明显了。口子的边缘非常齐整，像是被很锋利的东西割破的。

"这是她不小心在哪里蹭破的吧……"王小山说，说到最后几个字，他的语言已经变得犹疑，似乎也想到了什么。

其实，我并不是无意中发现这个口子的。我先在主卧的洗手间里发现了一个空盒子，火柴盒大小，盒盖打开着，蓝白相间，上面印着DORCO（多乐可）的字样，就搁在放刷牙杯的玻璃横隔架上。它正好和网上的照片一模一样，5枚刀片装的纸盒，里面应该是一种锋利的双面男用剃须刀片，刀面上应该也印着DORCO的字样。这是一种韩国刀片，还没正式进口到中国，也就是说，至少人们不能从超市随便买到一大堆这种刀片。

王小山告诉我，苏亚自杀用的刀片就是这种，应该就是从这个盒子里取出来的。

可是，这并不等于她只能用这种刀片自杀。

已经将近6点30分，外面的天全黑了。关上衣帽间的灯，回到卧室，打开卧室的顶灯。窗外的灯火正次第亮起，正对面的那家人正围坐吃饭，客厅里的情景清晰可见。右侧的那家，保姆还在厨房忙碌，孩子在看卡通片。

我们两个就这样站在苏亚的卧室里，望着窗外。背后，床架空空荡荡。墙上还留着褐色的斑点。王小山忽然说："如果是她，你猜，张约看见她了没有？"

第三章

1

5月29日下午3点10分,"'5·15'汇洋商厦毁容案"的网页上增添了一个新标题——张约和徐鸣之正式取消婚礼。

网友从花园饭店打探得知,以"张约先生"和"徐鸣之小姐"的名义,原定于6月20日星期六雍华厅的30桌婚宴已经在日前取消。这不能说明什么,新娘俏脸受伤,也许只是需要一段时间休养,等康复后再操办婚宴。

可是好事者很快又从维纳斯婚纱摄影公司获悉,在五一长假前夕,张约和徐鸣之已经拍摄完毕一套6999元的婚纱照。原定5月16日下午去挑选照片,结果直到5月28日,他们依然没有出现。公司的客服人员多次电话联络,最后一次是5月29日上午9点30分左右,徐鸣之接听电话以后,还没等客服人员寒暄完毕,就明确地说:"这套照片我们不需要了,反正费用已经付了,你们就把底片全部销毁吧。"

随即,客服人员致电张约询问。张约的说法与徐鸣之完全一致。

说来也巧，苏亚7年没有联络张约，隔了7年打电话过去约见一面，偏偏就是张约结婚的前夕。也难怪张约五一长假没法抽身，5月15日又带着徐鸣之同赴约会。这是一个敏感阶段，准新娘一般会在定局之前有些不安、敏感和犹疑，如果被她知道，准新郎一个人去会见前女友的话……

那么，如果被她知道，她的脸上被划开了一个10厘米的口子，而张约明明看见了苏亚，却故意向警方隐瞒呢？王小山告诉我，他联系到了另一个分局负责"'5·15'汇洋商厦毁容案"的警察，他们一起去会见了张约。

听说王小山是苏亚自杀案的负责人，张约表现得有些紧张。等王小山拿出那套杏红色宽松装的照片，张约终于承认，5月15日下午3点15分左右，他就隐约看到苏亚的身影一闪而过。3点45分，徐鸣之的脸已经鲜血淋漓，人群正在围拢过来。这个时候，他曾经清晰地看见，就在距离他20米远的正对面，在商厦大厅混乱的人流中，苏亚站在那里，面对面地看了他足足5秒钟，然后微微一笑，转身消失在大理石立柱刺眼的反光中。

有没有"微微一笑"，他不是很确定，因为当时阳光强烈，苏亚戴着墨镜和帽子，脸上的表情看得不是很清楚。她当时就穿着这一身杏红色的套装，配着米白色的宽檐凉帽，阳光将她的长发勾勒出金色的轮廓，看上去美丽极了。

张约说，他相信苏亚是故意选择了这身套装。很多年前，他们还在热恋的时候，苏亚生日，张约曾经为苏亚买过一套款式和颜色几乎一模一样的。这是张约第一次为女人挑选衣裳，完全凭着记忆中他对苏亚身材的估计，加上他对她衣着喜好的理解。一个人在女装柜台盘桓，绞尽脑汁，犹豫不决，这份吃力、尴尬与欢喜，他至今还记得。

当苏亚吹熄生日蜡烛，拆开礼品盒，试穿这套衣裳时，夜晚，灯光暗淡，她却有如沐浴在阳光里那样美丽，就像5月15日下午，她站在阳光如瀑的咖啡吧前面时那样美丽。那是她几岁生日来着，22岁？25岁？他怎么完全想不起来了。

事实上，在警方从监控上截取的51张照片中，张约也看见过一个同样的侧影，就是032号女性嫌疑人。然而，他当时依然没有说出"苏亚"的名字。

照理说，约见他们的人就是苏亚，苏亚在约定的时间前后出现在那里，是再正常不过的事情。张约有意隐瞒了他看见过她的事实，只有一个可能，就是他已经在心里非常肯定地认为，她就是凶手。他决心替她掩盖。

张约的这种行为被徐鸣之知道以后，她不愿意再继续婚约的可能性是很大的。

从张约的角度来看，如果他娶了徐鸣之，他就必须日夜面对那道可怖的伤疤。世俗地说，是审美问题。抒情一点表达，相当于面对另一个死去的女人留下的痕迹。说不定是他提出的取消婚约。

就在王小山与张约会面后不久，张约从公司辞职，徐鸣之也在单位里请了长假。两个人都离开了上海，去向不明。

另已查清，事发当日下午3点27分，苏亚的手机曾经接到过的来电，座机号码就是汇洋商厦的一部投币电话。这个电话很可能是张约打的。他看到约定时间将近，想打个电话给苏亚，这才发现自己忘了带手机，又不想借用徐鸣之的手机，恐怕是不想把苏亚的电话号码留在她的手机上。当时正好吧台上有电话找他，电话断了，他怀疑是苏亚打他手机没人接，才打到这里，于是走去投币电话那里回个电话给她。

"是苏亚吗？我是张约。我们已经到了。我手机忘带了。我们就坐在最靠边的位置上，你一过来就能看见。好。我们等你。"

挂机。通话时间43秒。

其实那个时候，苏亚早已到达汇洋商厦，正在2楼或3楼的回廊上俯视着他们。等张约重新回到座位上，苏亚就到商厦的洗手间里做好一切准备。戴好手套，割破右侧衣袋，插在衣袋里的右手攥紧刀片。下楼。选择一个张约和徐鸣之背对着的角度，朝咖啡吧走来。

事实恐怕就是如此。可惜张约已经离开了上海，没法向他核对是否打过这个电话。

2

5月31日周一下午4点30分，公司眼科药品事业部的项目会议上，副总裁卢天岚岔开话题，谈到了我深入调查苏亚自杀案，力保"爱得康"新药顺利上市的工作成绩。

"做得好，非常好。"她拈着钢笔定睛看了我3秒，脸上没什么笑容，反倒看得我有些背脊发凉。然后她的目光在每个人的脸上扫视了一遍："你们要是都像周游这样，做事肯动脑筋，我就能轻松多了。"

公司上下都知道卢天岚有句口头禅："我交代你的工作，你不能让我有机会做得比你好，否则，我为什么要把事情交给你做？"卢天岚是谁？从底层靠实力一点一点做上来，除了研发，哪件工作她拿不起来？所以平日里，但凡她交代的工作，得一个默许已经是最好的状况了。今天她居然特地当众表扬了我，这可真是一个奇迹。

从一个衣袋上的小口子，破获了一起上海近期最有名的毁容案。这是我做的吗？我自己都有些飘飘然起来。

苏亚不仅是一个值得同情的自杀者，也是一个冷血的罪犯。孟雨得知这一信息，立刻表示，患者攻击性的倾向，不属于抗抑郁药物的治疗范围。攻击型患者本来就不适合服用抗抑郁药，这是医院诊断和选取样本的失误。

撇开这点不谈。如果卢天岚起初的设想只是查找出苏亚自杀的现实原因，哪怕只是生意常年不景气、受慢性病折磨之类的背景，用来消解人们把自杀完全归咎于"爱得康"的心理定势，那么，如今我们所掌握的事实，已经完全超越了与公众打心理战的层面。

首先，苏亚已经留下遗言，说明了她的自杀是出于一个非常具体的理由，即5月15日下午，她目睹张约和徐鸣之亲密地坐在一起，等待她去赴约。这就不是"爱得康"的药效能够负责的了。在这个环节上，孟雨还补充说，一个抑郁症患者，能够做到装扮一新外出赴约，证明她的抑郁症状已经有了极大的好转。这应该是"爱得康"有效的证明。

其次，苏亚是一个罪犯。她自杀，可能是懊悔与畏罪。从她的遗言来看，更可能是一种没有发泄完的愤怒。她在大庭广众之下划破了情敌的脸。"刀片和鲜血"，这还不够。她需要再一次、更强烈地表达，她对他们两个的谴责和诅咒。于是她选择用同样的刀片插入自己的脖颈。她当时的心情实在与抑郁毫无干系。

这些资料都对公司太有利了。

"游游,平时可一点看不出来,稀里糊涂的一个人,居然还会破案,哪里学的?不会是我毕业以后,法律系开出来的新课程吧?"开完会,从4楼公共会议室出来,坐电梯回19楼的路上,何樱姐一刻不停地问我。

"唔,何樱姐,你别取笑我了。我哪里会破案,法律系的那些课程你还不知道,要说有教破案,那就是教律师怎么破坏警察立的案子。"

我一边哼哈聊着,一边偷乐想着,小时候《福尔摩斯探案全集》没白看。翻烂的书永远藏在课桌肚里,额头看着课本,眼睛看着小说,弄得两年期末考试不及格。说起来,夏洛克·福尔摩斯还是我单恋的第一位男性。手杖、礼帽、烟斗;剑术、搏击、小提琴;高瘦、敏捷;躲藏在鼻梁阴影下深邃、犀利的眼神。我不爱他的大智大勇,我只迷恋他与人相处时不动声色的细腻,从额头的帽痕、手指的茧、双腿的弯度,到鞋跟上的泥土。我想象着,当我跟他在一起的时候,他能不能读到我那些无法言说的寂寞。

我们说笑着走进办公室。

何樱走在我后面,她用指甲敲了敲门框上"法务部"的不锈钢小牌子,说:"我这个小庙,很快要装不下你这尊大菩萨啦。改天我跟卢总说说,把门口这个牌子换成'侦探部',你来当经理好了。"她说着玩笑话,顺手就带上了门。直到我抱着脑袋惊叫起来,她才赶紧把门打开,连声说:"唉呀,对不起啊,游游,你看我怎么给忘了!"

来何樱这里工作2年,她从来没忘记过这个细节。我这才发觉,她刚才可能有点生我的气了。5月15日下午,是她自己说,她最怕看见和听见死人、流血,让我一个人去公安分局了解情况,还帮我跟公司申请了一辆公事外出用的车。可是没想到，就在她缺席的那天下午，我得到了最有用的信息，还凑巧破了案。结果功劳都在我一个人身上。

"何樱姐……"我有些内疚地叫了她一声。现在职场压力就是大。我很想告诉她，我对她经理的职位完全没有企图心，我乐意一直在她的照顾下做一个小法务。可是这话听起来恐怕更引人联想。

何樱端了一杯热水给我，摸了摸我蓬乱的头发。

我们两个一起对付眼科药品事业部的大堆合同，直到天黑才初告段落，离开办公室各自回家。我累坏了，眼睛干涩，左半边脑袋疼得要裂开似的，好像还有点低烧。没气力再受地铁的折磨，反正家离得不远，就打了个车，停在弄堂口的7-11超市门口，下来买了个三明治、一瓶番茄汁，就径直回到我的小窝。

茂名路上的这幢老房子建于1934年，4层楼带一个院子。设计师兴许是个英国人，按着伦敦多雨潮湿的气候记忆，把每层楼走廊的阳面都建成了英国式的回廊。其他设计就乏善可陈。所以这幢房子没有被列入保护建筑行列，每套寓所都住满了人家。院子也荒疏多年。倒是院子另外两侧的房子，一幢地中海式建筑，一幢犹太式建筑，多年来摄影参观的人没有间断过。如今都被买去开了酒吧和高级餐厅，一瓶330毫升的科罗娜啤酒加片柠檬要卖40元以上的那种。

我的窝是301室，踏着路灯下的梧桐叶影，从室外的楼梯直接绕上回廊，3楼最靠里，面向院子的那套一居室。初中的时候，先是爸去北京工作。大一那年，妈也调去了。留下我一个人住在这个祖传的房子里。

从窗台左侧废弃的牛奶箱里取出钥匙，打开门。客厅几乎荒废了，只有餐桌和冰箱,半空中由南到北横着根绳,晾着我经年不收的衣裳。我在这里的时间实在微乎其微,仅限于站立。相对而言,从不关门的卧室才是我腐败的乐土,沙发、书桌、床、电视,全在那个大房间里,我总是用各种舒服而奇怪的姿势蛰伏在可靠可躺的家具里,看碟、上网、吃饭,完成一切事情。

我把三明治、番茄汁和挎包扔在餐桌上。瞪着窗外院子对面酒吧的绚烂灯火,昏昏沉沉倒了杯水,拿起桌上只剩半板的散利痛,掰开两片,和水吞下。走进卧室,开灯,开窗,取下隐形眼镜,脱掉外套钻进被子里。

等我蓦然醒来,只觉得眼睛肿胀,头疼变得木木的,灯光刺眼。望见桌上手提电脑的显示,凌晨2点5分。挣扎起来赤着脚去门口关灯。

按到开关的一刹那,黑暗降临。我站在卧室的一片黑暗中,忽然打了一个冷战——我可以半夜起来关灯,那么苏亚呢?如果她曾经开过灯的话。

我顿时睡意全无。

我还记得,5月25日,我跟王小山到达现场的时候是傍晚5点30分,当时卧室的光线足够明亮。等到我们在衣帽间里发现了套装上的口子,再次回到卧室的时候,已经是6点30分,天色俱暗,我们不得不打开卧室的顶灯。我记得很清楚,当时因为其他窗口也亮着灯,我们还望见了对面人家围坐吃饭,以及右侧一套房子中的保姆和孩子。

但是,5月16日早上8点20分,当苏怀远和齐秀珍推开苏亚卧室的门,看见血泊凝结的床,苏亚浮在血泊之上半边苍白的身体时,这间面朝西南的卧室正处在幽暗的日光中,晨曦从窗外照进来,给现场镀上了一层柔和的颜色。

很显然,当时卧室的灯是关着的。

5月25日比5月15日更接近夏天,天色变暗的时间会更迟一些。要是25日的6点30分,日光已经完全敛去了,那么15日,天黑得只会更早。

如果说,苏亚在5月15日傍晚6点32分写下自杀遗言,发到论坛上,然后从书房走进卧室,打开灯,关上门,躺到床上,整理好睡衣,从床头柜上拿起准备好的刀片,插进自己的咽喉,立刻流干了4公斤的血,那么她是怎么关灯的呢?

假设苏亚已经赶在天黑之前洗了澡,吹干头发,换上睡衣,把穿过的套装挂到衣帽间里,甚至把刀片都已经取出来,摆在卧室的床头柜上。然后走去书房,坐在手提电脑前,默默思考要留下怎样的遗言。也许她曾经犹豫、纠结,最后依然无法平息对张约和徐鸣之的怒气。也许她只是想静静地再坐一会儿,不再思念,不再期待,给自己一段难得平静的最后的时间。所以,她看着天色渐渐暗去,直到夜幕完全降临,才用新注册的"苏亚"的ID发出了最后的一个帖子。随后,起身,去往卧室。

使用电脑时不开灯问题还不大,屏幕是明亮的,但是这亮能照多远呢?她难道是摸黑走进卧室的吗?还关上了门,再摸黑走到床边。一枚刀片虽然比一片隐形眼镜大几分,但没有灯光,恐怕也很难从床头柜上找到吧。

也许她开灯了,拿起刀片之后,特意走过去关上灯。当然这样就会比较别扭。她必须单手攥着刀片躺下,很不方便地用一只手整理好头发和睡衣，在黑暗中摸索着确认另一只手中刀片的刀刃位置刚刚好，再挥手割破自己的颈动脉。一个明知自己不会再醒来的人，会在举刀之前还担心睡到半夜灯光刺眼，抑或，还想着有责任要节约用电吗？

最合理的解释是，其实一切都发生在天色依然明亮的时候。

那么苏亚就不可能写下那些自杀遗言。

那么，论坛上的"苏亚"又是谁？

我爬上 MSN 急呼比尔。连发了三个闪屏振动，比尔慢吞吞地回了一个笑脸，在对话框里说："又梦游啊？"

就知道他又在玩隐身。我来劲了，把手提电脑从桌上拽到床上，钻进被子，键盘噼噼啪啪，把我的雄伟推理跟他一阵猛说。

苏怀远和齐秀珍发现苏亚之死，是在 5 月 16 日早上 8 点 20 分。警方 8 点 40 分赶到现场。可是那个冒充苏亚留下自杀遗言的神秘人，早在 5 月 15 日傍晚 6 点 32 分之前就知道了一切，也许知道得更早，也许这一切正是他的杰作。伪造现场，伪造发帖，伪造自杀动机。原来苏亚竟然不是自杀，而是被谋杀的！

窗外夜色阑珊，远处酒吧的欢歌笑语也未曾将息，潮湿的风声和叶声从敞开的窗户侵入，盘旋在黑暗的卧室。我猫在被子里手指如飞，不知不觉已经唠叨了 40 多行。

可是，酒店公寓的监控和保安的证词都表明，在 5 月 15 日那一天，只有上午 11 点 50 分，必胜客的外送人员去过 29 楼。下午 2 点 30 分到 5 点 30 分，苏亚自己出了一次门。除此之外，压根再没有其他人出入过 29 楼。这是我的推理唯一不能成立的环节，如果苏亚是被谋杀的，在那个傍晚时分，凶手究竟用什么方法进入和离开她的公寓……

猛然发觉，打了这么多字过去，怎么比尔一点反应也没有？难道无视我的存在，偷偷睡觉去了，还是竟然开小差糊弄我？我停下手来，打算以冷漠报复冷漠，看他怎么行动。足足2分钟之后，比尔才又慢吞吞地回了一个"噢"。我心里"哼"了一声，继续沉默，以示警告。果然比尔开始努力打字了：

"胡思乱想，又胡思乱想了！你这个小脑袋哪天能按正常逻辑运转一天啊？"

我回："你呢，哪天能按正常生物钟运转一天啊？也不怕白天剪掉别人的耳朵。"

比尔的网瘾比我深，漫漫长夜尽数献给液晶屏，因此，网络知识也比我强大多了。过了一会儿，窗口里跳出了一行令我沮丧的话：

"我记得，上上个礼拜的周末，无涯网的服务器被黑客攻击过。服务器的时间走乱了，也就是说，显示为6点32分发的帖，也很可能是在4点或5点发的。"

看来我真的应该把ID改了。

3

我在论坛上的ID是"冬菇"。披着毯子，整天窝在沙发里一动不动，很形象。认识比尔之后，他就总是逗我说，把ID改成"胡思乱想"才最合适。

比尔也是"就是想让你知道"这个论坛的成员之一，而且是论坛上唯一一个知道我就是"冬菇"的人。说起来，我们的相识还与我一段很丢人的往事有关。

2007年的平安夜,我窝在沙发上无所事事,看到论坛上有个新帖子,就发表于12月24日晚7点52分,1个小时前。楼主的ID是"小艾",标题是"今天以后,会不会再也见不到你了"。

  我今天听到有人叫你的名字,公共汽车里。

  一回头,你竟然就站在我背后,还跟我拉着同一根栏杆。

  毕业3年了,我时常在心里念你的名字,这么小,这么大的厦门,为什么一直没有遇见你呢?今天听到别人叫你的名字,我还以为是我心里的声音忽然泄露出来。唉。

  见不到你的时候,我笑话自己,当初何必傻乎乎地看见你就躲呢。

  见到你的时候,我又什么都说不出来了。看着你惊喜地跟我打招呼,又匆匆跟我道别。

  你说你的手机号码没变,可是我知道,我恐怕永远也拨不出这个电话。

  亲爱的,我会不会再也见不到你了?

当我打开这个帖子,忽然有一种模糊的心痛。我想起,有一段时间,无论我走在商厦、超市,还是闹市、街头,总会看见很多非常像他的侧影、背影、发型、下巴,但是没有一个是他。时隔2年,这种现象终于消失。可是,就在那年十一长假的前一周,连续7天,在每天早上8点10分从陕西路经过的地铁车厢里,我都会看到一个跟他像极了的人。

第一次看到的时候，眼泪就不由自主地流了满脸，赶紧扭头拿外套捂着脸，结果半边领子全湿了。想要躲，又忍不住一直偷偷端详他。跟着他乘过站，眼睁睁看着他靠在车厢最尾的栏杆上，发短信，打哈欠，4站之后在汉中路站下车。十一长假之后，我每天早上在站台上空等3班地铁，却再没见到过那个人。

他，权且称他为"柠檬"吧。我们的笑容、言语和身体都曾经像是一个人的。可是现在，他的身边不再是我的家。有时候我会怀疑这只是一种莫名的迷恋，他于我，我于他，都是如此，完全没有任何基础和根据。

还记得"胡桃公子"的那个旧帖，发布时间是2003年10月23日。2003年的秋季，正是我和"柠檬"最快乐的一段时光。如果说世上有个词叫作"天堂"，我想，那时我曾到过。我还以为我会一直留在那儿，却只安坐了半个晌午而已。时过境迁，就让我更加怀疑这一切的真实度。有时候我会想，可能"柠檬"对我的了解，远远不如"胡桃公子"这样一个暗恋者对"周游"的了解。

"柠檬"从来没有注意过我皱眉毛的习惯。他从不主动问我，MSN上的新签名是什么意思。他甚至不知道我家门口有电影院。他不会知道，他发给我的每一条短信，我都用一个大本子抄下来，连年月日和时刻都记下来。他也不会知道，我偷偷藏了他的一根白头发，至今还夹在我的塑料文件夹里。还有他牙齿咬过的英语六级考试铅笔。

毕业退掉宿舍，帮我把行李运回茂名路，是我们并未明说的分手的日子。他不会知道，他转身离开，我立刻关上门，是因为我已经哭得蹲在了地上。最后一次，他打电话来，说有本《环境资源保护法》

可能还在我这儿,让我帮着找找。我说我重感冒了,匆匆把电话挂掉,是因为我不想让他知道,从听到他声音的第一刻起,我就开始流泪,从头流到尾。

这些他永远不会知道了。因为我们从此不再联系,就像"小艾"帖子里说的,心里天天念着他的名字,却恐怕永远拨不出这个电话了。

这一切本来已经开始渐渐封存,直到那个平安夜,我盯着这个帖子,疼痛渐渐重新苏醒,变得越来越尖锐,像一把冰凉的刀在剜空我的心。窗外是欢快的圣诞音乐,伴着人声鼎沸和一切关于温馨、甜蜜和安宁的想象。论坛上这个才发出1小时的帖子,立刻有了12条跟帖,今夜原来还有这么多人在一群虚构的ID中寻找温暖。我抱着电脑,窗户以内环绕着我的除了黑暗、冰凉,还是黑暗。

就是那个晚上,我注册了"冬菇"的ID,第一次发帖,一边哭一边敲键盘,想着"柠檬"看到这个帖子的概率之小,满心绝望。当时的情景,现在想起来还觉得着实狼狈。

这个论坛有个特点,楼主们期待的人从不出现,但是论坛成员彼此都很热心。先说关于"小艾"发出的这个帖子,晚上8点7分,已经有一个ID叫作"花语"的网友坐了沙发。晚上8点10分,有个叫作"蟑螂"的网友评论了两句。

干脆再也见不到,也就好了。

最怕是天天见面,却又什么都说不出来。

晚上8点16分,网友"鸵鸟哥"的跟帖说道:

姑娘，为了不让"杯具"发生，把你同学的电话公布出来，让强大的论坛代表你去跟他说！

翌日，"鸵鸟哥"就私下联络到了"小艾"，然后真的替"小艾"打了这个电话。结局出乎意料地好，"小艾"的这位同学原来也一直悄悄喜欢着她。12月28日夜晚9点21分，在42个跟帖之后，"小艾"宣布说：

真像是一个梦！我和他待了整整一天，在海边散步，捡贝壳，吃墨鱼仔，逛书店。
谢谢花语，谢谢鸵鸟哥，谢谢大家，谢谢论坛，谢谢斑竹！

斑竹"千夏"也跟帖幽默了一把。

谢谢主办方，谢谢CCTV！

好吧，如果你们一定想要知道的话，关于我发的那个帖子，"鸵鸟哥"也自告奋勇了一把。他怕我当众回帖害羞，还给我发了一个论坛短信，把他的MSN告诉了我。

有人愿意充当使者，把我想让"柠檬"知道的这些一并告诉他，这个时候，我退却了。我忽然发觉，我埋怨他永远不会知道的这些，是不是真的就是我想让他知道的？抑或，他最应该知道这一切的时刻，已经永远过去了？

最后，我只是拜托"鸵鸟哥"去看看他，看看他过得好不好，并且把我找出来的《环境资源保护法》给他带去。这些已经足够了。

"鸵鸟哥"就是比尔。

比尔37岁，短发，半厘米长的胡须，不到180厘米，有些发胖。喜欢橙色、黄色、绿色的休闲装，大口袋的裤子，耐克篮球鞋，虽然他从不打篮球。他的外形看上去跳脱，眼神却出奇地温和与静默。每次只要看着他的眼睛，我总会错觉他穿着一件黑色的衣裳。

他其实和我在同一幢办公楼里工作。他在底楼的魅影发廊，发型创意总监之一，剪发单价240元，买卡打折180元。世界上凑巧的事情就是如此。

说起来，网络的力量真是神奇之至，无所不能。比如，苏亚这个案件其实根本不需要任何人的推理就能破案，只要有网络。

5月15日傍晚，苏亚的自杀遗言刚在论坛公布，就引起无数跟帖的劝说。等到5月16日晚上，电视台夜间新闻和网络同步报道了苏亚的死讯，广大网民出于强烈的惋惜和不平，立刻开始了对Y和他后任女友的人肉搜索。线索，恐怕是仅凭着Y曾是苏亚的同学。

就在5月25日傍晚6点25分，几乎是我和王小山在衣帽间里发现线索的同时，在苏亚"其实……我很介意"这个热帖的最新一页上，终于出现了张约和徐鸣之的详尽信息和照片。4天之后，张约和徐鸣之仓皇逃离上海，正是为了避开已经在公司、家宅附近出现的愤怒的网民。

所以说，有了网络，王小山即便没有我，没几天，他也能在这两个案件中发现关系，联想到刀片、毁容和苏亚。

我又想到，有了这万能的网络，即便没有王小山，没有苏亚的父母强烈要求刑警支队参与调查，其实，任何人只要在 Google 输入苏亚的名字，也能发现苏亚留下的最后一个跟帖，揭开她自杀动机的真相。

这么想着，我一边下载 MP3 音乐，一边无所事事地在 Google 输入了"苏亚"这两个字。看不出来，她是一个名人，各种关于她公司的报道、个人的专访还真不少。

我一页一页往下翻，打算闲逛到汪峰的这张 CD 下载完，就关机睡觉。就在下载显示还剩 2% 的时候，我猛然发现，"苏亚"的 ID 竟然在论坛里发过两个跟帖。打开，第一个就是 5 月 15 日傍晚 6 点 32 分的自杀遗言。第二个也是在"其实……我很介意"这个帖子里，在 202 页上，2313 楼。

冷漠啊，多么可怕的冷漠。我要怎样才能让你知道？你告诉我，我该怎么做？当我静好地走过你的面前，你视而不见，我在内心黑暗的舞台上日夜斟酌着连篇累牍的台词，你却宁愿相信我是一个天生的哑巴。难道只有流血和死亡才能让你听到我的声音吗？

好吧，现在你给我听着，我还在这里，这一切只是一个开始。

如果你听不见这些话，没关系，她的血会让你听见的。

时间是 2010 年 5 月 25 日深夜 11 点 42 分，人肉搜索成功的当天，苏亚被发现躺在血泊里的 10 天之后。"叮咚"一声，MP3 下载完毕的提示音响起，吓得我差点把鼠标扔掉。

比尔的MSN对话框正好跳出来，这次，他打字的速度比之前快多了：

"还在梦游啊？正好！我刚才无聊查了一下，上上周木马攻击服务器，实际上是在5月14日星期五，当天晚上9点之前就修复了。在正常状态下，由于服务器要支持几个网站的运转，通常会每隔一段时间自动核对时间，差5分钟的可能性都不大。所以说——"

所以说，苏亚确实是被谋杀的。

而且，凶手已经宣布，他将继续这个可怕的游戏。

"你这个小脑袋还不算太糟糕。"比尔的结论和我角度不同。

液晶屏右下角的时钟显示，已经是2010年6月1日周二，凌晨3点整。

第四章

1

2010年6月1日下午4点58分,也就是我得出谋杀结论后的13个小时又58分钟,孟雨走出地铁1号线巴黎春天的出口。

平时的这个钟点,他应该还坐在40平方米的主任办公室里,工作服刚换下,实验记录本摊开在电脑前。下班前的30分钟,他用于沉思默想,将每天的有效数据录入文件存档。知道他的习惯,助理们很少在这个时间打扰他。白墙环绕的巨大空间分外安静,落地窗外,无人的绿茵浓绿齐整。再远处,25平方公里的广阔地带,都是外观几乎相同的现代化厂房,间隔颇远,视野开阔,比闹市区多出80%的蓝天背景。

帕罗生物医学研究有限公司位于张江高科技园区。研究中心地处偏远,销售本部位于市中心,这是医药行业的惯常做法。倒不是只为了省房租,主要是销售方面的许多做法,不便于让研究部门了解,这是题外话。

这天下午,孟雨提早离开实验室,换洗完毕,4点15分就关上办公室的门。也许是想到淮海路停车不方便,他干脆搭乘地铁。所以,当他已经身在巴黎春天的门口,助理们看见主任的门关着,别克停在车位上,只当他照例在办公室里度过一天的默想时间。

太阳有些晃眼,孟雨眯缝着眼睛走过商场的玻璃橱窗,左拐,走进沿街的星巴克。底楼几乎满座,穿行不便。还有三桌坐在门口,悠哉地晒太阳。孟雨皱了皱眉头,站在柜台前点了一小杯热摩卡。捧着杯子本来想去二楼,在楼梯口改了主意,折回来让服务生帮他张罗了一个椅子,挤在侧脸对着窗外的角落里。

孟雨42岁,瘦高,也许是长期在实验室里离群索居的缘故,他看起来颇为年轻。肤色是缺乏日照的苍白,侧分的短发久未修剪,两鬓已经盖到了耳朵。他偏爱蓝白二色的便装,也就是他平时穿着的那身棉质的白衣白裤,外加一件浅蓝色的薄绒外套。他喜欢穿得比季节多一件。外套有点大,袖子盖住了他半只修长的手掌,手里捧着咖啡杯,茫茫然地出神。

他没有再看表。他总是走得像钟一样准,所以不担心自己会错过什么。况且,锦儿习惯迟到10到20分钟,7年不见,不知道她是否还是如此。

手机响了,他看也不看就接起来。

"嗯,还是吃鱼好了。昨天、前天都是吃肉。"他心不在焉地说,顺便扫视了一下周围,"不用啦,跟平常一样吃就可以了。我这么老了还过什么生日呀?"

手机的来电显示是5点12分。

就是这个时候,孟雨说,他隐约看见了一个修长的身影,黑色紧身大摆长裙,暗红色的披肩,鬈发及腰,从他的眼角一掠而过。他不能确定这是不是锦儿,以前锦儿是最喜欢这样打扮的。可是当他放下手机,从座位上站起来,再往背后看,楼梯口只有一对金发男女端着咖啡在热烈交谈。

孟雨又坐了48分钟。6点的时候,妻子的电话又打来,问他是不是已经在路上,菜要下锅了。也许是沾染了他的习气,妻子每天这两个电话也是打得像钟一样准,且内容基本一致。于是孟雨站起来又左右环顾了一圈,把手边的杂志放回架子,走出星巴克,拐弯下了地铁。

他住在地铁徐家汇站附近,4站路,到家6点30分,与他平时5点30分下班,从张江开车回家的时间丝毫不差。

据大楼的保安说,任锦然确实在6月1日下午4点30分左右出过门,什么时候回来的不清楚。至于那天穿的是不是黑色紧身长裙和暗红色披肩,保安们表示,她大多数时候都穿黑色,至于款式,实在是记不清了。

任锦然的公寓就在江宁路一幢半新的高层里,离她恒隆的公司很近。2周前,她向公司请了病假。6月1日之后,任锦然就再也没出过门。在6月2日到6月10日,车位费适才收毕,物业管理费还没到时候,抄表的3个月一来,没有外卖错送到2204房间,没有矢志不渝的推销员,任锦然的车没有被谁意外剐蹭,22楼的邻居投诉楼道里有臭味,物业也只是清理了几次安全门后面的垃圾箱了事。

直到6月11号中午12点45分,2304的女主人报修厨房的下水道堵塞。物业的维修工打开保护盖清洗了半天,没用,就对女主人说,他们可以替她请一家专业的疏通公司来。马上来也行,就是贵一点,一次200元。

那家疏通公司上周留了个名片，说是每做一笔生意，就给介绍人高额提成。两个穿着橘红色工作服的人拖着一台机器来，折腾到下午3点15分的时候，就听见"轰隆"一声，不知怎么回事，他们居然弄裂了主水管。2304顿时变成一片汪洋，拖鞋满屋子漂。物业赶紧又派人来抢修，2304的水止住了，可是"哗哗"的流水声还在响，方向就是楼下2204。

按门铃，没人开门。

绕到2206的阳台上看，2204的卧室拉着窗帘，大白天的，里面好像还亮着灯。

物业经理一开始并不打算找锁匠开门，要是住户不在家，到时候她说少了东西怎么办？谁来负这个责任？要是住户在家，却坚持不开门，他们强行闯入更是罪过大了。业主报警都不为过。

可是眼看着，水都从房门口溢出来了。同楼层的住户吵嚷着不答应，因为看这趋势，水很快就会淹到整一层的房间。大家七手八脚地拿来各家的废旧毛巾，堵住2204的门缝。物业权衡再三，叫来了110在现场督阵，这才设法打开房门。其时已经是傍晚5点左右，日光斜入走廊。

水扑打着涌了出来，污浊的水面上漂着丝袜、鼠标垫、杯子、高跟鞋、早生的蚊蝇，和尸体腐臭的气息。看上去如同世界末日一般，看热闹的人都惊骇地退后。

男式剃须刀，左颈张开的伤口，再度被水化开的血污。

任锦然身穿浅蓝的纯色真丝长款睡袍，死亡现场跟苏亚极为相似，除了灯是开着的。床头柜上摆着一盒生日蛋糕，扎着丝带，还没打开过。

因为水已经淹到被褥，室内的其他痕迹基本被破坏了。

衣帽间里大多是黑色衣饰，看来任锦然确实非常钟爱黑色。有几条这个季节用的披肩，乍一看都是黑色，细看，上面各自有深红、深蓝、深紫的暗纹。孟雨的眼力也着实强，匆匆一瞥，连人的面目还没看清，居然能分辨出当时的一款是暗红色的。

如果6月1日的情况确如孟雨所言，据我推测，任锦然在孟雨到达星巴克之前，就已经在附近等候了。按照保安回忆的出门时间，以及江宁路到淮海路的车程，也应如此。

星巴克二楼有临街靠窗的位置，我猜她就是坐在那里，可以看见孟雨从街上走进底楼的门。

她了解孟雨从来很准时，所以她也不需要早到多久。那盒没有打开的生日蛋糕，自然也是为孟雨准备的。只是她不能确定，7年过去了，孟雨对她的感情究竟还有几分。我想，这也是她约在星巴克的原因。

过去彼此深爱的两个人，7年后的第一面，又是孟雨的生日，约在下午5点。订一家精致的餐厅叙旧，餐后切开生日蛋糕，这是情理中的安排。就算事先说好晚餐前各自回家，至少选一处安静私密的咖啡厅，不至于在沿街的人群中。

我猜，任锦然跟孟雨约见，并没有说好是否一起吃晚餐。星巴克是一个可退可进的好地方。如果孟雨也怀着一腔在意而来，巴黎春天附近餐厅云集，大可见面后歇歇脚就一起去用餐。如果孟雨无心，就在公共场合点头而过，也不显得自己太在意。

就这样，任锦然坐在二楼看着孟雨进门，却迟迟等不到他上楼。如果宁愿挤在人来人往的底楼，连楼也懒得上，是不是说明他打算照个面就告别呢？任锦然这么想着，心往下沉，不知道该不该下去。过了一会儿，她可能又想到，是不是孟雨以为她会晚到，所以故意坐在底楼等她呢？

她提着蛋糕走到楼梯口，孟雨的手机正巧响了。他没看来电显示就接起了电话，习惯而熟稔的态度让她心里咯噔一下。隐约听到他说，吃鱼、吃肉、过生日什么的。她这就明白了，这一定是他妻子打来的，他早已决定晚上回家吃饭，无论是否见到她。他一边讲电话，一边抬起头来扫视，就在他几乎看见她的一刹那，她飞也似的逃回楼上去了。

之后，也许她还偷偷下来过一两次，看见他并不焦急地埋头看杂志，或是正好看见他又接到妻子的下一个电话。也许她就一直坐在楼上，奢望他会打电话询问她，或者不甘心地下楼来寻找。

48分钟以后，她透过二楼的窗户，看着他走出星巴克，脚步轻快，甚至有点如释重负的样子。她可能又多坐了一会儿，终于无念无想，心如死灰。然后她开车回家，还没有忘记把孟雨的生日蛋糕带回楼上，放在床头柜上。洗澡，换上睡衣，平躺在床上，将剃须刀插进左侧的颈动脉。

如果是谋杀，情形自然就大不一样了。

2

2010年6月1日下午1点35分，孟雨还在张江的实验室里，思忖着待会儿要不要去赴约。何樱和卢天岚已经在楼下等着我，而我刚从午睡中被电话叫醒，慌慌乱乱地抓起一大堆资料塞进挎包冲出1906

室，在慢得要命的观光电梯里一路对手机说着，我来了我来了。

帕罗药业所在的大楼名叫华行大厦，中华人民共和国成立前的名字是布苏瓦公寓。据说1936年，一个法国小混混在鸦片馆里认识了一个头脑灵活的中国人，两人盘算着要搞一桩发财的投机买卖，在法租界的支持下，居然以定期抽奖吸引储蓄的形式筹集起一笔巨款，投入房地产，就在衡山路上建起了这栋涉外酒店公寓。中华人民共和国成立后改作酒店，后来又改成办公楼。

你可别以为，租这么旧的楼来办公，这些公司一定穷得可以，或者抠门得可以。恰恰相反，华行大厦的雍容富丽完全能与外滩的任何一栋建筑相比，花岗石外墙，19层高的主楼与东西17层的两栋辅楼相连，外观均衡庄严。所有房间一律紫铜框架的窗棂，双层隔温玻璃，早先连主楼的3部电梯都是紫铜栅栏的，现在只剩观光梯还是原来的厢体。所以，能租得起这幢兴建于1938年的大楼，即便是小小一间，也绝对是实力与身份的证明。而帕罗药业呢，同时租用了其中的5个楼层。

大楼前后本来都有草坪和花园，后来因为车库不够用，楼后的一片就砌墙平地，改成了停车场。现在公司唯一的一辆三菱SUV正停在停车场的铸铁栅栏门前。

何樱姐知道我受不了车厢太逼仄，所以每次都替我申请这辆车。我拉开门，先把每扇门的车窗降下来。何樱一边帮我降另一面的窗子，一边说笑似的告诉卢天岚："幽闭恐惧症，你听说过吗？游游就有这个毛病。我跟她说，你们年轻人得个毛病都这么时尚。"

有整整5秒钟，我凝固成了一个木偶，手也不会动，嘴唇也不知道该发出什么声音了。

我尴尬极了,在我的偶像面前,她居然这么自然地议论我的隐疾。以前,她总是非常体贴地为我保密,公司里除了她,没有一个人知道。难道她还在介意卢天岚表扬我的事情,故意趁机把我形容成一个精神病患者,好让我没资格跟她抢职位吗?

卢天岚站在10米开外的树荫下,尖领白衬衣,米色羊毛背心,深咖色薄呢中裤,高跟矮靴,背脊笔挺,长发盘在颈后,手肘上挂着一个爱马仕的中号手袋。她正饶有兴味地望着背后25米开外的另一个人,对何樱的唠叨不予置评,也许根本没听见。

一个秃顶的胖老头正四肢摊开躺在一张旧藤椅上,张着嘴,明显已经睡着了。这是管楼顶电梯控制室的老魏,他的祖父就是当年电梯间的管理员,这个职位居然从他父亲一直传到他。他可能觉得这工作天生就是他的,偷懒、毫不在意,又似乎耐不得楼顶的寂寞,时常到底楼跟配电间、门房间的老头老太们打牌、晒太阳。

按计划,这天下午,何樱和我一起去瑞安医院了解案情背景。卢天岚刚好有空,说也要过去听听情况。自然是我做司机。

我坐上驾驶座,踩着刹车,先从挎包里掏出一瓶眼药水,滴了眼睛,放在仪表盘前,这才踩了油门开出停车场,上了街。何樱又在后面说:"游游,怎么了,眼睛又不好了吗?"

我说:"嗯,干眼症,对着电脑时间长了。"我没说昨晚还熬到凌晨3点。

上高架桥前,遇了红灯,我又拿瓶子滴了一回。车窗外的风吹着,眼睛比对着电脑还干涩。这瓶泪然,是我上周从6楼眼科药品事业部顺来的，他们总是有各公司的样品。我打算下周再去顺一瓶别的。

我知道我的怪癖越来越多，别人看着都觉得麻烦。我觉得羞愧，可是没有办法，自从"柠檬"走了以后，我想，这些怪癖就是纷至沓来，填补他留下的空虚吧。不是为了引起别人的注意，只是为了提醒自己，喂，你还是存在的。

上了高架桥以后，我加大油门，再加油门，被车速刺激得渐渐兴奋起来，可惜不能开到120迈以上，要不然，死亡的恐惧会提醒自己，我还活着，这种存在感跟注视着恋人的眼睛时一样真切。车窗大开，温暖的风拨乱了我的长发，阳光照在我握着方向盘的手背上，热辣辣的，让我觉得仿佛不是身处狭小的车厢，而是裸身在大地上奔驰。

徐晨，58岁，瑞安医院临床药理中心的主任，也是瑞安医院的药剂科主任，医药代表争相取悦贿赂的目标。他看上去比实际年龄憔悴，头发白了大半，好在还茂密，面孔是不均匀的灰黄色，两颊更深，像没擦干净的污渍似的。声音沙哑，背佝偻着，白大褂里一件米色的衬衣，下面穿一条有几道横向折痕的黑色西裤。他的妻子5年前得了胃癌，前年去世，据说他因此一下老了许多。

瑞安医院的新门诊大楼气派得很，观光走廊四通八达，有如美国大片里的太空站。大楼33层，由住院部和门诊部两栋分楼组成，以走廊相连。徐晨的办公区域就在门诊17楼，眼科中心对面的半个楼层。

"我们选的都是抑郁症状非常轻的患者，就怕出事，没想到，没想到能出这么大的事情。"徐晨不住地摇着头，在他办公室里翻找着什么。他的办公室不算小，有足足20平方米，四周仓库似的堆满了箱子，走到哪里都能磕着绊着。

整箱的杨梅、苹果、香梨，还有整箱的冰红茶、乌龙茶、七喜，各种干货、土产，没拆封的皮包有五六个胡乱堆着，钢笔盒子一桌，看起来像是一个批发市场。更多值钱的礼品，他应该是好生收起来了。

他拿来两瓶七喜，戳在何樱和我面前的桌上。又找出个一次性杯子，拆了整盒立顿，摸出个茶包放进杯子，用热水沏了，摆到卢天岚的面前。我忽然意识到，徐晨和卢天岚原来早就认识，而且彼此熟悉得很。卢天岚不喝冷的饮料，只饮热茶，徐晨非常了解，做得如此自然。卢天岚也没有特地说"谢谢"。

然后，徐晨拉开写字台的抽屉，摸出一个文件夹，摸到桌上的老花镜，架在鼻子上，边翻看边说给我们听。

参与"爱得康"实验的患者总共 60 个，随机分为 2 组，每组 30 人。一组服用安慰剂，另一组服用药品。实验是从 5 月 8 日长假结束后的第一个工作日开始的，目前已经进行到第 4 周，苏亚自杀的时间是参与实验的第 7 天。按照前 2 周的数据反馈，服用安慰剂的一组改善率达 67%，服用药品的一组改善率仅为 63%。何樱从提包里拿出水笔和本子，正在埋头记录。

"岚岚，我看这实验就算了吧。"徐晨把卢天岚叫作"岚岚"，他摘下老花镜说，"药品的数据还没有安慰剂好，又出了人命官司。继续实验，要是再出点什么事情，不要说你们公司名气坏掉，我这里也没法交代哟。"

卢天岚摸到一个笔盒打开，把钢笔拿在手上转着玩，听到这里，两手分别捏住了笔杆和笔帽，使劲地往两个方向拧，并不回答徐晨的建议，只是语气淡淡地问道："苏亚是哪一组的，安慰剂还是药品？"

徐晨又慢吞吞地戴上老花镜,翻开文件夹,手指引着视线在纸上找了一会儿,停下来,很肯定地瞪着纸上的一点,答:"药品。"

到这个时候,如果换了我,多半会脱口而出:"天哪,孟雨他自己知道这些情况吗?"然后冲着周游说:"你现在就打个电话给孟雨,让他今天下班前务必到我办公室来一次!"这就是我崇拜卢天岚的原因,她才不会像我。

她依旧不咸不淡地浅笑着评价道:"正常。大多数抗抑郁药都要2周以后才能起效,1到3个月达到稳定效果。比较数据,现在还远远没到时候。"

徐晨摘下老花镜,扣在桌上,摸过鼠标,点开电脑上的股票软件,从方才的和蔼和耐心,忽然换作一副不打算再搭理我们的样子,目光投在满屏的绿色数字上,嘴里说:"我看是这药的上市还远远没到时候吧?有效就是有效,无效就是无效,有数字摆在这里。还死了一个人,唉,要是再死一个,我都不知道我自己还能不能平安退休了。"

他看似在自言自语,却吐字清晰强硬,看得出,他和卢天岚都是固执的人,像石头碰上石头。卢天岚就像没听见他这番话,神色如常地接着自己前面的话:"苏亚自杀更不是药品的问题,是我们运气不好,她刚好在实验名单里。"只是这一句,她的语气也硬了很多。

我看了何樱一眼。何樱也看了我一眼。

"如果不停掉实验,你确定不会再有第二个、第三个苏亚吗?"徐晨的眼睛还是盯着不断跳动的股票数字。这项实验,他多半私下也收了帕罗药业一大笔钱,没法单方面说停就停。

"只要你的名单里没有第二个、第三个苏亚。"卢天岚飞快地回答,可谓针锋相对,脸上还保持着微笑。哪家制药公司能离开三级甲等瑞安医院药剂科的支持呢,微笑还是需要的。

徐晨忽然转过脸,把脑袋朝着卢天岚凑过去。"岚岚,我这可是好心好意地劝你啊。"他的语调还是慢慢的,像是一个慈父在跟女儿说悄悄话。不过这一声"岚岚"加重了语气,像是在提醒卢天岚,跟他相比,她永远资历尚浅。"你听不进这些话,没关系,我在这里跟你打个赌好了,就赌苏亚,按我的经验,这种事情只是一个开始,一个组里有人自杀,会传染的,你信不信?"

何樱又从本子上侧过脸,看了我一眼。这次我没有跟她面面相觑,我忽然被一口七喜呛住了,徐晨最后的这段话怎么这么耳熟?

"如果你听不进这些话""如果你听不见这些话""没关系""没关系,她的血会让你听见的""我还在这里""我在这里跟你打个赌好了,就赌苏亚,这种事情只是一个开始""这一切只是一个开始"。

这不就是"苏亚"在苏亚死后第10天的深夜11点42分写下的帖子吗?这个帖子像是一个鬼魂的诅咒。当然,这个凶手打算继续屠杀的宣言,比鬼魂更让我不寒而栗。

我一边咳嗽一边走神,就没听见卢天岚是怎么应对他的。徐晨看了看卢天岚面前的一次性杯子:"唉呀,茶喝完了,我再去给你加点水。"这么说着,却一直坐着不动。于是卢天岚看了看手表说:"我下午还有点事。"就利落地起了身。

我赶紧手忙脚乱整理拎包,一边咳嗽着,一边提着这瓶七喜,不知道应该带出去扔掉,还是放下,只能跟着何樱的背影往门口走。

听见卢天岚在门口跟徐晨道别:"徐叔叔,我们的工作一定要靠你多支持的。"

方才这么长时间,她对徐晨一直是没有称呼的,临走来了个"徐叔叔",不知道是揶揄他今天反复叫她"岚岚",还是打一耙之后摸一把。总之,卢天岚的面前,没有人不被调理得服服帖帖。

到楼下,我继续咳着,一只手提着挎包,下巴夹着七喜,另一只手在降车窗。卢天岚看了我一眼,自己坐进了驾驶室。看来一个毛病太多的人,在别人面前得到的不是存在感,而是厌弃吧。

她从爱马仕小手包里取出一副丝质手套,考究地戴上,这才两手把住方向盘,刹车、换挡、油门,动作干脆漂亮,巨大的车打了一个弧形,像小鸟般轻盈地驶离了瑞安医院。我把头伸出窗外,后座狭小的空间又让我开始觉得紧张。

就在徐晨与卢天岚发生冲突的12天又18个小时之后,徐晨的预言成真。

6月14日周一上午9点5分,帕罗药业收到瑞安医院临床药理中心的通知,警方已发现参加"爱得康"实验的35号患者的尸体,初步判断是自杀身亡,案发现场与苏亚极为相似。徐晨所说的"第二个苏亚"果然出现了,死者同为女性,30岁,中美合资博思装饰材料有限公司企划部经理,姓名任锦然。

这已经是该实验中的第二名自杀者。

3

得到消息,我的心被内疚咬了一大口。我本该在6月1日就把谋杀的设想告诉王小山的，给他看"苏亚"第二个幽灵帖，我相信这足够有说服力。一个人不可能在自己死后上论坛发帖，如果这句话成立，那么证明苏亚是自杀的前一个遗言帖就不成立了。而且这又昭示了另一个更值得怀疑的事实，谁写了那个帖子？谁在苏怀远和齐秀珍之前就目睹了苏亚已死，却不报案？谁刻意为苏亚表白自杀的意图？这个神秘的第二在场者究竟是谁？

如果我这么做了，如果苏亚的案件正式被警方作为谋杀案开始调查了，凶手可能就不会这么肆无忌惮，任锦然也许就不会死。

这一切很可能是来得及的。任锦然在6月1日下午或傍晚回到公寓，她可能死在当天夜里的任何时间，也有可能死在6月2日、3日的任何一个夜晚。在我发现那个帖子的17、41或65个小时之后。由于腐烂多日又泡了水，她的死亡时间被模糊估计在这个范围里。

6月14日中午12点20分，我头疼欲裂，忍不住想呕吐。刚刚传过来的现场照片一幅幅在我脑袋里不停回放，最后汇聚成任锦然被杀死时一声凄厉的尖叫。

何樱姐把我面前的盒饭盖上，摸了摸我的乱草长发说："唉，每个月都碰上一桩死人的事情，确实够难受的。游游，干脆你现在就回去休息吧，不行去一下医院。下午警察局那边，我去好了。"

我打车到茂名路，恍惚地走进弄堂口的7-11超市，拿了一个三明治、一瓶葡萄汁。回到我的301小窝，摸到桌上一盒还没拆封的散利痛，撕开，倒出满满两板，站在没有椅子的客厅里，就这么掰开两片用葡萄汁吞下，连倒水也省了，然后钻进卧室，拨拉开床上的键盘、鼠标什么的，一头扎进枕头里。

在6月14日上午9点5分前,我又在瞎忙些什么呢?我曾打算单枪匹马找出凶手,把罪犯和最终的完美推理一并摆在王小山的面前。

6月1日傍晚5点30分,我准时下班,在7-11买了一盒蛋包饭、一瓶苹果汁,还让营业员小姐在药柜里帮我拿了一盒散利痛。回到301室已是6点15分,我利索地补了一觉,醒来刚好是深夜10点30分,比尔下班到家的时间。打开电脑才5分钟,比尔的绿图标就从MSN上冒出来了。

"苏亚"的两个帖子是我唯一的线索,比尔精通网络技术,所以我决定荣升他做我的侦探搭档。福尔摩斯不是也有一个精通医理的华生医生嘛。

比尔果然觉得很荣幸的样子,对答起劲极了,他在对话框里建议道:"第一步,我们可以查一查这个'苏亚'的IP地址。"

我回:"好哇,还不快去为我卖命!"

三个字跳出来:"没法查。"

"为什么?"

"我们是论坛的普通用户,没有权限。"

"你这是要我,哼哼,你完蛋了,后果严重了。"

比尔的回复中止了两秒,我以为他又溜了,气得刚要砸键盘,就看见一大堆字冒出来:"呵呵,华生怎么敢耍福尔摩斯呢?我打算发个论坛短信给斑竹'千夏',看他愿不愿意提拔我做个管理员,这样我就有权限查每个ID的IP地址了。"

3点、5点、7点,我醒来3次,问了比尔3回。"千夏"没有回复。在我的胁迫下,比尔清早又发了一条短信过去。上午11点15分,我把盒饭晾在办公桌上,偷偷溜到底楼的魅影发廊,一把揪住比尔就问有没有回信。比尔抢着粗胳膊,剪如剑花翻飞,青丝如细雨绵绵落地。满头夹子坐在刀光剑影里的年轻女孩,翻起眼睛瞪了我一眼,狠狠的。

我只好当场搜身,从比尔的牛仔裤大口袋里摸出他的上网本,打开,输入"鸵鸟哥"的 ID 和他的密码。然后,福尔摩斯可怜巴巴地向华生报告:"您有一条新的论坛短信。"

"千夏"问"鸵鸟哥":"怎么就忽然想到要升官啦?"

"怎么回?"比尔一脸促狭地把问题扔回给我,给女孩的头发喷了一点水,梳齐,抓起左右各一绺比较长短。

当天夜里,为了获得斑竹的支持,在论坛捉拿真凶,我终于下定决心,泄露了本案重要的线索和推理,洋洋洒洒把150字的短信对话框全部填满。没想到,这个论坛短信发送之后,"千夏"无声无息了整整3天。我焦躁欲狂。

6月5日上午11点5分,还没等我下楼,比尔的来电显示就出现在我的手机上。

"喂,请问是周游小姐吗?"他很少给我打电话,每次总是别扭得很,尤其是开头的这一句请问,好像这是一个公用电话似的。确定这边是"胡思乱想"小姐之后,他简捷地汇报道:"我的管理员权限开通了。"

6月6日凌晨1点55分,比尔宣布,"苏亚"的 IP 地址已经查到了。"你是想先听好消息,还是坏消息?"他在 MSN 上跟我卖关子。

"好消息是,'苏亚'在5月15日傍晚6点32分发帖的 IP 地址,跟'糖糖'一贯发帖的 IP 地址都不同,与'苏亚'在5月25日深夜11点42分发帖的 IP 地址一致。也就是说,'苏亚'的自杀遗言确实不是苏亚本人发的。"

"坏消息是,'苏亚'的两个帖子都是经由国外服务器的 IP 地址转发的,罪犯非常注意隐藏痕迹。不然的话,通过 IP 地址,我们至少能知道他在上海的哪个区。"

我不甘心地问:"那么,你的第二步呢?"

对话框里出现了很多问号:"什么第二步?"

"你上次说,第一步,查 IP 地址,那么第二步呢?"

"本来就没有第二步呀。"

我真是被他气死了。

"唉,我的'胡思乱想'小姐阁下,一共就两个帖子的线索,IP 地址都查了,还能查什么呀?你就饶了我吧。"比尔在 MSN 发过来一段"鞠躬"的传情动漫。

说得也是,两个帖子,加起来 300 字都不到。如果福尔摩斯本人在这里,连 IP 地址也不懂的他,能从这 300 字里琢磨出些什么呢?

能。罪犯特殊的方式。

把这两个帖子放在一起看,我总觉得有一种非常不协调的感觉。

如果说凶手杀死苏亚,伪造现场,之后在 5 月 15 日傍晚 6 点 32 分特意发出那个帖子,为的是让大家确信苏亚是自杀的,不再追查。他确实已经做到了。在当时的局势中,几乎没有人会注意到傍晚 6 点 32 分需不需要开灯的问题,也没有人会想到要检验"苏亚"和"糖糖"的 IP 地址是否一致。

可是他偏偏不甘寂寞,又在 5 月 25 日深夜发了第二个帖子。你说就算你寂寞吧,想发帖吧,哪个 ID 不能用,偏偏要用"苏亚"这个

ID，并且招摇地宣称"我还在这里""她的血会让你听见"。这番动静倒是很符合这个论坛的名字："就是想让你知道"。

你不知道这是谋杀吗？我就是想让你知道。

你不知道我是凶手吗？我就是要让你知道。

如果说，这两个帖子，一个是伪装，另一个就是自我暴露，意图完全相反。这至少可以说明一点，这是一个变态杀手。他究竟想让谁知道呢，警察还是特定的某个人？他不惜杀人、犯险，想让那个人知道的，仅仅是"我还在这里"，还是别的什么更重要的内容？

"你这个小脑袋……你这个小脑袋……"比尔似乎只会回答这行字了，我知道他在MSN那头已经是一头竖线了。他爱好打击我，却从不在关键的时候，看在我这么呕心沥血的分上，他也不会忍心的，所以我得到的最终评语是："你这个小脑袋……还挺好用的。"

而且他也发表了自己的观点，他说那个变态的凶手没准正在恋爱。恋爱的"恋"字，本身就是"变"的上半部分加上"态"的下半部分嘛。

于是我又敲了一堆问题给比尔："老鸵鸟，你好像很了解变态杀手嘛，既然如此，你觉得他说'这一切只是一个开始''她的血会让你听见'是什么意思？他会继续杀人是吗？他说的那个'她'是谁，是下一个谋杀目标吧？我要不要明天就通知王小山？"

虽然，我告诉比尔，从私人的角度，我不怎么想主动跟王小山联络。

比尔也不问我为什么不愿意跟人家联络，就飞快地回："不想就别联系了。"他很快又补了一句："应该不会有什么大事。"

关于后果，他也跟我分析了一通："如果仔细读一读这两个帖子，就会发现，这个凶手总是用苏亚的口吻在说话，假冒的自杀遗言就不用说了,他冒充苏亚谴责张约和徐鸣之,宣称要用自己的死来报复他们。10天后,他对张约事后的冷漠非常不满意,于是再次现身,以苏亚幽灵的立场,宣布要用'她的血'来让他听见她的声音。"

"这个'她',不就是徐鸣之吗?除非张约还有第二个女朋友。至于徐鸣之的安危,"比尔的话一行行出现,"你完全不用担心。她的行踪,现在连万能的论坛都不知道了,还有谁能知道?再说,你应该还记得5月29日无涯网关于婚纱照的八卦吧?全世界都知道张约跟徐鸣之分手了,凶手再去杀她也没意思啊。"

看到最后一行,我已经连支撑眼皮的力气都没了,我扔了一个笑脸到对话框里,就无比宽慰地跌入了梦乡。

谁知道"她的血"竟然是任锦然的血呢!

第五章

1

6月14日下午4点50分,我从睡梦中蓦然醒来,被窗外明亮的天色吓了一大跳。这才想起,今天中午12点20分,我就因病离开了办公室。头已经不疼了,里面涨鼓鼓的,好像塞满了止痛片挥发残留下来的渣滓。

我飞快地拨了一个电话给王小山,说要约他见面,越快越好。

6点15分,王小山喘着气冲进了星巴克,短袖T恤衫外面套一件白色连帽背心,牛仔裤衬出他好看的长腿,棒球帽压在眼睛上。这身装束比穿制服协调多了。他看到我,有些惊讶地调整着滑稽的表情:"你……呃,你下午在家里大扫除呢?"

没那么夸张吧,我不过是穿了一身家居的运动服,头发随便束成一把,耷拉在背上,喝咖啡嘛,又不是参加酒会。

王小山居然参加了任锦然自杀案的调查,他所在的分局明明不负责那个地区。他说这是他主动要求的,因为任锦然的案件和苏亚的实在太相似了。

"那么，你都发现什么了？"我觉得，我的态度简直像是他的局长。

他摘下棒球帽，努力想把翘起来的头发捋平："我从11日晚上起就一直没着过家，就刚才回去洗了个澡。不是发现了什么，我都快了解她的一生了！"果然他眼圈都黑了，瞌睡眼更是睁不开的样子。

任锦然的手机显示，5月30日下午3点27分，5月31日下午1点32分和4点13分，她分别打了同一个电话3次，通话时间分别是22分钟、6分钟和4分21秒。这是在人们最后一次看见她的前3天内，与她通话频率最高的一个号码。很快，王小山查到了这个号码的机主，帕罗生物医学研究有限公司研究中心主任孟雨。

于是，孟雨对王小山道出了6月1日的星巴克之约。5月30日，7年里罕有联络的任锦然打电话跟他叙旧。5月31日下午1点32分，任锦然又打来说，想跟他明天见个面。4点13分，约定了时间和地点，是基本按照任锦然的提议定下的。6月1日下午4点58分，孟雨依约到达星巴克，坐了整整1个小时，没有等到她。如果一定要回忆，至多是见到过一个类似的身影。这恰恰与任锦然最后一次出门的时间相符。

按照孟雨的说法，我试图还原6月1日下午4点58分到6点之间的情形，貌似可以推理出这样的剧本：任锦然苦等7年，深情一片而来，目睹了孟雨的不在意，心灰意冷，悄然回家寻了短见。如果孟雨说的是实话。

王小山当时问了一个聪明的问题："你等了她1小时，为什么不打个电话给她？"6月1日下午，任锦然的手机有好几个来电记录，却唯独没有孟雨的。

孟雨站起来，从办公室的挂钩上取了白大褂穿上，很自然地回头答："她要来总会来的。"然后说了句"失陪"，就往实验室去了。

很凑巧，我今天约的，也是这家淮海路上的星巴克。现在，我和王小山正坐在二楼靠窗的一个桌子边，人手一杯大号的芒果星冰乐。我托腮望着星巴克底楼门口进出的人流，揣测任锦然当时的心情，不禁有些恻然。

王小山掏出一张照片，招魂似的在我鼻尖上晃了几下。"喂喂，任锦然根本就不是你想象的那样！"等我接住照片，他朝椅背靠下去，舒展长腿，伸开胳膊伸了个懒腰。

照片上的女人笑容夺目，浓密的眉眼，单眼皮，眼眸闪烁如星，丰盈的嘴唇笑开着，露出两排雪白整齐的牙齿。她不是白里透红的那种类型，有蜜糖颜色的皮肤，配上黑色的长裙，阳光下微微泛出栗红光泽的及腰鬈发，黑色的衣着显示出的不是古板沉闷，而是鲜艳，就像只有泥土才能衬出鲜花丛簇。

我可以想象，在2000年的复旦大学校园里，一个是早熟美丽的新闻学院一年级女生，一个是忧郁儒雅、才华横溢的生命学院青年讲师，他们的爱情，尤其还是一个19岁女孩的初恋，必然如诗如画。可惜短暂。

2003年，孟雨就跟一个相亲认识的女孩结婚了，当时任锦然还没念完大三。

据说他们爱情的主要干扰者，不是校方，不是孟雨后来的妻子，而是孟雨的母亲，一个叫孟玉珍的女人，听上去简直像一个中世纪的故事。这个世界就是如此无奇不有。孟玉珍来到学校找任锦然谈心，找任锦然班级的辅导员谈心，找新闻学院的副院长谈心，找孟雨的各个领导谈心。在 2000 年,其实师生恋已经不是什么大不了的问题了,只是架不住孟玉珍这么一番锲而不舍的投诉。

2002 年,任锦然还怀过一次孕,知道的人非常少。孟雨当时已经怕了校方的压力,任锦然的心里也对孟雨有了责怪,怪他没有尽力阻拦孟玉珍。悄悄做了流产手术之后,两个人就算是正式分手了。虽然两个人对彼此还放不下,但局势已然如此。

从 2002 年秋天开始,孟玉珍亲自给儿子安排相亲,几乎每周都有。应该也是被母亲逼得烦了,2003 年夏天,孟雨选择了一个相亲对象,交往 3 个月就飞快结婚了。

排查任锦然的社会关系,王小山找到了她的闺蜜之一,黄悦,29 岁,任锦然的大学同班同学,恒大房地产有限责任公司办公室主任。对于任锦然 10 年来的感情生活,王小山就是从她那里了解到的。

任锦然痛苦了一段时间,尤其是 2002 年秋天到 2003 年初夏那段时间,和孟雨总能在校园各处不期而遇,自然是因为两个人都还放不下,不知不觉就走到原来约会的地方。这一周,她发誓要跟孟雨彻底了断,下一周,两个人又秘密地重归于好,当然这种好持续不了 3 天。孟雨在相亲,这让任锦然的心态非常不平衡。

但是自 2003 年 6 月开始,学生们离开学校去实习,任锦然就有了新的环境去忘记孟雨。事实上,2003 年的圣诞夜,她就跟杰生去长乐路的酒吧跳舞,彻夜未归。杰生是当时追求了她两个月的年轻人,来自加州,金发碧眼。他们热恋了半年多,然后任锦然又搬去跟一个瑞典的高个子帅哥同居了。那时候学校已经开始大实习,规定学生可以不住学校。

毕业后第二年同学聚会，任锦然带来的男友是名叫雅克的法国人，热爱骑行运动，那一阵任锦然的皮肤晒成了小麦色，肌肉健壮。他们恋爱了将近3年，雅克向她求婚，她忽然逃得无影无踪，手机关机，公司告假，弄得雅克每天把黄悦的电话打到几乎断电。

"不要以为这是任锦然对孟雨还没忘情，所以故意放浪形骸。"这是黄悦对王小山反复强调的一个观点。从2003年圣诞节以后，任锦然就开始变得越来越快乐，甚至比跟孟雨热恋的时候还要快乐，那是一种真正的舒展与开怀。她时常大笑，不再纠结重重，肢体渐渐褪去以往的僵硬，这让她高挑的身材优势充分显现出来。她行坐自如，鬓发飞扬，表情生动，心情的变化让她的美丽忽然就盛放开了。

她对黄悦不止一次说过，这些单纯的家伙让她充分体会到了爱情的乐趣，不仅是乐趣，她还看到了更好的自己，不需要总是顾忌、自省、左思右想。跟孟雨的初恋固然刻骨铭心，但是，现在她才知道真正的恋爱是什么。

当年的孟雨是这样一个人，他有很多女孩喜欢的特点，外表整洁，礼貌而自律，讲课时谈吐颇有魅力，涉猎广博且观点与众不同。很难想象他这样孤傲不群的人，恋爱起来非常依赖对方。

除了上课，孟雨希望任锦然剩下的所有时间都跟他在一起。偶尔一天不见，宿舍门房间的公用电话一定响个没完。用任锦然的话来说，就是每一滴时间都给挤干了。了解孟雨越多，任锦然越被孟雨吸引，他大脑里的世界的确精彩绝伦。他平日少言寡语，但是在任锦然的面前，他似乎想把自己每一个思想和感情的片断都展露出来，有时候他自己也会忽然惊觉，拍了拍额头说："唉，我怎么突然变成一个话痨了。"

他对自己的每个细节一丝不苟，跟任锦然相爱后，这种要求就延伸到恋人的身上。因为他优秀，似乎这成了他指摘别人的理由。他确实是善意地指出任锦然这里或那里的不妥，像一个最负责的老师。恋爱中的人是最希望把自己最好的一部分展示给对方的，这就让任锦然时常感到紧张，跟他在一起的时候，又幸福，又战战兢兢。

人与人的相处没有一个可以参照的标准，对于初恋，更是如此。没有人能告诉你，每天共处多久才算亲密，对方愿意了解你多少才算真正在意你，什么时候自己登场做主角，什么时候轮到对方，两个人又能够保留多少自己的界限。

孟雨的"锦儿"每次约会总是迟到10到20分钟，这几乎成为多年之后"锦儿"在他心中唯一的特征。任锦然曾经努力达到孟雨的一切标准，除了迟到，这是故意的。她这是故意想让孟雨知道，在这场瑰丽的恋情中，并不是只有孟雨一个人，她，也是存在的。

照黄悦这么说来，任锦然跟孟雨分手，可谓幸事，那么她为什么要在7年之后约孟雨见面，特意准备了生日蛋糕，还躲在二楼不肯现身呢？

"王、小、山！"我大叫了一声，"你这是去查案子的，还是去探听人家隐私的啊？难怪你三天三夜没睡觉呢！"

王小山似乎习惯了别人打击他，我这么说，他也不生气。他比画着两只手掌耐心向我解说："做我们这个工作的，就是要了解被害人的一切细节，这样才能找出真凶。被害人最大的隐私，就是她是被谁杀害的，是不是？"

听到这里，我忽然惊讶地瞪大了眼睛，又把他吓了一跳。我指着他的鼻子说:"喂,你刚才说'被害人'和'真凶'了,原来你也知道这不是自杀啊?"

王小山这下再也绷不住,"扑哧"一声笑了出来。他把脑袋凑过来,压低了声音说:"是不是自杀不知道,但我是当谋杀案来查的。因为苏亚的案子——很可能就是谋杀!"

我听得出,他的声音里充满了得意。

6月14日傍晚6点58分,我从王小山那里得知了苏亚案件中的几个重要线索。

还记得我在主卧的洗手间里发现的那个空盒子吗?搁在玻璃横隔架上,蓝白相间,上面印着DORCO的字样,盒盖洞开。划破徐鸣之的脸、插入苏亚咽喉的,都是这一种市场上少见的DORCO刀片。但是,刀片盒子上没有指纹。

如果苏亚5月15日从这个盒子里先后取出过两枚刀片,会没有留下一个指纹吗?她会在自杀前特意戴上手套,把刀片盒子上的指纹擦得干干净净吗?就算刀片另有来源,早先这个盒子被摆到隔架上,竟然没有用手吗?

唯一的解释是,5月15日当天,盒子里仅剩两枚刀片,第一枚是苏亚取出的,成了划破徐鸣之脸颊的凶器。第二枚是凶手取出的,他用这枚刀片可能是临时起意,所以杀死苏亚后,他细心地抹去自己的痕迹,把苏亚先前留下的指纹也一并擦掉了。

还有一个极大的疑点是,在苏亚的公寓里没有发现手套和单枚刀片的包装纸。

汇洋商厦底楼发现的刀片上没有指纹,所以凶手必然是有一副手套的。当然,手套也有可能在半途处理掉了。但是没有单枚刀片的包装纸就不能解释了,最后插进苏亚咽喉的那枚刀片,它的包装纸呢?房间里所有的垃圾桶都是空的。

6月14日夜晚7点15分,我也跟王小山共享了我的线索。

"苏亚"的ID已经发了三个帖子,第一个是伪造的自杀遗言,第二个是宣布"这一切只是一个开始",第三个是我方才出门前搜索到的,发帖时间是6月14日上午9点26分,字句非常简要。

第3号,任锦然。

我说过,我会让你知道的。

如果你还是不知道,我会继续下去。W,我在等你阻止我。

如果任锦然是第3号,那么第2个是苏亚,第1个是徐鸣之,凶手应该是这个逻辑吧。凶手犯下一系列的案件,目的显然是想让某人知道,知道他的存在,知道凶案背后的意图。在这个最新的帖子里,第一次出现了"W"这个名字。

我从头到脚打量了一番王小山,难道这个"W"指的就是他?一场连环杀人犯和警察之间的较量?就他这副嬉皮笑脸的样子,怎么看也不像是凶手看得上的警察啊。

2

我之前不愿意跟王小山联系,说起来,只是因为5月28日那顿尴尬的晚餐。

5月28日下午3点20分,王小山打电话来,通知我去一次刑侦支队。我向何樱姐申请了公事外出,4点5分就到达分局。就是那天下午,王小山跟我讲了他已经见到张约,确认了苏亚曾经出现在汇洋商厦,并且大大赞扬了我的刑侦天赋,让我感觉有点飘忽忽的。

"你等我一会儿,吃饭,晚上,我请你吃饭噢!"他有些语序颠倒地说道,然后朝隔断那边冲过去,弄得一身制服更加局促地裹在身上。他怕我跑了似的,接过同事递来的电话,捂着话筒远远地指了指我,又指了指他自己,口型好像在说:"坐、一、会儿。"手收回去的时候,差点碰掉了自己的帽子。

说实话,我挺喜欢他这副假装严肃却又错漏百出的样子。

"为了庆祝你破案。"我们两个出门的时候,他还匆忙地补充了一句,然后我们就已经站在威宁路上满街下班的人流中,他问我想吃什么。

我诚实地说:"我好久没完整吃一顿饭了,最好是自助餐,吃再多也不心疼。"

于是我们去了虹桥路上的"初花",竹林庭院,水声潺潺,屏风间黑色的木桌椅,一派幽静。我猛然感觉到,他安排的这个餐厅,氛围已经超出了一顿庆祝破案的晚餐。但是这个念头在我看到菜单图片的时候,就消失无踪了。

我点了6份一盘的刺身,金枪鱼、三文鱼、北极贝、赤贝、扇贝、鲷鱼、墨鱼、甜虾。日本料理的量实在太小了,如果点两份,盘子底都盖不住。再说,反正这是自助餐,不吃白不吃。我像鸡啄米一般下筷的时候,王小山用手指摸着鼻尖,正在不停地东拉西扯北京下冰雹、西藏地震、房产税开征在即、三鹿奶粉受害者家属在香港索赔被驳回云云，唠叨得好像忘了动筷子。

我把菜单递给他，他摆摆手。我拿过来又点了6份海胆和6份三文鱼子，吃完了不够，各加了3份。这一回吃到我对鱼生终于绝了胃口，于是招手叫来服务生，要了烤鳗鱼、烤多春鱼、烤银鳕鱼、烤牛舌、烤明虾。我忽然看见了梅酒，心痒难耐。王小山对我点什么菜并不关心，但是对我这个建议倒是极力赞同。

服务生为我们添了两个玻璃盏，冰块里斟上琥珀色的酒液，酸甜沁脾，我们喝着酒，吃着烧烤，灯光幽暗，水声潺潺。王小山已经两只手肘支在桌上，身体倾斜向前，聚精会神地谈论着他的童年往事，给老师起绰号，在考试前装肚子疼，趴在课桌上睡得崴了脖子。他的脸红扑扑的，显然酒量不济，间或用手使劲揉眼睛，对自己的话语不时发出笑声。

他应该也是在吃东西的吧，否则这么多的东西，我一个人是怎么吃完的？

我常怀疑人的胸膛里只有两样东西，心和胃。当胸膛里觉得空荡荡的时候，把胃撑大，也能让心感到踏实。我总以为自己胃口很小，因为每次一个人到饭店吃饭的时候，点的菜永远吃不完。一个人在家里的时候，又总是没心情吃东西，三明治放到发霉。

何樱姐却惊叹过我的超大胃口。一次公司聚餐，看着我盘子里增加又消失的食物，她分析说，你平时一个人到饭店吃饭，点得再简单，也至少是两个人的量，就算你吃剩下了，你的胃口也比一般人大得多。

更何况，我总是把饭店当作发泄情绪的地方。服务生已经对我露出嫌恶的表情了。我又翻开菜单，像是对服务生，也像是对自己说："最后一个，最后一个。"我点了肥牛火锅，在菜单被抽走前，又忍不住加了一份焦糖牛奶冻。

煤气炉和陶瓷火锅被端上来的时候，我忽然发现王小山已经不说话了。他两只手交叉在胸前，身体往后靠在椅背上，黑着一张脸，跟方才就像两个人。我讪讪地主动给他盛汤，他东张西望，就是不看我。

焦糖牛奶冻还没吃，他就急着买单，收起找零起身就往外走。

这算什么嘛！你自己把这当约会，你又没跟我说。凭什么别人就得知道你的心思，凭什么就得听你倾诉，你却连我有没有听都没留意？我一边愤愤，一边忍不住心虚，我的恋爱神经难道真的已经彻底残废了？

自"柠檬"走后，不知怎的，最邻近我心脏的那个地方，本来塞满了羽绒、蚕丝之类最柔软温暖的材料，还有许多五彩斑斓、闪闪发亮的东西，一夜之间忽然空出了一个硕大无朋的洞，像牙齿拔掉后留下的。随着时间的推移，渐渐填满了沙砾类的东西，无知无觉了。

有很长一段时间，我强迫自己留意身边的男孩，看电视剧里英明神武的男一号，上网浏览帅哥的图片，可哪怕是十全十美的偶像，我也难以想象如何让他引起我微妙的心跳。我想我是不正常了。后来，为了掩盖自卑，我学会了假装对帅哥吵吵嚷嚷，仅此而已。

低头跟着王小山一路走出去，在这段寂然无声的路上，我们穿越酒店的走廊，拐弯，下电梯，再拐弯，兜兜转转。我抓紧这短暂的时间，集中心念努力让自己冥想王小山的吸引力，希望能在告别时挽回气氛，露出一个含情脉脉的目光给他。

我也就是忽然做了这个决定，不是为了回报他，而是为了拯救我自己,也许从下一个 10 分钟开始,我就可以与"败犬女"的命运错身而过呢?

王小山还没有扭过头来看我,快了,我们已经走到大堂中央,再有十几步就到大门口了。一对 35 岁开外的男女向我们走来,男的笑着抬起右手,拍在王小山的肩上,女的带着笑容不作声,站在一边。他们两个之间的状态肯定不是情侣,要么是夫妻,要么是工作同事。

王小山惊讶地指着他们,大笑起来,然后热络地跟他们说起话来,没有介绍我,也似乎浑然忘了我的存在。

听他们谈的都是案子的事情,看来都是他的同事,白天刚分别,晚上又巧遇。讲了一会儿话,女警官看我傻乎乎地站在旁边,就问王小山:"哟,这位是……你的女朋友吧?"

王小山顿时像被点中穴道似的,看也不向我这里看一眼,僵硬着脖子摆手道:"不不,没有,哪有。"

"那我先走了,不耽误你们说话了。"我斯文地向他们道别,听到自己的声音变得很陌生。我握着挎包的带子,迈开大步向酒店的玻璃门走去。夜雨来袭,门里辉煌的灯光映着门外的湍急雨影,很多人在等出租车,排成长队,一辆也没有,门童打着伞在街上徘徊。

我没有停步,埋着头就冲进了大雨里。

W,我在等你阻止我。

3

35 号患者的自杀,让"爱得康"的实验陷入了前所未有的危机,也让帕罗药业陷入了沸沸扬扬的"自杀门"。

从6月15日到18日，周末前短短4个工作日里，华行大厦大堂旋转门的紫铜门轴都磨小了一轮，记者循着小道消息纷至沓来。市场部不得不调拨一组人员专门接待，卢天岚指示，不在万不得已的情况下，抵死不认。

任锦然与苏亚不同，她父母离异，父亲自她幼年起就不知所终，2006年母亲也心脏病发去世。苏怀远和齐秀珍会为了苏亚的死四处求告，诉诸法律，却没有人会为任锦然的死揪住帕罗药业纠缠不休。所以，任锦然的死，作为实验中第二个以相同方法自杀的患者，虽然在事实上对帕罗药业更有杀伤力，但约等于是透明的。如果这些内部消息不被故意泄露出去的话。

除了如飞虹般聚集的记者，无涯网也推出了详尽的"帕罗药业新药实验自杀门"的专题，6月15日上午，我在网上见到了这个页面。

泄露者肯定不是警方。

从卢天岚极为恼怒却并不追查的态度中，我猜到了一个人。6月1日下午，瑞安医院门诊大楼17楼临床药理中心主任办公室里，徐晨再三提议卢天岚停止实验，并且对于卢天岚的坚持甚为不快。他曾经说："你听不进这些话，没关系，我在这里跟你打个赌好了，按我的经验，这种事情还只是一个开始，一个组里有人自杀，会传染的，你信不信？"

他貌似赢了，不过他没有来找卢天岚领取赌注，而是故意放出小道消息，让帕罗药业不得不在舆论压力下中断实验，这样，他也就不用承担这桩麻烦了。

卢天岚跟我们几乎是一天一会。

"调查有什么进展吗？""你们有什么新的思路？""下个月开庭，你们有多少胜诉的把握？"她提的问题无非这么几个。

开庭的时间推迟了，对方似乎认为任锦然的消息对他们非常有利，要求再给他们一段时间确认新发现的证据。目前的形势下，对帕罗药业而言，当然是越拖越凶险。任锦然是35号，这个事实能否认多久？临床药理中心主任急于推卸责任，媒体和公众不断给予压力，内外夹击之下，"爱得康"的实验又能硬着头皮进行多久？

对于卢天岚的问题，何樱识相地暂时撇开闺蜜的身份，正襟危坐翻开笔记本，从头到尾把5月25日以来的进展重新说一遍。因为如果从6月14日开始讲，就没进展，只剩被动了。

卢天岚每次都拧着笔帽，颇给面子地听完。"嗯，行了，你让孟雨再核实一下实验数据，明天到总部来找我一次。"她总是这么关照何樱，似乎把刚才对法务部寄予的希望转到了研究中心。

参与"爱得康"的有效样本数有所变化，或者说，正在不明所以地以一种死亡的方式在减少。除去这些情况不明的样本，实验数据依然不妙。实验第4周，安慰剂组改善率保持67%，药品组上升到81%。第5周，安慰剂组改善率上升到82%，药品组却下降到69%。这真是一些要命的数字。照理说，2周以后，"爱得康"就应该发挥稳定的效力，现在看来，这个帕罗药业最寄予厚望的药品，效果竟然和一些乳糖和淀粉做成的白面团不相上下。

实验的效果如此不堪，一旦被媒体知道，加上任锦然的自杀事件，必然会对帕罗药业应诉苏亚一案极为不利。苏亚案如果败诉，"爱得康"的上市计划也必定失败。帕罗药业的经济损失将难以想象。

"周游,你有什么想法?"

问题怎么忽然落到了我的头上?我正盯着窗外绵羊形状的一朵云出神,琢磨着凶手为什么选任锦然做"第3号",猛然从云端失足,就看见卢天岚的眼睛正黑白分明地注视着我。

我得赶紧找些话说,可惜我这个人一着急就编不出谎话。"我嘛⋯⋯我认为苏亚和任锦然都是被谋杀的,是一个连环杀人案,这几天我正在查,呃,还没弄清凶手的动机。"我含糊不清地说了两句,闭上嘴,立刻就后悔了。

"嘀。"卢天岚的喉咙里发出了一声轻响,像是错愕的失笑。她的目光正好碰上何樱探询的目光。两个人面面相觑了几秒钟,然后同时大笑起来,一个捂着胸口,一个掩着面颊。

"很好很好。"卢天岚说,"如果真的是谋杀,一切问题就全解决了。周游,我倒希望你说的不是梦话。"

4

按照黄悦的说法,从2003年圣诞节到2009年春天,任锦然一直过着云端的日子。忽然间,她就学会了溺爱自己,只挑拣毫无苦恼的恋爱来享用,像一个挑食的孩子,一不如意就推开盘子。尤其跟雅克同居的3年,她跟黄悦说,如果这样的日子能持续100年多好。

"刚才你不是说,她拒绝了雅克的求婚?"王小山听得云里雾里。

没错。2008年春节长假,雅克特意向公司提前多请了5天假,也让任锦然预支了年假。2月6日除夕,他已经带着任锦然抵达法国里昂度假，那里是他的家乡，任锦然见到了雅克的双亲和两个妹妹。2月13日，两人去往阿姆斯特丹旅行，第二天，雅克在运河的玻璃船上向她求婚。其实雅克这趟安排的日的很明显，中国新年，见男方的家人。可是任锦然始终没朝这个地方想，直到钻戒出场。

抵达上海的第二天，雅克下班回来，发觉公寓里任锦然的踪迹已经消失了，行李被干净地搬走了，没有留言，手机关机，办公室座机无人接听，就好像这3年里，她从未存在过一样。

王小山对此的评价是，以前都以为只有男人恐婚，没想到恐婚的也有女人。

钻戒没有出现之前，任锦然从未意识到一个秘密，她那些没有苦恼的恋爱的秘密。事实上，因为在孟雨之后，她交往的都恰好是外国人，说着不同的母语，又有着完全不同的成长环境，彼此用任何一种语言交谈，了解对方的内心世界仅限于一些符号化的表达。天然的界限摆在这里，所以也没有人会抱怨对方不够了解自己。

简单固然快乐。只是，如果认真想到要跟这样的一个人结婚，任锦然忽然觉得不甘心。她的丈夫，她此生最亲密的人，注定不能知道她80%以上的微妙感受、了不起的聪明想法，和种种怪癖背后的原因。她将来的一生，在大房子里儿女成群，其乐融融地过圣诞节、感恩节、春节，50年，也许更长，她那受人羡慕的丈夫仅限于把她视作一个东方美人，就好像在这个世界上，她所知的任锦然，从未存在过。

人们向来只责怪别人不懂自己，其实他们又何尝了解自己。任锦然也是在求婚事件的激发之下，才打开了内心更深处的一个秘盒。

听黄悦讲完，王小山才发觉，任锦然是一个领悟和思辨能力都特别强的女人。她封存思维活动的时候是一回事，然而一旦她开始思考，她立刻就明白，她要的那种了解正是痛苦的源头。正如她和孟雨的恋情，她的疲惫来自孟雨向她展示内心的渴望，她的幽怨来自孟雨似乎无心阅读她的内心，她的紧张，其实又是因为她在努力地掩饰真正的自己。如果要解除痛苦，只有挨到某一天，双方都疲惫到绝望，终于放弃了让对方了解自己的努力。

所以，她得出结论，人的宿命是一个人过，无论结婚与否，其实都是一个人过。

2008年春天，任锦然搬进了江宁公寓2204房间，也很快找到了一份工作，到博思装饰材料有限公司就任企划部经理。3个月之后，雅克放弃了对她的寻找。

任锦然开始了一种刻意维持的单身生活，有过几个男朋友，关系并不密切。她依然心情良好，不是原来那种没心没肺的快乐，乐观里多了一份说不清的平静。黄悦却特意补充了一点，她并不喜欢任锦然的这种平静，这种平静背后似乎有一种决绝，让她感到担心和害怕，看上去决定要一个人过完余生似的。

独居1年后，任锦然的情绪忽然变得低落。她曾经向黄悦倾诉她的感受，她觉得太冷清了，一个人住，身边没有另一个人，连好端端坐在饭桌前吃一顿饭的兴趣都没有。她发现人就是这么一种悲哀的动物，两个人在一起彼此孤寂，一个人呢，又没出息地需要在房间里听见另一个呼吸。不过她没有用再一次同居来治疗自己，也许当一件事被想明白毫无意义之后，就失去了原本的效果。

2009年5月15日，任锦然的医保记录显示，她开始接受抗抑郁药的治疗。8月之后中断了一段时间,11月27日又重新开始。

2010年5月8日,她参加了瑞安医院临床药理中心的实验,实验药物品名"爱得康"。她参加的是药品组的实验,而不是安慰剂组,疗效一直还算良好。尤其是在5月22日服药2周,以及5月29日服药3周的评估中,她的抑郁症状基本已经消失,情绪高昂。不过这两周的评估都是通过电话进行的。6月5日,她本人依然没有来到医院,她的电话也打不通了。这位35号病人的尸体正在公寓里渐渐开始腐烂。她变成了凶手的"第3号"被害人。

事实上凶手的编号并不准确,严格地说,正在腐烂的那具尸体应该是"第3号"及"第4号"被害人。任锦然已怀孕8周。她的门急诊就医册上记载着,5月18日,国际妇婴保健院,妇科普通门诊,尿液HCG检测阳性,诊断为怀孕6周。她预约了5月28日特需门诊的全套孕期初检。

"锦儿怀孕了?"黄悦显得有点惊讶,却并不意外,她一边回忆一边说,"应该是2009年圣诞节前后,锦儿给我打过电话,她说她打算要一个孩子。我当时听了还挺高兴的,就对她说,你这个坏蛋,打算结婚了也不把男朋友带来给我审查一下,我审查通不过,你就不许嫁给他。锦儿在电话那边笑了几声,然后说,我没打算结婚,我就是打算要一个孩子呀,我以后跟孩子两个人过。我听她的声音不像在开玩笑。我本来打算严肃地跟她谈谈,结果我刚开口,她就堵住了我,她乐呵呵地说,你这人也太霸道了吧,只许你做幸福的妈妈,不许别人有宝宝呀?"

"孩子的父亲是谁?"对于这个问题,黄悦一副摸不着头脑的样子。

黄悦167厘米的身高，看上去大约重70公斤，浅黄色的职业套装是簇新的，很合身，厚重的短发，鹅蛋脸有些浮肿，两颊红润，嗓门响亮，神态安详，似乎并没有因为任锦然的事情有太多悲伤。相反，能从她活跃的手势中感到她的快乐、忙碌和精力充沛。

她在2009年10月30日产下一名男婴，今年5月长假后刚刚结束产假，回公司上班。照顾孩子，加上休假后办公室攒下的一大堆事情，她已经很久没跟任锦然联系了。况且，除非是正式的男朋友，不然任锦然不会跟黄悦说起。

但是她一定会跟另一个闺蜜说，她们分享任何秘密，短暂的情人、一夜情和荒唐的幻想。她们几乎天天通电话或发短信，多年来一如既往地保持亲密关系。黄悦告诉王小山，那个人也是她们的同班同学，任锦然的上铺。她摘下一张便条纸，写了那个人的工作单位、电话和姓名，递给王小山。

《新申晚报》副刊部，62792424，徐鸣之。

听王小山说到这里的时候，我挥掌猛拍桌子，对了，我记得。无涯网"'5·15'汇洋商厦毁容案"的专题中提到过这样一个细节，徐鸣之脸颊受伤的前一秒，她正在回一条给任锦然的短信。如果凶手没有出现，或是晚了那么10分钟，也许她们两个就开始谈论任锦然的宝宝，什么时候做B超可以看出男女，以及如何防止妊娠纹等。

未婚怀孕，不能公开的男友。生活中最反常的部分，就是罪案最可能埋藏的土壤。任锦然的神秘男友，会不会就是杀害她的凶手呢？

现在看来，任锦然自杀的可能性已经相当小，她预约了孕检，这就说明她是想要这个孩子的。一个正打算迎接孩子诞生的准妈妈，又怎么会杀死自己呢？

如果任锦然是被谋杀的，门锁完好，应该是任锦然自己开的门。她身穿睡衣躺在床上，当着凶手的面，这证明凶手与她非常亲密。没有任何挣扎的痕迹，刀片是一次插入咽喉切断动脉的，证明她对凶手毫无戒心，即便他在跟前，她也可以闭目睡去。如果这个人是任锦然的秘密男友之一，就很好解释这一切了。

这个人也许是因为嫉妒任锦然怀了别人的孩子，忽下杀手。也许他正是孩子的父亲，因为特殊的理由，他非常害怕孩子降生后，他和任锦然的关系会曝光，带来严重后果，所以干脆杀人灭口。

所以，只要徐鸣之能告诉我们，从2009年圣诞节到2010年儿童节，任锦然有哪些男友，谁令她怀孕，她究竟为什么决定独自生育和抚养一个孩子，谜题应该就能解开。

然而不凑巧的是，为了躲避人肉搜索引来的网民，徐鸣之已经在5月29日仓促地请假离开上海，至今没有音讯。

容貌被毁，婚礼取消，我很怀疑，徐鸣之什么时候会回来，还会不会愿意返回上海，也许从此远离了这伤心地也说不定。如果她隐姓埋名，决定在异乡开始她新的人生，任锦然的调查线索就中断了，也许从今往后，就不会再有人知道任锦然爱的是谁，她对爱情最终的结论是什么。也不会再有人明白，任锦然究竟是怎样的一个女人。就好像在这个人世间，她从来没有真正存在过。

我在MSN上对着比尔一通抱怨："都是你误导了我！说什么凶手除了徐鸣之不可能有别的目标。你麻痹我，你帮凶手麻痹我，你跟凶手是不是一伙的呀？"

比尔一字不回，等我发泄完毕，他在对话框里送上了一杯咖啡的图标，不紧不慢地解释道："小姐，我是剪头发的，对凶手头皮底下的那个玩意儿，我怎么能弄得清楚呢？"

我发过去一张沮丧的脸："可是你拖累了我这个天才啊！"

他安慰我："你就这么一个小脑袋，对它好一点，别把弦绷得太紧。"

这是6月15日凌晨2点17分，我失眠了。

通往客厅的门洞开着，院子里两处酒吧的欢闹声依然彻夜不息。而我身后卧室的窗外，辽阔的夜色里，春雨弹落在梧桐叶上的细响，絮絮绵绵，似乎也打算一直悲泣到天明。患有幽闭恐惧症的人是没有福气关窗关门的。夹杂在这些声响中，仿佛这个世界上，只有我，躲在这屏幕与七孔被之间，无声无息，对于周遭兀自运驶的一切无能为力。

我再也装不出威武，叹了一口气，分三行把下面的话发给他："怎么办……线索断了……我找不出凶手是谁。"

他回："我来想办法。"

过了足足5分钟，再也没有别的字句发过来了。

我琢磨着，还真的不能指望剪头发的。我连发了两个闪屏震动过去。过了两三秒，比尔总算有反应了，字句一行行出现：

"凶手发了这些帖子，就是故意想让我们知道，这是一场正在继续的连环谋杀，他就是凶手。这是你上次的推理结论，对吧。你不是曾经说，凶手特殊的方式能帮我们找到他吗？所以线索断了没关系，很快，凶手就会故意让你知道更多的。"

第六章

1

从 6 月 15 日起,我开始每天在论坛上监视凶手的动静。

凶手的第 3 个帖子,也就是关于"第 3 号,任锦然"的内容,仍是跟帖在"糖糖"那个题为"其实……我很介意"的长帖中,在 205 页上,2604 楼。

我不明白,为什么凶手不重新开一个新帖,干脆起个题目叫作"她的血会让你知道",或者"W,我在等你阻止我"什么的,这样不是更加容易引起注意吗?难道他真的以为自己是苏亚的幽灵,还是任锦然和苏亚之间有什么特殊的关系?

凶手这第 3 个帖子引起了巨大的反响。

它在 6 月 14 日上午 9 点 26 分发出以后,使得"其实……我很介意"的帖子又浮到了论坛的第 1 页。无涯网在 5 月 15 日上午推出"帕罗药业新药实验自杀门"的专题。这个时候,"糖糖"的帖子停在论坛第 1 页倒数第 3 行,还没沉到第 2 页去。

网友们看了专题,再次想起被遗忘已久的苏亚,进入论坛,恰好看见"糖糖"的旧帖浮起来了,不知道这个事件有什么新进展,所以都点击进去看了看。结果看见"任锦然"的名字出现在这个帖子里。于是,所有关于任锦然的讨论一楼一楼顶了上来。苏亚的这个帖子,如今又成了任锦然的专帖。

很奇怪的,在这个世界上大多数人的眼里,一个人往往会成为跟自己毫不相干的另一个人,按照别人的愿意生活,自己无能为力。

任锦然网络版的故事是这样的。师生恋,男方母亲阻挠,恋人结婚。任锦然7年无法忘情,7年后买了蛋糕为旧恋人庆祝生日,却被他的冷漠所伤,绝望之下,将一枚刀片插进了自己的脖颈。15%的小道消息,加上85%的想当然。我也曾险些犯下这样的错误。

人们对他人的理解总是如此缺乏想象力,这显然是苏亚事件的一个翻版。当人们试图用公式、经验和自己的逻辑去判断一个人的时候,事实上,他们就剥夺了她被了解的权利。随后,网友们就为了这个并不存在的纯情女子义愤满怀了。新一轮的人肉搜索从6月15日夜晚再度开始。

6月17日上午11点17分,孟雨的身份曝光,一起被贴在论坛上的,还有他在复旦大学生命学院时的工作证件照,扫描件。6月18日下午4点48分,孟雨现在的身份也已经被锁定,跟帖中还出现了帕罗生物医学研究有限公司的简介,以及孟雨的工作照和简历,貌似是从公司哪份商业计划书的团队资料中摘录的。看来,帕罗药业内部也不缺热心的网友。

虽然这些帖子都跟随在凶手的2604楼后面,或者说,因为凶手把

"任锦然"的名字写在这里，引来了后面的帖子，可是就是没有人注意到这个帖子本身的古怪之处。苏亚不是死了吗，于是大家对于这个"苏亚"也就不当一回事了。

不是血案主角，谁会来关注你呢？

我每个凌晨伏在电脑屏幕前，像一个统辖大地的上帝，敬业地监察着论坛里路过、离开、醒着与睡去的人们，等待凶手的再度出现。只有沉入虚幻的网络世界，我才会感觉如此良好，短暂地忘记自己是一只无能为力的虫子。

这一项值班监视的任务对我来说并不费力。因为我习惯在夜半醒来，一次、两次、三次，间隔或长或短的时间。不知道别的"败犬女"与预备役"败犬女"是否也如此，忽然在梦中一愣神，意识到自己正在熟睡，心中一阵不安，头脑顿时就清醒了，睁开眼睛，一片黑寂，渐渐分辨卧室里的家具、窗棂，谛听一切是否安宁如常，翻身，感觉自己是否还睡在床的中间，手和脚是否摆得舒服，被子是否被踢掉了。然后蒙上被子继续熟睡，或者起来上一会儿网，累了随时再倒头大睡，进入梦里，几个小时以后再次醒来，周而复始，直到最后一次睁开眼睛，看见窗口已经泛出微光。这一次如果再闭上眼，一定能安心地睡到下午。

这种在熟睡和清醒之间跨来跨去的感觉，就好像一个人在扮演两个角色，在黑夜里，一个醒着的我在照看另一个安心睡去的我。有人在枕畔的，他们的睡眠应该不一样吧。

6月22日之前，我搜遍论坛，"苏亚"这个ID没有再发别的帖。这让我感到极度失望。

我觉得我简直是在期待又一桩血案的发生。我已经听见了凶手内心的呐喊声，我想听清那是什么。我有一种隐约的预感，我虽然不是W，但是凶手想要表达的内容一定与我有关。他似乎正在用这样的方式让我注意到他的存在，就像我一直努力在乎的，我在这个世界上的存在。

我像一个瘾君子盼不到烈药一般，不仅是寂寞与无趣，简直是一种被活埋的煎熬。我想我可能已经变态了，不恋爱是死不了的，可是我确实需要些什么让我活过来，至少偶尔觉得自己是活着的。

比尔改变了他的习惯，这些日子，他忽然不隐身了。深夜11点，凌晨1点、3点、4点，无论我什么时候登录MSN，他必定亮着"有空"的绿灯孤零零停在队列里。

"喂，老鸵鸟，你从来不睡觉的吗？"我问。

"人老了，失眠嘛。"

有时候他回："你监视凶手，我监视你。"

有时候他劝我："没见过你这么狂热的，会把你的小身子弄坏的。"

有时候我震了好几次，他才答复。我怀疑他是开着电脑睡的，为了陪我吗？

我口干舌燥，做梦都梦见最终解开谜底的场景。我站在凶手对面，得意地阐述我洋洋洒洒的推理。凶手居然在笑，他说："你终于知道了！"他的脸是一个论坛通用的头像。

没有凶手，论坛也并不风平浪静，网友们人肉搜索的热情一浪高过一浪。他们并不满足于只找出了孟雨。6月19日上午10点16分，孟玉珍的资料也被搜索到了。女，离异，现年67岁，铁道医院退休职工，原五官科副主任医师。6月19日深夜11点38分，论坛上居然出现了孟玉珍的照片。

孟玉珍看上去出奇地年轻，至少姿态如此。她戴着一顶粉红色的镂空遮阳帽，故意戴得有点斜，帽檐的花纹投在她的半张脸上。身材瘦小得像个孩子，圆脸，大眼睛，她是瞪大眼睛在笑，如果不是下巴和脖颈上累累的褶皱，她看上去甚至比身边的何樱还要年轻。

何樱站在她的右侧，显得高大臃肿，短发夹在耳朵后面，阳光照在她平整的额头和丰满的脸颊上，没有帽子的遮挡，脸看上去也比孟玉珍足足大了一倍。她眯缝着眼睛，这让她看上去笑得有点勉强，左侧小半边身体被孟玉珍的右臂遮着，初看是她挽着孟玉珍的样子，手指却没有从手肘里露出来，可以想象，只是为了配合正面的默契，她把手空悬在背后。

何樱的右手则亲昵地搂着一个小男孩的肩头，男孩古灵精怪地站在两个女人之间，面向镜头，歪着肩，半个脑袋钻在何樱的手肘里。

他们三个人站在一座石桥的桥头，阳光明媚，身后是河道蜿蜒的江南水乡，也许是周庄、乌镇等地方。这显然是一次家庭短途出游，照片的拍摄者应该是孟雨。

2

6月21日周一，早晨9点5分，何樱破例迟到。她碎步走进1906，跟我胡乱打了个招呼，把手袋抛在桌上，在办公室里空绕了一圈，也不知道她要做什么，似乎连她自己也忘记了。然后她空着手坐下，手先是支着下巴，少顷移到额头。

"何樱姐，你喝茶吗？"我笨手笨脚地在她杯子里泡茶，以前都是她给我泡。她抬头对我笑笑,我看见她的脸有些肿,眼皮也肿着。

"游游,"她的声音有点飘,"你成天弄电脑,你懂不懂怎么把别人的帖子删掉啊?"

原来这些天,何樱已经看见了那些人肉搜索的帖子。抨击孟雨是个负心汉的,何樱倒不介意,她打开页面给孟雨看,孟雨也一笑了之。至于指责孟玉珍的种种恶劣言辞,那更不是何樱操心的范畴。直到周日中午,她在网上发现了孟玉珍与她的合影。

"这张照片一直在我的相机里,怎么会跑到网上去了呢?"她听上去像是自言自语。

我开解她说:"何樱姐,你的照片被人看见也没关系啊,反正再怎么编派,都轮不到你做反面人物的。"

何樱又努力地对我笑笑。她习惯了照顾人,难得反过来被安慰,这个好人居然满脸抱歉。"我倒是不怕别人看见我……"她斟酌着要不要对我说,终于不好意思在我关切的目光下保留秘密,"我就是怕'她'不巧看见这个帖子。照片在我这儿,'她'一定会以为是我把照片发到网上去的。"

她埋头发了一条短信,少顷,手机响了。她抓着手机起身走出1906,我听到走廊里传出短暂的脚步声,然后是另一扇办公室的门轻轻合上的声音。

绿茶还浮在水面上。顶头上司离开,今天的工作还未布置。窗外细雨不断地下,打湿了紫铜窗棂,在玻璃上蜿蜒出迷幻的光影。老房子里回荡着一种潮湿的檀木香气,走廊清静,每个角落都充满了寂静的雨声,与高拱的石顶、镂花的铜饰和墙垣的线条分外和谐。

我做了一个深呼吸，短暂地，感觉到放松和欢喜。

说实话，我非常喜欢这栋办公楼，这也是我当初选择这份工作的主要原因。屋顶高，门窗的开幅大，只有坐在这样的办公室里，我才不觉得心慌气短。

我的幽闭恐惧症是从2005年开始的。从那时候起，坐在原来那家律师事务所的隔断里，我总是手脚冰凉，周身冷汗，胸口像压了一块巨石，半天下来头昏眼花，肌肉酸痛，就像刚跟人打了一架似的。其实那家事务所算得上气派，陆家嘴的甲级写字楼，租了半个楼面，案源丰富，几位合伙人都对我赞许有加，可惜我无福消受。

最可怕的还是乘电梯。走进电梯，发现里面只有我一个人，赶紧按开门键，两扇门已经慢慢合上，灯灭了，冰冷的墙壁从四周向我靠近，我心跳加速，呼吸困难，忽然间就失去了知觉，浑然不知自己怎样被送往医院。出院之后，我就不得不每天走安全梯上下班，事务所在25楼，几周下来腿粗如象，体力透支。

帕罗药业的法务部虽然在19楼，但是这栋可爱的老房子有一台观光电梯。厢体的前后两面都是紫铜栏杆，盘旋成蜿蜒的花纹，有专家说这是巴洛克风格的线条，我却觉得这有如美丽的藤蔓。站在电梯里缓慢上行或下行，阳光透过"藤蔓"照进来，有如穿越在奇妙的丛林之间，一面是衡山路的楼房树海，一面是每个楼层的门厅前台，不断下降或上升着。

第一次面试，乘上这台电梯，我就认定它是为我的怪癖量身定做的，这注定了我必须死心塌地地接受聘用通知，成为这幢大楼的员工。

除了这台观光梯，主楼还有另外3台电梯。2台是普通客梯，就在观光梯的一个平面,一左一右,厢体已经完全换成金属的,速度比这台老电梯可快多了。还有1台是货梯,在主楼的另一侧,换得更早。观光梯是华行大厦的一大特色,每次整修都被尽力保留,据说它原来用的还是紫铜手闸,后来实在不管用了,换成了面板,其他还是原状。

所以这台观光梯走得最慢。几乎所有员工都不会选择乘这一台,而是按下左边或右边的电梯键,痛快上下。按中间那个键的,只有我,还有何樱姐。她对栏杆的花纹有一番跟我相似的评价,她说每次身在电梯里,被切割成美丽形状的阳光连绵滑过,感觉就像下了一场"花雨"。

何樱在15分钟以后就回到了1906,在我面前坐下,她看上去心情好多了。我推测,她刚才是去找她的闺蜜卢天岚倾诉。在她进来前,我还听见走廊里飘过半句话:"……放心吧,我会处理的。"卢天岚的声音。上午很忙,卢天岚没空陪她聊多久,想是这位尽责的闺蜜把她送出门口时,还在不住宽慰她。只是我不明白,这件事情,卢天岚又能处理什么呢?

何樱喝了一口我泡的茶,随即,我们开始最后一遍核对眼科药品事业部的项目合同。这是最迟翌日要卢天岚签字通过的。

6月22日上午9点12分,何樱刚到办公室就接了一个电话,挂掉后,勉强让自己面色如常。她亲自把一套7份项目合同送去卢天岚的办公室。

下午1点28分,我去安全梯的门后丢盒饭,在走廊看见一个陌生的女人。她穿着深紫红色的中袖连衣裙,满头细卷的头发垂肩,身材娇小,挎着一只漆皮的黑色手袋,手里捏着一把套在透明袋子里的粉红折叠伞,正认真地跟前台小姐比画着什么。

她转过脸来的时候,我愣了一下,这原来是一个老妇人。为什么我觉得她很面熟，却想不起来在哪儿见过她呢？

前台小姐带着她绕过门厅，走进1912的会议室。她的身影经过1906洞开的门口时，何樱姐故意避开了目光，背对着门口在文件柜上找什么。我这才想起她是谁！我颇为八卦地在走廊里多停留了一会儿，看见1913卢天岚办公室的门开了，副总走进会议室，亲自接待员工家属。

3

19楼是大楼的顶层。同一层里有公司的总裁办公室、副总裁办公室、法务部、财务部和人力资源部，以及一间会议室。

楼面设计为对称的六角形，朝南的一面是观光梯和左右两台客梯，观光梯正好一面向着南方的风景，另一面朝着同样面南的门厅，现在是每个楼面前台所在的位置。

办公室，也就是原先的公寓房间依次向东西延伸，在门厅的背面闭合。这个相对安静的位置，设计者安排了3个大套间，左右两间带阳台，分别东西朝向。一间是1911，如今的总裁办公室。老板不常来，总是空关。另一间是1913，卢天岚的副总裁办公室。中间是1912，没有阳台，改建成了会议室。这3个套间都有两扇通往室外的门，一扇和其他房间一样在走廊上，另一扇朝北，通往货梯和两侧的安全梯。现在货梯前的空地成了吸烟区，刚好方便了会议间隙，开会的人从后门直接走出去吸烟。

除此之外，大厦里属于帕罗药业的楼面还有4层。7楼，移植和中枢神经药品事业部。6楼，眼科药品事业部。5楼，心血管药品事业部。

4楼，公共会议室和培训中心。

综合每个人的描述，6月22日下午完整的情况应该是这样的。

1点28分，卢天岚将眼科药品事业部的那套合同审阅完毕，让秘书紧急送去6楼，亲手交给事业部经理韩枫。因为下午4点，事业部就要跟客户进行合同细节的最后谈判。

合同刚被取走，电话分机响了，前台说，有一个名叫孟玉珍的女人来访，说是早上已经跟卢天岚预约过，会面时间定在1点30分。1点32分，卢天岚经由走廊的门进入会议室，开始听取孟玉珍的投诉，主要内容是关于她的儿媳在网络上发帖丑化她，损害了她良好的名誉。她此次造访，就是希望公司领导能帮助她教育晚辈。

孟玉珍的诉说冗长，还延伸到家庭琐事诸种，所以直到1点50分，她还没结束她单方面的陈述。这个时候，会议室的分机响了，是秘书转来6楼眼科药品事业部的电话。韩枫在电话里非常焦急，秘书送下去的项目合同只有6份，缺了最重要的一份补充条款。卢天岚说："我现在正接待一个客人，你打个电话给何樱，让她赶紧到你那儿去一次，确定是少了哪份合同。"

对于电话的紧急内容，孟玉珍听了个大概，但是她没有一点要离开的意思。于是卢天岚对她说："你先坐一会儿，我去隔壁找一下，看桌上有没有落下那份合同。"这一回，卢天岚从会议室的后门，通过吸烟区，回到隔壁自己的办公室，1点54分。

本来孟玉珍会一直等下去，按她的个性，不得到一个确切的说法是不会离开的。她也许会待整整一下午，5点30分大家下班的时候，她依然坚守在会议室里。可是她的手机响了，她的儿子孟雨恳求她立刻回家,并且以辞职相威胁。孟玉珍悻悻地站起来,推开会议室的前门,来到走廊上,左顾右盼,没有见到卢天岚,也不知道她在哪扇关闭的门里,于是只能绕过走廊,来到前台对面的电梯前。刚好是1点59分,前台小姐看过一眼电脑屏幕右下角的时间。

观光电梯的下行按钮亮着,何樱正在等电梯,准备去6楼眼科药品事业部。5分钟前,韩枫刚刚打电话给她,急着要她下楼确认少了哪一份合同。她匆匆把合同文件拷贝进U盘,来到走廊,习惯地按下了观光电梯的按钮。一转身,她看见孟玉珍也朝着电梯走过来,不禁感到脸部僵硬,却也不能完全不打招呼。

"妈。"她叫了一声。然后,两个人一起扭头看着电梯上方的显示灯,9楼、10楼、11楼,目不转睛。想到待会儿一起待在电梯里会更尴尬,何樱假装匆忙地说:"妈,他们等着,电梯太慢了,我走楼梯。"说完就逃跑似的绕过门厅,往背面的安全梯去了。

孟玉珍的手机又响了,孟雨追问她是不是已经下楼。2点1分,她一边讲电话,一边走进正在缓缓张开大门的观光电梯。母子俩也许又为了儿媳争论起来,通话在继续。孟玉珍一手捏着电话,一手提着手袋和折叠伞,也许她并没有留意看紫铜栏杆外的雨景,光线透过弯圆的线条在她身上移动。

她进电梯时已经按了1楼的按钮,不知为什么,中途又按了6楼。也许是气恼未消,或者电话里儿子的哪句话激怒了她,令她忽然决定去6楼,跟何樱当面理论个明白。她在会议室听到过何樱要去6楼。现在也只有这样猜测她选择这个楼层的意图了。

眼科药品事业部的前台在视野中慢慢升起。美丽的栏杆上下相遇,重合成一幅完整的画面。按钮灯灭了，电梯门自动打开，先是厢体，再是外面的栅栏。她对着手机尖声喊着"你别说了"，就疾步跨出来，还没等门开到最大幅度。

就在这个时刻，电梯发出"咕噜"一声闷响，怎么形容呢，据当时6楼的前台小姐描述，好像是这个古老的巨人忽然打了一个嗝。就像收到一个疯狂的指令，厢体和栅栏的门顿时飞快地合拢起来，与它们平时慢吞吞的运行完全不同。铰链叹了一口气，猛地将厢体往运行的反方向扯起，像是扯一个陀螺般，只用了一刹那的巨力。厢体依着惯性上升，由快及慢，到8楼趋于静止，然后循着自身的重力，飞快地向地面下降而去。

电梯的显示灯灭了，没有人知道它会去往哪里，在哪一层停靠，7楼、6楼、2楼、1楼。半分钟后，楼里的所有人都感觉到了厢体落地的震动，电梯没有停在1楼，而是停在了废弃的地下室里。这是每天夜晚11点，老魏在顶楼电梯间关上电闸之后，这台电梯的运行轨迹和最后停留的位置。可是现在是下午2点7分。

孟玉珍的手机落在6楼的电梯前，依然显示处于通话状态，没有人敢过去捡。

2点4分，孟玉珍一边发怒地讲着电话，一边疾步跨出电梯门。这时候，门忽然合上了，外面的栅栏门把她挡在里面，而厢体的门则刚好夹住了她的左腿，牢牢地把她扣在厢体的外侧，随后猛地向上运行。

8楼的前台小姐正侧着脸跟人说话，那个帅气的男职员伏在她的办公桌左边，眉飞色舞地谈论着2012世界末日的真实性。电梯"咕噜"一声闷响，两人扭头看向电梯的方向。一个紫红色衣裳的女人身影一闪而逝，就像从海底跃起的一尾鱼，跃起，沉落，转眼只剩面前空荡荡的电梯井和栅栏门。

男职员回过头，继续跟前台的女孩子聊天，却前言不搭后语。好在听者也没有察觉。他们心里都在嘀咕刚才自己看到的是不是幻觉。那个女人不在电梯里，却紧抓着栏杆，随着厢体飞速地上下，分明是被夹在厢体和栅栏中间的缝隙里了。天哪，她是怎么跑到那里面去的！

6楼的门厅位置，3个客户，两男一女，正在等电梯下楼，一个年轻的男职员站在一边送他们。几秒钟前，他们看到观光梯夹住了一个老妇人，现在，这个老妇人又回到了6楼，在紧闭的栅栏门里面，抱着电梯的外壳，飞快地坠落下去。那个女客户终于尖叫起来，后退着，另一扇客梯的门打开了，她死活不肯进去。

5楼、4楼、3楼，这天下午，所有正好经过前台位置的人们，都先后看见了孟玉珍在电梯的夹层中四肢扭曲地下降，穿过一层层楼板，最后没入底楼大堂的地面，就像径直坠落到地狱里似的。

在此前的几分钟，卢天岚在分机电话里问韩枫，何樱有没有到，忽然听见韩枫那边传来女人尖叫的声音。那时候，何樱恰好到达了6楼，孟玉珍应该还在下降的过程中，3楼或者2楼。众人惊闻发生了意外，先后赶到了楼下。

就在孟玉珍跌落到地下室的瞬间，孟雨肩头湿漉漉地出现在华行大厦的底楼大堂里。紧接着，何樱、韩枫、卢天岚也赶到了，还有诸多帮忙和看热闹的人，汇聚在大堂观光电梯的入口。

人们对着电梯井叫喊，落下去的女人没有回答。有人急忙去找电梯管理员老魏，有人找地下室的钥匙。10分钟以后，在后院树荫下睡午觉的老魏被揪起来，脚步踉跄地赶往楼顶的电梯间，打开电闸。

紫铜的古老厢体从地底下重新升起来的一刹那，所有围观的人都打了一个冷战。其实没有什么血腥的场景。紫红衣裳的女人依然紧紧抓着栏杆，当两道门次第打开，她"扑通"一声掉在地上，头朝着电梯外的方向，脚还在电梯里，身体保持着佝偻的姿势。孟雨冲上去，抱着她翻过身来，她嘴唇紫黑，眼睛圆睁，手指扭曲张开着，身躯已经僵硬。

警车和救护车很快抵达，闪烁的顶灯像节日的烟花绵延在阴霾中，穿着制服的人在华行大厦不断进出，旋转门无声转动。云如墨迹，梧桐点点滴滴，雨水顺着地面汩汩作响。不知从哪天起，上海的梅雨季节到来了。

我走的是安全梯，从19楼到底楼，等我踏进大堂，观光梯前方一带已经被封锁了。

警察正在取证。周围是耸动的人群，窃窃议论。老魏吓得蹲在地上，汗如雨下，他似乎只会说一句话："电闸怎么关的，怎么关的，我也不知道啊，我也不知道啊……"有人说，多半是短路。有人说，这么老的电梯早该淘汰掉。我没有在人流中看见任何一张熟悉的脸，想来他们不是坐电梯上去了，就是随着救护车离开了。

我一时没气力再走上19楼，正好去魅影发廊歇脚。发廊里的客人和发型师都跑出去看热闹，除了没法中断的工作，比如染发。白衬衣黑围裙的助手刚刚关掉加热器，小心地拨开客人满头锡纸中的一挂，查看头发的上色情况。然后他跑去休息室门口，比尔懒洋洋地走出来，看上去午觉方醒。

我正好冲上去，翻出比尔的上网本，躲在一边，点开无涯网，再点开黑天使图标，在论坛搜索里输入"苏亚"，回车。凶手没有新的发帖。我松了一口气，看来这只是一个意外事故。

助手带着客人去清洗染发剂，水池那边很快飘来洗发水的香气。比尔捻了一把我又卷又干的发梢，另一只手滴溜溜转动着剪刀问："小姐，要不要我捎带帮你修一修？"他这一手倒是跟卢天岚有的一拼。

我挠了挠被他弄痒的头皮，揶揄他说："唉，我可付不起240元。"关上电脑，还给他，丢下一句"我还要上班呢"，就迈开酸痛的两腿，反身往安全梯而去。等我气喘吁吁地回到1906，何樱不在办公室里，手袋也被拿走了。走廊里空空如也，每扇门都紧闭着，好像世界上的人一下子都走光了。

我蹒跚着转到前台打听。前台小姐说："何经理啊，刚才上来收拾东西走了，跟你前后脚，说是请了事假回家去。卢总在办公室里，也上来不久，你可以问问她的秘书，下午的会到底还开不开。"

已经3点52分，我想今天4点的会议多半是取消了。我回到办公室，无聊中又点开了无涯网，进入论坛，惯性地输入"苏亚"，搜索。

30秒之后，我呆坐在电脑前，盯着最新搜索结果。"苏亚"的发帖已经增加到了4个。最新的一个是在6月22日下午3点41分。

第4号，孟玉珍。

W，难道你还不明白，我的心里是怎么想的？

我立刻拨通了王小山的电话。

"论坛，凶手又发帖子了，孟玉珍死了，就在我们办公楼里。"我想我说得非常不连贯。

王小山敏捷地回答："好，我明白了。"

26分钟后，我接到了王小山的来电："初步的调查结果已经出来了，应该是有人趁老魏在院子里睡午觉的时候，偷偷潜入楼顶的电梯间，故意关闭电闸，造成电梯事故。"

"这是内部信息，你不要传出去。"挂断电话前，他特意补充了一句。

4

凶手果然循迹来到了我的面前，我可以感觉到他，就在11分钟之遥的地方。

也许更近。

6月22日午夜12点10分，比尔主动在MSN上震我。这可真是少有的事情。

"我已经知道凶手在哪里了。"他发来一行字。

前一秒钟我还睡眼惺忪，这一秒，我差点从电脑前跳起来。

"在哪里？快说！"

他的说话方式总是不紧不慢，貌似要从头说起："今天凶手犯了一个错误，就在他下午发帖的时候。他没有通过国外的代理服务器。于是，我就得到了他的IP地址。"

"他在哪个方位？"我催问他。

对话框里反而没动静了，可真是急死人，不知道他在犹豫什么。

我不停地发闪屏震动过去，好一阵，对话框终于又闪动起来，我急忙点开，上面写着：

"凶手的 IP 地址，跟你的 IP 地址完全一致。"

"开什么玩笑？"

"这个时候，我没心思开玩笑。"比尔的这句话甚至有些沉痛。

风在我脖颈后面呼呼作响，窗棂敲打着墙垣，黑夜弥漫在相连的空间里。我忽然感到背脊上汗毛倒竖，不敢回头。难道凶手曾经跟我一样坐在床上，用我的电脑发出了帖子？他是怎么进来的，用我牛奶箱里的钥匙，还是从我昼夜不关的窗户翻进来的？也许他现在还躲藏在这里，在房间的某个黑暗角落。也许这一刻就在我的身后，嘴唇在离我脖子不到两寸的地方呵着气。

"老鸵鸟！死鸵鸟！你要吓死我啦！"我恨恨地骂他。

"我很遗憾。"比尔这么回答。他是什么意思？难道，他认为我是凶手？

第七章

1

"你用我的用户名和密码登录,然后你自己看一下你的 IP 地址和凶手的。"比尔建议道。

我熟练地输入用户名"鸵鸟哥",密码"030326",先找到了"苏亚"在 6 月 22 日下午 3 点 41 分的帖子,果然是本地的 IP 地址。然后我又找到"冬菇"在 6 月 21 日傍晚 5 点 12 分的帖子,我在帖子里傻乎乎地呼吁:"人肉搜索到此为止吧。没有弄清状况前,请不要伤害到无辜的人。"

我的 IP 地址和凶手的,真的完全一致。

"有时候,人们并不知道自己做了什么,就像两个人或三个人同时生活在一个身体里,甚至更多人,他们不知道彼此想什么,也不记得对方用同一个身体做的事情。医学上把这种状况称为'人格分裂'。"比尔的话一行行出现。

他又补充了两句:"这只是个定义,你知道,病都是人定义出来的,未必属于不正常的范畴。其实大多数人都或多或少有这样的状况，只是比较轻微，自己和别人没有觉察到罢了。"他真是个好人，这个时候还不忘记安慰我。

我是不正常，我就是有心理疾病。我有幽闭恐惧症，为什么我不可能再有一个"人格分裂"什么的？

我忽然意识到，6月22日下午1点59分，何樱与孟玉珍在楼面南侧的门厅等电梯，1906在楼面的东侧，我完全可以绕开她们的视线，从容走入北侧的安全梯。我有足够的时间登上楼顶。老魏大部分时间都不在电梯间值班，尤其是午后，他不是和底楼门房的老人们打牌，就是在院子里打盹，这是楼里大多数人都知道的规律。于是我不慌不忙地走进电梯间，戴上手套，找到电闸，往下按到底。

等我从容地从安全梯下来，走过从北侧到东侧的走廊，回到1906，甚至不用经过卢天岚的办公室门口和前台。这个时候，何樱刚到6楼，卢天岚也许正从分机电话里听到噩耗，孟雨已经快要到达华行大厦的大门口。没有人知道我离开过办公室，连我身体里的另一个"我"也不知道。

如果我是凶手，那么，我一直最为困惑的问题就得到了解答。苏亚和任锦然案件最难勘破的谜团是，凶手究竟用什么方法进入她们的房间，骗她们换上睡衣，躺到床上，毫无戒备地闭上眼睛，好让凶手像一个冷静的外科医生那样，把剃须刀准确插入她们的咽喉。

起初我的假设是，凶手是和她们都有亲密关系的男友。现在看来，还有一个更好的解释，凶手是一个女人，让她们完全没有戒备心的女人，也许还是她们熟识的朋友。

我跟苏亚有大把结识的机会，和论坛的很多网友一样，我也曾经私下发论坛短信安慰过她，准确地说，是安慰"糖糖"。但是并不等于我不知道她是苏亚。很可能我们互相加了MSN，在某一段日子里经常聊天，她的MSN地址现在就排列在冗长的名单中，我不再能分辨出来。很可能我们聊得投机，就相约见面，很可能我早已是她公寓的常客，曾坐在她卧室的椅子上，千百遍在心中排列如何杀死她。

5月15日，罗马庭院酒店公寓的电梯记录显示，除了必胜客的外送人员和苏亚本人，没有人到过29楼。可是他们忽略了一个不能乘坐电梯的人——我。

从被擦掉指纹的刀片盒来看，我是临时起意杀死苏亚的，或者说，我蓄谋已久，终于在那一天得到了一个意外的好时机。我并没有事先计划在那一天杀死苏亚，所以我只能在事后擦掉刀片盒上的指纹，不得不连苏亚的也一起擦掉。我并没有想到那一天的造访可以完成谋杀的计划，但是我恰好是一个无法乘坐电梯的人，所以电梯记录掩护了我的罪行。

在杀死苏亚前，我曾经听她亲口说起，她如何在1个小时前用刀片划破了情敌的面颊。她面色惨白，身心疲惫，是我帮她把那套杏红色的宽松套装挂起来的，所以我才能在王小山面前，那么自如地发现衣袋下缘的口子。

是我建议她洗一个澡，换上睡衣到床上睡一会儿。我表面和蔼，内心窃笑，她远远不是一个冷静的凶手，不像我，她行凶后的慌乱和恍惚给了我绝好的机会。她很放心地在我面前睡着了，在合上眼睛的前1分钟，她还对我露出感激而信赖的笑容，对坐在床边守护着她的我。

我离开罗马庭院的时候,天色未暗。6点32分,我回到自己的小屋,在这台电脑上替她发表了自杀遗言。几乎是她的原话,除了"我已经决定结束我的生命"这一句。

至于任锦然,我很可能是在院子对面的酒吧里遇到了她,那里有啤酒、威士忌、爵士、摇滚和金发碧眼的男女,应该是她喜欢出没的乐土。我怀疑我去过那儿,我的衣柜显露出这种迹象。

在大部分时间,我确信我的衣柜里只有职业装和家居服两种。可是每次打开衣柜,我总是惊讶,为什么会有那么多吊带裙、绣花的披肩、缀着珍珠和亮片的礼服,这些是谁的?我相信我只是偶尔买下了它们,从没打算去穿它们。可是谁知道呢?彻夜猫在卧室里上网,像一只纸盒里的虫子,我也曾想象另一个我换上盛装,只需要走过25步宽的院子,也许鞋子都不需要穿,我就可以置身于笙歌不息的人群中,遇见一袭黑衣的任锦然。

怀孕6周以后,任锦然也许偶尔会不舒服。为了捕猎,我经常去她的公寓,终于等到了机会。她刚开车从淮海路的星巴克回来,6月1日晚上7点30分,或者更晚一些,堵车、疲劳,也许还有一点情绪波动,她忽然觉得头晕。

是我帮她换上睡衣,扶着她躺到床上。为了显示出这是一次郑重考虑的自杀,在她躺下之前,我还特意帮她抚平了床单。我说,你睡吧,睡一会儿,我会在这里陪着你。我明白你的孤单,没有人愿意花时间来了解你,每个人都觉得自己的时间不够用,不够用来让这个世界了解他们。别怕,你还有我,我愿意为你花费时间,花费心力,耐心地等待,整夜地看着你熟睡的面孔,从你梦中每一个细微的表情里阅读你的快乐和悲伤。

我是凶手，我就是我日夜搜寻的凶手，我符合一切条件。可是，我的动机呢？我这么做，一定关乎这个世界上最能让我快乐的什么，或者我特别想要得到的什么。

在这个世界上，什么能让我快乐，我究竟想要得到什么？我竟然不知道。

对话框又闪动起来，我点开一看，比尔向我献了一朵花。什么意思，这个年头连环杀人犯很受人景仰吗？

紧接着，出现了一行字："对不起，我刚才太武断了。"

"我又查了一下论坛上其他成员，我发现，至少有5个人使用过与凶手一致的IP地址。除了你'冬菇'，还有'花语'、'蟑螂'、斑竹'千夏'，最后一个是'鸵鸟哥'，唉，就是我自己啦。"比尔在那头老实地坦白认罪。

我可以想象比尔此刻的脸，一阵红，一阵绿。5分钟前，他还大义凛然地向我宣称"我很遗憾"，高谈阔论什么"人格分裂"，没准还打算说服我自首呢。

我们详细检查了5个"嫌疑人"使用IP地址的情况。"冬菇""花语""蟑螂"只有在白天的时候才用那个IP，晚上各自不同。"蟑螂"就是6月19日深夜11点38分贴出孟玉珍照片的网友。斑竹"千夏"每隔两三周使用那个IP地址一次，大部分时间，他用的是另外两个IP地址。"鸵鸟哥"使用那个IP地址的时间则是在下午到晚上10点之前。IP地址显示，在徐汇区。

比尔判断，这就是华行大厦的IP了。有的地方每家每户接入各自的宽带，有随机的IP地址。有的大楼则接入一根光缆，分到各个楼层，使得整幢大楼里每台电脑的 IP 地址都显示为同一个。

凶手果然离我们很近。他或许就是这 19 个楼层里的上班族之一。我的直觉告诉我，可能更近。凶手犯下的所有案件都或多或少与"爱得康"这种新药有关，第 2 号、第 3 号被害人是参加"爱得康"实验的病人，第 4 号则是"爱得康"发明者的母亲。虽然我还不知道他犯罪的动机是什么，但是，19 个楼层的范围也许可以缩小到 5 个。他很可能就是帕罗药业的职员，我的同事之一。

2

我曾经跟比尔探讨过这样一个问题，为什么"爱得康"的效果竟然与安慰剂相差无几。难道"爱得康"本身就是一个骗局，根本没有什么伟大的发明，一切只是帕罗药业为了盈利杜撰出来的一个剧本？孟雨则是他们忠实的演员。

我猜想，凶手也许是一个正义人士，不满帕罗药业用根本不存在的新药来坑害病人，赚取暴利，于是设计出了这么一套连环杀人的计划。他故意要让大家知道的，就是这个真相。他也许觉得，这种药一旦进入处方、医院和药店，就会祸害数不清的人，比起这样的后果，杀几个人不算什么。

比尔没有反对我的猜想，也没有完全同意。

他认为，"爱得康"也可能确实是一种特效药，只不过对病人而言，药和安慰剂是一样的。这话太玄了！在我的强烈抗议下，他忽然旁征博引起来。

1938 年，只含有乳糖的胶囊首次被用于实验，起到了和感冒疫苗相同的疗效。1955 年，美国科学家亨利总结了 15 个安慰剂临床实验，发表了论文《强大的安慰剂》，指出有 35.2% 的病人在使用安慰剂之后病情改善。但是，随着时间的推移，这个比例正在以令人不解的速度提高。评估认为，从 20 世纪 50 年代到 21 世纪，它的效用几乎提高了 1 倍。

就美国的情况来看，20 世纪 90 年代，新药的研发成功与上市，给制药企业带来了丰厚的利润，它们的盈利能力曾经超过石油巨头。但是从 21 世纪开始，新药在实验中频频输给安慰剂。医药巨头默克公司曾大肆宣传一种抗抑郁新产品 MK-869，一种据说能控制大脑中枢神经的新药。默克公司对这种新药寄予极大期待，因为公司 2002 年的销售情况不如竞争公司，很快又将有 5 种畅销药品的专利到期，就指着这种新药来救场。

MK-869 的初步实验结果非常乐观，副作用非常小，默克公司声称它将具有颠覆市场的潜力。但是进入安慰剂双盲实验阶段之后，这种新药就遇到了麻烦，志愿者表示他们的症状确实减轻了，只不过对照组淀粉药丸的作用超过了真实药物。

这种令人尴尬的结果并非只有默克公司碰上。2001 年到 2006 年的数据显示，新药因为第二阶段临床试验中效果不如安慰剂而被淘汰的比例已经上升到 20%，第三阶段上升到 11%。FDA 每年批准的新药也因此大幅度减少，2007 年仅为 19 种，2008 年是 24 种。

2009 年 11 月，迈克福克斯基金会资助的一种治疗帕金森病的基因疗法仓促谢幕，原因是二期实验无法战胜安慰剂。2010 年 3 月，名叫奥西里斯治疗的干细胞研究公司股票暴跌,由于治疗某种小肠炎症的临床实验失败,病人对安慰剂出现了"超出寻常的积极疗效"。同月,礼来公司也中断了一种备受期待的精神分裂药品的实验,同样因为安慰剂的效果超过了药品本身。

我第一次用极其崇拜的目光望着比尔,他伸出左手,我赶紧把桌上的发夹递给他。他正在把客人的头发夹起到头顶,然后一绺一绺放下来,刷上发膜。

这是6月23日中午12点46分,华行大厦底楼的魅影发廊里。面前的这个客人是45岁左右的一个大婶,及肩的鬈发,富态粉红的面颊,保养得非常好。她上午刚做完烫发,接下来要做一个发膜再修剪。本来发膜只要助理做就行了,但是大婶坚持要比尔亲自操作。

她说:"不是我的心理作用噢,你做的发膜就是不一样,每次你做,我头发要亮很多。你们那个小孩就不行了,做完以后头发干涩得呀,还不如不做呢。"

比尔哼哼哈哈,好脾气地举着刷子点头。其实不就是刷上发膜嘛,谁做不一样。

我打量着眼前的比尔,喃喃地念叨着:"刚才你说那些话的时候,可真像一个医生、心理医生、科学家,哦不,医学专家……你是怎么知道那么多的?"

"上网呗,看着玩。"比尔轻描淡写地回答,"成天剪头发多无聊。"

"那么,你说说,为什么安慰剂比药还有用呢?"

比尔把刷上发膜的头发揉搓了一会儿,包上塑料纸,然后回答我的问题:

"因为药是一个道具,很多时候情况就是这样。人不生病的时候一个人独来独往也没问题,一旦生病,就会需要另一个人,这就是生病的真实含义。人为什么会生病?其实就是你在对自己说,唉,我需要被关心,被注视,被人细心地对待。如果没有呢,至少病人可以从医生那里得到询问,得到药片,吞下去。"

大婶"哎哟"叫了一声,抱怨说:"这个灯照得太烫了!"

比尔眨巴了两下眼睛,望着镜子里的大婶说:"灯……还没开呢。"然后弯下腰,拧开了定时器,调到20分钟的刻度上。

3

6月23日早晨9点,我照例准时抵达1906。整整一上午,何樱姐的座位都是空着的,电话关机。卢天岚办公室的门也一直关着,问了前台,才知道她出去开会了。

前些日子,天天逼着我调查案情、找破绽、想对策,兼有一大堆各事业部的杂事。今天却意外地百无聊赖起来。上网浏览了一会儿,我就下楼到魅影发廊找比尔说话,结果当然是感觉到了大婶汹涌而来的杀气。

据说很多中年女人特别爱好做头发,在发廊里一泡就是大半天,想来,也是为了得到一个被人关心的机会吧。被发型师细心地对待,被注视,被一根根头发地研究。

"我右边发梢比左边开叉多,是不是?"

"这里还有两根白头发没染到,你找找,就在这里,我每天早上都看见的。"

人类真的可以发明这样的一种药吗？

只需要每天早上起床服用一片，不论是失恋还是单身多年、觉得生活不过如此而已，下一分钟死去也没有关系，两周以后，都会有如处于热恋的稳定期，早上醒来嘴角带着微笑，充满了幸福、安全、被人爱护的错觉。即便她依然只有自己可以说话。

如果有机会，我倒是很想亲身试一试"爱得康"。让那些推理、实验数据、安慰剂理论都见鬼去吧，只有把胶囊放进嘴里，喝一口水，咽下去，然后每天早上一丝不苟地实施，耐心地等待，感受自己身体和情绪的变化。这就像了解一个人，考分、评语、算命都没用，只能一天复一天认真地相处，耐心地体会。

"爱得康"的实验没有停止。

我曾经对卢天岚说，我会设法证明，苏亚和任锦然都是被谋杀的。暂时，我没能找到凶手，可是我找到了对帕罗药业有利的一个破绽。

任锦然的死亡时间是在用药的第 24 天到第 26 天。这本应是"爱得康"发挥药力的稳定阶段。这么一来，SFDA 对这个事故的质疑将远甚于苏亚事件。不过，任锦然真的一直坚持在用药吗？

我这个怀疑，是基于任锦然怀孕的特殊情况。5 月 18 日，任锦然得知自己怀孕 6 周，她是打算生育这个孩子的。但凡有一点基础常识的人都知道，抗抑郁药对胎儿有致畸作用。任锦然应该是在 18 日以后就停止了用药。至于她为什么不把这个情况告诉徐晨，还参加了 22 日和 29 日的评估，我想，也许是她希望继续处在心理医生的关注中，她对自己停药以后的情绪状态还没有把握，虽然新生命的到来让她非常欣喜，这从她"服药"第2周和第3周的评估中也能看出。

她之所以通过电话来评估，而没有亲自到来，恐怕是为了减少说谎时的压力吧。

这是一个推测，在没有找到证据之前。6月18日，我曾经拜托王小山再去一次案发现场，在任锦然的公寓里找一找，看能否找到放药片的地方。既然任锦然对抑郁症的恢复没有把握，她还在参加评估，就不会把实验发放的药品扔掉。

承蒙王小山把任锦然的药品盒带回了分局。6月19日下午3点26分，我从这个药盒里找到了标记有"瑞安医院临床药理中心"的茶色小玻璃瓶。药品是每4周分配一次的，28颗药丸，瓶子里还剩下18颗。也就是说，任锦然其实只服用了10天就停药了。

6月21日周一，我就把这个情况告诉了何樱姐，就是在那天上午，她的情绪稍稍恢复以后，我们再次修改眼科项目的合同之前。

她汇报给了卢天岚。卢天岚当然非常高兴，立刻通知孟雨带着介绍信，去分局确认一下这些药品是否为"爱得康"。如果情况属实，尽快去一趟瑞安医院，跟徐晨沟通，看能否以样本监控出现差错为名，删除数据，重新招募两组病人开始实验。

6月22日下午2点7分，孟雨来到华行大厦。我想，应该就是为了"爱得康"重新进行实验的事情。

凶手登上楼顶，关掉电闸，电梯夹住了孟雨的母亲下坠到地下室，导致其心脏病发死亡。孟雨与何樱都忙着回家处理丧事。孟雨可能还没来得及对卢天岚交代什么。"爱得康"的新进展眼看再次停滞。凶手仿佛总能走在我们的前面。

6月22日下午3点41分,警察还没有离开华行大厦,凶手就在大厦的某台电脑上发出了示威的帖子,把孟玉珍编号成了他的"第4号"战利品,他再次公开呼叫"W",看上去已经渐渐失去了耐心。

W,难道你还不明白,我的心里是怎么想的?

这个帖子里用了真实的IP地址,不能确定凶手究竟是一时疏忽,还是故意让"W"知道得更多。

很奇怪的是,凶手选择跟帖的位置也发生了变化,这一回,幽灵"苏亚"没有继续在"糖糖"的帖子后面发帖,而是出现在"花语"的帖子里。

"花语"的这个帖子已经写了好些年,标题是"我们就要有一个三人世界了",更新不多,加上别人的跟帖,只有6页,74楼。虽说都是论坛上的熟面孔,楼上不见楼下见的,她的这个帖子我倒从来没有仔细看过。我点开了第一页,"花语"最早的发帖时间是2004年7月11日下午3点41分。

Y,我想让你知道,我宁愿做你的同盟而不是奸细——这么表态够不够呢?唉,这么说也许很可笑,你妈、你,和我,毕竟都是一家人。

说实话,在认识你之前,我并不相信,相亲这种行为也能有爱情发生。可是我喜欢了你,从第一眼看到你坐在凯司令糟糕的老式咖啡桌前,宽大的蓝色外套,至少有3个月没剪过的头发,魂不守舍,就像被人绑架来的样子。你妈就坐在你身边,显然就是那个绑匪,她打扮得好年轻,乍一看还以为是你的女朋友。

Y，你也许不知道，我很感谢你，在我最无助的时候接纳了我，给我婚姻，让我反败为胜，成为一个足以自傲的有家庭的女人。我也很感谢你妈，不是她竭力保荐，也许你也会像对待其他相亲者那样，不再愿意见我第二回。但是，这并不意味着，我是她安排在你身边的替身。我真的不是。

我们的婚姻有一个条件，这个条件不是对我提出的，而是对你妈。你说，婚后要分开来住。你妈居然同意了，这不是基于对我的喜欢，而是基于对另一个女人的极度厌恶，这点你是明白的。

一转眼，我们的二人世界已经快半年了。我一直以为，在同一个屋檐下，我们会成为最亲密的人。可是我的感觉糟透了。有时候我觉得你看我的眼神，就像在相亲的那天，你看着坐在你身边的绑匪一样的妈。

你说我神经过敏也好，无事生非也好，我都想把这些话写下来，希望你能看到。因为今天我去过医院了，我有了你的孩子，化验结果已经出来。我们就要有一个三人世界了。

后面的跟帖并不多，可能因为她写的篇幅过长，网友们点开一看就乏了。也有可能是这个标题简直像是在"晒幸福"，完全不符合这个论坛成员们的心情，很少有人有兴趣点击。人们点开陌生的帖子，绝不是出于关心一个素不相识的人，仅仅因为看到了自己心里的只言片语。

"蟑螂"坐了沙发，冷冷地留了一句：

哀其不幸，怒其不争。

3楼是"驼鸟哥"，他可真是这个论坛的活跃分子啊。他又婆婆妈妈地劝告人家说：

为了即将出生的孩子，你也应该拿出勇气，跟他面对面好好谈一次啊！

没准他又偷偷摸摸给人发了论坛短信，说要帮她去谈什么的。比尔这个家伙，女的要是修炼成他这样，堪称"圣母情结"。那么男的这样呢？倒是没有一个现成的名词，难道叫"耶稣情结"？每次听我这么逗他，比尔总是低声含糊地承认说："嗯嗯，我有拯救焦虑。"

第4楼又是"花语"继续在向她的Y倾诉，发帖时间是2004年9月18日深夜11点4分。

岚总是说我缺乏自我意识，尤其是听我说结婚后的这些事。她说，就算为了爱情也不能放弃自我，否则"我"都没有了，谁来享用爱情呢？

以前，我从没有把这些话当回事。可是怀孕以后，也许是觉得我不仅是"我"，还包括着另一个受我保护的小生命，我终于开始为"我"感到委屈起来。

结婚以后，一直是每周六下午，我们去你妈家看望她，然后一起到外面吃一顿晚饭。怀孕一个多月，我提早开始有反应、头晕、反胃。于是你妈提议说，最好不要让我跑来跑去，周六她过来好了。她还说，既然妊娠反应大，就不要出去吃晚饭了，在家里吃吧。

Y，你也看见了，现在我周六比平时还忙，一早就得起来买菜，在厨房忙一整天。因为她一早就来了，从早饭吃起。因为她说我的营养必须均衡，所以鸡鸭鱼肉蔬果一件也少不得。

我并不是不愿意做饭，本来周一到周五，工作再累，加班再晚，都是我做饭。双休日我们出去吃，也是你照顾我工作家务忙了5天。我最近很难受，周一到周五，依然是我做饭，我没有怨言，因为你不会做饭，而且简单一些，你也从不抱怨。可是再加一个周六的高难度挑战，我就实在有些支持不住了。

Y，今天吃完晚饭，她一直不走，你也没有提出让她回家。然后她说要留下来睡，为了陪陪我，你居然也没有反对。现在她睡在主卧，我们的床上。我们两个睡在书房，我说想再上一会儿网，你躺在沙发床上，背对着我，不知有没有睡着。

我该怎么对你说呢，Y，我该怎么开口？她毕竟是你的妈妈，我想让你知道，我不是天生可欺，是因为爱你，不想你为难，才忍耐她。可是我也真的很想知道，我究竟是你面对这个麻烦的同盟，还是你和你妈相互对峙的一个牺牲品，这个问题，我又该如何问你？

"花语"的下一个发帖时隔8天，我查了一下2004年的日历，上一个发帖是在周六,这一个是在周日,9月26日深夜11点23分。

我们终于睡回了卧室,双休两天,仿佛跨过了千山万水。

从上周到这一周,她似乎形成了新规律,理所应当地周六睡在我们家里,理所当然地周日再指手画脚地让我做一天饭。Y,她几乎每一刻都跟在我身后,不断跟我说,你最爱在红烧肉里多放糖,要给你每天买西蓝花吃,你只吃这一种蔬菜,要用水炖酥了你才肯吃。随后,她又开始说自己喜欢姜葱蛤蜊,要养一天以上才没有沙子,还有猪手煲黄豆,以后记得要从周五开始煲,煲过夜才够浓。

这些也就算了,她看着我忙,一会儿说不能用铁锅做红烧肉,要用砂锅,一会儿说蔬菜下锅前没用盐水泡过,会有农药,一会儿又尖叫说,盘子没用开水烫过,简直像在监视一个不受信任的钟点工。她挥舞着两只手,却连筷子也不摆一副。

Y,难道你忍心看着我肚子碰到灶台的时候,还这样过双休吗?

真累啊,还有心里的憋屈。她看见你给我买的孕妇营养奶粉了,捧在手里,翻来覆去地研究。然后她旁敲侧击地对我说,说你的月工资只有1000多一点,没什么钱的。天哪,她竟然以为我们两个人这么生疏,我怀了你的孩子,却连你月工资有多少也不知道吗?再说,1000多,可能吗?她是在糊弄小孩子吗?

洗碗前，我在饭桌前多坐了一会儿歇口气，她又对我说，现在怀了孩子，更要把身体养好，就算工作不要了也没关系，干脆待在家里，把家庭和丈夫照顾好。我听得又好气又好笑，心里想，她刚才还说你的工资只有1000多，现在又让我辞职，嘿，那要我们一家三口将来怎么生活呢？

我以前从没想过经济上谁高谁低的问题，既然是夫妻，谁赚都是一样。我是女人，我来做饭洗衣也是合乎情理的。可是今天当着她的面，我真想告诉她，我赚得不算多，但是，年薪15万。

Y，我真的好累。我能对你说出这些抱怨吗，说你的母亲是个变态的女人，还是说我的工作和薪水对家里很重要，再这样下去，我周一就没力气上班了？我能照实说吗？

再过7个小时，我就要撑着这副沉重的身体起床，坐地铁，打卡，开例会。面对杂事丛生的周一。我该怎么坚持下去？

帖子就此沉默了2周半，直到10月15日下午3点10分，"花语"再次发帖。

孩子，没有了。

我在床上躺了3天。

Y，你知道吗？事情虽然出在周二，公司里的同事们都很内疚，但是我自己很清楚，不是因为工作忙，不是，是那些持续劳作不停的双休。我可以告诉你吗？我这么说，你会觉得我是借机故意在责怪你吗?

　　Y，你请假照顾我，我很高兴。我坚决不要你妈来看我，你也答应了。你是一直都明白我的苦衷呢，还是看我落得这个样子，不得不依从我呢?

　　我太累了。

　　看到这里，我狠狠捶了一下桌子，梳子剪刀叮叮当当地跳了起来。6月23日下午2点12分，我还留在魅影发廊里消磨时光，反正19楼也没人没事。我抱着比尔的上网本，一个人躲在角落的座位，埋头屏幕里，据说已经凝固了快1个小时。

　　大婶的优美发型已经快要大功告成，心情大好。她侧过粉红的脸颊看看我，显然对我后来低调的表现非常满意，所以对这一声惊吓也不以为然，依然笑眯眯的。又从镜子里看看一边修剪她的秀发，一边陪着她说话的比尔，忽然说："你女朋友挺可爱的嘛……"

　　比尔左手的梳子"啪嗒"一声掉在地上。他含糊地嘟哝着，弯腰捡起梳子。大婶还在不停地说："……她年纪挺小的吧，跟我儿子似的，成天抱着电脑……"比尔右手的剪刀又"铿锵"一声落下来，助理连忙拾起递给他。

　　我是什么表情呢? 我吓得几乎没有表情了。就在我抬头的一刹那，我看见卢天岚正在发廊的玻璃幕墙外面瞪着我。

　　她显然是刚从外面开会或办事回来，路过大堂，恰好发现了我在翘班。还是她招牌式的那种目光，冷冷淡淡的，却锋利透骨，她美丽的嘴唇抿成一条坚硬的线，每当她露出这样严厉的表情，就连总裁都会支支吾吾不再反对她的意见。不知道是不是光线的缘故,我觉得她的脸色都有些发青。

我腾地跳起来,扔下上网本,三两步滑到她面前,喉咙里发出一串急促的声响,也不知道自己说了什么。然后,我干脆抢在她的前面冲进观光电梯,逃也似的上楼去了。

4

可是刚在1906坐下来,我又急不可耐地登上无涯网,点开黑天使的图标,找到了"我们就要有一个三人世界了"的帖子。我实在太想读下去了。

我没有以为这个Y是张约,也没有从"三人世界"联想到任锦然,生活实在是一种奇妙的化学反应,每个人可能遇到的基本元素就这么一些,相互作用产生的痛苦却是层出不穷、绝无雷同的。

事实上,我相信你和我一样,都已经知道了"花语"是谁。我抱着强烈的好奇心,几乎是一种偷窥的欲望,想要知道后来发生的所有事情。

流产之后,相信"花语"的精神状态一度非常不好,帖子弃置了整个深秋和冬天。直到2005年2月11日,翌年的大年初三,晚上9点45分,这个温柔而孤单的妇人终于又开始自言自语。

初一去她家拜年,初二去我爸妈家,所以初三就又得轮到去她家,这是她的逻辑。Y,我没有意见,这样总比她来我们家的好。

我看得出来，事情发生以后，她还是心虚的。她不再神气活现地上我们家来了，甚至用各种借口避免来我们家。每次提到流产这件事，她也总是讪讪的，然后一转脸，忽然抖擞气势，扬着眉毛，瞪大了眼睛，把结论落实到我"天生身体底子差，又总是自己糟蹋自己"。久而久之，数落我的身体，就成了一个她热爱的话题。

今天她又这么说了，在晚饭的饭桌上。她对我说，不要急着再怀孩子，你身体这么一塌糊涂，怀了也要再掉的，这两个月你没有住医院，就已经是很大的功劳了。

回来的路上，可能你也看出了我的不高兴，你忽然对我说，我知道妈有很多毛病，你够不容易的了，你以后也不必太把她往心上放，礼尚往来，只要面子上过得去就行了。

Y，其实上个月我听见你跟她打电话了，你说我看上去精神不怎么好，希望她抽空过来照顾我，就算表示一下也好。结果她回答说，她最近腰不好，不方便走动。

我当时在隔壁房间，刚好要打电话，拿起话筒就听见了这些。Y，很多日子了，我不想说话，我埋头收拾自己心里的悲伤。那个微小的生命没有与任何人照面，整个世界上，只有我一个人真切地感知到了他的到来与离去。我内心的宫殿忽成废墟，无从整修。面对我内心以外的种种委屈，更是乏累欲哭，再无力多想。

我曾经不想再改变什么了，就这样好了，我们这种奇怪的三角关系,或者说四角关系更合适。在你每天独自沉默的漫长时间里,我知道,还有另一个人在你心里。

可是,那一回,听到你对她说的那些话,我有些高兴,就像今晚,我听到,你是关心我的,几乎是在为我说话。Y,所以我心底深处那些怯懦的、贪心的、糟糕的念头又重新爬出来了。Y,我是多么希望跟你心心相印,仿佛一个人,如果有这样的你在身边,这一生中,再大的艰难,我也不会再害怕。

接下来,在上海一年之中最和煦的5月,"花语"又怀孕了。在言语中,她不像第一次那样对建设一个完美的三人世界满怀憧憬,然而还是不乏喜悦。

恰逢这个当口,帕罗药业有意设立一个全资研究机构,选址都已经落实,张江高科技园区正大力招商引资,条件非常合适。科研人员也组织了一部分,唯独缺少一名兼有学术地位和开拓精神的年轻团队首脑。公司高层委托猎头公司锁定的名单中,就有复旦大学生命学院的青年学者孟雨。

帖子上断续与含糊的叙述,正好与我早已了解的事实对应起来。

帕罗药业提供的薪资条件非常优厚,同时,对于醉心研究事业的科学家而言,这里的科研设备、场地和助手配备等诸多条件都优于校内,项目的自主性也强。2005年9月,孟雨正式辞去复旦大学的工作,出任新建的帕罗生物医学研究有限公司的研究中心主任。他没有接受这一研究公司总经理的职位,因为他认为自己是搞业务的,最好集中精力研制新药,而不是把时间浪费在经营、协调等琐事上。

2005年10月,帕罗药业通过了孟雨的研究立项,即孟雨在2年前研制高血压药物时偶然合成的一类化学物质,他打算将其开发成为一种具有颠覆意义的抗抑郁新药,初步定名为"爱得康"。

孟雨的跳槽可能有诸多因素,但是何樱宁愿相信,他主要是考虑到宝宝即将出生,未来的成长和教育需要更好的经济条件,也是为了减轻她这个准妈妈的压力。在那一段日子里,"花语"的帖子充满了小女人由衷的幸福感,她写道:

> 没想到为了这个孩子,Y,你正在努力成为我们这个小家庭的参天大树。你依然沉默,依然爱一个人躲在书房的电脑前,但是我能感觉到,你温柔的树荫在这个家的每一处,我不再感到孤立无援,有腹中的小生命,还有你,保护着我。这种幸福让我不敢相信。

从帖子上看,在2005年9月到11月,也就是何樱怀孕4到6个月的时候,她的家庭关系仍未风平浪静。孟玉珍对儿子跳槽的事情意见极大,至少先后3次找到帕罗药业的领导投诉,大意是,孟雨来到帕罗药业绝对不是自愿的,是受了何樱的胁迫,这样的员工即便公司暂时录用了,将来也不会一心一意地卖力工作,还不如现在就把他解雇了,让他回到高校,继续他有保障的教师生涯。

当时帕罗药业的高层还不是卢天岚。

字里行间,看得出何樱很烦恼,不过情绪倒是颇为开朗,还洋溢着从未有过的甜蜜。因为孟玉珍这么一来，反而让孟雨彻底倒向了何樱的一边。他愤怒地阻止他母亲，虽然不甚有效。如果哪天孟玉珍又去过华行大厦，当天晚上，孟雨必然会拉着何樱的手，陪她说一会儿话。他们两个之前极少聊闲话，但是那段日子里，也会谈论一些诸如要把孩子送去哪个国家留学之类遥不可及的问题。

这一切，正如何樱在2005年大年初三所写："如果有这样的你在身边，这一生中，再大的艰难，我也不会再害怕。"看来这个世界上原本就没有可以伤害人的事情，所有伤心之事，对应的不过是对所爱之人的失望。

孟雨究竟是对何樱萌生了珍惜之意，抑或只是孟玉珍的行为让他回到了和任锦然一起受迫害的情境，从而把何樱暂时当作了另一个女人，我不能确定。因为8个月以后，在孟雨的默许下，孟玉珍又若无其事地回到了他们的生活里。

我读到了"花语"在2006年7月26日凌晨3点11分发出的帖子，一扫之前的温馨气氛。

Y，我不懂你为什么要让她"暂时住在家里照顾我"。是你不懂我吗，还是我不懂你？我想，你是知道我对她的观感的。难道之前我们说过的许多话，都只是你在敷衍我的唠叨和无理取闹？

她搬进来，你没跟我商量过。她在主卧，你睡客厅，书房成了我跟孩子的卧室。她坚持说，我们根本用不到保姆，浪费钱。她对这么好的阿姨指摘不停，终于把人家逼走了。

孩子刚才哭了,我起来给他喂奶,周围那么安静,所有的人都睡着了。孩子的身体温暖柔软,洁白的月光落在他美丽的额头上。这一刻,我终于觉得自己又能平静下来了,从这些天无比混乱与愤懑的思绪里。

Y,我在想,难道我嫁给了一个陌生人。难道我的婚姻,就是陷落在一个陌生的城池。难道世界上最值得信靠的人,只有我自己。

"周游,你还不下班?"熟悉的声音让我猛地打了一个冷战,卢天岚今天怒气未消,盯上我了。

我瞟了一眼电脑右下角的时间,晚上7点5分,忙不迭地站起来编瞎话:"有份合同的资料还没查完,加班,加班。"

卢天岚下班可真够晚的,显然是从1913出来往电梯去,经过1906,门开着,正好看见我。她面无表情地点点头,挽着手袋飘了过去。等到电梯的关门声隐约响过,我急忙跳起来开始了真正的"加班"。

5

楼面里已经空无一人。我绕着走廊走进楼面北侧的安全门,沿安全梯登上楼顶,推开木框的小窗,往电梯控制室里探头望去。日光灯亮着,老魏不在,想是下楼吃饭去了,正好。

我闪身进去,合上门。控制室里有一张小床靠墙摆着,被褥凌乱,墙上贴着粤语老片《英雄本色》的残破海报。屋子很旧了,墙垣剥落,很多角落蛛网丛生,除了4架电梯控制台。这些控制台看上去也有年头了。

中间2架相对新一些的配着监视器,从图像判断,对应的是观光梯左右的两台客梯。我看见卢天岚正独自站在其中的一部电梯里,对着镜子补唇膏,完成之后,满意地对镜中的自己笑了笑,又像是在试验唇膏在展开的嘴唇上是否贴服。门打开,她迈步挺拔地走出去,消失在画面里。想不到即便没有人在身边看着,她也如此风度不凡。

右侧紫铜手闸的那架控制台,当然是属于观光梯的。挤在门口的那架已经有了锈斑,估计就是货梯的了。这两架控制台没有监视设备。

这4架控制台分别有电闸开关。观光梯的是一个推杆,压下关,推上开。其他3架是红色的按钮,有ON、OFF的标志,都很容易识别,都只能在现场操作,没有遥控装置。

如果我是凶手,面对这样的作案条件,电闸开关不能遥控,观光电梯根本就没有监视器,要在6楼准确地用电梯门夹住一个人,谈何容易?我至少必须知道孟玉珍进入电梯的确切时刻,才能推算出电梯从19楼下行到6楼所用的时间,掐着秒表关上电闸,否则不但不能完成谋杀,还有可能莫名其妙把其他人关在电梯里。

四下寂静,我的大脑飞速地运转,猝不及防,木桶脱了底似的,一个答案笔直坠落,沿着从未打通过的甬道,猛地落到我心里。福尔摩斯在注射可卡因加速大脑运转、彻夜不眠之后,透过弥漫了整间屋子的烟草浓雾,必然也有这样灵光一现的时刻吧。

原来,"苏亚"就是你。

木头窗棂狠狠地敲了一下墙壁,是风。紧随着,雨点又光临了,淅淅沥沥打在离我头顶 50 厘米之近的屋顶，很快蔓延得铺天盖地。我拖着僵直的脚步离开电梯控制室，门也忘了掩。我来到控制室背后的货梯前，只有这部电梯是直通楼顶的，我在按键上发现了胶带贴过的痕迹。然后，我从安全梯步行下楼，走下了 20 楼，漫步走出华行大厦的旋转门，直接打了一个车回家去。

我的耳朵里仿佛有千万只夏蝉在同时鸣响，困倦难当。我有不下 100 次想象过破案时的心情，可是我从未料到，当我知道了凶手是谁，心情会如此沮丧，仿佛车窗外所有梅雨季节的潮湿都汇聚到了我的胃里。

我没有去 7-11 买吃的，径直拐进弄堂，沿着回廊拾级而上，一头撞进我 301 的小窝，已经是晚上 7 点 52 分。我摸黑掰开散利痛的铝箔，掏出 4 片放进嘴里，这才发现客厅里根本没有水了，头凑到水龙头前，拧开，和着自来水吞下。然后脚步虚浮地摸进卧室，倒在被子里，用枕头蒙住自己的脸，呼吸着里面仅存的温暖空气，这空气却如此荟蒿，几乎让我窒息。

第八章

1

我失眠了,我觉得自己1分钟也没有睡着,黑暗中穿梭在我身周的风雨,我听得真真切切,就好像我睡在毫无遮拦的旷野中。

可是为什么我看见"柠檬"了?他矮坐在一块岩石上,俯身看我。以前我躺在校园的草坪午睡,阳光盖着我的睫毛,偷偷睁眼,就见他这么端详着我,好像我的脸颊是一部永远播放不完的电影。他的呼吸这么近,就在我的左耳边,我伸手去捉他的发鬓,他却忽然间化开了,像墨融入黑夜。

桌上的电脑屏幕亮了起来,黑夜破了一个洞。比尔在MSN上呼叫我:

"你找到凶手了?"

"你怎么知道!"我惊讶地直起身来,飞也似的回复过去。

比尔先给了一个"神秘的微笑",然后才慢吞吞地回答:"今天一觉醒来,发现居然做了一个完整的梦,平时这个时候,早不知被你吵醒多少回了。所以我想,'胡思乱想'小姐终于不值夜班了,估计就是已经破案。"

屏幕右下角,凌晨3点46分。摸了一把脸颊,凉而湿。头发也还没干透,昨晚冒雨回来。我摸黑找了条浴巾裹上身子,在屏幕前走来走去,犹豫着要不要把"最终推理"告诉比尔。

6月22日下午2点1分,孟玉珍在19楼迈进观光梯。凶手必须知道这个确切的时刻,才能推算出她何时在6楼走出电梯,以便恰如其时地关掉电闸。请注意,这是一个极佳的排除条件,因为能获知孟玉珍何时下楼的人是有限的。

比如,前台小姐。她一直坐在门厅前方的正中央,3部电梯的对面,观光梯到达和离开的时刻,她知道得最精确。但是她始终没有离开过座位,不可能去到楼顶。

还有整个楼面东侧和西侧办公室里的职员,这一侧从1901到1910,那一边是1914到1924。位于楼面南侧的观光梯不是封闭的,大楼外面的阳光从栅栏照进来,电梯移动,走廊东西两侧的墙上会有光影斑斓流过,借用何樱的比喻,这就有如是电梯外的一场"花雨"。

如果在那段时间里,哪间办公室正巧开着门,坐在里边的职员也许可以目睹孟玉珍经过走廊,去往电梯的方向,还能从墙上光影来判断观光梯的升降。不过,如果他们谁要走去安全梯那里,必然经过走廊。那天下午,走廊里并没有多余的人走动。

也有人不需要经过走廊,就可以去到安全梯和货梯。我们已经知道,楼面北侧的1911、1912和1913是套间,各有一扇后门通往货梯前的吸烟区,而货梯侧面就是安全梯。但是这3间办公室就算大门洞开,视野所及的墙上也不会有任何光影的提示,这是一个死角,矗立的门厅正好完全遮挡了对面的电梯,以及电梯栅栏投在东西两侧墙头的光影。

所以,那天下午,整个19楼,就只剩下一个人有作案的条件了。何樱。

下午1点54分,她接到眼科事业部韩枫的电话,请她立即到6楼,核对下午急用的项目合同中究竟少了哪一份。她拷贝了U盘,正在门厅前等待观光电梯。下午1点59分,孟玉珍气咻咻地来到了电梯前,准备下楼。有几十秒的时间,两个人无话可说地瞪着电梯上行的显示灯。

就在观光梯将要到达19楼的时候,为了避免接下来更多的尴尬,两个人面面相觑地待在一个狭小的厢体里,一起下降,何樱仓促地说:"妈,他们在等我,电梯太慢了,我走楼梯。"然后转身离开,绕过门厅,去往背面的安全梯。

这一切从表面上来看是一个偶然,仿佛何樱原本也将是受害者,只是一个念头,让她侥幸逃离了和孟玉珍相同的命运。

然而,是何樱按下了观光电梯的下行键,所以孟玉珍顺理成章地搭乘了这部电梯,而不会选择另外两部。是何樱在电梯快要到达19楼的时候离开,所以她知道电梯运行的确切时刻。随即,她去往安全梯,说是打算走楼梯去6楼,可是她完全可以飞快地向上走到楼顶,没有人会看见。

她也很有可能并不是偶然被叫去6楼的。

在6月22日上午9点12分,她接到过一个电话,令她神色烦恼。她早就知道,几个小时后,孟玉珍就要来公司找领导投诉。我猜想,这个电话是卢天岚打给她的闺蜜的，在跟孟玉珍约妥见面时间后。

然后，何樱亲自把一套7份项目合同送到卢天岚的办公室，她知道这套合同等着急用，下午4点，眼科事业部就要跟客户谈判。她偷偷扣下一份，这样，在卢天岚下午接待孟玉珍的某个时候，眼科事业部必定会打电话给卢天岚。何樱将最先被叫去6楼处理问题。卢天岚也将不再有心情听孟玉珍唠叨，很快会请她离开。

所以何樱有9成的概率能在电梯口等到孟玉珍，为她按下观光电梯的按钮，送她走进电梯。这一切都在她的控制中。

何樱平日只乘坐观光电梯，对这部电梯的运行速度熟稔于心。她可能早就测量过它的速度，用手机秒表，起初，未必是出于犯罪的目的，也许是惊讶于自己居然能忍受它缓慢速度的幽默感吧，久而久之，这成了她秘密的游戏。一个人坐电梯毕竟是件无聊的事情。

6月22日上午9点12分，当愤怒从她的脸上被强压到心里，一个即兴却精巧的计划产生了。她想，她也许可以拜托她这位慢性子的老朋友，来帮她除掉孟玉珍。

"你太有才了！"比尔在宽带那头感叹道，"抓凶手抓到了自己的顶头上司！"

看我半天没回应，比尔忽然又极其让我感动地发来了一句：

"你不喜欢这个答案，是吧？"

比尔说得对。我此刻心里想的是，我宁愿任何一个人是凶手，都不愿意是何樱姐。我笑话过她说服我相亲的热心，还有她家庭妇女式的琐碎和唠叨。她没有卢天岚的身材和风度，对服饰满怀着莫名其妙的少女品位。她过分在意很多事情，诸如职位、业绩、上司的评价、别人的议论等，有时候甚至有些小心眼。

快5年了。她是这5年里跟我相处时间最长的人，虽然是9-10个小时的工作时间所致，我们都没的选。她是唯一用手掌触摸过我肩膀和头发的人。她总记得敞开办公室的门，大冬天也不例外。她每次都记得替我安排三菱SUV，还帮我一起摇下车窗。

为什么这世界上发生的事情，总不问一句，你喜欢不喜欢。

我问比尔："你会读心？"

他大言不惭："你头发底下的那个小脑袋，本来就不复杂呀。"

不过这个最终推理还差一个细节没有证实。卢天岚曾经打电话到6楼韩枫的分机，问何樱有没有到，这个时候，刚好听见韩枫那边传来女人的惊叫声，何樱也在此时恰好到达6楼。这貌似是何樱的不在场证据。

当凶案发生的时候，她正好在6楼。她不可能同时既在电梯控制室，又在6楼。

关于这个问题，8个小时前在楼顶的时候，我就已经梳理过了。听到女人惊叫的这一刻，其实并不是案发的当时。

这不是孟玉珍的惊叫，而是站在6楼电梯前的女客户的叫声。当孟玉珍被厢体的门夹住，反弹向上，飞快地消失在6楼门厅的视线中时，这位女客户还完全没反应过来，所有目击者都没反应过来。直到孟玉珍被电梯裹挟着，升到8楼，又坠落下来，再次经过6楼时，女客户清晰地看见在栅栏门和厢体之间有一个人，正紧紧抱着栏杆，飞快掉落下去，这才失声尖叫起来。

也就是说，在案发和尖叫中，有4层楼的时间，观光梯从6楼到8楼，又从8楼到6楼。在这段时间里,何樱有可能从20层的楼顶赶到6楼吗?

我希望她不能。

2010年6月24日凌晨4点55分,我再次站在华行大厦的楼顶,浓云黑沉,雨丝反射着夜的冷光,笔直坠落到我脚下深不见底的黑暗中,有如我脚下的悬崖正在融化。我的发梢滴着水,手机调到了秒表的菜单,细小的屏幕就像一只萤火虫,仿佛是这片混沌中,我唯一可以攀援住的东西。

通往120米以下的门已经打开了。金属的厢体锈迹斑斑,悬浮在半空,发出摇摆的轴承声,内里的日光灯闪烁不定。我向前迈了一步。

比尔在货梯里按住了开门键,对我举了举他的手机。我猛然清醒过来,按下秒表,数字跳跃起来。门合上了,轴承一阵轰鸣,四面封闭的金属棺木正在飞快地坠落,在我看不见的墙壁后面的甬道里。我忽然觉得胃扭绞起来,比尔,他就要死了,他已经死了,他被这金属盒子吞下去了。

我拼命镇定自己,依然站在夜的楼顶,货梯消失了,就好像它根本就没有上来过。手机屏幕上的数字飞快地跳动,它在计数什么?我一个人站在这里做什么?四周是空洞无物的深渊、潮湿的墙、雨、黑夜。

忽然间,门开了,比尔又从货梯里走了出来。我的手机咕咚掉到地上,摸了半天,一手泥水。比尔对我扬着手机说:"我记下每层的时间了,你记的时间呢?"

我苦笑着答道:"麻烦你再下去一次吧。"

1个小时前,是比尔在MSN上主动对我说:"如果需要有人替你坐电梯,为什么要等到今天晚上下班以后呢?反正我现在就有空啊。"

他坚持要来茂名路接我,因为天黑,女孩子单身出门不安全,他这么说。雨时下时停,他穿着苹果绿的短袖T恤、米色的滑板裤和火红的篮球鞋,还有一件迷彩花纹的防雨外套。

深蓝色的夜幕,高楼大厦的剪影如野山憧憧,偶尔两三窗口亮着,不似城市,倒好像旷野远星。他高而胖的身影走在我前面,穿过丝缕的雨。我套着他的防雨外套,飘飘忽忽,在我两肋间成了一件宽大无比的风衣。说实话,他鲜艳的颜色跟他安定的气质浑然不搭,这时候倒生出几分魔幻,让我想起了龙猫。这个念头让我在他背后偷偷笑了起来。

我跟比尔一起出门的次数,屈指可数,大部分时间只是在虚拟世界里聊天。可是不知为什么,我却有一种错觉,好像我们已经实实在在地认识了半世,相处了半世。

我想,这个错觉是因为"柠檬"。我和比尔的认识是因为"柠檬",他替我去见过"柠檬",把《环境资源保护法》还给他。他的身上带着"柠檬"的印记,从此我跟他接近的所有驱动,都是为了再次靠近那些有关"柠檬"的记号。

比尔曾经许多次在MSN上问我,要不要他把"柠檬"现在的工作、生活情况告诉我。他说:"你不是让我去看看他过得好不好吗?所以我很认真地跟他聊了一下午呢。"

我说,我不想知道,我已经不想知道了。转身我又再三再四地审问比尔:"你没有把我的事情告诉他吧?你保证?"

所谓"我的事情",就是我曾为"柠檬"写的那个帖子。比尔知道,其实我并不愿意这样跟"柠檬"分手,在毕业的时候,若无其事,好像一场聚餐的结束。其实我都从未想过有一天会离开他，我爱他至深。还有在他离开我半年后，我患上了幽闭恐惧症，我想这是因为我害怕一个人待在这个狭小的空间里，没有你，"柠檬"。

比尔总是信誓旦旦地跟我发誓，他保证没有向"柠檬"透露一丝半分。有一回，他很郑重地跟我说起，他倒是有些"柠檬"的心事要告诉我，不知道我有没有兴趣知道。我当然是严词拒绝了。

2010年6月24日清晨5点19分，测算好货梯的速度之后，比尔还模拟了凶手从楼顶到6楼的路线。我在前一天的晚上就注意到，电梯的下行键有胶带的痕迹。为了以最快的速度离开作案现场，凶手曾经用这个方法让货梯停在楼顶等她，以便在案件发生的几分钟后出现在另一个楼面，制造不在场证明。

货梯每上行或下行一层的时间是2秒，停层开门和关门的时长各为4秒，也就是说，如果电梯门开着等候，凶手从20楼到6楼最短只需36秒。加上从吸烟区疾行到韩枫的办公桌前，模拟时长为50秒。

清晨5点32分，绵雨稍歇，我们回到19楼，着手测量观光梯的速度。镂空的栏杆外，晨光已经如潮水般徐徐而来。所以我就亲自走进了电梯，按下秒表，锁链咔嚓作响，在无人的大楼里分外清晰。黯淡的花雨从我身上滑过。观光梯果然慢得可以，每层耗时9秒，停层更要花费足足20秒，还不带开门的。也就是说，孟玉珍从6楼被拖到8楼，停顿转向，再从8楼下坠经过6楼，大约耗费56秒。凶手是完全来得及在此刻出现在6楼的。

我再次升上19楼，光影像水波泛起在两侧的白墙上，仿佛我是一个水妖，正从水底升起。就在电梯快要停稳的一刹那，我看见有什么东西在墙头上方一闪而逝,一滴飘进来的雨、一只萤火虫,还是我眼花?我正想绕过门厅去看个究竟,比尔迎面环住了我。这还是他第一次对我做出亲昵的举动,我的脸一下子就热到了耳根,却没有推开他。

"你没事吧?"他低声问。他半厘米长的法式胡子扎着我的额头,让我联想起我家的球鞋刷。

"你说,我该在什么时候打电话给王小山?"我问比尔。

"唔,要我说,其实你可以不用打这个电话的,就算你不说,警察也总能查出来。"

我没作声。

比尔又补了几句:"如果你心里并不愿意告发她,我是想说,这个世界没有你,也不会停止转动。不必给自己这么大的压力。"他有时候真是够婆妈的。

谈着告发的问题时,比尔正在弯腰打开魅影发廊的玻璃门,锁孔贴着大理石地面。大堂里光线熹微。我们顺着奇形怪状的发型椅走进去,磕磕绊绊,他按着我在最靠窗的那张坐下,扭亮镜前灯,这一刻,镜子里的我就像这个世界的女王,灯光只照亮了我一个人,照在我蓬乱湿漉的头发和青白的脸上。连我身后手拿吹风机的比尔,也成了底色中的影子。

比尔坚持要把我的头发吹干。

我的头发特别不容易干,这还是比尔发现的。"起码比一般人的头发慢一倍。"他这么判断。我时常洗了头来上班,中午吃饭经过发廊玻璃门的时候,据说头发看起来还没干透。

他曾经职业化地分析道,这是因为我头发的毛鳞片闭合得比一般人紧。他还说，这是非常难得的漂亮发质，天然卷看不出来，如果我让他做一个直发柔顺烫，这头发就会亮得像丝绸一样。我一笑了之。亮得像丝绸，给谁看呢？给我的老板吗？

他的手指深入我的发丝间，触摸到我的头皮，非常轻柔，风筒炽热的气流也被拨弄得柔和起来。随后我整个脑袋都变得温暖，仿佛我正站在2003年初夏的校园里，闭着眼睛，天高云淡，周围梧桐低唱，雏菊盛开。

"柠檬"，你在这里吗，带我回去我们的时间吧。

2

2010年5月30日星期日下午3点15分，何樱刚陪着儿子上完英语亲子班，领着他从外面回来，换鞋，洗手。今天儿子得了小班的演讲优胜奖，孩子一回家就急着提要求，说是晚饭想去吃必胜客，然后再回住宿学校。灾难的伏笔也许就开始于这样一个温馨的午后。

3点27分，何樱走进孟雨的书房，正要说儿子的事，孟雨的手机响了。这一刻，何樱发现孟雨的表情很古怪，他看到来电显示，愣神了一会儿，忽然抬起头来，很严厉地对她做了一个回避的手势。她莫名其妙地退出去，在门缝里看见孟雨接起电话，声音低沉，却有一种平日从未见过的激动神情。

她听不清他在说些什么，也不好意思一直站在门外偷听。她给儿子削了一个苹果，看他吃了，关掉了动画片，给他换上英语课布置的DVD口语短片，心中有疑，又转回孟雨的书房前。这时已经是3点45分，电话还在继续。孟雨专注地弓着腰，头扭向窗户，背对着门，身躯随着说每句话在轻微地震动，好像他正在努力把满腔的感情都贯注到话筒中。

女人的直觉，何樱已经猜到，手机那头的人是谁。她觉得自己的心仿佛凝固成了一座冰雕，又丝丝寸寸裂开，从里面流出血来。电话持续了22分钟。

5月31日傍晚6点30分，孟雨下班回家，洗澡。何樱从他的记事本里看到一条记录。6月1日星期二，5点，淮海中路星巴克，太平洋百货。何樱当然记得，这一天是丈夫的生日，这条记录怎么看起来都不像是一个工作约会。当晚，何樱做了两份菜，一份端上餐桌，一份放在冰箱里，反正孟雨从来不进厨房。

6月1日下午4点30分，何樱说要提早回家买菜，给孟雨过生日。4点58分，当孟雨走出地铁，经过太平洋百货的玻璃橱窗，准时来到星巴克，何樱正在百货商店的玻璃幕墙里静静看着他。孟雨买了一份小杯的热摩卡，挤在底楼靠窗的小桌子前。不知怎的，10分钟过去了，他还是一个人坐在那里。

5点12分，何樱给相隔仅50米的孟雨打了一个电话："老公，今天吃鱼还是吃肉？"

"嗯，还是吃鱼好了。昨天、前天都是吃肉。"孟雨接起电话，心不在焉的样子。

"今天是你的生日，要不要我去学校把小雨接回来？他上礼拜就吵着要给爸爸过生日啦。对了，你想吃点什么好的？"何樱看着一块玻璃之隔的丈夫，语气欢欣，心里酸痛。

"不用啦,就跟平常一样吃就可以了。我这么老了还过什么生日呀?"

就在这个时候,何樱望见有个女人正站在星巴克的楼梯口,身材修长,鬈发及腰,身穿黑色紧身长裙,黑色的披肩,手里提着一个生日蛋糕的盒子,眼睛也望着孟雨的方向,脚下迟疑,像是要朝孟雨走去。她心里咯噔一声,后面跟着的一句话说慢了半刻。

本来她是想接下来对孟雨说:"如果工作不忙,今天就早点回家吧。"她是希望孟雨听了这一句,忽然回心转意,答一声"好",放下咖啡杯站起来,离开此地回家去。而她呢,也得真的去一次菜场,买点好菜。

她打这个电话,讲了前面一大堆,其实就是为了对他说这一句"早点回家"。可是她说慢了半刻,孟雨已经把电话挂了。

孟雨放下手机,从座位上站起来,往背后看,楼梯口,一对金发男女端着咖啡在热烈交谈。他也恰好慢了半刻,所以没有看见任锦然站在那里。何樱在巴黎春天的位置,离星巴克的后门,也就是任锦然方才所站立的楼梯口,只有20米的距离。手机挂了,她灵机一动,快步来到任锦然的身边,对着她轻声耳语了两句。

她也许只是问任锦然,你是约了孟雨吗?

1分钟后,任锦然就跟着何樱离开了星巴克,穿过巴黎春天的店堂,下楼,去到地下车库。只剩孟雨困惑地回头看着那对金发情侣,狐疑自己刚才仿佛见到了7年前的旧情人,难道是回忆中的身影?

我们到现在还不知道,任锦然究竟为什么要约见孟雨,为他庆祝生日。看她7年里的经历,也并不像余情未了,况且她当时已经怀孕了,不知这孩子跟孟雨又有什么关系。所以我也无法想象,何樱和任锦然究竟在聊些什么。但是，有一点是可以肯定的，何樱的亲和力是她最大的强项。

5点32分，孟雨还坐在星巴克等候，任锦然的车已经回到了江宁路，交通出奇地顺利。她邀请何樱一起上楼，她们似乎还有很多话要聊。她给何樱倒了一杯咖啡，何樱一错手，故意泼在她的身上。所以她干脆换上了睡衣，反正都是女人。她们接下来也许聊到了一些让人激动的话题。有孕在身的任锦然忽然有些不舒服，何樱扶她躺到床上，帮她把床单抚平，然后借口要帮她拿一块毛巾过来。

她在洗手间顺利地找到了一枚男用双面剃须刀片。她想，这是一个好东西，上次用得就很顺手。她可能还在暗暗对自己说，一个单身女人，洗手间里却有男人的东西，难怪还会跟别人的丈夫约会，这不能怪我，是你活该。

6点的时候，何樱已经在出租车里，她没忘记按每天的惯例，在这个时刻打电话，问孟雨是否已经在下班回家的路上。6点30分，孟雨准时到家，与他从张江开车回家的时间丝毫不差。何樱其实只比他早了5分钟到家，取出冰箱里昨天做好的菜，在微波炉里加热了，摆到桌上。

奇怪，不是说今天吃鱼吗？孟雨看着桌上的红烧猪手，心里有些诧异。但是转眼间，他就把这种琐事忘了个干净，连跟何樱提一句的兴趣都没有。

"我们就要有一个三人世界了"，这个帖子曾经开始于2004年7月的一个美好期待。

2006年7月之后，何樱和孟雨的儿子逐月长大，孟雨漠然，孟玉珍搬入他们家。"花语"的帖子仍在零星地继续。失望之下，她拿出了独自担当一切的决心，她写道："Y，我就当你已经死了吧，好歹在外人面前，我还算有丈夫儿子的。"她打起精神，把家里的所有事情都打理得没人能插手。9月，产假结束，她提前联系了贵族幼儿园，把儿子送去全托，从自己的卡里直接打了费用过去。之后，孟玉珍白天一个人在他们家无所事事，不久也讪讪地搬回去了。

全托幼儿园周末放假，每个双休，何樱把儿子接回来，这两天就全被儿子的琐事占满了，小雨还小，也不适合带着在途中往返。何樱不出声，谁也不好要求她再去孟玉珍那儿报到。所以有6个月的时间，都是孟雨一个人去他母亲家"周六值班"。

继续顺着74楼一楼一楼读下去，我竟有些开始钦佩何樱了。虽然她没有卢天岚的美貌和风度，但我从未想到，在她的粉色系连衣裙和臃肿的外表底下，也有这么刚强骄傲的意志。现在我终于相信，她完全能够巧妙而冷静地按下电闸，拈起刀片。

何樱和孩子半年没来照面，孟玉珍终于耐不住，提出周末还是她去他们家。这一回，没有借口，没有人邀请她，孟玉珍只好表示她可以过来帮忙做饭。"孟雨不是吃我做的饭长大的吗？"她这么说。

这对何樱来说，又是一个无法推辞的巨大混乱。孟玉珍一驾临厨房，就把何樱支使得停不下来。她炒菜似乎打算跟大酒店的水平看齐，倒不是说滋味有多好，而是整个制作程序的表演性质非常浓厚，家常从来用不到的材料买了一大堆，油、盐、味精也超量。相信她以前操持家务的时候，不可能是这么做饭给孟雨吃的。

"花语"在帖子中说，面对这种情况，她只有"忍受她的自我表现"。

149

但是孟玉珍的表演并没有吸引到她最需要的观众。孟雨终日躲在书房里，面向电脑屏幕，仿佛外面天塌地陷也与他无关。

所谓的相夫教子，何樱的"胜犬"生涯竟然是这样的。

我这么说绝对没有半点幸灾乐祸的意思，虽然还有半年，我就晋升"败犬女"的行列，并有可能一直单身下去，我不是甘心于此，只是无力摆脱。我确实了解孤身一人的可怕，只是我没有想到，原来婚姻可以让一个人变得更加孤立无援，并且断绝了她摆脱孤独的可能性。她没有精力和自由再去跟谁恋爱。离婚，又要冒更加孤独的危险。

我忽然想到，天哪，在这样的绝望中，她还努力表现得符合正常的逻辑、幸福、满足、热爱琐碎等。难道说，她一直为自己不合逻辑的孤独感到羞耻？她以为婚姻就该是这样的？或者，婚姻原本就是这么悲凉的一个东西？我毫无经验，恕我不能知晓。

这个帖子暂时结束于2010年5月31日夜晚11点21分，在第6页的倒数第二楼，"花语"写道：

我明白了，这个三人家庭有两道永远无法逾越的沟壑，一是你的母亲，二是过去的"她"。我已倾注了所有的气力和爱，为我们的这个家，Y，希望你终于有一天能了解。

第74楼就是凶杀的留言，用的是"苏亚"这个ID。

第4号，孟玉珍。

W，难道你还不明白，我的心里是怎么想的？

她应该是从很早之前就开始筹划这一系列的谋杀，只是在6月一并遇到了两个难得的机会。这是一个完整周密的设计，包括一开头故弄玄虚的苏亚自杀案和幽灵的发帖。她故意把这个凶杀留言跟在自己的帖子后面，一是为了排除自己的嫌疑，二是用这样激烈的方式让大家知道她真实的生活。

她努力伪装幸福已经太久，我想她一定压抑到了极点，太想有人有兴趣按下鼠标来读一读她内心的话语。6年的悲喜，在这6页帖子中，逐字逐句读一遍，花不了30分钟的时间，这实在是一个卑微至极的要求，远不需要为此杀人。

但是我又想到，就算我这样一个因为寂寞而躁动不安的网瘾患者，彻夜无所事事，也直到今日才点击进入了这个帖子，仅仅是因为这个帖子与谋杀案有关罢了。我每天游荡在论坛上，这个名叫"就是想让你知道"的论坛，原来不是为了想知道别人的什么，只是一心为了抱怨别人不愿意重视我、了解我。

3

"周游，今天发型不错。"熟悉的利落声调，没有起伏，听不出赞赏的意思。抬起头，卢天岚已经飘过去了，只看见她蓝紫色的裙裾一扬。她上班也真够早的。

已经是6月24日早晨8点51分，阳光从办公桌前的窗户照进来，在紫铜窗棂上反射着温润的颜色。居然放晴了。多日潮雨的木石一寸寸变得干燥，楼道里回荡着檀木的香气。

阳光也勾勒着我的长发，我在电脑屏幕上看着自己的影子，直发如瀑，像丝绸一样闪闪发亮。都说吹干就好了，怎么给我弄成这个样子。

"哎呀，今天头发这么漂亮啊，游游！"我心里一震，何樱姐一边夸一边走进来，"什么时候做的发型啊？恋爱了？"

她把手袋放在桌上，开始抹桌子、洗茶杯、泡茶，每天工作前惯常的一套程序。她的眼睛有点肿，语气和神态却比前些天放松多了。从她毫无迟滞的动作中，可以看出她今天心情不错，动作幅度比平时还大了一些，顺手也给我泡上了茶，从桌子对面凌空放到我面前。

我伸手拿过自己的挎包，从里面摸出只剩半板的散利痛，掏出两片，就着滚烫的茶吞下了。我没头疼，我承认，我对这种药片成瘾。比如现在我觉得很紧张，就会忍不住想起它，还好我昨晚带上了。它能让我觉得放松、安心，好像吞下以后，随着那种晕乎乎的感觉，一切都会好起来。身上的痛、心里的痛，都预防了。

"我刚才已经订好那辆三菱SUV，待会儿我们赶紧去一次瑞安医院，卢总急得很，想要快点把重新实验的事情定下来。孟雨本来请假，现在已经从家里赶去徐主任那儿了。卢总让我们把合同文本也一起带过去，把能谈的细节先谈了。"何樱一边说，一边翻找与瑞安医院合作的上一份合同，存档文件夹永远厚重惊人，不知怎的，她今天心血来潮，大刀阔斧地把蓝标签的取下来放进碎纸机，红标签的留在桌子上，留待装订，似乎想要趁此给这个文件夹好好减一次肥。

我装作在电脑上找格式合同，把头钻进液晶屏幕里。

何樱是"花语"，"花语"很容易结识"糖糖"。何樱和苏亚有可能早就从网友发展成了闺蜜,在何樱制订谋杀计划之前。苏亚把6月15日的约见告诉了何樱,何樱忽然觉得这是一个极好的机会。她也许一开始准备了安眠药,打算和在苏亚的咖啡里给她喝下,伪装成服药自杀的现场。所以6月15日傍晚,她故意走安全梯上了29楼,躲过电梯的摄像头。

何樱的到访让苏亚非常惊喜,50分钟前,苏亚刚划破了徐鸣之的脸,还处于亢奋和无助中,这正是她非常需要何樱的时候。她洗了澡,换了睡衣,可是令何樱沮丧的是,她不想喝咖啡,也不想喝任何什么,她太累了,只想睡一会儿。

何樱说,你怎么出了这么多汗,我去给你拿一块毛巾来。她在洗手间里徘徊,束手无策,这时候,她发现了架子上那盒DORCO的刀片。

但是我怎么也想不通,何樱究竟为什么要杀死苏亚,难道仅仅是为了掩护后面的犯罪动机吗?我不相信她会这么冷血。

"你喜欢苏亚吗?"我装作漫不经心地问了一句,眼睛还盯着屏幕。

很久没有一点声音,连翻动纸页的声响也没有了。

直到我抬起头,与何樱的目光相接,她才小心翼翼地接口道:"苏亚……哪个苏亚?"她、卢天岚和我几乎天天都在讲苏亚,现在她却弄得像是在回忆10年前的往事,犹豫了一会儿,才大梦方醒般地说:"噢,是那个案子的被害人吧?"

明显的口误。警方都没定案说,苏亚是"被害人"。

"是呀,就是那个苏亚,"我顺着她的话讲下去,让自己显得轻松而兴致盎然,就像在说一个不相干的八卦,"你喜欢她吗?"

"哪有什么喜欢不喜欢的,不就是一个案子里的死者嘛。"她把口误改过来了，笑吟吟地敷衍我，"不过，她还是挺可怜的，下个月开庭，我都怕我不忍心在法庭上对付她的父母，弄得他们更伤心。"

说着话，她让自己接上方才的停顿，继续神色如常地给文件夹大扫除。我看见她把蓝标签的留在了桌子上，红标签的插进碎纸机，刀片轰鸣，纸屑在玻璃隔层里扭转呻吟，粉身碎骨。随即，她惊觉桌上的才是蓝标签的，愣了片刻，把怀里的文件夹放到地上，站起来拍了拍裙子上的灰尘，然后把桌子上各种标签的文件都归拢起来，塞进柜子里，转身径直走出去，消失在走廊里。

从凌乱到一丝不苟的整洁，她具有一名家庭主妇的优异才能。也许只用了5分钟不到，她就清理掉了作案现场的所有指纹，包括DORCO刀片盒子上的，归拢了苏亚所有房间的垃圾，收拾在一个大垃圾袋里，提到安全门的垃圾通道那里，扔下去，然后沿安全梯飞快下楼。她打扫得过于干净，以至于DORCO刀片的单片包装纸也没有留下。她的破绽，正因为她是一个太好的主妇。

我以为她去了洗手间，半晌没回来，我也往洗手间去，跟踪其次，自己也需要解决问题。她不在。洗完手，我不由自主在镜子前端详了一会儿，直发的时候，发质果然柔亮出色，不知怎的，感觉比尔的触摸还留在我的脖颈上。

回到1906，何樱已经坐在里面了，两眼瞪着门口，像是专等我进去。她对我说："那辆三菱在楼下等着了，要不今天上午你就一个人去吧，刚才卢总打电话过来，说今天中午还有一份紧急合同要起草了交给她。"

她从铺了满桌的红标签合同中抽起一份，2010年4月的委托实验合同，用透明文件袋装妥，塞进我手里，像平常那样亲昵地摸了摸我的头发，还弯下腰，帮我从椅子上拿起挎包，挂在我的肩膀上。"赶紧去吧，孟雨该等急了。"她拍了拍我的背，像鼓励一匹小马快跑似的。

我捏着口袋里的手机，我并不想这么快就有机会独处，打电话。

我没有在停车场里打这个电话，总觉得离她还太近。

一个人把车窗摇下来，坐进驾驶座，把挎包放在副驾座位上，掏出眼药水，点了双眼，放在仪表盘前备用。眼睛更干了，昨夜几乎是通宵的。刚要踩下油门，忽然发现停车场的铸铁栅栏门怎么关上了。刚才我明明记得是开着的，难道睡眠不足看花了眼睛。

不得已熄了火，走过去开门，推拉了半天都弄不开，几乎想要去找门房的老伯帮忙，后来发现，不知是哪个顽劣的孩子，在两边的门轴上都插了树枝。

我倒是喜欢这样的耽搁连连，今天，我恨不得再有些什么意外，让我忙乱不停，以至于有借口暂时不给王小山打电话。从清晨6点到早晨8点50分，我告诉自己，不是上班时间，兴许警察都还没开机呢。9点之后，何樱都来上班了，这电话总不见得当着她的面打。现在呢，路况这么复杂，有车跨了双黄线迎面而来，还有超车的。

又堵车了，在上高架的红灯前。我踩住刹车，从仪表盘前拿起眼药水，又滴了一回。车过了一批，还要等一回红灯。我从兜里掏出手机，挂了耳塞，磨磨叽叽地找到了王小山的号码，按下通话键，铃响，没人接，我松了一口气，刚要挂断，王小山颇有精神的声音在那头响起：

"喂！又出事了还是约我吃饭？"

"都不是。"绿灯，排队的车陆续动起来，我放开刹车，轻点一下油门，又踩深了几分，因为车正爬上高架，"你这刑警怎么当的，都不推理一下，就会瞎猜。"

"谁说我不会推理,事实摆在眼前,用得着推理吗?不就是你开车用手机,违反交通规则,打电话自首来了吗?"王小山有个缺点,你说他什么不行都可以,就是不能说他不会当警察,一说他就急。

我乐了。高架通畅宽阔,我加快了车速,风向后拉扯着我光滑如丝的长发,将它拽得更直,我觉得这种感觉非常新奇,又加了一脚油门,翻着弧线超过了两辆车。

"不跟你闹了,说正经的,我找到凶手了。"我能听到风吹在麦克风上呼呼的声响。

"你说什么?喂?"

"我找到凶手了!"车玻璃好像起了一层浓雾,奇怪,不是玻璃,前后左右的景物都变得模糊起来,像颜料被泡入水中,视线中的一切都在飞快地融化。是风吹得眼睛太干燥了吗?我使劲眨了眨眼睛,前面的路化开了,像一片没有边界的沼泽,车失去了形状,连车灯也延伸成蛛网一般,忽远忽近,不可捉摸。四周的高楼影影绰绰,与路、与天空混为一团。

"是谁?凶手是谁?"

我惊骇地抓住方向盘,我知道车速此刻至少有80迈,也许还不止,刹车!不行,在高架中间突然停车会被追尾撞死的。可是我根本不知道该往哪里开,哪里是临时停车带,哪里是低速车道,哪里是栏杆。我的眼睛瞎了吗?或者,我只是在做梦吧,大叫一声就能醒过来,如果永远醒不过来该怎么办?

"喂,说话呀,怎么回事?你在哪里?"

我感到车身剧烈地颠簸，像是撞擦到了什么，车子几乎转了半个圈。额头叩击到冰凉的玻璃，碎裂的声音或是震动，分不清，暖热的液体披面而下，视野有一半被染成殷红。我害怕极了，唯有紧紧抱住方向盘，用力踩下刹车，喇叭声四起，后背有一股大力猛地撞向我，差点把我从车座里抛出去。我大叫一声，梦并没有醒。

第九章

1

一束金色的光照进了我的瞳孔,像一把尖刀插进我黑不见底的灵魂。

最近在服用什么药?有没有药物成瘾史?精神疾病史?

不排除内脏病变的可能,神经系统问题,自身免疫性疾病,重症肌无力初期……

我感觉王小山站在我的轮椅后面,两只手放在我的肩上。他回答医生问题的时候,手掌传来声音的震动。更多的时候,他的手不熟练地抚摸着我的肩膀,不知道是在试图让我放松下来,还是他自己。这是我混沌的梦境中唯一的知觉,通往正常世界的知觉。

我闭上半瞎的眼睛,就立刻失足跌落到自己灵魂的深渊中,不停地坠落,坠落,比黑暗更黑,像一片脱落的树叶,毫无依傍。

噢,对了。你半小时内有没有用过什么眼药?这是医生最后一个问题。

大约过了半小时,我听到王小山愉快的声音:"化验出来了。你的眼药水被人偷换过，瓶子是泪然，但里面是托吡卡胺，扩大瞳孔的。"

这阵高兴过去以后，他郑重地对我宣布："这是谋杀。看来不只是你找到了凶手，凶手也找到你了。"

2

6月24日上午10点17分，当我被王小山从高架上找到，用警车送往医院时，孟雨正在和徐晨进行一场艰难的谈判。

药品组的35号病人任锦然由于意外怀孕，只服用药品10天就自行停药，这个意外的发现被卢天岚称为"一个绝好的契机"。因为任锦然隐瞒了停药的事实，继续参加后两周的药效评估，导致了实验数据的误差。卢天岚认为，如果情况属实，就可以让徐晨借此大做文章，以样本监控出现差错为名，删除不利的实验数据，解散目前参加实验的两组患者，重新招募，以期这一次能得出对新药有利的实验结果。

6月21日下午3点14分，孟雨曾带着介绍信去分局，在王小山那里亲眼目睹了任锦然的遗物之一，标记有"瑞安医院临床药理中心"的药瓶，证实了瓶子里还剩下18颗药丸。

6月22日，孟玉珍被谋杀，延搁了这一计划的进展。

此时，孟雨坐在徐晨杂乱如仓库的主任办公室里，看着徐晨从柜子里抱出一沓实验资料，堆在电脑前，戴起老花镜，一页一页耐心地翻过，最后挑出薄薄3页纸放在一边，把剩下的一厚沓摞齐，仔细地放在办公桌的左上角，摘下老花镜扣在桌上。

他这才对孟雨转过脸来，用手指敲了敲那3页纸，笑眯眯地说："就是这个患者，是吧？她做的评估都在这里了，我们把她的资料单独抽出来删掉，这样行了吧？"

孟雨皱了皱眉，这个老滑头，他刚才明明跟他谈的是，废除全部数据，追加倍数级的费用，重做实验。

"我看没这个必要吧！"徐晨和蔼地笑着，摇着头，"之前的实验做得很细致啊，有哪里不好呢？"他用左手摸着那厚厚的一沓文件，嘴里发出"啧啧"声，"60个样本，只有1个作假，就要废掉其他59个，你说哪有这种道理的？"

徐晨是帕罗药业多年贿赂的一头肥羊，孟雨心想，怎么忽然间公事公办，说这些大道理。他后悔自己接到任务就匆忙赶来，早知道应该先问清楚，在这件事情上，卢天岚有没有在利益上跟徐晨取得共识。他一向不喜欢也不耐烦这种人际关系的缠斗，干脆拉下脸不作声，自顾自沉默地坐着，发了个短信给何樱："你们什么时候到？"

"我忙着不能来，游游在路上。"

"不用来了，谈不成，跟她说一声，我也准备走了。"

等了2分钟左右，何樱的短信回复道："她电话打不通，你等等她吧，应该很快到的。"

徐晨佝偻在电脑前看股票，故意不去理会孟雨，一副怕他再纠缠不清的模样。孟雨则坐在沙发里埋头看手机，压根没有要跟徐晨再攀谈的意思。20平方米的空间里，气氛凝固过度。

恰好有个女护士进来说，徐主任关照的那个病人，入院手续已经办好了。本来这种情况，徐晨点点头就好，今天他破例站起来，跟着女护士去了病房，把孟雨一个人晾在仓库似的办公室里。

实验资料摞在办公桌的左上角，风掀动最上面的几页，一下、两下，第三下，终于呼啦啦飘落下来，滑过桌沿，次第降落到地面上。

孟雨不情愿地起身，一一捡起，放回原处却一时找不到东西压住。他抬头看对面的铁皮文件柜，存放实验资料的那格柜子，柜门虚掩着。他原本是想把文件放回柜子里，转念，他用鼠标暂时压住了资料，绕过办公桌，走过去，缓缓抬手打开了这扇门。

柜子上格是40厘米高、30厘米宽的置物空间，也就是刚才放置一厚沓实验资料的所在，下方是3个铁皮抽屉，竖排，均高20厘米，与上格锁在同一扇柜门内，现在都可以自由拉开。抽屉很深。最上面一格，排放着60名患者的资料卡片。第二格，30瓶药丸已经装好，整齐地排列着，抽屉外面插着的卡片上写有"爱得康"的字样。6月24日是周四，2天后，就是实验第8周再次发放药品的时间。抽屉第三格，另有30个茶色的小玻璃瓶，包装完全相同，抽屉卡片上写着"安慰剂"。

走廊里脚步声去而复来，孟雨感到自己的手心在出汗，声音越过这里，又远去。徐晨的办公室刚好在一个死角里，如果不是特意到这间，经过的人一般都没法看到里面。孟雨禁不住责备自己行为反常，他这样一个整天沉湎在实验室里的科学家，现在就像一个小偷。他知道，这是某种奇怪的感觉所致，这种感觉已经在他心里存在了整整3天，仿佛一种病毒，一小时一小时地累积扩大，就连孟玉珍的猝死，也没能停息这可怕的蔓延。

所以他没法让自己停下来。他从第二格抽屉里轻轻取出一个药瓶，拧开瓶盖，28颗莲红色的药丸。他小心翼翼地倒出一枚，鱼腹形状的药丸在他的手指间变得温热，他将药丸放到自己的鼻子底下，做这个动作的时候,他下意识地有些畏惧,将要凑近,又烫到般移开半分,再忽然从自己的恍惚中醒来,对着药丸俯下头去,深而慢地吸气。

他熟识这种气息,如同发酵的蜜糖,还混合着些许类似栀子花的香气。可是,不对,此刻他闻到的只有花粉的甜香,这是绝大多数糖衣的气味。

6月21日下午3点36分,孟雨站在分局刑警支队的办公室里,从任锦然的遗物中拿起几乎相同的药瓶,拧开瓶盖,将18颗药丸倒在手心里,一一检数,他忽然觉得似乎有什么地方出了错,不是药丸的数量,而是气味。这是他研制了7年的药品,他被这气息诱惑了整整7年,不可能弄错。当时,他的心里就生出了某种奇怪的感觉,怀疑,又觉得怀疑的事情本身不可思议。

他将药丸送到唇边,甜,甜的外壳底下,他记得,是一种让人舌根发颤的苦,苦到近乎辛辣。此刻,还是甜,甜得像一颗虚伪的糖果。

他从第三格抽屉里取出一瓶安慰剂,这一回,他的动作有点暴躁,药丸从瓶口四散滚落,有些掉到了地上,蹦跳着。一样莲红色的药丸,鱼腰形状,纤巧轻盈。花粉般的糖衣香气,放进嘴里,乳糖和淀粉制品的甜味,与前一颗药丸的味道完全相同。

这时,徐晨正站在门口,弯着手肘,握着两手的拳头,像是要冲上来阻拦什么。当孟雨满脸愤怒地对着他举起了两个瓶子,他却忽然松开拳头,耸耸肩,随后长嘘了一口气,满不在乎地晃着白大褂里的手臂,走到沙发前,舒服地坐下伸开两条腿,看起来比出去前更放松,比之前2个月的任何时候都要放松。

3

我只能在后来孟雨的叙述中还原这一场景。6月24日,我最终还是没能抵达徐晨的办公室,与孟雨会合。其实我就在瑞安医院,门诊大楼17楼的眼科中心,与临床药理中心同一个楼面,也许与这一幕相隔50米都不到。

视力正在逐渐恢复,不需要用药,托吡卡胺散瞳的作用只能持续1个小时。额头上的玻璃碎片被夹了出来,好在不需要缝针,上药,贴了纱布,医生说要留院观察,排除脑震荡的可能。我平躺在枕头扁平的病床上,膝盖和手臂的疼痛渐渐麻木,只觉得晕眩,心如奔马,呼吸急促,忍不住想大喊大叫,或者大哭一场。可是药水冰凉地一寸寸进入我的静脉,像白色无边的雪原,从我混乱至极的情绪中渐渐浮现出来,覆盖住我的惊恐和无助,只留下空白,空白之上可怕的清醒。

"你喜欢苏亚吗?"

她魂不守舍,把红标签的文件插进碎纸机,蓝标签的留在了桌上。

"哪有什么喜欢不喜欢的,不就是一个案子里的死者嘛……"

她中断了兴致勃勃的大扫除,归拢文件,放回柜子里,拍拍裙子上的尘土,走出门去。她没有去洗手间,我在那儿压根没见到她的影子。她去了6楼,在眼科事业部的储物柜里顺利地找到了她需要的东西,一瓶泪然和一瓶托吡卡胺,倒空泪然的瓶子,用一支注射器将托吡卡胺的药水抽出来,注入泪然的空瓶子里。她只加了半满,因为她知道我那瓶已经用了一段时间。

她知道我开车的时候会频繁地滴眼药水。她知道从华行大厦到瑞安医院，主要的路程就是高架。她还知道，我最喜欢在高架上开快车。如果当时不是在跟王小山通话，我至少会开到100迈。

我上洗手间回来，走进1906，她已经在里面等我了，多么麻利的好主妇。

"今天上午你就一个人去吧，刚才卢总打电话过来，说今天中午还有一份紧急合同要起草了交给她。"她特意弯下腰，帮我从椅子上拿起挎包，挂在我的肩膀上。挎包里装着另一枚塑料瓶子。她像往常一样亲昵地摸了摸我的头发，拍了拍我的背，鼓励这匹小马快跑，最好跑到120迈，当万物飞速向后的时候，忽然前方的路从视觉里消失，就这样，径直跑出这个世界。

"凶手是谁？说话呀！"

我差点永远没法回答这个问题了。

她手心温热，她熟悉的抚摸还在我后脑的枕骨上，缓慢而不可抗拒地，拽住我的长发，将我的脸往枕头里按下去。我用力挣扎，却分毫不能移动，我将要窒息。我想喊，喉头只是发出了轻微的咯咯声。周围医生护士来来往往，谁都没有往这儿看。

另一只手忽然握住我的手，迟疑，却有力，温暖的触觉像一扇门，将我从梦魇中牵引出来。"柠檬"，是你吗？我用力睁开眼睛，握着我的手飞快地离开了，像一只受惊的飞鸟。王小山坐在病床边的凳子上，扭转脸眺望窗外，左手正不住地揉着右手的手腕，发出"鼠标手"特有的轻响。

"眼下你的情况很不安全。没找到确切证据之前，凶手不能归案，她谋杀你一次不成，一定会有第二次。"我同意王小山的说法，只是我无处可躲。

王小山下午离开了几个小时，到了晚上，他又来医院，说是送我回家。留观结束已经是深夜11点17分，他打车送我到弄堂口，还坚持要送我上楼。他对这黑黢黢的院子和室外的楼梯抱怨颇多："这简直就是电影里最经典的谋杀场景嘛！"

灯已经坏了几个月。摸索着转到三楼的第二个拐弯，头顶上水珠纷落，想是梧桐上隔夜的冷雨。我这才发现，在阴天潮湿的空气里，暂时吹直的头发早已重新变得卷曲，蓬乱不堪。我伸手去擦发上的水滴。猛地抬头，看见斑驳的台阶上蹲着一个庞大的黑影，周身都是黑的，只有一张奇怪的脸飘在半空中。我还没惊叫出声，就听见王小山大叫了一声。这下，三个人都吓得几乎跳起来。

是比尔，他正坐在楼梯上，一个人玩上网本，屏幕的光由下而上照在他的脸上。

"我……"比尔指了指打开的电脑，"在网上等你啊。"他这么解释他坐在这里的原因。

他半厘米长的胡子布满了半张脸，眼睛安宁明亮，这让他在黑夜里看起来就像一个蒙面大侠。给人一种不同寻常，却又并非不安全的感觉。

王小山向前趋近了几步。比尔站起来，左手提起上网本，伸出右手，王小山却没有跟他握手，转身又走下来，原来只是为了看清楚比尔的模样，然后穿过我的身边，径直下楼，消失在夜色里。

那天晚上，比尔至少跟我反复说了三四遍。他说：

"关于'柠檬'，我有事情要告诉你，你先听一听好吗？"

"唉，小姐，你会想知道的，相信我。"

"不行不行，我还是得把'柠檬'的事情告诉你，这很重要。"

我为什么必须要知道呢？

凌晨4点20分，我猛地醒来，书桌上，我的手提电脑和比尔的上网本摆在一处，正面对面地亮着，它们网聊了这么多日子，今晚总算是真正地促膝谈心了。

身边有一个人的感觉是如此不同，我看见醒着的那个我坐在床沿，俯身看我，对着我微笑，然后也轻盈地平躺下，躺入我的睡梦中，与我合为一体。将近天亮的时候，我觉得我几乎已经爱上比尔了。我将头埋入他的怀中，而他也细心地放平胳膊迎合我的姿势。风声咆哮的黑夜正从屋子里退去，外面又下雨了，天空却渐渐现出黛青色，昨天恐惧的阴霾也正在一点点散开。

如果对孤独的积怨也可以转化成爱，恐惧也可以催生爱，如果对此人的爱可以诱发对他人的憎恨，甚至不惜杀人，那么我确实不能明白，爱究竟是什么样的物事了。

4

6月25日下午3点，我的额头上贴着纱布，坐在瑞安医院17楼临床药理中心的主任办公室里，徐晨的沙发上。

办公室的门关着，我们将要进行一次尴尬的会谈。这个任务是卢天岚临时派给我的。何樱被分局请去协助调查，法务部只剩我一个人。卢天岚对我说："既然你要去医院换药，不如顺路把这件事情处理了。

记住，要处理好，用心一点。"我就钦佩她这种冷酷的工作态度，女军官似的。

徐晨问了我一个颇难回答的问题。他问，既然已经发现他偷换了药品，为什么不干脆揭发他的罪行，这样一来，帕罗药业就立刻解脱了在苏亚自杀案中的责任。为什么反而跟他谈，要他保证重新操作一次对"爱得康"绝对有利的实验。

徐晨冷笑着说："小姑娘，你有没有想过，这说明你们公司对'爱得康'的药效也不敢确定。所以卢天岚宁愿承担应诉的压力，也要保证这种药品有一纸实验数据，来印证它宣传的神话。"

在我们刚才关上门以后，徐晨就脱掉了白大褂，使自己坐得更舒服。现在他就穿着米色衬衣和黑色西裤，坐在电脑前一贯的位置上，左手搭着椅背。他的背驼得更厉害了，这让他看起来就像在椅子上缩成一团似的，他两颊的灰黄色也更深了。可是他看上去真的很轻松，甚至有点亢奋，说话时挥舞着右手。

"你回去告诉岚岚，说她徐叔叔不怕你们告发他，他就是不愿意给'爱得康'操作什么百分之百胜出的实验。只要有百分之一的机会能看见'爱得康'认证失败，他都愿意付出任何代价去碰碰运气。"说到这里，他原本沙哑的声音变尖了，听起来像是钢笔划在玻璃上。

"现在根本没有病人试过'爱得康'，你怎么知道它不是一种特效药？"我的心里不知怎的生出了一种无名的愤懑，这一刻，我想起了我已经有整整5年睡在四面通风的房间里，我心的左近，空空荡荡，对世间所有的快乐麻木不仁。如果我头疼，我可以吃散利痛，可是精神上绵延不止的疼痛我毫无办法，有时候我恨不得用一枚刀片插进自己的咽喉，在下一秒停止这种疼痛。

"你跟卢天岚过不去是你们之间的事情，你为什么要处心积虑，跟全世界需要这种药的病人过不去呢？"我忍不住又补了一句，气咻咻的。

这句问话引起了超出想象的激烈反应。

"我没有！"徐晨的额头忽然因为委屈扭了起来，仿佛满脸的皱纹都集中到这里。

"我没有！"他重复了一遍，右手揪着胸口的衬衣，布满血丝的眼睛凶狠地瞪着我，瞪得我身体往后靠了靠。

"我怎么会跟病人过不去呢！"他的音调颓然落下去，"我也不是想跟岚岚过不去，我这是……"我不知道自己有没有听错，他哽咽了，"我这是在跟我自己过不去啊。"

茶色玻璃的药品大包装广口瓶。

拧开瓶盖，莲红色的扁长形药丸簇拥在里面，看上去如此普通，跟药剂科仓库里数不胜数的各种药丸并没有什么两样。倾斜瓶身，药丸发出细碎的滚动声，有一颗滚到他的手掌里，他用手指捉住，举到阳光下，伸远了胳膊细细端详。

适用于轻、中度抑郁和焦虑，神经衰弱，情感淡漠。服药4个小时后血药浓度达峰值，血浆浓度稳定需7天以上。药品的说明文字总是贫乏得很，可是圈内的传言早已随着帕罗药业的宣传沸沸扬扬。就是这种药吗，据说不仅能缓解情绪低落，还能让人的大脑感觉到真实的幸福、安全，甚至类似恋爱的愉悦感，感觉自己活着的每一分钟都极有意义。

他瞪着这个莲红色的小圆点，由于注视过度，它已经在视觉里化成了半透明的一片浅红。见鬼,是谁竟能把药效形容得这么有煽动性,这个一向词汇贫乏的科学家,难道他已经亲自尝试过了,才能描述得如此活灵活现?

63天前,也就是4月23日周五,"爱得康"双盲实验开始的两周前,徐晨第一次见到这种药丸。也是下午3点过后的这段时间,20平方米的办公室里只有他一个人,没有电话,也没人敲门找。这是他一天之中最空闲的一段时间,也是一周之中最空闲的下午,再过3个小时,他知道,这幢门诊大楼的每个角落都将空无一人,各科诊室、抽血化验、B超、胃镜肠镜、挂号、收费,包括中西药房。那时候,他也将不得不收拾起皮包,顺着光亮可鉴的走廊离开办公室,一路坐电梯下楼,可能连个打招呼的人都遇不到。

他将耐心地藏身于人流熙攘的街上,不像以前那样,抱怨着周末糟糕的交通情况,厌烦地在出租车里不断看表。他情愿故意多走一会儿,脚底磨蹭着凹凸不平的人行街沿,挤到小餐馆里吃一客生煎馒头加牛肉粉丝汤,或者到振鼎鸡要四分之一的翅膀肉,再自斟自饮半瓶啤酒。吃完和新进来的人群摩擦着他的背部,碰撞他的手肘,他将聆听着丰富的人声,吃得更加不紧不慢。

总是要回去的,最近这两年,他时常走着回到瞿溪路的绿野小区,以前打车都要16元的路程。他是不知不觉走完这段路程的,一路磨蹭,到家8点刚过,他不知道有没有比步行更慢的方法。

客厅里的灯光太暗了,卧室也是,为此,他自己摸索着换了好几次灯泡。后来有一天,又觉得亮得刺眼,让仅剩的一条影子触目惊心地跟在身后,走到哪儿都能看见。

他记得他曾经是厌恶她的,自从儿子呱呱坠地,她变得唠叨、抱怨、忧虑、邋遢、腰如水桶,在屋里走动时发出鞋底拖地的声响。这种状态持续了28年。更何况早在12年前,她就下岗了,专职在家里制造各种噪声和琐事。

如果有人遇见过他妻子,比如说曾经送礼到他家中的医药代表们,后来当着他的面,客套地夸一句:"你太太看上去就是一个好人,脾气也好。"他必定要补上几句:"脾气好也是讲讲的,但是她至少不好对我发脾气吧,这么多年家里就靠我一个人维持开销,我都没发脾气呢。"说过之后,他觉得心里更委屈了,委屈什么呢,他也说不清。

在单位跟人闲聊,他喜欢说些讥笑她的轶事,诸如她喜欢藏东西,不舍得用,每年单位福利发的炒锅茶具,医药公司送的各款菲仕乐,她都小心翼翼地放在柜子里,连包装都完好如新,简直像超市的仓库。别人笑过之后,他觉得心里颇有快感,好像是报复了她造成的种种不如意。

有一阵,他特别烦她,他跟同事们抱怨说,她有强迫症,锁上门之后还要推好几次,偶尔跟他出一次门,总提醒他包有没有拉严实,现金是不是带得太多。

他觉得是她毁了他的生活,他一直这么想。她晚上睡觉磨牙,半夜里,如果睡得浅,总能听见森然的咔嚓声,反复不断,就像她用锅铲在刮着锅底。近些年,她终于不磨牙了,也许因为牙也磨得差不多了,她不舍得去镶牙。也许是因为她更胖了,面颊和颈部的肉在睡觉时支住了牙龈,可是这肉似乎也顶住了她的鼻咽部位,她开始打呼。他曾经绝望地以为,他将听着她深夜发出的各种可怕响声,直到咽气。

当然，他也曾设想过，把她弄出自己的生活，不止一次，想想都觉得过瘾。他是三级甲等医院的堂堂药剂科主任啊，医药公司投怀送抱的美女岂止三位数，他不缺女人，更不缺钱。他想过，把她扫地出门后的第二天，他就要把家里的毛巾浴巾统统扔掉，它们发硬变薄，没准都用了十年了，他要全部换上竹纤维的，家里有的是别人送的高级毛巾。要扔掉的东西还有很多，比如锅底炒什么粘什么的旧铁锅、中间开始塌陷的人造革沙发、用一根绳子权当开关的抽水马桶、放在门口攒废纸和瓶子卖的竹篮……

房子的装修也太旧了，干脆买一处新的三室两厅，全装修，顶层的，还能带个露台晒晒太阳。添一张德国床垫的双人床、一个带按摩的真皮沙发。

像他这样的一个单身汉，打个电话吩咐医药公司送一份"外卖"过来，或者叫哪个年轻漂亮的医药女代表到他家里来签合同，又或者，在哪次活动中，遇到了一个可意的，兴之所至就直接带回来。

究竟他为什么一直不跟她离婚，他归咎于自己的怠懒，得过且过，一年拖一年。结果还没等他把她弄走，她就自己走了，走得猝不及防。前年6月3日深夜11点，她死于胃癌扩散引起的并发症，先是从病床挪到太平间的冰箱里，然后化作一道青烟和一堆白色粉末，最后总结为客厅墙上的一张黑框相片。

办完大殓的第二天，他没有把家里的毛巾全部换掉，两年过去了，他依然在用这些粗糙陈旧的布片。他打开厨房灶头下面的柜子，里面塞着足足7个还没拆封的菲仕乐，这一回，他没有打算再说给别人听。

这是一种奇怪的感觉，她死了，他没有太多的悲伤，也没有摆脱

171

她的庆幸。他很平静，依然按部就班地做各种事情，但是这平静底下埋藏着巨大的惶然，就像在一个硕大无朋的黑洞上盖了一张薄薄的纸，表面平坦安全，却由不得任何细小的东西落上去。

该怎么形容呢，他看着这世界若无其事地运转如常，一天复一天，满街的人脚步欢悦，照样有玫瑰色的朝霞和阴雨天，一切环节都不因那个人的消失而有所改变，包括他自己的日程。那个人就像一个幻影，像沙漠里的一滴水，像软件里随机出现又顷刻不见的一个图像，有时候连他自己都不能确定，她到底是否存在过。

可是，当他在水池里洗某个杯子的时候，忽然间，他会意识到，她曾不下一千次用这个杯子给他泡茶，绿茶、铁观音，什么适合不适合久泡的，都用这个杯子。她好像特别喜欢这个烧制着蓝红相间"福寿"字样的盖杯，沏毕，放在他手边的茶几上时，还会咕哝着特意摆摆好，欣赏一下，似乎也希望他能赞赏她这点小小的情致。他总是厌烦地挥着手指，希望她早点从他面前离开，别挡了他的光。

他同样害怕每次上完厕所，伸手触到那根抽马桶的绳子，他拉过千百次的。那是一根粉红色的塑料绳，他忍不住疑惑，她是怎么研究了水箱的结构之后，巧妙地拴上去的。

这种时刻的出现比她的死更猝不及防，洗完澡用浴巾擦身，把可乐罐扔到门边篮子里，或是在餐厅里喝到一碗很像她煮的咖喱牛肉汤，他讥讽为清汤寡水，唯有盐罐打翻的那种。就像被人猛然拍了一下，拍在他后背心口最虚空的部位，他惊跳起来，发觉自己生命中庞大的一部分已然丢失，他却尚且不能估计这个黑洞有多宽多深，甚至连自己能不能在残骸上继续正常地活下去也不能确定。

他忍受不了独自待在那套沉没了一大半的公寓里,可是如果换一个地方,他又不敢,他害怕这个世界归属于他的部分会更加荡然无存。他躺在双人床上,清醒地挣扎在无数个深不见底的夜里,直到天亮,他眼睛红肿,声音嘶哑,烦躁欲狂,他不知道,他这可怕的失眠究竟是因为身边太安静了,还是因为他依然能听到她的磨牙和呼噜声。

有一天凌晨,他拉开另一侧床头柜的抽屉,发现里面还剩了半板过期的阿普唑仑,这起码搁了3年了。发现胃癌前,她常年靠吃安眠药入睡,他对她这个怪癖非常不以为然。现在他几乎怀着获救的欣慰攥着铝箔的一角。

对于药剂科主任而言,精神药品的处方不成问题。他总是恶狠狠地一次弄来6-8盒,还没吃完又去开,囤积起来,如果床头柜里的药片见少,他会紧张、恐慌,整夜不安,吃4片以上都睡不着,很快,吃8片都毫无感觉。他记起,她在癌症治疗期间也用过镇静剂,比阿普唑仑药效更强的某种,好像叫氯硝西泮,他弄到了一瓶100片装的,据说这些能麻翻一头大象。

日子一长,他感觉头脑昏沉,怠怠低落,有一阵,连早上勉强自己走出门去上班都难。他明白使用镇静剂过度会导致抑郁,于是他又必须多依赖一种白色的药片了。他开始服用左洛复,口干,焦躁,疲倦,心慌,毫无食欲。

他抱怨这些见鬼的药,他感觉糟透了,他把对生活的不如意都归结于现有药品的效用不佳,却副作用可疑。他意识到,自己现在对于这些药片的怨恨,有点类似于过去对她的感情。

是她毁了他的生活,他现在更加肯定了这一点,只是她究竟是怎样的一个人，他几乎想不起来了。她是一个模糊的表情，一阵阵听觉以外的絮语，一张五官不甚明晰的面孔，拖鞋底拖沓着地面四处移动的声响。有时候他逼迫自己去追忆她具体的容貌，仅仅为了确定她不是他想象中的一个人物。然而越是使劲去回想，她的脸越是如一阵手指间的烟雾，抓不住，反而散了，于是他去到她的黑框相片前，这下他就更想不起什么了，相片如此陌生，仿佛就是为了让死者的面孔彻底消失在这个世间，特意制造混淆的一个阴谋。

非但如此，他发现，他根本不知道她念的是哪所中学，虽然这是她唯一的学历，他记得她说过不止一次，还向他描述过校园里的景致，她在那里度过了最快乐的少女时光。他也想不起她父母的名字了，他们去得早，他还逐一参加操办葬礼来着。那么她嫁给他以后32年的生活呢，这段日子已经远远长于她婚前的人生，她满意吗，快乐吗，总是忧虑着什么呢？她絮絮不停地唠叨，她都说了些什么呢？

更加糟糕的是，他想起她是有其他亲人的，在她咽气前的三个月里，她曾经反复提起，她好像有一个表妹还是表姐。她说，如果她死了，她最放心不下的就是她，那个表亲有两个儿子，却都不管她，她孤零零住在奉贤海湾那边的养老院里，以前她每个季度坐长途车去探望，以后就只有拜托他了。

她好像还没把地址和名字写给他，也许写了，在她咽气后的混乱中，不知丢到哪里去了。

这个女人，她在这世间唯一的存在，仿佛就是这么多年他感觉到的碍事和厌恶。当然，还有一个他们俩的儿子。儿子好像对她感情很深，追悼会上哭得拉住棺材的边沿不肯松手，但是在这之前，他至少又有两个月没回来过。

他在嘉定南翔工作园区里上班，离家很远，路上两个多小时。先是住工厂宿舍，后来在附近租住，恋爱，跟一个女同事，然后在那儿买房，成婚生子。掰手指算算，儿子离开他们老夫妻已经7年有余，孙子都快满3岁了。记得儿子刚工作那会儿，双休保准回家，在父母亲的溺爱中吃个腰圆肚饱再回去。逐渐地，拖成两周回来一次，再变成每次回来半天吃一顿饭，象征性地点个名。

自从儿子结婚以后，点名也变得遥遥无期。想想也可以理解，他有了自己的家，有一大堆生活琐事，哪个家不是这样呢。尤其是他也有了一个儿子，这份忙乱，他也是经历过的，没准他的耳朵也正在被妻子的拖鞋声和唠叨声折磨着。

有一个周六，儿子忽然推门进来，他吃了一惊。他没注意过，什么时候儿子发胖了，肚腩掉在牛仔裤外面，额头上已经有了一道呈直角的皱纹。坐在沙发上以后，半天都懒得动，就跟他这个老家伙似的。差20几岁，可以是一个成人和一个依赖他的小孩，也可以是两个年龄不同的成人，他们两个现在就是如此。儿子已经不是他婚姻生活的附属品，而且，事实上早就成了一个工作生活与他毫不相干的男人。

追悼会后，儿子建议过，让他过去跟他们三口一起住。别家的生活，他无心参与，况且实在太远了，没法上班也未必习惯。他最希望的是儿子回家来跟他一起住，他知道，这不可能。

儿女成群也罢，子孙绕膝也罢，到后来，人终究只能与配偶相濡以沫，共度此生。荒诞的是，这两个在生命中相处时间最长、关系最紧密的配偶，却是家庭关系中唯一没有血缘关系，而且早年并不相识的陌生人。

可是他连这样一个陌生女人的陪伴也失去了。想到要独自走完剩下的路,他的心就跟毛巾一样紧紧绞起来。他嗜药成瘾,依赖这满抽屉的药片,却依然无药可救。4月23日那个周五的下午,他在窗前举起那一颗莲红色的细小药丸,对着阳光长时间地端详、发怔。当他用颤抖的手把药丸送到唇边时,他嗅到了儿时甜酒酿的醉人气息,混合着一种白兰花在傍晚散发出的香味。

"所以你就私吞了全部的'爱得康',用安慰剂来充数吗?"

"我没有。"徐晨的声音虚弱却平稳,现在他的情绪已经完全稳定了,这让我想到,如果他早点向别人倾诉这些囤积已久的痛苦,也许他也不用靠囤积药片过活。不过,谁会听呢,在他做出疯狂的事情之前?

"我真的不是为了占用这些药品,才破坏实验的,我有非常重要的理由。"他用力直了直脊背,对我努力露出了一个笑容,放慢语速,神色郑重地对我说,"如果你了解这个理由有多重要,我觉得,没准你也会站在我这边。"

对于经手了大半生的药片,这两年,徐晨算是终于有了最切身的体会。体会来自亲身品尝,他对它们的了解已经远远超过了他对他的亡妻。他深知,药片的功效如此微弱、短暂和表浅,副作用折磨人,可是他仍然别无选择地依赖它们。就像这个世界上无处不在的孤单的人们,希望从医生那里获得注视和聆听,从药片中获得安全感。

抗抑郁药物由此成为一个规模惊人的产业,虽然药物本身不能解决人们生活中的悲喜,甚至不能阻止有的人选择通过结束自己的生命来结束痛苦,但是,至少有另外几十万人在这项产业中获得了稳定的工作，有条件结婚买房，缴纳按揭，生儿育女。

如果"爱得康"真如传言，是一种对人脑的作用机制具有颠覆意义的特效药，那么，过去所有品种的抗抑郁药都会失去市场，整个抗抑郁药的产业就会崩溃，公司倒闭，工厂关张，员工失业。

"爱得康"的委托实验合同签订前后，业内主要公司都找过徐晨，希望用巨款买通徐晨破坏实验，他说他没有收，没有人能花钱让他去冒这么大的险，除非他自己有不得不做的理由。但他有。他的儿子和儿媳都在莱瑞公司南翔制药基地工作，他们所在的流水线，生产的就是当下销量最大的抗抑郁药之一，盐酸氟西汀。撤销流水线，让父母双亲同时失业，对一个三口之家无疑是最惨烈的打击。

徐晨再三重申，他这么做不仅仅是为了他儿子一家，仅他们这个基地的工人和技术人员，就有 2600 名。类似产品的基地在上海市郊比比皆是，在全国更是不胜枚举。

我相信这个理由，但是我不相信徐晨没有拿竞争公司的钱。就像我相信，他把药品换成安慰剂有更重要的理由，但是我不相信他这个瘾君子没有尝试过"爱得康"，并且怀有私自占有这些实验药品的念头。

也许我该问问他，"爱得康"的效果究竟怎么样，是不是真的跟描述中一样？

"我没有吃过那些药，一颗都没有。"他说。

这谎话糟透了，我想，谁信。

形单影只的两年里，徐晨一直在回想亡妻曾经说过些什么，他忍不住要这么做，几乎像是一种强迫的症状。32 年婚姻生活的声音纷至沓来，让他觉得如同站在一个蜂窝边，侧耳倾听，却什么也分辨不出来。

177

他对妻子的好奇心从来没有像现在这么深，她难道不是他生活中最大的累赘吗？比盲肠更多余，比门口的废纸篮更可厌。为什么她烟消云散以后，他竟然感觉如此空虚、不安和惊惶？

有一天夜里，他给自己推了一针氯硝西泮，然后深呼吸，等待睡眠的黑暗暂时将他覆盖。就在大脑沉入麻木的前一刻，猛然间，他经历了一个极其清明的瞬间，他终于听清了妻子说过的一句话，她对他说了不下几十遍的一句话。

"没有我，看你一个人怎么活下去。"她生气的时候总会这么说，一边在围裙上擦着湿漉漉的手，晚饭的桌子刚刚收拾掉。

"没有你，我难道就饿死了？"他促狭地加上一串冷笑，"没有你，我一定过得比现在好得多！"然后他又把脑袋埋到报纸里，假装这个黄脸婆已经原地蒸发，任她自己去生气。

在被镇静剂拽入死寂前的一刹那，他惊慌地发现，她是对的，或者说她已经做到了。他一直以为她是寄生在他生活中的一只可怜的虫子，如今始知，他才是她的奴隶，多年来匍匐在她的膝盖边乞讨恩宠而不自知。虽然他还根本不认识她，不知道她是谁。

如果要做一个比喻，他把她比成当前市场上比比皆是的普通药片。失去她，于他而言尚且是一场灭顶之灾。那么如果失去一个深爱的女人呢？

4月23日下午，当他拈着一颗莲红色的药丸凑近唇边，渴念着即将到来的巨大幸福时，猛然间，他被一种假想的恐惧击中，四肢冰凝。正如他历经美女无数，却从不敢恋爱，他害怕失控的感觉，他更害怕那种无可替代的依赖，这将让他时刻生活在患得患失的忧虑中。

他从抽屉里摸出一串钥匙，蹒跚着绕过办公桌，来到整排的铁皮文件柜前，打开其中一扇门，从堆起的文件后面摸出了两个瓶子。茶色玻璃的大号广口瓶。

"都在这里了，每瓶840颗药丸，一颗都没有少，不信你点点。"他把瓶子塞进我的手里，对着我不甚信赖的神态，又补了一句，"也没有掺安慰剂，不信你还可以尝尝。"

随后他与我擦身而过，背对着我挥了挥手："你还是快点把它们拿走吧，搁在我办公室里，我每分钟都在想要不要吃掉它们，心神不宁的。"

我几乎已经开始相信他了，甚至出于同情开始替他打算，如何能不告发他，又能说服卢天岚另外找一家医院做实验。就在打算离开他的办公室前，我站起来整理挎包，两个大药瓶不能抱在手里，挎包里又塞不下，他在房间里四处搜寻，打算帮我从哪个角落里找出一个袋子。我把药瓶暂时搁在他办公桌上，站在那边等。

就在那个时候，我看见了他的电脑屏幕，股票的窗口打开着，还有一个最小化窗口，缩在屏幕下方的边栏里，显示文字为："就是想让你……"我捉起鼠标飞快地点开那个窗口，正是我熟悉的论坛，页面停留在"花语"的帖子上，第74楼在屏幕三分之二以上的最显眼处：

W，难道你还不明白，我的心里是怎么想的？

我的脑袋顿时"嗡"的一声响。徐晨刚从窗边的箱子里挖出一个礼品袋，现在他正从蹲着的位置上起身，扭转头，眼睛血红地看着我，面颊微微抽动着。

179

第十章

1

6月27日星期日，王小山打电话给我。

他通报了最新的调查所得，5月15日傍晚和6月1日的夜晚，苏亚、任锦然，这两个死者可能遇害的时间里，何樱都有可靠的不在场证据。

孟玉珍的日记里记载着，5月15日下午5点52分，何樱已经外出归来，走进了小区的住宅楼。6点5分，何樱、孟雨和儿子一家三口前往哈尼美食广场的豆捞坊。小雨把吃火锅当游戏，弄了一身一脸的调料、粉丝和汤水。何樱好几次带他往返卫生间擦洗，忙得自己都没怎么吃，直到7点45分才结束，买单，3个人走回小区已将近8点。

豆捞坊的灯光足够暗，几个座位区域间有门窗相隔，孟玉珍远远跟随他们走进餐厅，让领位小姐安排了一个比较隐蔽的单人座，边吃边观察他们，等到他们买单，她才抢先乘电梯从4楼下来，隐藏在美食广场大楼的阴影中。

没错，孟玉珍在跟踪她的儿媳，这种情况看来已经持续好几年了。

孟玉珍写日记的习惯是从 2006 年 12 月 23 日开始的，监视的习惯应该开始得更早，因为日记一开头就表现出对何樱出行位置的极度熟悉。

据我推测，2006 年 9 月，何樱产假结束，自作主张把小雨送去贵族幼儿园全托。不久以后，9 月末还是 10 月初，孟玉珍自觉无趣，搬离了孟雨和何樱的公寓。从这个时候起，足足有 6 个月，何樱和小雨没有去过孟玉珍的住处。估计就是在这段时间里，孟玉珍陆续有了跟踪和写日记的癖好，跟踪可能开始于 10 月。她搬走了，不过她更执拗地认为，他们的生活应该是属于她的。

6 月 1 日，孟雨生日，也就是任锦然约他在星巴克见面的那天。下午 4 点 33 分，何樱提早下班，从华行大厦里走出来。孟玉珍本来以为，她要在街心公园里多等一会儿的，没想到结婚 7 年了，儿媳妇还是为儿子保持着这个习惯。她紧步跟上。何樱坐地铁从衡山路到徐家汇站，步行拐到南丹路，5 点不到就已经抵达了菜市场。

5 点 12 分，她打了一个电话，然后从猪肉柜台果断地移步到了水产区域。不幸的是，几分钟之后，她站在那一排硕大的塑料水盆前，跟老板娘拌起嘴来，原因可能是老板娘对后面一个顾客要两斤籽虾的大生意比较殷勤，跳过了她，还在舀虾的时候，大咧咧地把水溅到了她的皮鞋上。她又气呼呼地回到猪肉柜台，称了一对猪手。5 点 42 分，她就已经提着大包小包各种荤素，回到了小区。

6 点 30 分，孟雨也走进了住宅楼，非常准时。孟玉珍在他们小区对面的一家餐厅吃了晚饭，酥皮蛤蜊汤，意大利肉酱面，外加一份提拉米苏。她要了一盏可以续杯的柠檬红茶，在对门足足坐到 9 点才离开。他们谁都没有再出来。本来她是想看看，这对小夫妻在吃完生日餐以后，还会不会出门搞什么余兴节目。也是由于她实在太寂寞了,泡意大利餐馆,总好过一个人坐在客厅沙发上,对着不断变脸的电视机。

孟玉珍的日记本是在她独居的公寓找到的,粉红色人造革面的32开厚本子,已经记了7本,看来她着实有很多话想说。在第7本的二分之一处,6月18日的日记里,孟玉珍这么写道:

究竟是选对了,还是选错了?最近这几年,我一直不断地问自己。

事实证明,我的眼光很毒,何樱果然是一百分的贤妻良母。扪心自问,就算换了我,全力以赴也未必做得比她好。况且我年纪大了,精力已经远远不如以前。我原本只是想,找个能干一点的女人来照顾儿子、照顾我,结果是她偷走了我的位置。

现在我算是明白了,最好的人生状态不是被别人照顾,而是被别人需要。因为被需要的人一定比被照顾的人显得重要,有发言权,有不可替代的位置。我和雨儿在一起相依为命的这么多年,辛苦归辛苦,他依赖我,我很开心。

也许我当初没有赶走任锦然,反倒好。我还记得她穿一身漆黑,看着就晦气,人又长得太漂亮,神态太妖冶,一点也不像甘心跟柴米油盐打交道的人。可是,如果当初我由着孟雨跟任锦然结婚呢?没准新婚燕尔,孟雨就央求我回去给他做饭了,没准他们有了孩子以后,家里鸡飞狗跳,少不了又要央求我帮忙。也许只有在这种状况下,孟雨才会时时想到他这个妈,想到我带大他有多不易,想到一辈子对我感恩戴德。

再翻过去几页，后面就全是空白了。

6月19日上午10点16分，人肉搜索找到了孟玉珍的资料，她与何樱、小雨的合影被贴在论坛上。她是两天后才从邻居的议论中知道的。

6月22日下午1点28分，孟玉珍穿着深紫红色的中袖连衣裙，挎着黑色漆皮手袋，出现在华行大厦19楼，向卢天岚投诉儿媳毁坏她名誉的恶行。36分钟以后，她在6楼被观光电梯夹住，随着厢体在电梯井里划了一道鱼跃的弧线，心脏病发，毙命在地下室，电梯最后停靠的地方。

由于她平时的日记大多记载的都是何樱的日程，所以那天的日记，就成了她在人世间最后的独白。如果不是这篇，光翻阅其他的日记，恐怕人们不免要将这些粉红色的本子，误认为是何樱的日记呢。

何樱还不知道孟玉珍对她的至高评价吧。这个被何樱视作幸福破坏者的女人，不懈地记录她的每一寸生活与细节，比她的丈夫注视她的时间更久，比我这个同事更了解她每天的日程，比论坛上瓢泼大雨般的点击率读她更多。

或许，孟玉珍才是这个世界上最懂得欣赏何樱的人，只有她深知何樱的了不起。她羡慕她，可能还有点崇拜她，所以不惜用跟踪的方式让她的生活覆盖自己的，让自己在想象中过着她的生活。

说完这些，王小山问我："你在干什么呢，现在？"

现在正是周日下午2点19分，中午时候刚出过一阵暧昧不明的太阳，不知什么时候又开始下雨，窗外淅沥沥，像沉闷的背景音乐。雨季，很适合宅。

我正在做一件看似非常无聊的事情，搜查逮捕301室的所有散利痛。

我以为我每次买药,都是在家里的药片只剩最后一板的时候。结果令我大吃一惊,卧室里就有数量惊人的散利痛,大半板、小半板,还有完整的一板只摘去两片的。可能是我每次在客厅吞下药片后,还迷迷糊糊地担心着半夜里再头疼怎么办,攥着铝塑包装的一角,一直没放开过,就这样走进卧室爬上了床。

比尔就是在床上先后摸到了两板药片,才建议我干脆把它们搜罗起来的。"我们就当是一个寻宝游戏嘛。"他这么说。

客厅里的散利痛也远非我想象,仅有桌上的一两板。事实上,桌上有参差的16板。抽屉里还有从未拆封的9盒,估计是下班回家走进7-11的时候,忽然担心家里的药所剩无几,买回来一看,桌上还多着,就收进抽屉,当初的念头一定是想控制自己不要多吃。这还不包括地上,客厅从不开灯,扫帚一过,又是一大堆用完没用完的铝塑包装。

全部归拢到卧室的大床中间,分拣,过期的扔掉,没过期的带着铝箔一片片剪开。这也是比尔的主意。

比尔冒雨从屈臣氏买回来一口袋塑料药瓶,瓶身乳白色半透明,瓶盖是各色粉彩,玩具似的。他兴师动众地给每个瓶子贴纸,编号,写上日期,诸如"2010年7月4日以后""2010年7月11日以后""2010年7月18日以后"……大概的意思是以每周日为时间坐标,每个瓶子装两片药,我每次想吃药,得先看过药瓶上的日期指示,按约定等到那个某天的"以后"。

一开始每周两片,然后延长成两周,到后来还会减少到一片。比尔说这是一个简单有效的方法,控制我滥用药物,还可以帮我慢慢戒掉。他把已经写好的瓶子推到我的面前,告诉我哪一堆药瓶装两片,哪一堆只能装一片。

我想我已经剪了快半个钟头了,盘腿坐在床根,背后垫一个枕头,手持蓝柄文具剪刀,简单重复,药片在银光闪闪的外衣下堆得满床都是,剪刀过于狭窄的把手磨着我的手背。

我觉得自己看上去一定很蠢,剪啊剪,然后装啊装,再剪啊剪,像个工厂女工似的。窗外雨声绵延,配合着我无脑的动作,散发着一种安宁到近乎甜美的气息。不知不觉,这枯燥的声音越来越广阔,仿佛世界上所有沁凉的雨点都落进了这个方寸之间的卧室,落到了我的心里,时间无限地延伸,瞬间走得很远,又像是不再流失一分一秒。比尔坐在床沿,弓着脊背,眯缝着眼睛,粗大的手指捉着小瓶子,正用最细一号的水笔往上写数字,凝神静气,好像正在处理一件跟拯救地球有关的大事。

"为什么还要写上2010年啊,多麻烦,光写几月几日不就够了?"我问比尔。

"唔。"他不紧不慢写完手中的瓶子,才抬起头来回答我,"因为将来还有2011年、2012年、2013年,我每年都得管着你,不乱吃药,不胡思乱想。"

我躲开他的目光,假装被他刚写完的那些瓶子吸引,拿起一个在手里看。上面写着"以后",每个瓶子上都写着"以后"。"我喜欢这两个字。"我指给他看,然后把瓶子扔还给他,凶巴巴地吆喝道:"继续写!"

这个时候,王小山的电话来了,唠叨完何樱的不在场证明后,就问我在干什么。他可能是听出了我对着话筒的心不在焉,或者只是想试探一下,能否约我出去。事实上,我正沉湎于这个无聊的工程,乐在其中。

我该怎么回答王小山呢,说我听从了某人声称要帮我戒除药瘾的计划,为此正在上手工课,剪药片装瓶。不过,那个人不是医生,只是一个被归入体力劳动者的发型师?

"我,呃,在大扫除。"我哼哈了一下。王小山立刻像被枪子打中一样,改换拖沓的口气,声调不自然地匆匆跟我说了再见。

早些,中午时分,雨还未落下,比尔带我穿过花园,去对面的那幢犹太式的建筑,那里不知什么时候改成了清迈皇室泰厨。散淡的阳光从弧形的天穹照进来,透过窗前的莲花,可以眺望我客厅的窗户。我们穿着短裤,晒着太阳,吃着青木瓜色拉、黄咖喱膏蟹配米饭,喝着椰汁嫩鸡汤。

再早些,我们推诿谁先起床,却开始没完没了地谈天说地,完全忘了起床这回事。再早些,我们在入睡前才想起,彼此都已经很久没有上网了。再早些,我们在一起,我们还是在一起。我这才想起,840颗装的两大瓶"爱得康"还在墙角的纸袋里,压根忘了拿出来。这么健忘,当然是因为6月25日周五的傍晚,从医院谈判回来,看见比尔又坐在台阶上等我。

手触到玻璃瓶身的冰凉,猛然记起那一刻,我窥见了徐晨电脑屏幕上的秘密,有个声音曾经在我脑袋里炸响,警醒我,也许从一开始我就走错了推理的方向,弄错了凶手。

"原来你也上这个论坛,你的ID是什么?"我迎着他血丝满布的眼睛。

他拾起刚翻找出来的一个纸质礼品袋,慢吞吞地走过来,瞟了一眼屏幕,胳膊几乎撞到了我的身体。"噢,这个论坛啊,有个人在上面谈过关于抗抑郁药的事情,我无意中搜到的。论坛不错,看看解闷,ID是什么?"

"你是'蟑螂'？"

他困惑地翻了翻眼睛，装得挺像。

"你是什么时候知道苏亚就是'糖糖'的？"

他笑了起来："你们这些小朋友的玩意儿，我这个老头子怎么听得懂。"随手关了这个窗口，从桌上依次拿起两个玻璃瓶，放妥在纸袋底部，试着提了提，然后交到我手上。

"爱得康"临床三期双盲实验，第23号病人苏亚和第35号病人任锦然被伪装成自杀，她们的死曾经让这种新药陷入了极为被动的境地。如果何樱没有作案时间，凶手是谁？

其实在整个事件中，这两个被害者的共同点非常明确。她们都是实验的被招募者，且都不是安慰剂组的成员。她们在被招募初期，2010年2月或3月就有临床药理中心的医生陆续对她们进行心理评估，可能还会有几次精神分析性质的长谈。药理中心保存着这些私密的谈话录音，其中可能包括童年创伤、情感经历、个人宣泄情绪的方式等。

对于凶手而言，如果仅仅想从药品组的30人中选出两人伪造自杀，这简直太容易了。他可以通过谈话录音了解他们，每个抑郁症患者都有可以导致死亡的伤口，他更急需了解的是他们的生活习惯。

他选中了苏亚。

因为苏亚透露了她有上论坛发帖的习惯，这是她宣泄情绪的唯一出口。她说，她的帖子就像一个最尽责的心理医生那样倾听了她所有的隐私，使她在7年里没有彻底疯掉。虽然一开始她写这个帖子的目的是希望张约某天能找到这里，知道她内心所想。

那一阵，她有些心绪不宁，回忆这么庞大的往事让她觉得烦躁，所以她建议医生，不妨去看一看她的帖子，就能对她的问题有一个全面的了解。

或者，她其实对这一类心理评估十分不以为然，懒得跟他们多谈，她并不认为这些医生真的有必要了解她。不就是为了实验一个新药吗？实验新药的目的，不也就是为了再多卖一种所谓的特效药给患者吗？每颗药不都是一样的吗，就跟论坛上的每个发言框一样。发帖的时候，她还能填入不同的内容，吃药，她只有一个简单的吞咽动作，这跟她究竟是谁、有过多少创伤和快乐的往事、过去和现在怎么想，又有什么关系呢。

她留下了论坛的名称、地址和帖子的标题："其实……我很介意"。

凶手按下录音机的暂停键，揉了揉鼻子，为了掩饰脸上的表情。简直太妙了，论坛，他将有一个监视猎物的最佳地点了，隐蔽，同步，有利于寻找一个最让人信服的自杀契机。他同时想到的，还有自杀遗言的主意。

患者前来签约，合同上的日期是 2010 年 4 月 3 日，那一天，凶手看似随意抽出一份病人资料，第 23 号，他故意把她留下多谈了一会儿，说是工作需要。可是他表现得非常慈祥，三分公事七分关心，俨然是放入了类似父亲与兄长的私人感情。他还站在实验操办者的立场之外，非常坦诚地告诉她，如果早有人对她进行系统的心理治疗，而不是仅仅用药，她的状况没准会比现在好很多。她因此立刻信赖了他。

在此之后，他对她应该有过几次私人拜访，以朋友的身份，间或帮她做一些简单的心理调适。4 月 23 日，他拿到了实验室送来的"爱得康"，840 颗装的一个大号茶色玻璃药瓶，供第一个月实验发放。游戏就要开始了。

4月25日下午4点10分,他惊喜地发现"糖糖"在3分钟前发言,透露了她将在五一长假之后约见前男友,7年没联系过的前男友。

这个时机妙不可言,可惜有点早,不过,他不敢冒险等待,就怕过了这个村。

他再次登门"关心"苏亚,一番旁敲侧击,从苏亚那里探听到了她与张约见面的具体时间,并且,他以维护苏亚情绪稳定为理由,与苏亚约定,她见过张约之后,他会来她的公寓为她做一次放松催眠。这番细心让苏亚非常感动。

因为早就计划好了谋杀,5月15日,凶手故意走安全梯登上29楼。

傍晚5点35分,凶手按响门铃,苏亚也刚刚到家5分钟而已,还穿着行凶时的杏红色套装,衣袋下缘有个口子,面色青白,情绪亢奋,一个人在房间里走来走去。1个小时前,她划破了情敌的脸,鲜血淋漓的场面折磨着她的神经,不肯褪色。

当发现事态已经发展到这个程度,凶手不禁暗暗感谢这一意外的浑然天成,为情自杀,现在又加上了一条——畏罪,这将让他的犯罪变得多么完美!要知道罪犯创造他的罪案像是一个导演创作他的电影,电影的情节、演员以及每个镜头都可以摆布,罪案却只能靠罪犯一个人控制全局,临场发挥。再加上老天作美,这无疑是一项更有挑战性和成就感的艺术,真正的艺术,如果不是因为法律不允许的话。

于是,凶手藏起了愉快的心情,对苏亚的情绪不稳定表现出了忧虑、关切,以及足够的冷静。他建议她换下跟凶案有关的套装,洗一个澡,便于改换心情,然后穿上舒服的睡衣躺到床上,闭上眼睛,听他的催眠暗示,他会帮她很快地放松下来。

由于苏亚和任锦然都是穿着睡衣，躺在床上遇害的，这曾经给我的推理造成了很大的阻碍和限制。要让被害的女性毫无戒心到这个程度，我曾经设想过，凶手可能是她的恋人，可能同为女人。

但是我唯独忽略了与此案最有关联的一个领域，凶手还可能是一个医生。

凶手没有准备凶器。早在前几次拜访的时候，4月的某一天，他就已经相中了她洗手间里的刀片，DORCO，够特别。如果这种牌子引起了警察的注意，追查来源，他们最终会发现，刀片正是属于苏亚自己，自杀，难道用的不该是自己的刀片吗？他走进洗手间才发现刀片被动过了，他意识到，刚才苏亚也是用这种刀片行凶的。

这一刻，他再次陷入了金像奖提名般的兴奋中，他心道，他与他的猎物还真是心有灵犀。他太飘飘然了，以至于不慎破坏了这份天赐的完美，他拿起刀片盒子，才发现忘记戴手套。

6点前，他已经开始收拾垃圾，擦掉所有指纹，包括刀片盒子上他和苏亚的指纹，只能一并擦掉。他找出杏红色的套装，特意挂在衣帽间最显眼的位置，希望警察能第一眼发现。待检查过一切妥当，他提着垃圾袋，轻手轻脚地离开了29楼，关上门，确定没有人看见，随即一转身避入安全门，依然是沿着安全梯下楼，当他气喘吁吁地走在长不见底的阶梯上，窗外的天色已经一点点黯淡下来。

这天的运动量可真是把他累得够呛，毕竟是58岁的年纪了。也许他还一路背着那个垃圾袋，害怕罪证在左近被发现。6点32分，他周身酸痛地坐在家中的电脑前，气息还未调匀，不过没时间休息了。通过国外的服务器登录，注册了一个"苏亚"的ID，自杀遗言早就拟好，贴上去就行,他可不相信自己有急智文采,凡事还是早有准备的好。

发布成功,他看着屏幕长舒了一口气,揉着后腰,筋疲力尽地在黑暗中微笑起来。

2

徐晨说过,只要有百分之一的机会能看见"爱得康"认证失败,他都愿意付出任何代价去碰碰运气。这关系到他儿子一家人的幸福,据他宣称,也同时关系到另外2598个职工的生计。更何况可能还收了竞争公司的巨款。

要使实验失败,光靠把药品换成安慰剂是远远不够的,关于这一点,徐晨比我更明白。

除非参加实验的病人中途自杀,而且必须是药品组的病人,这个丑闻对于一种抗抑郁新药无疑是最大的打击,事实也是如此。苏亚的诉讼让帕罗药业疲于应付。徐晨也用这个借口,以瑞安医院临床药理中心主任的身份,态度强硬地向卢天岚建议中止实验。6月1日下午在门诊大楼17层主任办公室的这一幕,何樱与我都在场。

"如果不停掉实验,你确定不会再有第二、第三个苏亚吗?"

现在想来,徐晨的问话早已泄露天机。

他没想到卢天岚比他更强硬,寸步不退,他于是半真半假地跟卢天岚打了一个赌:"你听不进这些话,没关系,我在这里跟你打个赌好了,按我的经验,这种事情还只是一个开始,一个组里有人自杀,会传染的,你信不信?"

说这些话的时候，他已经开始在脑海里搜索第二个谋杀对象。

如果说，苏亚之死是他潜心计划的成果，任锦然之死就是他即兴的杰作。

2010年6月1日下午，卢天岚、何樱和我离开之后，他一个人在办公室里坐了很久，好在并无人打扰。他后悔自己只准备了一次谋杀，要从29个人里面再选出一个合适的自杀者，意味着要重新听一遍所有的谈话录音，揣摩研究，选定目标后找借口接近，逐渐取得信任，还要等待一个制造自杀的契机，这谈何容易。他已经没有这么多时间了。

傍晚5点，护士长敲门进来跟他说，今天要提早回去，儿童节，陪女儿去看电影，双休日做的药效评估已经全部整理归档了云云。过一会儿，两个文件袋送了进来，护士长再次替他从外面合上门，这一回，她是真的下班走了。

徐晨快快不乐，被人扔下的感觉很糟糕。他打开药品组的文件袋，整沓表格中有一份贴着粉红色的即时贴，这标签很显眼地露在外面。抽出来一看，是35号病人，评估的药效算是不错，但是她已经有两周请假，只是通过电话来回答评估问题，所以尽责的医生在上面做了一个标记。徐晨心念一闪，他想他得给她打个电话，有个借口跟人说说话也是好的，况且这也许是找到下一个猎物的绝好机会。

没有参加药效评估，连续两周，很可能是有意外的事情发生，这个变故重大到影响她整个生活。最妙的是，他有理由去了解究竟发生了什么，从而快速进入她的生活，没准还可以顺着这个变故为她设计一个自杀的理由。

5点12分，他找到了35号病人的手机号码，拨号。

任锦然正站在星巴克的楼梯上，看见孟雨刚刚神态自然地接起了一个电话，迟疑间，她的手机也响了。她连忙返回二楼，以免孟雨听见她的声音。

徐晨在电话那头做了一番职业化的自我介绍，然后询问任锦然请假的原因。

"噢，抱歉，是这样的，我最近身体不大好。"回答太简单，像是敷衍。

徐晨也许是这样说服对方的："心理疾病比身体上的疾病更顽固，治病靠的是坚持，像你这样才回访了一次，就偷懒用电话评估，将来怎么办？我们现在虽然进行的是一种药的实验，这并不是说，3个月后这个实验结束了，我们就不相干了。你是我的病人，我就会对你一直负责下去，将来长期协助你克服这个问题。"

任锦然一定会动心，她之所以隐瞒停药的事实，还继续参加评估，无非就是对自己的抑郁症还没有把握。情绪掉到尘埃中的可怕，她是领教过的。

徐晨提出要跟她见一面："要是你近来身体不好，我可以到你那儿去，家访。"他故意用了一个针对小学生的词语，以此强调他的年纪，向对方暗示他是一个德高望重的老医生，女病人在他眼里不过是小孩子，没有轻浮的想法。

随即，徐晨再次感到幸运之神降临到他的头上。他的脑袋里甚至闪过这样一个念头，如果他做罪犯这么受老天眷顾，还不如年轻时就选择这个行当呢。

他在选择任锦然之前，并不了解她的个性，所以还为如何接近她颇费踌躇。其实任锦然的个性比大多数人都要无拘无束，她当时就大笑起来，回答道："好啊，欢迎你来我家，我请你吃饭！我做得不好吃，可以叫外卖。这样谈起来也方便，不怕外人听见。"

他们约在6月2日的傍晚。徐晨不想在上班时间出来，虽然找病人谈话是公务，但谋杀就不是公务了，没必要弄得这么显眼。任锦然则表示，她最早也只有明天了，今天她已经约了一个7年没见的老朋友，事实上是过去的男朋友。这个信息当然又让徐晨心中一阵惊喜。

任锦然为什么最终没有见孟雨，我还不知道。

她早在两周前就向公司请了病假，6月2日，她整天没出门，可能是怀孕早期的身体反应，不过我认为更可能是心理上的紧张所致，单身准妈妈总会觉得责任更加重大。

下班前，徐晨跟她打电话确认了会面。她告诉徐晨，她觉得有点不大舒服。于是徐晨表示，他负责打包晚餐带过来，一方面彰显亲切，一方面也不想让见面的日程再往后拖，他急于要见到自己的第二个猎物。

为了碰碰运气，他带了一盒刀片，不是DORCO，是满大街都有的吉列。"自杀是会传染的"，他深知这一点，经历相同的自杀者，后者模仿前者的自杀方式，这非常符合心理学原理，也容易让警方在相似的情节中忽略不同的细节。江宁路的这幢高层跟罗马庭院不同，门禁比较混乱，电梯多，上下电梯的人也拥挤驳杂。他提着饭盒在夜色的掩护中上了楼，活像一个送外卖的落魄老头。

任锦然果然面有病容，穿着家居服，客厅里的吊灯照着她刚煮好的咖啡，两套咖啡杯早已摆好。她笑得开朗，说话也坦白，只是自始至终也没有透露怀孕的事情，毕竟这与违反实验合同有关。

饭后，任锦然显得更加疲倦，于是徐晨又用了熟稔的一招，与对待苏亚一样，他建议任锦然换上睡衣，到床上休息一会儿，他正好可以为她做一个心理放松的小治疗。他在她的洗手间里打开刀片盒，取出一片，其余的留在她卫生间的洗面台上，留待警察发现。

收拾餐桌颇费了他一番气力，这还是他有生以来第一次收拾晚餐桌呢。他不禁想起亡妻，这一刻，杀人后的兴奋暂时消退，代之以说不明的空虚。

离开的时候，他顺手关上了客厅的灯，但是没有关卧室的。

6月14日上午9点5分，卢天岚接到瑞安医院的电话，警方发现了任锦然腐烂多日的尸体。接下来的几天里，正如卢天岚的判断，徐晨把消息偷偷散给了上海各大媒体。如果不是任锦然私自停药的意外，早在孟玉珍遇害之前，恐怕"爱得康"就已经被迫放弃实验，成为SFDA名单上一项自行隐退的危险药品了。

徐晨没有料到的意外还不止这些。

他没有料到自己有多么孤寂。

犯罪完美极了，却没有人欣赏。就像医药代表成天奉承他，想方设法贿赂他，医院的同事表面巴结他，背后嫉恨他，恨不得他早点退休滚蛋，可是没有人有兴趣了解他是怎样的一个人，他的梦想与悲喜。

最完美的犯罪正是没有人欣赏的，因为最完美的犯罪，是让所有人都认为根本没有犯罪事件，天下间只有罪犯一个人知道。这份孤寂加在他全部的孤寂上，就像压垮了骆驼的最后一根稻草。一种比犯罪更疯狂的念头占据了他的大脑，这样完美的犯罪，足以让他吸引全上海每个人的瞩目。

2010年5月25日深夜11点42分，苏亚"自杀"的10天以后，"苏亚"

这个ID发了第二个帖子,向所有人宣布,"我还在这里"。6月14日上午9点26分,"苏亚"发了第三个帖子,提醒大家,任锦然也是他成功猎杀的一员。

然而,徐晨更没有料到的是,6月22日晚上,他打开电脑,发现"苏亚"居然发了第四个帖子,内容是一个他完全陌生的名字,"孟玉珍",发帖时间是当天下午3点41分。他立刻上网搜索新闻,果然有一个名叫孟玉珍的女人死了,被电梯夹住,心脏病发身亡,是有人关闭电闸所致,事故时间就在下午2点4分,跟发帖仅相差1小时37分钟。

那天夜晚,绿野小区2号住宅楼的一个窗口里,不断传来东西摔碎的声音。徐晨完全没法控制自己的愤怒,凶手被另一个凶手栽赃,准确地说,是一个优秀的凶手被一个拙劣的凶手栽赃,这才是他最无法忍受的。但是他能怎么做呢?去告诉所有人,这个毫无构思可言的案子不是我做的,我做的是先前相当完美的那两桩吗?

他觉得他是注定无法被世人了解了。

3

不知道你有没有试过这样的事情。在一个意外得闲的下午,无聊到极点,没人理会,只能在论坛里漫游,听着每个发言框里嘈杂的声音汇成一片,其实你也并没有心思去听。忽然瞥见一个有趣的ID,例如"苏亚",一个用死者名字注册的ID,像幽灵一样依然活跃在这个论坛里,事实上,它可是凶手的ID呢。

你心念一闪,点击"登录",在用户名里填上了"苏亚",在密码栏里随机地打上了一串数字，按"确定"。提示对话框里显示，"密码或用户名错误"。

这个有趣的游戏很容易上瘾。再试一串数字，"888888"怎么样？不对。

坐在电脑前，调匀呼吸，闭上眼睛，想象你就是那个凶手，沾满鲜血的双手摆在键盘上，烟灰缸里是沾血的刀片，想象你正在用他的大脑思考。"444444"，输入，回车。还是不对。谁说凶手都用"死死死"这个密码的，这个想法够白痴的。

如果用一组自己最喜欢的数字呢，或者，干脆用自己的密码。像是丈夫的生日，"666111"，再回车。

"苏亚，你好。"提示对话框里跳出了这样的字。

天哪，这是说，已经登录成功了吗？个人信息、修改密码、发帖子、论坛短信，所有的信息和按钮都呈现在你面前，一个凶手的私人空间，你可以为所欲为。

这一刻，脑中会出现片刻的短路，我的常用密码，却登录了凶手的论坛ID，难道我和凶手之间有什么特殊的联系，我们认识？很熟悉？或者我就是凶手，只不过这会儿失忆了？

我相信就是这样的一个巧合，让"苏亚"的ID先后被两个人使用过，使得这个连环杀人案变得深奥难解，凶手的动机难以捉摸。

其实，有一个Bug可以佐证我的推理。"苏亚"在6月22日下午3点41分发的帖子，用的是华行大厦的IP，之前3个帖子都是通过国外服务器转发的。也就是说，后者虽然猜对了前者的密码，但是并没有注意到，前者是用国外服务器登录的。又或者，就我对她的了解，她根本就没有这样的电脑网络知识,知道每个帖子发布的时候还有IP地址,并且是可以查到的。

"怎么样,我的推理?"我想我当时一定兴奋得眼睛闪闪发亮。

比尔叹了口气,从床沿上站起来,两只大手放到我的两个肩膀上,看着我的眼睛说:"咱们以后不破案了好不好?平平安安的,别掺和这些乱七八糟的事情了,好不好?"

什么叫乱七八糟的事情嘛,我满怀的兴致和得意,得到这么奇怪的回应。

他见我不作声,不再说话,放开我,自己坐回到床沿上,干脆自己开始剪药片装瓶了。半个小时以后,他把所有装好的瓶子装进袋子里,拿去客厅。我听到他在客厅里说:"我给你放在抽屉里了,记得按日期的规定吃。"这话听起来,就像他要走了。然后,他就真的走了,我听见门拉开、关上和门锁合拢的声响。

我在书桌前坐下来,打开电脑,返回网络世界。

两天没上论坛,帖子的变化不大,除了"胡桃公子"的那个帖子浮了起来。就是那个发布于2003年10月23日凌晨2点17分的陈年旧帖,诉说了这位"胡桃公子"对"周游"的满腔单相思,标题叫作"夜了,我很想你"。

我曾在2007年意外发现了这个孤零零的1楼,当时百般无聊中,顺手注册了一个"周游"的ID,用红色二号大字回复道:

阅毕!你安息吧!

这个"周游"的 ID 只用了一次。

现在这个帖子有了第 3 楼,更新时间就在 6 月 27 日中午 12 点 50 分,4 个小时前。跟帖者是"苏亚",内容是:

第 5 号,周游。

明天。

W,这是我特意为你准备的,等着看吧。

我一下子把电脑推远了几尺,还是我自己退后的几尺。"明天。"凶手这么说。这是凶手第一次预告谋杀,看起来胜券在握。我会死在哪里,怎么死?

第十一章

1

6月28日周一,何樱姐照例准时抵达1906,用废报纸把玻璃窗擦了一遍。我主动给她泡茶,希望她因此大发慈悲。

"游游,你的脑袋没事了吧?"她笑吟吟地伸出手来摸我的额头。纱布拆掉了,痂还在。

我下意识地往后一仰,腰仰了45度,就像《黑客帝国》里的尼奥躲开一颗子弹似的。

"还疼。"我尴尬地笑笑。

她嗔怪地白了我一眼:"腰倒是挺软的。"

卢天岚今天回头率很高,藏青色露臂针织上衣,白底圆点的及膝裙,笔直的长发高高束成马尾,看上去特别年轻、精神。

我想过,如果能整天腻在她身边,就一定安全了。早上的例会刚结束,我就紧跟在她身边,急着要向她汇报周五跟徐晨谈判的结果,她没理我,一贯很酷的模样,扔了句:"我很忙,晚些我找你。"高跟鞋轻点地面，风一般地走进了客梯里，我只好快快地留在电梯门外，看着门合上，电梯的显示灯从4楼一路变换至19楼。

正是上午10点15分，何樱姐从后面赶上了我，和我一起乘观光梯上楼，她在电梯里絮絮叨叨地对我说："游游，待会儿你替我去一次分局好吗？星期五他们叫我过去，我把心血管药品事业部的一套合同掉在那里了，就在那个粉红色的文件袋里。唉，我今天忙死了。对啦，那辆三菱SUV还没修好，正好老板的路虎今天不用，我帮你调来了，让你过过瘾……"

我连忙摆手打断她："我这眼睛还不行，这会儿看东西都重影的。"我腾出一只手放在自己眼前，"这手看起来就有两三个。"

电梯开门的时候，我特地挽着她并排走出去。

我谨小慎微，走路的时候看一眼地上，看一眼天上，唯恐有高空坠物。不开车，这是肯定的。不喝茶，不吃别人给的零食。大多时候，我保持臀部在椅子上不动。这样平安地度过一天，我想不难吧？

10点30分左右，徐晨给我打了个电话，希望我过去谈谈。他说："刚才王警官来找过我了。有件很重要的事情我不方便跟他说，我想告诉你，只跟你说。"

"什么事，能在电话里说吗？"我想我当然不能过去送死。

他在电话那头沉吟了一下，再出声的时候，声调有点不高兴的样子："这可不是一件小事情！"他最后补充了一句："跟案子和你看见过的那个论坛有关系。"电话挂了，留下一串忙音。

11点9分，比尔在MSN上主动送上"爱心"图案一枚，肉麻的。"还生气呢？"这话显然是求和的意思。

于是我故意端起架子，简约地回答了一个字："嗯"。

然后他就开始挺啰嗦地表白："昨天是我不好。其实我就是希望你能平平安安的，别去惹凶手了。我这是担心你再出什么意外，唉。"

我忽然感动起来了，非常感动。因为凶手宣布今天要处死我，可能就是在下1分钟。我在电话里拒绝了王小山"保护"我的建议，我装作不以为然，蔑视威胁，看上去比凶手更成竹在胸。其实骄傲有什么用呢，我不仅害怕，害怕得有些神经质，而且满怀感伤，当我可能就要告别这个世界，我发现，"就算下1分钟死去也没什么关系"。这已经是5天前的事情了，从我站在楼顶的货梯门口紧张等待的那个凌晨起，就有人在我心里放进了留恋。

这可能是我生命中最后的半天，他是我唯一想要再亲近的人。他此刻说的"担心"，又是我此刻最需要的安慰，虽然他还不知道我的险境。

"要是我被凶手杀掉了，你会怎么办？"我一脸喜色地敲回去这行字。

"不会的。我不会让他杀了你。我会保护你的。"他分3行果断地发来了这3句话。

我满心甜蜜，忽然觉得今天就要被谋杀这件事，也没什么可怕的了。就像小时候生病发高烧，有妈妈做鸡蛋汤，手放在我的额头上，眼睛紧张地端详我，这个时候，就连头晕头疼的感觉也这么好，恨不得天天都有这么好的运气可以生病。

中午12点48分，何樱整理干净桌面，挎上手袋，说是已经请了假，孟玉珍的大殓还有些事情要准备，下班前就不进来了。又说，待会儿下午孟雨会来这边，跟卢天岚和我一起开会讨论如何处理徐晨的事，以及实验下一步怎么办。我"嗯""啊"应着，看着她对我笑着挥手走出去，急促的脚步声渐渐远了，我不由得心里一阵轻松。

我思忖着，这样一来，我只要保证下午躲在这幢大厦里，不出门，至少下班之前应该是安全的吧。下班以后呢，才不要像王小山说的那样，他接我去警局通宵打牌什么的。我可以到楼下陪比尔剪头发，然后一起回家。到家了我再告诉他凶手的谋杀预告也不迟。

比尔的顾客显然选错了日子，我不知道她们的头发都被弄成什么样子了，总之，我和比尔在MSN上黏黏糊糊地一直在说话，这头做事，那头没闲着敲键盘。

"你装个摄像头吧，以后视频聊。"比尔提了这么个庸俗的建议。

"我不喜欢，轻浮！"

"我就是想每时每刻看着你，放心一点。"比尔以前不像是这么会说甜言蜜语的人哪，弄得我脸上发热。

我说不出更肉麻的话了，只能满怀诚意地告诉他："公司里不方便吧。家里那台手提电脑带了个内置的，以前没用过。"

"噢，那我过去帮你调好。"

我心道，你假模假式个啥呀，我在家的时候，你想看我还用得着摄像头吗？

手机铃声大作，我眼睛还在电脑屏幕上，手已经准确地摸到了接听键，捏起来，贴在耳边。王小山在那头抱怨："喂，你搞什么，刚才打你电话也不接，你还活着呀？"

"健在。"我乐了。

"跟凶手搏斗过了吗？"

"凶手现在都离我远着呢。"于是我告诉他，何樱刚才已经请假回家

203

去了,徐晨骗我去瑞安医院,我没上这个圈套。

"他们都不是凶手。"王小山说,他上午打过一个电话给我,就是为了这个事情。

孟玉珍电梯出事的那个时间,何樱确实是直接从安全梯下楼,走了2层,从19楼走到17楼,然后转乘了观光梯右侧的那架客梯,直接下到6楼。警方根据何樱的证词,已经在那架客梯的录像记录上找到了她的身影,而且录像上有时间码,这样推算,她绝对不可能有登上楼顶作案的时间。

5月15日周六,徐晨在嘉定的儿子家。他害怕一个人在家里过双休,一般都是周五晚饭后坐车去嘉定,周日晚上回来。6月1日虽然不是双休,但那天是儿童节。徐晨曾经答应小孙子陪他过节,带他去公园玩,没想到6月1日有太多工作安排,走不开。他就请了第二天的假,当天晚上下班后就坐车去看孙子,6月3日一早才回来,直接到医院上班。这一切也已经跟郊区大巴的司售人员,以及徐晨儿子的邻居们确证过了。

"你的推理还是很出色的,其实我们也早就把他们列入了有待排除嫌疑的名单,你没有让我们瞎忙活。"王小山还老气横秋地补充了一句,"别泄气,排除本身就是工作的进展嘛!"

我不是泄气。他们不是凶手,我很欣慰,可是不知怎的,更真切的感觉却是悲哀,就像这雨季阴霾的冷雨,鼓胀胀地塞满了我的胸膛。我看了何樱的帖子,我听了徐晨的倾诉,我比任何人都了解他们,原来了解越多,误解越大。人与人之间的了解,恐怕原本就是一个欲近愈远的笑话。

比尔的对话框在不停闪动。

王小山在电话里嘱咐我:"凶手可能还在你身边,你自己当心,我处理完手里的事情就去你公司。"

挂上电话,还来不及点开比尔的对话框,分机电话又响了。是孟雨,他已经抵达华行大厦,在4楼等我。4楼是帕罗药业的公共会议室和培训中心,培训中心也有一间孟雨的简易办公室,他过来搞培训,或者每周过来开会后处理工作用的。

"卢总让你动作快点,她马上就到。我正叫人开一间小会议室出来,404或者406,你下来后到那里找我。"他干脆地挂上电话,弄得我也觉得自己应该干脆地站起来。

电脑屏幕右下方显示,下午1点59分。

我给比尔敲了一句:"我要去4楼开会了,你等我下班。"

"好的。自己当心点。"他敲了两行过来,居然还有第三行,他恋恋不舍地献了一朵"玫瑰花"的图案。看来懒人也有缠绵的时候。

我走到门口,看见对话框又闪了几闪,不知道他又说了什么。不能再耽误了,我忍住继续谈情说爱的念头,抱着文件大踏步迈入走廊。

观光梯来得有点慢,透过两道有着美丽图案的紫铜栅栏,我望见阳光凌空倾泻,照耀着脚下浩瀚的楼宇街道,雨季中一个难得晴好的下午,也许只两三个小时。我的心情因此又明朗起来。

走进电梯,面向门厅的方向,按下仿铜面板上的4楼和关门键,两道镂空的电梯门在我面前缓慢地合上,厢体优雅地下沉,这一刻,我忽然看见走廊的深处有什么细小的亮光一闪,萤火虫一般,这让我想起那个凌晨,比尔第一次将我揽入怀中,球鞋刷一般的胡子扎着我的额头。我莞尔笑了,19楼已经消失在我的头顶上。

我转身朝向城市风景的方向，阳光和栏杆优美的线条从我身上脸上流过，树的海、参差的楼在脚下温柔地接近我。我觉得我就像一只鸟，正缓慢滑翔在这6月将尽的空气中。

出神了一会儿，转过身，电梯已到了9楼的门厅，大江集成电路株式会社。一个中年瘦男人斜背着皮包，两手抱着一个白色纸盒走出来，径直走到电梯前，背对前台小姐。视线从高处下降的过程，可以看见纸盒里胡乱堆着单柄陶瓷杯、杂志、抽拉式纸巾盒、眼药水和钢笔。

8楼，博雅公关，无数张笑脸的照片组成的正面灯箱幕墙。一对年轻的男女同事正在等电梯，男孩正用一只绿色运动鞋的鞋尖磨着地，女孩低头发短信，偶尔抬眼瞟他一眼，看他们俩的神情，多半一进电梯，就会毫无顾忌地手拉手。

7楼，移植和中枢神经药品事业部，今天下午显得有些冷清。前台小姐一个人对着电脑眼睛发直，不是在看网络电视，就是在逛淘宝。

这个世界仿佛电影一帧帧的画面，正划过我的眼前。

6楼，眼科药品事业部。

就在此刻，我忽然听到四周响起了机械的轰鸣声，伴随着我脚下剧烈的震动，仿佛我不是身处这个世界最美丽的包厢里，而是身在一头钢铁巨兽的嘴里，它忽然醒来，要将我吞噬似的。

我在惊讶中还来不及判断发生了什么，只下意识地往前走了几步，双手抓住栏杆，因为前方毕竟是大楼的一部分，而背后却是大楼以外毫无支撑的风景。有一瞬间，我的身躯仿佛被用力按向脚背，少顷我才意识到，这是电梯陡然改变了运转方向，开始飞快地上升。7楼、8楼，就像电影画面迅速在回放，由快至慢，到了一个奇妙的定格。

博雅公关的笑容幕墙。那对年轻的情侣不约而同地看了我一眼,满脸诧异,但是他们有更紧要的事情要做,他们走进隔壁的客梯,走出我的视野,手手相握。

随后我开始下坠,由慢及快,宛如从世界的最高处舒展地坠落下去。

7楼,前台小姐抬起眼镜,用纸巾抹眼泪,眼睛还直直地瞪着电脑屏幕,想是一部韩剧。

6楼,韩枫正急匆匆地走出来,他矮小的女助理跟在后面,一路小跑。

5楼,人群聚集在门厅这里,有人好像指着我的方向在说什么。

4楼,3楼,我划过这个世界,像一颗被抛离轨道的石子那样,不由自主地离开。我不知道我将去往哪里,有多远,有多深,我只觉得栏杆硌得我的手心疼痛不已。

2楼,1楼,我望着大堂和远处魅影发廊的玻璃门也升了上去,我正沉入地底下,像一口棺材被葬入泥土,一个最可怕的四面封闭的盒子,我拼命喘息,想要大声喊叫,我听到无数脚步声慌乱地踩踏在我的头顶上,黑暗涌上来,及胸,及颈,淹没了我的头顶,直至封死了我头顶唯一光亮的空隙。我失去了知觉。

2

当我再次睁开眼睛,天空是青蓝色的,细密的雨丝在晨光中闪闪发光。我深深吸了一口气,潮湿的空气通过鼻腔,进入干燥收缩的肺。窗开着,外面的空气真好,为什么我还闻到了消毒药水的气味?

"觉得怎么样？"床头站着一个中年女医生，她的身后还跟着六七个穿着白大褂的年轻人，好像就是为了参观我而来。

你还记得自己叫什么名字吗？

现在是公元21世纪的哪一年？哪个月份？

你最后记得的事情是什么？

她这么问我，就好像我是一个白痴似的。盘问过我，一队人就浩浩荡荡移步隔壁的几张病床。15分钟之后，查房结束，病房里只剩下其他病人、我，和王小山。

他今天的眼圈可真够黑的，说话的声音也哑着，不知道又在忙什么新案子，累成这样。

他告诉我，今天不是6月28日，而是6月30日，目前也不是傍晚，而是早晨8点15分。我已经昏迷了整整一天两夜了。准确地说，是神志不清。

我醒来过好几次，每次都非常激动，跳下床，在病房里飞奔，按都按不住，并且完全不记得自己是谁。每次只能用镇静剂让我重新入睡。医生甚至怀疑过，我有可能从此没法再恢复正常的思维，也就是……

说到这里，他眯缝着瞌睡眼笑了笑，抬起手挠挠眉毛。

"也就是，从此疯了。"我靠在病床上耸了耸肩，替他说完。

"又是有人把观光梯楼顶的电闸关了，"他东张西望地岔开话题，"凶手很狡猾，大厦里的人太多了，要一一盘查显然是不可能的。你待会儿好好回忆一下，有哪几个人知道你那段时间在电梯里。"

我赶紧乖乖点头，对着他努力绷出的一脸严肃和威严。他似乎很想打一个哈欠，忍住了，匆匆总结道："还好这次凶手失误了，没夹住你。"

这句话忽然点醒了我。

凶手真的是想通过电梯杀死我吗？即便夹住我也未必能杀死我，孟玉珍只是恰巧心脏病发而已，身体上不过是一些擦伤。难道凶手以为，我会失手掉到电梯的夹缝中去，被电梯碾死吗？又或者，他的本意就是把我关进电梯，沉入地下室？

如果我疯了，我想，这就是凶手想要达到的最好效果了。

凶手早就知道我有幽闭恐惧症，他知道电梯断电，对别人来说不过虚惊一场，只有对我，才是一种强烈的精神打击。他知道我只能乘坐观光电梯，他还知道，观光电梯断电之后的轨迹，最后停到地下室，这个时候，一个四面开放的电梯就变成了一个封闭的盒子，还是在黑暗中。

这样说来，他一定是非常熟悉我的人，也非常熟悉这幢大厦，还知道我当天下午的工作轨迹。我不由得打了一个冷战。他离我实在太近了。

王小山从病床边的椅子上站起来，左右活动了一下脖子："我该去上班了，还得回家换衣服。"他穿着宽松版牛仔裤，一件印着世博标志的白T恤衫，有点紧，让平时看上去颇瘦的他显出结实的肌肉。他从椅背上拿起外套搭在肩上，紫蓝色的连帽厚绒衣，这天气要用上这样的外套，除非他是在病房里过的夜。

我坐在白色的被单中间，神情茫然地看着他，我是在想，他走了以后，我一个人在这里做什么呢。我这才发现自己原来这么害怕孤单。他笑了笑，身体已经绕过病床走出去了，肩膀转回来指了指我的床头柜，这让他看起来显得特别不情不愿：

"你那个坐在楼梯上扮鬼吓人的朋友，他给你送来了一个东西。"

手提电脑，我卧室里的那台。

界面重新整理过了，桌面上满满当当的图标被清理至 15 个，文件归在文件夹里，体贴地没有移位。多了一个文件夹，名称是"Songs Without Words"，门德尔松的作品，丹尼尔·巴伦博伊姆演奏，也许是想到这里是病房，他还在电脑包里放了一副耳机，这么细致入微的男人真是极品。点开，让人很放松的钢琴曲，需要耐心去欣赏，不到 2 分钟，我就摘下耳机。

内置式摄像头显然已经设置好了，登录无线网络，打开 MSN，就自动出现了视频对话的提示。比尔显示脱机，我敲了几行字过去，他也没反应。

渐渐回忆起之前漫长的黑暗中，梦见自己走在人流拥挤的闹市中央，周围都是陌生人，不知往哪里去。猛然望见"柠檬"的侧脸，就在 50 米开外，在无数张面孔和后脑勺的阻隔中。我的眼泪一下子就涌了出来，疯了般地往他那里拔足奔去，这陌生世界我唯一的家，近在眼前，却总如树叶间的一道光芒，转眼无影无踪。我望定他的后脑勺，不顾一切奔去，我感到不断有人撞到我的身上，试图抓住我、阻拦我。天色阴霾，空气沉重。我周身疼痛，在挣扎中气力渐失，我已经来到他的背后了，就差一步，我就能触到他的手掌。"柠檬"，你回头看看我，我在心里大叫。我被按倒在地上，下巴叩在冰凉的地面上，我眼睁睁看着他毫不知情地随着人流走远。

然后我又不由自主地登上了无涯网，点击黑天使图标，进入了"就是想让你知道"论坛，好像一个远行已久的旅人，又回到自己熟悉的街区，回到了凶手的身旁。

我搜索"苏亚"，凶手没有发新的帖子。

这个离我近在咫尺的隐形人,我究竟可以从哪里发现他更多的线索呢?

我想起6月28日我被凶手追杀的那一天,上午10点30分左右,徐晨打电话给我,希望我去瑞安医院一次。他说王警官刚找他谈过,他有很重要的事情不方便跟他说,想跟我说。按这个逻辑,他想告诉我的,一定是件与凶案有重大关联的事情。

当时我以为他就是凶手,想要诱杀我,所以我推搪不去。

他不高兴了,在电话那边说:"这可不是一件小事情!""跟案子和你看见过的那个论坛有关系。"

也就是说,很有可能徐晨在论坛上看到过其他可疑的线索,他认为和凶案休戚相关,因为仅限于他自己的设想,他没有跟并不熟悉的王小山提起,而决定跟我这个曾耐心倾听过他的人说。

我激动得跳下床,立刻就有两个护士跑过来按住我,另一个护士按了铃。我连忙大叫:"别给我打针,我很清醒,我只是要去打个电话!"

护士长帮我拨了分机到徐晨的办公室,没人接听。在我急躁的坚持下,她又帮我拨通了门诊大楼17层临床药理中心的分机,显然是打通了。她歪头夹着电话,向我复述电话那头的消息,徐晨已经被暂时停职了,正在接受医院和卫生局医政处的调查,所以近日不会来上班。

她用美丽的眼睛看着我,征询我接下来还有什么要对药理中心的人说。我被突如其来的消息弄蒙了。于是她挪开目光,挂起微笑,口齿伶俐地对着话筒说道:"如果徐主任哪天正好过来了,麻烦你给他带一个信,就说住院部6病区的一个女病人有事情找他,挺急的。6病区,3号病房,314床位的。好,谢谢。挂了。"再回头对我一笑。自从确定我已经神志正常以后，她对我的态度好多了。

徐晨出事了，不知道是自己不小心暴露了，还是卢天岚告发的。我忍不住伤感，为这个曾经跟我倾诉了一个下午的孤独的人。他曾经如此信赖我，把两瓶"爱得康"交给我保管，想要把他发现的凶案秘密告诉我，结果我却自作聪明地以为那是一个圈套。

现在怎么办呢？徐晨也许再也不会出现了，等待无期，凶手却时刻蛰伏在我身边，等着要我的小命，他显然知道我的一切，我摸不到一分一毫的线索。现在我真是后悔6月28日没有去徐晨的办公室，不然，我不但能再见他一面，能恰好逃脱凶手的设计，而且没准现在已经顺藤而去，将凶手抓获归案了也说不定。

我盘腿坐在床上，抱着电脑，闭起眼睛，仔细回想。

"跟案子和你看见过的那个论坛有关系。"

徐晨除了最后一次打电话找我，他还在什么时候说起过有关论坛的事情呢？6月25日下午，他离开办公桌，为我找一个袋子装药瓶，我在他的电脑屏幕上意外发现了论坛的窗口。当时他是这么解释的："噢，这个论坛啊，有个人在上面谈过关于抗抑郁药的事情，我无意中搜到的，论坛不错，看看解闷……"

论坛内搜索，我输入"药"，出现了671个搜索结果，诸如"你不要误会，他只是我寂寞时候的药""没想到你故意给我吃药""老话说得对，心病还需心药医"乱七八糟一大堆。

我输入"抗抑郁药"，这一回，只有3个结果。

第1行显示的是，"……我在服用抗抑郁药，14365没有……"，点开，是一个独立的帖子，打了一行数字作为标题"14365"，发帖人是"千夏"，论坛的斑竹。

你听过老鼠哼歌吗?

最近,我常听。

14365成天发出抑扬顿挫的叫声,像只小鸟似的。有时候我把它捏在手里的时候,它还在起劲地哼着,我能摸到它小小肚子的振动,奇妙极了,我确定那是一首歌。

我不理解它的这份高兴从何而来,在这个实验室的笼子里。我只知道谁在这里待久了,晒不到太阳,少人交流,活动受限,加上实验的压力,都会渐渐患上轻度的抑郁症。人和老鼠都一样。

14340到14380是上个月送到的,它们不爱动,食欲差,精神状态比前一批还要委顿。能怎么要求它们呢?生来就在笼子里,整天被喂药打针。

然而14365现在完全不一样了,好像这个散发着霉味的朝北房间是个漂亮的乐园,它的笼子是环球旅行途中的五星酒店。它每顿胃口惊人,睡着的时候像一块石头,把它从笼子里拿出来它都不醒。它精神奕奕,快乐非常,好像每件事都有趣极了,包括被打针、被抽血。

我在服用抗抑郁药,14365没有,它正在试用心血管药物的半成品。奇怪,它怎么会有这样的反应?说真的,我正在羡慕它。

刚看前面几行的时候,我还在心里暗笑,斑竹真是太有才了,不但建这么个名字古怪的论坛,还能写故事给小孩子看。读到后面,我才意识到,这并不是一个寂寞家伙的白日梦,"千夏"可能是我认识的某个人。所以我特别留意了发帖的时间,2003年8月17日下午1点40分。

回到上个页面,第2行搜索结果是"……那将是一种史无前例的抗抑郁药,不,用抗抑郁药这个定义太狭隘了……",也是"千夏"的帖子,独立的另一个,标题依然是数字,"14364、14367、14368、14372",发帖时间是2003年9月29日上午10点12分。

老鼠先生成了实验室的活宝,我的学生们都很喜欢它。不过看起来14365并不领情。他们逗它,它并不会更高兴。他们不来的时候,它也依然自己蹦跳撒欢。

事实上,它谁都不需要。

14364、14367、14368、14372是14365上下左右的邻居。以前,这些老鼠偶尔隔着笼子的铁丝喁喁交谈,更多的时候,它们用活动彼此影响,一只老鼠开始缓缓在笼子里散步,同时有六七只都会开始散步,说不清是谁影响了谁,进食也是如此。所以把笼子放在一起比分开放好,它们会更振作一些。

现在14365正在试图打破这个规律。当它开始吃饭,周围陆续有动静跟上时,它会故意停下来,在笼子里跳跃,攀住笼子顶上的铁丝将身体凌空荡起来。它故意做一些邻居们跟不上的动作,看起来,似乎是它故意在摆脱它们,或者这只是它开始全然地我行我素,对同伴的感受不再有任何本能的顾忌。

这一个角落老鼠们的行动开始失去彼此的对应性。14364、14367、14368、14372 变得更加抑郁，14365 则欢乐依然。

于是，我把它单独提到我的办公桌上，我每天看着它，它毫不畏惧这里的空旷无依，它弱小的身躯看起来就像一个君王。我赞叹它的强大，不是老鼠先生，而是它体内化学分子式的一部分，如果能提纯配伍成一种药，那将是一种史无前例的抗抑郁药，不，用抗抑郁药这个定义太狭隘了，它将改变人类的生活方式，让虚弱的人类第一次可以不需要他人而获得快乐、安全感，和完整固定的自我意识！人类将可以成为一个个单独、强大的人，而不是挤成一团的虫子们。

这个世界上最耗费资源的就是人与人的相处，必须在心理上依赖另一些人，所以必须不停承受他人感情上的勒索，疲惫不堪，感觉自己软弱无力，违背心愿变成他人手中的玩偶。我深受其害，我厌恶现在的自己。

为什么我竟懦弱到被迫放弃我爱的人去娶一个不相干的女人，过一种让我母亲觉得"放心"的生活，真是笑话。我真是一个现代社会的笑话！没有一种抗抑郁药可以治愈我的愚蠢，除了 14365。

不仅是我，我相信这种化学物质将引领整个人类走向一个新的世界，摆脱关系的桎梏之后，人们将有数十倍于以往的精力投入工作，科学昌盛，文明突飞猛进。最重要的是，人将从此不会再有感情的痛苦了，无论是痛失挚爱，还是受到各种感情的要挟，它们都将作为同一种疾病被治愈，这将是人类医学史,不,整个人类历史中最宏伟的里程碑——后人在观看前人的戏剧时将极度困惑不解,不理解罗密欧与朱丽叶为什么要杀死自己,更不理解哈姆雷特为什么犹豫不决,奥赛罗为什么懊悔悲泣。

真不敢相信,现在,这把钥匙就在我的手中。

没有跟帖,或者偶尔浏览过这个帖子的,也以为这不过是一种呓语吧。

我停在这个页面上,这一刻,"千夏"的喃喃自语和我知道的现实事件渐渐对应起来,令我感到极度震惊。

我想到了还留在卧室里的两个大药瓶,缩在写字台右侧的下柜里,一千多颗莲红色的细小药丸躺在茶色玻璃的瓶壁内。这原来不是什么效果不明的抗抑郁药,而是能改变世界的发明,这种药竟然能治愈人类"孤独"的顽疾,这比1928年9月亚历山大·弗莱明发现盘尼西林的事件更加伟大!

我飞快地打开了第3个搜索结果。

整整两年,项目计划书被校方退回来7次。说什么研究抗抑郁药是不务正业,治疗正经疾病的药将来才能列入科研成果。CNS药物在全球医药市场的总销售额已经将近900亿美元了,中国高校领导的思想还这么僵化,真是笑话。

今天我终于开始着手实现这个宏伟的志愿,在我堪称豪华的新实验室里。

我不是贪图薪水，我只想早日开始这个伟大的项目，不能再等。

在公司董事会面前，我对这种药品的描述是，普通药品只能治愈人的身体，这种药却能彻底治愈人的心，在人类相互折磨的废墟上重建一个没有痛苦的世界，它将是药中之药。

发帖时间是2005年9月27日上午9点5分，"千夏"给这个帖子起名叫作"我的天使，我已着手建造这座圣殿，只为你能看见"。

看完这些，我不得不倒回去继续思考，6月28日上午，徐晨究竟想告诉我什么呢？他一定是在论坛里发现了什么，但绝对不仅是这些内容。

徐晨当初搜索"抗抑郁药"，众多搜索结果中同时出现了"千夏"的3个帖子，他第一次看到的内容，应该与我现在看到的一致。

看到这3个帖子的时候，他和我一样，也将这些外人看起来如同白日梦一般的言语，跟现实中的事件对应起来了。因为他搜索"抗抑郁药"这类的词，必定是近两年内的事情，他那时开始遭受抑郁症的折磨。在这段时间里，"爱得康"已经在一期或二期的实验阶段，帕罗药业开始四处活动，打点SFDA的官员，当然也知会了徐晨这位老朋友，让他帮助孟雨，安排好药品的三期实验。

当3个帖子与现实联系在一起，徐晨的惊喜可想而知。一开始他只是想治愈自己，他对这种新药充满了期待，他甚至庆幸地想，自己一定可以获得最早一批新药样品。之后，他想到了儿子一家的生计，想到了这种药对于整个现有产业造成的灾难。

无论是出于什么念头，他都是因为对这种药品感兴趣而浏览这个论坛的，为了了解更多的秘密和进展，发明者的帖子是最好的信息源，也就是说，他看得最多的一定是"千夏"的帖子，甚至可能不厌其烦地把他的帖子都仔细看一遍。

有一天，他无意中读到了凶案的线索，当时他并没有意识到，很快跳过，接着浏览自己更感兴趣的内容。直到6月28日上午，王小山一身警服地去找他，把他当嫌疑犯一样询问，他忽然想起了那个帖子曾经提到过的，某个人，或是某个目击的片段。

第十二章

1

王小山安排我住院两个星期,不得提前出院,除非凶手被捉拿归案。

他美其名曰,这是为了保护我的安全,至少每时每刻有医生护士看着我。我则严重怀疑,他认为我疯病未愈,没准睡了一个晚上醒来,就又神志不清了,所以得观察一段时间才靠谱。

我嚷嚷着:"王小山,我出院,跟凶手捉到捉不到有什么关系啊?你这个警察,你捉不到凶手,就把我关起来,有这个道理吗?"

每次我提到"警察"这个词,王小山准得急。

"关你,谁说的,这是保护你,没良心。"他一急就语序混乱,不准备理我的样子,转身就走,没走两三步又折回来。

何樱姐在MSN上让我安心休息,她说,卢天岚也让她带信慰问我,让我务必养好身体再去上班,工作的事情暂时不要想。何樱姐又唠叨地补了一句:"放心,有我在呢。"

我被关得憋闷,宛如强行倒时差。每天6点30分起床,7点吃早饭,

8点查房，10点45分吃午饭，居然还有规定睡午觉的时间。王小山每天下班来，晚上6点30分到7点左右，病人早就吃完晚饭，碗也收毕。隔壁病床没有人探视的大叔大婶，有的都开始打盹了。

我憋闷，就问王小山案子的进展。

可是这几天线索已经全部中断，只有一个没有太大用处的新发现。

"我知道任锦然为什么约孟雨见面了！"7月5日晚上7点10分，王小山大步冲进病房，在我床头柜上的纸盒里拉出一大堆纸巾擦汗。

原来这天是任锦然公寓现场保留的最后一天，物业公司早就催促了许多次，虽然尸体早已处理，但是这么一间凶宅总是保持原样，邻居有心理障碍。家具将一件件被清理出去，由货梯搬下楼，清洁公司稍后会洗刷房间里的所有角落。就在任锦然的床头柜被搬走的时候，王小山拿起了上面的蛋糕盒。刚要丢进垃圾袋，心念一动，他在房间的地板上解开了盒子上的缎带，打开了盖子。

谁说一个圆蛋糕一定是庆祝生日的？奶油和蛋糕底座早就霉得不像样子了，但是蛋糕上面插着的巧克力汉字清晰可辨。

"我要做妈妈了"。

2002年，任锦然曾经怀过孟雨的孩子，这是她人生中第一次怀孕。这样的事情，对有些人而言意义很小，对有些人却很重大。相信任锦然恰好是后一种。很多年以后，在对男人与女人的亲密关系失望之后，决定单身，却想到生一个孩子来陪伴自己，也说明她是个很有母性的女人。

8年前任锦然怀孕的那段日子，恰好是孟玉珍逼迫孟雨跟她分手，两个人顶不住压力，彼此动摇，也相互生出了责怪之心。手术之后，两个人就顺理成章地分手了。这个孩子的去留印证了他们的关系。

8年后，任锦然第二次怀孕，她喜不自胜，不免想起第一次怀孕的心情，感慨万千。她觉得自己已经在心之旅程中走了这么远，如今终于懂得该如何选择生活，而不是让生活选择自己。她已经有信心做一个好母亲，不凭借任何人的恩赐与庇荫养大自己的下一代，这让她颇为自豪。

这就是她想要告诉孟雨的。不是诉旧情，而是想看一看曾见证自己过去的那个人。面对孟雨，就像是面对8年前无助的自己，她想要再看一看那个女孩，对她说几句话。

没错，6月1日是孟雨的生日，这并不妨碍它是一个属于更多人的公共节日，儿童节。无论是对于一个准妈妈，还是一个发现自己终于长大成人的女孩，这都是一个更有意义的日子。任锦然是为自己挑了这个日子。

王小山这天晚上反复说了三遍："唉，我差点就把盒子扔掉了。"

盒子在任锦然的床头柜上摆了整整34天，系着缎带。怎么人人都有透视眼，都看见蛋糕上写着"生日快乐"。

2

这些天我能做的，就是跟随徐晨的鼠标，去找寻他曾看见过的凶案线索。

"千夏"的帖子数量惊人，让我这几天没事就趴在病床上，两眼瞪着电脑，宛如《格林童话》里受后母虐待的灰姑娘，正努力把一屋子的黄豆和黑豆分出来，还试图在里面找出一颗破解凶案的绿豆。

最早的一个帖子标题就叫作"就是想让你知道"。

221

我想说的是，我不介意你恨我，但是不要从此消失。我求你。

发帖时间2003年6月17日夜晚11点45分。论坛就是这一天建起的。我记得，2003年6月，任锦然离开学校去实习，从而摆脱了之前长达1年分手却仍相见的痛苦局面。任锦然从此变快乐了，选择享受恋爱，来去自由。看来正如"花语"帖子里所说，难以释怀的反倒是孟雨，尽管是他选择了与别人结婚。

6月18日上午11点58分，"千夏"发帖题为"今天食堂有面条"。

西红柿番茄浇头，酱丁浇头。你喜欢酱丁的，是不是？

6月18日下午3点26分，发帖题为"完了"。

刚才路过第四教学楼，看见明辉堂在拆了，又一个我们的记忆将要不存在了。

6月19日上午8点10分，发帖题为"早上好"。

今天一定要比昨天努力，大家都一起努力吧！

6月19日下午2点整，发帖题为："这里有人吗？"

随便是谁，跟我说一句话吧！拜托！

喂，人都死光了吗？

6月20日下午2点25分，题为："花生是苦的？"

学生超市买的花生，第一包很提神，为什么第二包、第三包，越吃越苦？

没意思，没意思。

我想就不用我再列举了吧。从2003年6月到2005年9月，"千夏"每天都在论坛里自言自语，有时候像在对锦儿说话，有时候对着并不存在的众人，偶尔也会有日记体的，或长或短。

最早两个月，完全是他一个人在说话，论坛像一座空房子，没有一丝回声。这也正印证了网络上的一则经验之谈，无论你多无聊，只要你持续不断地发出动静，必然有人会应和你。虽然那些人并非是你想要的那个人，他们也未必是为你而来。正如"千夏"的帖子都基本没人跟帖。可能是他的帖子太多，无论是一句话、两个字，还是长篇大论，都各自独立成帖。不像别人，大多跟在自己的帖子后面。

想来这种习惯倒也合理。别人是希望自己的帖子集中易找。"千夏"就是斑竹，发在哪里都在自己管理的论坛内。这样一来，大家反而不容易注意他，就像身处街道，我们也许会注意到某个横穿马路的帅哥，却不会注意到无处不在的空气。

2003年10月1日，孟雨与何樱举行了婚礼。他看着母亲穿了一身浅玫瑰色的暗花旗袍，笑靥如花，仿佛她才是他的新娘，这种错觉让他心生寒意。

他仿佛回到20几年前，蹲在天井里刨土豆，傍晚，天色阴沉，搪瓷脸盆和一个矮木凳，手浸在凉水里，刨子很不好用，刨几下就要用手指把碎皮从刀架和刀片之间抠出来，否则刀锋就给糊住了。母亲在他耳边唠叨着料理一份生活的烦琐庞冗，土豆总有非常奇怪的形状，深凹、裂缝、窄长，完全不符合刨子的平面，他对付着手里的土豆，在他童年朦胧的印象里，这就是母亲描述的生活，阴沉、泥泞、凹凸不平，永远刨不干净。

他只祈祷明天母亲不要买马蹄，那些小东西更难刨，数量更多，一旦开始就看不到完成的那一刻，就像深陷其中无法摆脱的生活。

母亲无论做什么家务都要他帮忙，母亲说，这是为了让他知道生活有多复杂，她有多辛苦，耗尽她的年华只是为了成就他。这让他觉得自己简直是一个负债者的化身。其实大部分时间，她分派的工作只是让他觉得自己有多笨拙。比如她擦柜子的时候，总是要他在一边拿着另一块湿漉漉的抹布替换。有一回，母亲下班迟，他自己用冷饭炒了蛋炒饭，母亲回来大发雷霆，规定他以后不许再碰她的锅和锅铲。

在他和母亲之间，他永远不知道自己该做些什么，做什么都是错，从她身边走开一会儿更是错，只有呆立在一边候命，四肢僵硬，像个笨蛋。唯一逃开的办法是看书和做作业，逃进他"正经事"的借口里，母亲会暂时放他清静。他觉得那就像一个无形无色的气泡，可以暂时隔绝自己与外面世界的干系，随着年龄的增长，这个透明的建筑物越来越宽敞，用来装载他的无数念头。

他躲在书本里，越来越不善于跟人交往，他不知道这是长期假装专注于一行行静默的字所致，还是在母亲面前永远的不知所措，让他失去了某种信心，他想到要跟人打交道总会有点紧张。

家里的水阀坏了，里屋的水一直溢到天井里，把菜篮子、鞋刷、丝瓜巾冲得遍地漂荡。房管所的工人挤了一房间，母亲遣他去弄堂口买一包香烟回来，他看着母亲给每个人发烟，赔笑，仿佛跟这世界上的任何一种人，她都能说得上话。母亲的这副模样让孟雨忽然有了一种奇怪的错觉，她就像一只浑身长满了彩色羽毛的巨大动物，让他仰视、惊异，觉得不可捉摸。而他自己呢，他看见自己只是一条外壳柔软丑陋的虫子，寄生在她的一片羽毛上。

他又觉得自己仿佛身处一艘汪洋中的孤船，不知道这船如何驾驶，怎样才能不致沉没，他躲在船舱里，透过狭小的舷窗窥视母亲，这艘船上唯一的另一个人。他想，这就是她要的效果了。

他一直幻想这条船上出现第三个人。他试图用想象在空气中造一个人，先是勾勒线条，再填入肌理的颜色、嗓音、微笑时嘴角的褶皱，他希望那是一个美丽的女孩。她必须非常亲切、顺从，愿意每时每刻陪伴他这个囚徒。她不指摘他的错，只称赞他的好，最好是在她眼里，他原本就是世间最出色的男人。她从不跟他谈生活就是耗尽年华为了成就另一个人，因为她根本就不在生活中，他们只生活在属于他自我空间的巨大气泡里，在水晶般的穹顶之下，永远走不到尽头的璀璨宫殿。

当母亲跟他抱怨生活的时候，他坐在书桌前，沉默不语，仿佛在听，其实他在他的气泡里，也许正在和想象中的女孩说话，气泡与气泡里的一切是透明的，旁人看不见。

直到他在校园里邂逅任锦然。

他第一次看见他造的女孩在阳光下有了影子，惊讶间，他发现这是另一个人，一个活生生的人。她的肤色比他想象中更金黄，他想象中的要粉白一些。她的头发是卷曲的，而他想象中的是直发。但是她温驯聆听的眼睛，她嘴角妩媚的微笑，她的容貌，她修长的身材，真让他怀疑这是他雕塑的。还有，她的黑裙，孟雨想象中的女孩正是穿一身黑衣的，他母亲总是周身鲜亮的颜色。

她变成了生活中一个真实的人，他不知道这是天大的幸运，还是灾难。他还没来得及揣摩心中隐藏的一丝恐惧，就已经卷入了夏日飓风般的热恋中。

他终于得以更精心地雕琢她的细节。他建议她多读《诗经》，培养古雅娴静的气质，学学古琴就更好了，不要总是戴着MP3听爵士乐，他更不赞成她去看学生会音乐沙龙的摇滚演出。他批评她太爱笑，他说："不是在任何时候，笑都是礼貌的表现。"他不赞成她总是在别人说话前就抢着说话，"你可以先揣摩一下别人的态度，这样可以显得更从容，也更有主动权。"

她总是非常努力地遵循他的意旨，除了在一个细节上，每次约会，她总是迟到10到20分钟，这让他在见到她姗姗来迟的第一刻，心中总有片刻的惊疑，仿佛他的想象遭到了严重的质疑，这个女孩显露出她自己的面貌，竟不是出自他的塑造。好在渐渐习惯了，他也就把这个特征加入了心中的图景，误以为这只是他自己在雕塑过程中的一个Bug，而且多年以后，这成了他能记住的，关于任锦然的唯一的行为特征。

无须多少日子，他惊喜地看到，她已经日臻完美，每一寸都循着自己的念头。看她这样玉手托腮坐在自己面前，啜着一杯芒果冰沙，美丽的睫毛在聆听中微微扇动，这实在比两个人以前在虚无的盒子中相伴更令人兴奋。他处于一种幸福的晕眩感之中，完全忍受不了分离，她不在跟前，他就坐立不安，好像那个装载他自己的巨大气泡，也被她回宿舍之类的暂时告别一并带走了，让他光秃秃地待在这个世界上。

更神奇的是，他对着她的眼睛说话，日复一日，他开始从她瞳孔中看到了一个陌生的人。这个陌生人骨骼匀称、器宇轩昂，一寸寸逐渐成形，并且他从她的神态中意识到，那竟然就是自己。

他起初不能确定，那个几乎不认得的自己究竟是她想象中的影子，还是他看见的幻影，就像小时候在大世界的"哈哈镜"前照见的变形的影子。有一天，他在洗手间的镜子前刮胡子，他忽然看见那个陌生人就站在镜子里，一手拿着刮胡刀，满脸泡沫。他的手臂和小腿刚刚生长完全，这就是昨晚约会时的事情，现在他伸出自己的左手，捋起衬衣袖子，他看见镜子里的人手掌修长洁白，小臂上肌肉和静脉栩栩如生。

这真是一个奇迹，以前镜子里只是一条柔软丑陋的虫子而已，他还以为自己就是那样的，现在镜子里的这个男人几乎十全十美。他不明白这一切是怎么发生的，也许是因为他对她说的话累积到了一个惊人的数量。每次对着她的眼睛说话，他就不免失去控制，滔滔不绝，醒觉过来才发觉自己比母亲还唠叨多倍。他不知道自己曾经对她说过多少话，不然的话，也可以总结一下这个魔法发生的规律。

船长很快发现这艘孤船上多了一个人，她显然并不欢迎这个新乘客。恐怕在这个事件中，除了任锦然自己外，只有孟玉珍发现，这个叫任锦然的女孩不是一个幻象,而是一个活生生的人。如此发展下去,她必然要进入孟雨现实的生活,柴米油盐,十八般家务。孟玉珍觉得,这个女孩看上去就不擅长这些。

孟玉珍说了一万个理由,孟雨全都听不进去,最后,孟玉珍说了一句话:

"好吧,将来发生什么,你自己负责。"

这本来是一句无奈应允的话,可是,孟雨坐在那里,忽然打了个哆嗦。好倒是好,不过这艘船漂在汪洋中,他从未试过自己驾驶,他不会,他雕塑出来的女孩当然更不会,将来会发生些什么呢?

第一眼见到何樱,他并不讨厌。她给他的感觉,就像是小学时代老师给安排的同桌,看上去还算让人安心,很友好,一看就是乐意借给他橡皮,帮他抄笔记的女孩,虽然不是他喜欢的那种类型。听孟玉珍推荐她的言下之意,她会是一个好船长。

一方面,他已经开始努力与任锦然分手,谁也没想到,恋爱能带来这么大的快乐,也能带来如此剧烈和漫长的痛苦。他不得不摧毁那个一贯用来承载自己的气泡,因为她已经生活在那个气泡里了,那个他保有了整个少年时代和青年时代的宏伟建筑物,他现在不但是坐立不安,简直是不知道把自己心里一大房间的念头暂存到哪里去好了,它们坍塌成一片,被倾倒在大街上,像一堆满是玻璃碴儿的垃圾,只能扎痛他自己。他不得不瞒着学校领导去看医生,开始服用抗抑郁药,否则他很难保证会不会突然杀死自己。

他把痛苦归结到孟玉珍身上,他把她看作是摧毁一切的人,这样他可以觉得好受一些。他不想看见那条寄生在羽毛上的虫子,捏上去软乎乎的、带细钩的脚，表皮上满是褶皱。所以，看见孟玉珍也开始让他觉得难以忍受。

另一方面，何樱就像一个善良的探视者，她能够把他从囚禁中短暂地拯救出来，带他出去散散心，因为孟玉珍信任她。她从不用约会的名义勉强他做什么，诸如情侣餐、看电影等，她会照顾他的心意，似乎非常体贴他失恋的心情，他沉默，她也不多说什么，他散步，她也陪着无目的地走。有时候，把他接出来以后，她甚至问他，要不要她先离开，让他去见见"她"。

他对孟玉珍说，他娶何樱的条件是，请她离开这条船。他发觉，这其实是他自小以来的愿望，他不想满心恐惧地待在船舱里，当然他也不敢独自驾驶这条船，有何樱在船上，这是一个折中的方法。既然孟玉珍也说，她会是一个好船长。

船居然平稳地行驶下去了，对此，孟雨是有一些意外的，他没想到如此容易。这是因为一切并不如孟玉珍所言，生活原本就是和顺简单，还是何樱具有超乎寻常的能力，孟雨很好奇。

持家有多容易，抑或有多复杂？了解这个谜题的唯一方法，或者说现成的方法，就是听任孟玉珍时常闯进这艘船，给何樱出些难题。从孟雨帖子中的记录来看，他对操持一个家庭需要多少工作量的认识，就是从婆媳较劲中渐渐量化出来的。我一边读这些帖子，一边不自觉地摇头，他居然用科学家的理性和冷静来观察妻子的痛苦、测量她的极限，这是不是说明，他是根本不爱何樱的？

他对何樱的评价是，"不需要我陪着做家务"，"抱怨比我母亲少，不伤耳朵"。可是她有一点和他母亲相同，她使他依然感到"一个人被关在船舱里"。

吃鱼还是吃肉,这个问题很重要吗,至于一年问我三百次以上吗?

不能说她不关心我,她对我的照顾已经面面俱到,每天吃什么菜,穿什么衬衣,家里的有线电视要不要装数字机顶盒,儿子暑假是继续上英语口语亲子班,还是参加英语夏令营。家里的琐事非常多,可是这些比我在想什么更重要吗?

也许更重要吧,好像女人都这么认为。或者我正好不幸,与我共同生活的两个女人都这么认为,何樱是我母亲挑的,我差点忘了。

有时候我看着我妻子,我有好多话想对人说,她的表情,也似乎总是希望我多对她说些什么,可是她只能问出"吃鱼还是吃肉"之类的问题。我看着她,想起那个"吃鱼还是吃肉"的问题,我也忽然什么都不想说了。

这么多年了,这个世界上还是只有一个女人,是我唯一想对她说心里话的,也只有她才愿意听我,懂得我在说些什么。她是我的天使。没有她,我真不知道自己会变成什么!

这个帖子发布于2009年3月1日傍晚6点11分。其实,类似内容的帖子从2003年到2010年,数量不下几十个。

自从2003年6月,任锦然离开学校以后,孟雨觉得镜子里的自己正在飞快地变化,先是手掌裂成碎片,逐片丢失,然后小臂残缺不全,有一天醒来，他发现肩膀不见了，头颅的形状也开始模糊不清。他建立论坛，每天跟想象中的众人说话，希望借此找回自己的轮廓。

显然，不久之后，他花了一段时间，把自己藏身其中的气泡重新建起来了。这个透明宫殿里没有何樱，依然是他和他想象中的孤船上的第三个人。现在，这个人有了比原先更清晰的形象，有了各款黑色衣裙和复杂的发型，有了言谈举止和回忆中的风景，她甚至还有了一个有身份证号码的真实姓名，任锦然。

透过舷窗，他望见何樱站在甲板上，替代了孟玉珍的位置。当然孟玉珍还会时常回到这条船上，使得他这个囚徒在混乱中减少一些被关注的压力。他可以有更多的时间不用说话，更清净地躲在光芒剔透的秘密空间里，与任锦然相处。

他把她视作这个世界上最重要的人，他努力所做的一切都是为了某天让她看见或听见，他给了何樱这么多年的沉默，把所有想说的话都留给了任锦然。他总是把她称作"我的天使"，我读到第六天的时候才蓦然惊觉，难怪论坛的图标是一个"黑天使"。黑色是任锦然爱穿的颜色。

这并不是说，他在家庭生活中是完全漠然的，他也有过感情非常强烈的时刻。何樱和新生婴儿出院回家的那一天，他看着那个皱巴巴的男婴，看着何樱万般呵护这个小肉团的模样，他忽然意识到，自己当年也是这么一个小得不像话的东西，是孟玉珍把他抱在怀里，揉搓怜爱如同一只宠物似的把他养到成年。想到这里，他冲进洗手间，对着水池干呕不止，他不知道这算是对母亲的内疚，还是对这种抚养深感恶心。

奶腥味在家里弥漫了3个月，他终于忍不住，婚后第一次主动把母亲请回家里住。他也不明白这是对何樱和孟玉珍的怨恨，还是恐惧，恐

231

惧自己在女人面前曾经是这么弱小的一个东西。

他的举动显然是引起了两个女人的一场决斗，这一回，何樱彻底把孟玉珍赶出了领地。她这才算正式成为这艘船的船长，可惜她不知道，她的努力，只是让她彻底成为了孟雨心中第二个孟玉珍。又忌惮，又想摆脱，他在舷窗里颇怀怨恨地望着她。

3

我曾经问比尔，这个论坛号称是孤独的人诉说心事的地方，还有不少像你这样有"拯救焦虑"的网友，巴巴地帮别人去带信、办事，为什么"千夏"这个寂寞到每天泡在论坛里的斑竹，竟然没有看过"花语"的帖子？"花语"也算是论坛6年的老网友了，资历比我还久，她竟然也从没看过斑竹的帖子。

"那么你有吗？"比尔逗我。

他说对了，在这之前，我也没有。

"要知道，这个论坛可是叫作'就是想让你知道'啊！如果一对夫妻在上面各自泡了这么久，也彼此看不见，这个论坛还有什么意思？我们之前还在上面浪费时间做什么？"我颇为愤懑地拍着白床单，压低着声音，因为周围的病人全都睡熟了。

比尔现在自恃跟我亲密了，开导我的口气就颇有点教育的意味。他说我这个人总是对别人期望太高。"论坛嘛，本来就是一个轻松的地方，有的人上来就是为了自己说话，有的人就是随便看看，有谁是为了人类心灵沟通的伟大事业上论坛的呀？"他弯下腰来搂了我一下，胡子扎着我的脸，吻我的额头。

我刚想反驳说，你就差不多是。

他又莫名其妙地轻叹一声，恰好打断了我。"一个人最关心的，始终只是自己内心的感受。有时候，即使说努力了解别人，关心别人，说爱，归根结底，恐怕这一切还是为了满足自己的感受而已，未必与对方有什么关系。"他这么总结道。

我想他说的应该是孟雨对任锦然的爱，停了1秒钟，我又觉得他说的是这里的每个人，连我也说进去了。然后我就赶他回去睡觉，他总是半夜来医院探视我，回去的时候是凌晨。

4

何樱姐在MSN上跟我说，她也要来医院看我。

7月6日大上午的，她就问我明天想吃点什么。7月7日下午1点50分，她打了一大段话给我，说核桃莲子龙骨汤炖了一夜，还暖在自动炖汤锅里，安神补脑的，待会儿早点下班，她再去菜场买条鳜鱼蒸好，然后就一起提来看我，让我乖乖空着肚子等她。

下午3点17分，她的对话框又闪动起来。她告诉我，小雨学校的老师刚才打电话给她，让她去一次，小雨跟同学打架了。

我回复她："那你赶紧去吧，下了班就直接去，别惦记我这里，我好着呢。"

她说："汤都炖好了，再说我总要回家先做饭的，这样，我做好以后让孟雨到你这里跑一趟吧，他有车，方便。"

我逗她:"孟主任对你很俯首帖耳嘛。"

她回了一行:"也就是最近,呵呵。"看起来心情很好的样子。

傍晚5点45分,她给我发短信,说已经在去小雨学校的路上,孟雨恰好今天回家非常早,汤和鱼打包交给他了,估计很快就能到我这儿。

一直等到6点15分,孟雨都没有出现,王小山倒是提前来了,靠在我的床头柜上喘气,抽纸巾擦汗。

他问:"你不是说何樱给你送饭吗?东西呢?"

我说:"原来你跑得这么急,是惦记我这里有好吃的呀?"

我不理他,继续看帖。

我是循着论坛内搜索"千夏"帖子的排序来看的,按字母序,26个字母的汉字开头已经读完了18个,现在已经到了"S"开头的"4"字。"40只快乐的老鼠",发布时间为2008年5月19日下午5点10分。

40只快乐的老鼠,这个场面比40只抑郁的老鼠庞大得多。它们的欢腾绝对超过了200只实验老鼠的喧闹。我看着这个场面,就像上帝在审视他即将新建的世界。

药品成功了。

没想到改变世界的这道门,竟然打开得这么容易。作为一个科学家,连我自己都感到了人类科技带来的莫名恐惧。

40只笼子排列在一处,每只老鼠都专注地做着自己的事情、哼歌、荡秋千、吃饭、沉睡、跳跃、不停地散步,即使相隔十厘米不到,彼此之间的行为也毫无对应性。

我准备了一只大笼子,把它们放进去。这真是一个奇妙极了的场面，它们继续各做各的事情，仿佛还在各自的笼子里，当然散步和奔跑的可以在更大的范围里活动，它们撞到了对方的身体，却毫无交流地径直走开，连对视都没有，就好像是碰到了一根柱子，就好像它们仍在各自笼子的铁丝网包裹中。

自从药品的毒性认证过关之后，至少有十几次，我攥着莲红色的细小药丸，手边已经倒好了半杯温水，我闻着它熟悉的香气，最后还是放下了。

只要吞下这颗药丸，我就可以不再感到受制于人，不再有莫名其妙的犯罪感，没有厌恶和恐惧，没有烦恼和伤感，不再想念某人，不再被甜蜜的回忆磨得心痛不已……每次总是想到这里，我忽然不愿意了。

还记得有一段日子，我和锦儿被投诉和流言弄得烦恼不堪，约会都要偷偷摸摸，每次见面，不是在说我又被系主任找去谈话了，就是在说她又被班主任警告了，每天苦想对策，烦恼不堪。那时候她曾经问我："是不是你跟我在一起，就会有数不清的痛苦？"

我当时说："没有你，就没有欢乐和痛苦。"

吞下这颗药，就等于我也不再需要锦儿了，我的天使，我不能想象我不需要她的日子，尽管我们已经这么多年没有联系，如果没有对她的想念，我不知道我的生命中还剩什么美好的情绪，还剩什么安慰和快乐。

这样的话，即便服下药，真的每时每刻都感觉良好，也会很空洞吧。甚至，我有了一种很糟糕的念头，我觉得这种感

235

觉将是虚假的，没有意义的。

糟糕的念头正在一点点扩大，看着大笼子里的老鼠们快乐而彼此漠然，我忽然觉得这也许是一种可怕的错误。这不仅仅是一些比指甲还小的药丸，它对世界的影响我早就预想过。成功前我满怀豪情壮志，成功后，我却越来越感到恐惧。这种药，它动了上帝的权柄，它造就的世界会不会走入歧途？

看了这么多帖子，看到这里，我终于开始觉得，这已经接近徐晨要告诉我的信息了。下一个帖子是"40只错误的老鼠"，感谢搜索页面的排序方式，正好把这两个内容相关的帖子列在了一处。

帖子的发布时间是2008年9月8日下午4点55分。

我可能已经犯下了最大的错误。

我看着大笼子里的老鼠们，我已经观察了它们几个月，我有一种感觉，它们不再是老鼠了，它们失去了老鼠群居的本性，它们不再彼此交谈、争食、一起跑动、相依而眠，它们变成了一群有着老鼠外壳的奇怪生物。

这3年CNS药物的全球销量正在飞速上升，截至去年，仅治疗抑郁症的药品销售额就已高达191亿美元。当我发明的这种药投入市场，也许不出几年的工夫，人类也就不再是人类了，他们不再能看懂绝大多数的小说和电影，他们不再需要咖啡厅和酒吧，他们不需要共同居住、结婚、足球赛和春节，这个世界将变得诡异非常，生活着无数有着人类外壳的奇怪生物。

我将毁灭整个人类，包括这个世界。

我跟副总委婉地提过，我问她，如果这种药有严重的副作用该怎么办？她的回答是，公司已经为这种药投入了几个亿，只要不是危及生命的副作用，能改良就尽快改良，不能就在实验数据中尽量弱化。

就算我现在辞职，这种药的进程也无法停下来了。商人都是疯狂的，以我对他们的了解，他们宁愿选择人类灭绝，只要能赚到巨额利润。他们会为自己这样开脱，这不过是对一小部分人的影响。可是某种药一旦进入市场，它的影响就再也无法控制，你能告诉我，这个世界上还剩多少人从未吃过感冒药吗？

我犯下的错误，我必须自己亲手阻止。不惜一切代价，重新关上这道毁灭人类的门。

找到了，就是这个！我确信这就是徐晨想要给我看的。

他是想告诉我，有一个人比他有更强烈的动机去阻止"爱得康"的上市。可是他除了偶尔看到过这段话，并没有其他依据来支持他的猜测，所以他没有讲给警察听。

"现在我终于明白了，为什么凶手在第 4 次发帖的时候露出破绽，用了本地的 IP 地址。"我对王小山说，"这不是一个疏忽，恰恰相反，这是他见招拆招的一个巧妙设计！"

"什么意思？"王小山抱着 PSP 抬起眼睛，一副还没从游戏世界中归来的迷惘。

正在这时，孟雨从病房门外走进来了，提着袋子，穿着宽大的浅蓝色薄外套，脸上若有所思，这让他看起来就像是飘进来的。

他把不锈钢保温壶放在我的床头柜上，打开包扎妥帖的马夹袋，里面有乐扣盒装着的蒸鳜鱼，居然还有两只碗和调羹、筷子，一看就知道是何樱亲手打包的。他把碗也放在床头柜上，拧开保温壶，倒了一碗汤出来，笨手笨脚，看上去比打死一头老虎还费劲。

"喝吧，趁热。"他挤出一丝笑容。床边没有第二把椅子了，他叉手站在一边，似乎要亲眼看着我把汤喝下去。

我坐到床沿上，拿起汤碗，把调羹伸进去搅了搅。

第十三章

1

王小山忽然从椅子上跳起来,劈手就把汤碗抢了过去。

"周游出事的那天下午,本来是要跟你一起开会的吧?"他笑嘻嘻地请孟雨坐在他的椅子上,他把汤碗放在窗台上,长腿一晃,自己也坐了上去,背后是这个城市璀璨的黑夜,灯火如海,夏夜的凉风吹拂,正是2010年7月7日晚上6点55分。

"听说是你打电话叫周游下楼的。"王小山的语速很慢,似乎只要孟雨想回应,就可以随时插进来,但是孟雨只是坐下来,沉默地听。

"经过我们排查,那天在走廊里看见周游等电梯的人,在周游出事前,都没有离开过19楼。除此之外,就还剩下一个人知道周游将要乘坐电梯,并且知道她从哪层上、哪层下,大约在电梯里停留多久。那个人,就是你。

"知道孟玉珍何时乘坐电梯的,其实也不是只有何樱一个人。孟玉珍在进电梯之前就开始打电话,直到她出事,电话还没挂上。是你一直在跟她通话。"

我发现我和王小山总能通过不同的路，走到同一个地方。王小山得意地瞟了我一眼，恐怕他以为，我再怎样也想不到孟雨身上吧。

他在窗台上转动着那只汤碗："我听周游说，你爱人要来给她送饭，何樱的嫌疑已经排除了，不过考虑到厨房离你只有几步远，所以我还是赶来了。没想到换成你自己来送饭，这就更好，本来我明天也要请你来分局协助调查的。"

这时候，我才意识到，今天王小山满头大汗地提前跑来，真的是为了这碗汤。

2

孟雨是一个称职的科学家，虽然人类这个物种让他并不太喜欢，不过出于科学家的道德感，他认为维护人类的正常存在还是非常重要的一件事情，尤其是不能灭绝在他的发明里。为了整个物种，牺牲这个物种之中的少数个体，他认为这也是完全合理的。

他看上去有些怯懦，这是由于在日常的生活与人际关系中，他总是不知所措。一旦他像考虑操作一个成功的实验那样构思计划，把人们看作他实验中的一组对象，对他而言，这就变得跟对付一群小白鼠一样容易。

与徐晨一样，他也拥有在实验对象中选择被害人的最佳条件。他从谈话录音中选中了第23号病人苏亚，她刚好在他的论坛里。也许他同时挑选了好几个病人。他想到如果只安排一个人自杀，恐怕会被找借口掩饰过去，他深知帕罗药业的财力雄厚，卢天岚的手腕又何等厉害，他必须为"爱得康"设计一套无人能挽回的毁灭计划。

制造苏亚的自杀,计划的第一步,操作得非常顺利。

实验并未因此被中止,这也是他意料之中的事情。于是他筹划对第2号既定的被害人下手,早就定下了人选和时间,但是在动手的前几天,发生了一点意外。

5月30日下午3点27分,他接到了任锦然的电话,约他见面。

其实在仔细谛听药品组30个病人的录音、选择被害人的时候,他就已经发现,第35号病人,就是早已与他失去联络的任锦然。对于听还是不听她的录音,他当时经历了很久的思想斗争,幸好她在评估中的回答很简短,几乎没说什么,可是她的声音听上去如此陌生,让他听完之后,有很长一段时间,对他塑造多年的那个天使的音频无所适从。

5月31日下午1点32分与4点13分,任锦然又打来2次电话,跟他约定了见面地点。

与淮海路巴黎春天相邻的星巴克,这是孟雨后来告诉警方的约见地点,那时候,这个世界上只剩一个活着的人来述说这个地点了,所以,他怎么说都行。其实这个地点应该是在任锦然的公寓。也许是孟雨要求的,他希望在一个私人空间见到她,就像7年来他们一直生活在他的气泡里,他受不了公共场合旁人的干扰。

6月1日下午4点30分,门卫看见任锦然出门。她是去附近甜品店取蛋糕的,她前一天订做的鲜奶水果蛋糕,上面插着巧克力的字,"我要做妈妈了"。15分钟以后,她就提着蛋糕回到了大楼里。

4点58分,孟雨准时来到了2204门前,提着打包好的凯撒色拉、小羊排、土豆泥和红酒,按响门铃。门打开的那一刻,他紧张极了,他害怕任锦然"变了"。话总是这么说的。事实上,他隐约害怕的是,真实生活中的任锦然和他在心里凝视了7年的任锦然是截然不同的两个人。

黑色紧身长裙,暗红披肩,卷曲的长发垂到腰际,她笑得很快乐,对他亲切有加。他有些局促不安,像一个痴情少年般望着她,目光迷惘、贪婪而躲闪。一切跟他想象的重逢基本吻合,他不禁松了一口气,并且忍不住心潮起伏。他终于等到了这一天,她回来了,她又活生生坐在他的对面,听他说话。为了这一天,他在论坛上为了她敲击了比星辰更多的字,他在寂寞中几乎候了一世。

她笑容调皮地把蛋糕盒子放到桌子中间,解开缎带,打开了盖子。

他也满面笑意,看着盖子被打开。

忽然间,他全身的血凝住了,先是冰冻般的冷,冷到疼痛,随即是愤怒的炽热,像火一样突破冰层炸裂开来。她对他做了什么!这个邪恶的女人,她是来故意嘲弄他的吗,在他满怀幸福的时候?这个女人,她在他雕琢的天使身上随便涂抹,她闯进他的透明宫殿,只一秒钟,就把里面弄得肮脏混乱。她毁坏了他的生活,不是这一刻、这一天的好心情,也不是7年的等待,她颠覆了在此之前他半生唯一用来安慰自己的幻象。

他帮她把蛋糕盖子合起来,重新系上缎带。他和颜悦色,甚至满怀祝福地望着她说:"我们先吃饭吧,羊排凉了就不好吃了,孕妇吃了会不消化的。蛋糕嘛,可以留到最后当甜点。"

说完这话,他刚好还接听了何樱的第一个来电,5点12分,何樱在电话那头问:"老公,今天吃鱼还是吃肉?"

这对他而言是一生中最冗长的晚餐,虽然前后顶多只有20分钟。任锦然一直在开怀大笑,不停地说话,仿佛与他谈论过去的那个女大学生是多么有趣的一件事情。他没有听到她说什么，他只是设法让她多喝几杯，这委实不难，因为她今天高兴得很。

她很快喝醉了。他建议她换上睡衣，躺着休息。他体贴地表示，他得陪她一会儿，看她安生地入睡了才放心离开，毕竟她怀孕了，万一待会儿不舒服需要有人送去看医生。

在水池里冲洗干净手上的血污，擦掉所有指纹，把需要扔掉的东西装进垃圾袋。他看着那个蛋糕盒子，犹豫了片刻，盒子太大，就算套在垃圾袋里带下去，也难免引人注目。在关上卧室的门之前，他又回头看了一眼那个盒子，谁会以为那不是一只生日蛋糕呢？再说，他忽然想到，如果拿走，喷射的血点之间就有了一方空白。

这时候，何樱打来了第二个电话，问他是不是已经在回家的路上了。6点整。他接完电话，轻轻合上了2204的门。

他一夜之间冒了两个险，他生平第一次搭乘了一辆摩托黑车，坐在后座上，套着头盔，好在这样刚好遮住了脸。6点30分，他准时回到了小区门口，跟平日从张江驾车回家的时刻正好一样，如果是打车从江宁路回来，在高峰时间穿越市中心，没准7点都到不了。

他坐在客厅的餐桌前，暗自舒展四肢，何樱端上了5个菜1个汤，生日总是比平时多3个菜，年年如此。何樱盛了两碗饭，自己端了一碗坐在他的对面。

红烧猪蹄。他记得自己一个多小时前回答的是，吃鱼，或者自己心里这么想，嘴里却说反了吧。当时自己委实心不在焉，正在飞快地构思如何用最合理的形式造成自杀的假象。从构思到完成、清理、若无其事地回到家里，前后只经过了一个多小时吗？他忽然害怕自己是不是仓促间做了一个错误的决定。

不会的,他告诉自己,她根本不是任锦然,她只是一个冒充者,一个想要在他面前毁坏任锦然的形象、摧毁他美好回忆和一切念想的骗子!除掉她,真是好极了,就像擦干净了他的天使身上的污渍,让他的宫殿重新恢复安宁和辉煌。况且他还因此意外增加了一个"自杀者",他相信现场很完美,几乎和苏亚的现场一样完美,真是一举两得。

但是放下筷子,走回书房,当他坐在电脑前,面对眼前的一片虚空,虚空中那个骨骼、肌肉、血脉和微笑都晶莹透明的任锦然,他忽然意识到,那个他深爱的女人,她在现实生活中投射的影子已经不存在了。他现在已经没法对自己说,她还存在于这世界某个不可知的角落,他只要感受她的存在,默默等待,总有一天她会出现的。是的,她不会再出现了!任锦然死了,是被他亲手用一枚刀片插进了脖颈!这一刻,他感到了锥心的疼痛。

这痛转眼间变成了深刻的怨恨,是谁造就了这一切?如果不是孟玉珍,也许刚才端上一桌生日菜肴的就是任锦然,真实的任锦然。她怀的会是他的孩子,他们会用一个生日蛋糕同时庆祝她的怀孕,和他的生日。

既然他已经亲手杀死了任锦然,杀死了他这半生所有美好的念想,那么,他想,现在该轮到他为任锦然复仇了,害死她的不是他,而是这一切的始作俑者。

几个小时后,也就是 6 月 1 日深夜 10 点 56 分,他收到了"驼鸟哥"发来的论坛短信,向他申请管理员的权限。他心绪烦乱,未加理会,一夜梦境纷乱,他梦见自己用双手扼住了孟玉珍的脖子,用尽全力收拢手掌,他甚至能感到手掌间咯咯碎裂的震动。翌日上班几乎迟到,超速开车赶到张江,中午得空上网,这才发现,清晨7点10分的时候,"驼鸟哥"又发了一条论坛短信过来,催促他回复。

"怎么就忽然想到要升官啦?"他随手回了一条。

那天夜里,"驼鸟哥"的答复让他大吃一惊。他这才发现,除了苏亚的自杀遗言外,他还不慎用"苏亚"这个ID发过一个帖,这只是一个错误操作而已,也许是发帖的时候,忘了把用户名改过来。他没想到,已经有人因此认定苏亚是被谋杀的,并且打算通过IP地址追查凶手。现在再删掉这个误发的帖子,显然太晚了,删帖权限仅"斑竹"才有,这么做,等于直接暴露自己。

孟雨思考了3天,6月5日上午,他开通了"驼鸟哥"管理员的权限,因为他已经想到了一个将计就计的方法。

6月15日上午9点10分,他接到卢天岚的电话,瑞安医院得知了任锦然的死讯。9点26分,他用"苏亚"的ID发了第3个帖子,这次不是误操作,他打算塑造一个连环杀人狂的角色,反正论坛上都是虚构的ID,虚构一个凶手也不算一件难事。这个凶手的下一个目标就是孟玉珍。

6月15日夜晚,网友声讨令任锦然绝望自杀的负心郎,人肉搜索再次展开。6月17日上午11点17分,孟雨用另一个ID贴出了自己在复旦大学生命学院时的照片扫描件。6月18日下午4点48分,他又公布了自己现在的身份,帕罗生物医学研究有限公司研究中心主任。这是为了让任锦然的自杀变得更可信,更是为他的下一步计划做出铺垫。

6月19上午10点16分,他贴出了孟玉珍的资料,女,离异,67岁,铁道医院原五官科副主任医师。当天深夜11点38分,论坛上出现了孟玉珍的照片，不是她一个人的留影，而是她和何樱、小雨在乌镇的合影，他特地从何樱的相机里拷贝出来的。

凭他对孟玉珍的了解，他确信，孟玉珍必定会因此迁怒何樱，不出几天，她就会去华行大厦找何樱的领导反映情况，反正这也不是她第一次这么做了，对何樱，对任锦然。

6月22日下午1点57分，他拨通孟玉珍的手机，说他正从张江往华行大厦赶来，要求她立刻离开会议室，从19楼下来，在大堂里等他过来，他亲自送她回家。如果她不照办，他将立刻辞职，说到做到。

他经过底楼的门房，由边门来到大堂后侧的货梯前。进来的时候，他已经看见电梯管理员老魏了，这家伙果然照常在树荫底下睡午觉，这让他放心地给孟玉珍打了第一个电话，挂上电话，从容地乘货梯到了楼顶，走进控制室。然后他再次拨通了孟玉珍的手机，是上一个电话的3分钟后，2点整。

"你已经从会议室出来了吗？嗯，很好。现在就下楼，别在那儿给我丢人现眼了！你按电梯了吗？已经有人按了，是吗，何樱她说要走下去？那你就坐那个电梯下来吧。"

2点1分，孟玉珍走进了观光梯。然后，孟雨故意跟她在电话里吵了起来。

"你为什么总是跟何樱过不去呢，她不是你自己挑的吗？你以为你找她的领导投诉，她就会怕你吗？她早就跟领导说过了，你脑子有问题。所以她的领导都把你当笑话看，你还上蹿下跳得这么起劲……"

"谁说我有毛病，我倒要看看谁有毛病，我这就去跟她讲清楚！"

此时，电梯运行到12楼，孟玉珍本来想按下11楼的按钮，中途下去再乘另一架电梯返回19楼，但是她忽然想起，刚才她听到过，何樱是去6楼处理事情了。

"对了，她在6楼，我现在就去跟她讲清楚！"

无论停在中途哪一层，这都是孟雨想要的结果。他听到手机那头传来电梯门咯咯打开的声音，他的手早已放在观光电梯的电闸上，等着这一刻了。2点4分。他满意地听到电话那头传来手机落地的撞击声，机械的轰鸣、纷乱的脚步、恐怖的尖叫声。

他揭掉货梯下行键的胶布，走进厢体，从容地由楼顶回到了大堂后侧。货梯每上行或下行一层的时间是2秒，停层开门和关门的时长各为4秒，从20楼到达底楼，只需要46秒。他依然从边门走出大厦，没有人注意到他，此刻，大厦里的所有人都只注意着正在发生的事故。

他绕到大厦前，经由旋转门再次走进大堂，他看见观光梯刚好掠过这一层，沉入地下室，人群拥了过去，推搡着他走向电梯井的方向。2点7分，有人对着黑洞洞的下面叫喊，只有两声清冷的回音，讪笑般反弹上来。

10分钟以后，电闸打开，镂空的厢体从地底下升起来，孟玉珍依然紧紧抓着栏杆，当栅栏门和厢体的门依次打开，她僵硬地掉在地上，头朝着电梯外的方向，脚还留在电梯里面，手指保持着痉挛的姿态，像在努力要抓住什么。孟雨抢先走上去，把她翻过来，她一看就知道已经断气了，嘴唇发黑，脸色青白，眼睛还睁得大大的，好像刚听说了一件令她毕生惊奇的事情。

孟雨跟随救护车去了医院，但是他很快离开了，他又偷偷返回华行大厦，从货梯和安全通道来到了4楼，他的简易办公室。6月22日下午

3点41分,他用"苏亚"的ID发了第4个帖子,特意没有通过国外的服务器,设计成凶手一时疏忽的样子。

这样,调查者一定会以为,凶手就是长期在这幢办公楼里工作的某个人,在关上电闸之后,若无其事地回到自己的办公座位上。

孟雨的办公地点在张江,他又是孟玉珍的亲生儿子,刚才每个人都看见他跟着救护车走了。所以他不可能是他创造的这个连环杀人狂。

不过他觉得还剩一个威胁,那就是我。是我发现了"苏亚"的第2个帖子,他的失误,令他设计的自杀变成了谋杀。是我发现了任锦然早已经停止了实验用药,令他第二次精巧的谋杀又成了一场徒劳。如果他不阻止我,我就会不断地阻碍他。

6月24日上午,卢天岚安排他、何樱和我去瑞安医院,就任锦然实验样本有误的问题,跟徐晨谈判。他开车过南浦大桥的时候,又接到卢天岚的电话,说是何樱可能要帮她办一点急事,没法过去帮他了。

对于我的各种细节,相信孟雨早就了解得一清二楚。何樱平时最爱八卦,苦于孟雨从不愿听她多讲,如果孟雨哪天表现出一丝半点的兴致,她一定会把1906里有多少只蚊子都一一数给他听。

孟雨在途经的药店买了一瓶泪然、一瓶托吡卡胺,外加一枚注射器,随后改道来到华行大厦,把车泊在停车场外浓荫遮蔽的街角。他看着我摇下三菱SUV的窗户,打开门,坐进驾驶室,掏出眼药水点了一回。趁这时候,他轻手轻脚地把停车场的大门关上,还在左右两根门轴里各插了一根树枝,让我一时不容易打开。我当时还以为这是淘气的孩子干的。

我专注于打开门,他则正好从我背后走过去,把仪表盘前的眼药水瓶子换掉了。

其实在之前的推理中，我曾经犯了一个很大的错误。托吡卡胺在5到10分钟之内就会生效，如果瓶子是在我下楼前被换掉的，那么在我弄开铁门之后，差不多就该开始视力模糊了。所以坐上驾驶座的时候，我滴的还是泪然。在上高架前等红灯的时候，我用的才是托吡卡胺。

10点17分，王小山赶到了交通事故发生的现场，亲自把我送去瑞安医院。此刻，孟雨已经在17层药理研究中心主任办公室里，与徐晨开始谈判了。

他故意短信问何樱："你们什么时候到？"

"我忙着不能来，游游在路上。"

"不用来了，谈不成，跟她说一声，我也准备走了。"

等了2分钟，见到何樱的回复："她电话打不通，你等等她吧，应该很快到的。"

孟雨心想，现在还没到，电话又不通，自己的计划应该已经成功了。不过，再等等吧，他想要更确切的消息。

就在这天上午，他发现徐晨换了实验药品。一开始，他非常愤怒，几乎忘记了徐晨算得上是他的"同盟"。他要的是参加实验的病人相继自杀，他要让世人都认为"爱得康"是一种"危险品"，至少他不想让这种药在大家的心目中成为一种"废品"。无论怎样，这是他伟大的发明，他可以自己毁灭它，但是容不得别人来损害它。

况且如果伪造病人自杀的计划成功了，偷换药品的事情一旦泄露，病人自杀就不是药品的罪责，而是因为没有用药，徐晨的愚蠢行为会让他的努力全盘作废。

但是转念一想，如今这些"自杀"的病例，一个被识破，一个私自停药。还凭空多出了一个连环杀人狂，正遭到警方和侦探爱好者的双重追查，这个时候，徐晨不正是一头最好的替罪羊吗？

6月27日周六早晨8点50分，孟雨忽然想到，两大瓶840颗装的"爱得康"还在徐晨的手里，他应该在6月24日就拿回来的，他怎么给忘了。他打算周一就匿名告发徐晨，赶在卢天岚与他达成进一步协议前，他怕徐晨一旦被调查，这两瓶药就会流转到别人手里，也许被其他医药公司凑巧得到。

他立刻打电话给徐晨，得到的回答是，药已经交给法务部的那个女孩了。

又是她！他完全想象不出，他该怎么把药从她手里拿回来，而不让她觉察到任何疑点，唯一的方法是让她成为连环杀人狂的下一个猎物。她年轻，心脏强壮，这没关系，他知道她的精神有一个最脆弱的缺口。

那天中午12点50分，他再次用"苏亚"的ID发帖。

第5号，周游。

明天。

W，这是我特意为你准备的，等着看吧。

这是出于恼怒，然而这绝对不只是一个恫吓，发出这个帖子前，他已经做了周密的计划。他甚至有可能专程去了一次华行大厦，测量了观光梯的运转速度。运行速度每层9秒，停层花费20秒，开门和关门各耗时15秒。

6月28日下午，原定是孟雨、卢天岚和我一起开会，讨论如何处理徐晨的事。孟雨从张江开车来到华行大厦。1点59分，他打电话到我的分机上，告诉我，他已经抵达华行大厦，在4楼等我。

"卢总让你动作快点，她马上就到。我正叫人开一间小会议室出来，404或者406，你下来后到那里找我。"他语气利落地催促我。

这个时候，他确实在4楼，也许还是当着前台小姐的面打的电话。之所以打我的分机，是为了确定我在19楼。挂上电话，他让前台小姐查看会议室登记表格，看今天下午哪间会议室有空，其实是为了站在门厅这里，等着观光梯经过这个楼面。方才上楼的时候，他同时按了两架电梯的上行键，自己乘客梯上来，把观光梯留在底楼。

他不担心有别人乘这架电梯，让电梯停到其他他无法估计的楼层。下午这个时候，进来大楼的人本来就少。楼内的人知道这架电梯慢，不愿乘。外来的人看这架电梯古怪，不敢乘。

2分钟后，他听到了链条的摩擦声，他确信这是我在19楼按了下行键，电梯正从底楼一路上行。他知道我将一个人走进电梯。何樱已经在中午12点48分请假离开公司，去操办孟玉珍大殓的准备工作了。整个19楼，只有我们两个人会乘这架电梯。

他把手机调到秒表装置，然后，他看到紫铜的镂花厢体从他面前的栅栏门里升起，滑过他的眼前，继续向上。他按下秒表，他知道接下来的时间是可以精确计数的。

从4楼上行到19楼，2分15秒。停层、开门和关门，50秒。再从19楼下行到4楼，2分15秒。他只需要在最后这2分15秒之间的任何一个时刻关闭电闸，就可以把我关进厢体，让厢体带着我抵达地下室，一个四面没有门和窗,而且是一片黑暗的封闭空间。对于一个幽闭恐惧症患者,连办公室的门都不敢关、坐车都要打开窗户的病人而言,这个刺激足够了。

"你帮我找一下钥匙,就406吧,我去办公室打个电话。"他对前台小姐儒雅地笑了笑,绕过门厅,还不忘回头对她补了一声"多谢"。

令他大失所望的是,2天之后,我居然恢复了神志。

他撺掇何樱来探望我,给我做点好吃的。可惜自从我住院以后,法务部的工作都在何樱一个人身上,她忙得不可开交,直到昨天才给我买料炖汤。他半夜起来在汤里加了一点料,肯定不会是氰化物这么低级的毒药,也许是神经系统的药物,会诱发精神错乱。这里的医生只会当我是旧病复发,不会怀疑我用了别的药物。

在他的计划中,本来应该是何樱来送这些瓶瓶罐罐的,我不会起疑。没想到小雨恰好在今天跟人打架。他在家里看着这些打包好的食物,犹豫再三,终于自己出马了。

3

推理完美结束。孟雨坐在椅子上,垂眼沉默,像是睡着了似的。

直到此时,我们才听到整个病房的说话声,堪称喧哗。病床上各聊各的天,谁也没有注意到这一角空气的凝固。王小山的两只手撑着窗台,从他手背的骨节,可以看出他在默默用力。我在毯子下也是两脚支着床板,就怕孟雨忽然发难,我们两个就一起扑过去把他按倒,以免他伤着这里的人。

忽然，孟雨动弹了，他叹了一口气。只是叹了一口气。

他低声说："如果真的是我杀了她们，那就好了。"

他挪动双脚像是要站起来，不过看到我们的架势，他立刻伸出两只手，做出投降的手势，表示他什么都不打算干。他依然举着一只手，另一只手伸到他外套的口袋里，掏出一沓纸，示意我们拿去看。

是一沓检查报告单，血常规化验及肝肾功能化验、白带化验、宫颈刮片检查、B超等，总共六七张。任锦然的名字，检查日期都是5月28日。我记得任锦然的病历显示，5月18日，她曾去国际妇婴保健院就诊，获知怀孕6周，并预约了5月28日特需门诊的全套孕期初检。

原来今天下午，孟雨去了国际妇婴保健院。

按照孟雨的说法，6月1日傍晚4点58分到6点，他在星巴克枯等了整整1小时，任锦然没有出现，他怅然、疑惑、不知所措。

6月14日上午9点10分，在卢天岚的电话里，他得知了任锦然的死讯。震惊、悲恸、觉得难以置信。可是，当天下午，在王小山的调查谈话中，他听到任锦然怀孕的消息。顿时，一种被欺骗的愤怒和耻辱感占据了他所有的念头。

他曾经一度想让自己相信，那个死去的孕妇只是同名同姓，他深爱的任锦然还生活在某个地方，与他心中的幻影遥相呼应，赋予他生存的意义。他甚至庆幸那天下午任锦然没有赴约，让他没有机会与她相认。

然而将近4周过去了，这4周，宛如长过他之前的半生，他差点经历了新药实验的彻底失败。他亲手触摸到了孟玉珍的尸体，把她翻过来，探测她沉寂的鼻息。忽然间，他非常想与任锦然见一面，不是他宫殿中的那个，他已经厌倦了跟自己的幻象做游戏，他想看一看真实世界中的任锦然，曾与自己漫步在校园里，手牵手，肌肤相亲，与他也共同孕育过一个胚胎的那个女人。

或者说，他忽然非常迫切地想感知自己在这个世界上的存在。如果任锦然不是虚构的，才能证明他也是真实的。

当然他已经无法看见任锦然了，她已经被火化了。但是应该还有一些痕迹，证明她曾经是存在过的。他想起她的病历上写着，她预约过5月28日的孕期初检，国际妇婴保健院特需门诊。5月28日的时候，她还活着。5月30日和31日，她还给他打电话来着。她应该依约去检查了吧，化验出报告单需要几天的时间，也就是说，那些报告也许还在医生那里。

他打电话到特需门诊，这种比普通门诊收费高一倍半到两倍的地方，服务态度一贯出奇地好，每个病人都会配备一个专家来跟踪孕期情况，至少副主任级别的，主任收费更高些。负责任锦然的专家，是产科副主任周颖，43岁，鬈发在脑后扎一个马尾，身高172厘米。产科的医生总是个子高大些的业务上占优势，面色红润饱满，说话干脆，没有多余的语气词。

5月28日周五下午1点30分，周颖第一次见到任锦然。其实周颖觉得孕期初检的报告单出来前，没有太多可诊断的，见个面，无非是为了多收一次挂号费。

任锦然问了许多问题，看起来这个高龄产妇有些紧张。

"没问题的。"周颖说，"多少比你大10岁的都在生，你骨盆大，尽量顺产。"

5月31日上午，护士本来应该把报告单给周颖送到病房，周颖每周

二、五下午特需门诊，上周共有53个病人，22个病人做过检查，报告单周一出齐。结果护士忙得忘记了，直到化验科下班才想起来。

6月1日周二一早，护士就把22个病人厚厚一沓化验单送到医生办公室。周颖查房过后就开始翻阅，又总被另一些事情打断。中午时分，她翻到了任锦然的B超单，不由得吃了一惊。她放下饭盒，特地到对面大楼的B超室去了一次，询问了当天做检查的刘医生。然后她匆忙回来，打电话到特需门诊的护士台查到了任锦然的手机号码，给她打了一个电话。

"请你爱人来一次医院。"

"我是单身的。周主任，有什么事情吗？"

"那你自己来一次，下午我刚好门诊，不要太早，5点。"周颖是想，这样的情况，需要一个有充裕长度的时段给病人缓冲，没准她还会大哭大闹什么的。5点门诊结束前，一个病人接一个病人，还是把她排在最后比较合适。

接到周颖的电话，任锦然的心里有点乱，唯恐胎儿有什么问题。4点30分，门卫看见她出门。她把车开进医院的停车场时才想起来，今天5点，她约了孟雨在淮海路的星巴克见面。跟周主任约定的时间也快到了，她急匆匆上楼，心想，见完医生再赶过去也来得及，反正他习惯了她迟到，会至少等她半小时。

她走出医院的时候，已经完全忘记了要去见孟雨这回事。

我翻找出任锦然的B超报告单来看，左侧卵巢占位，盆腔内多处占位，盆腔积液。按周颖的说法是，在这种严重的病情下还能怀孕，真是一个奇迹，但是病人的生存期只有3到6个月了，后期会非常痛苦。

我把报告单交给王小山，他看了一眼，挠挠头，看着我。

这就是我们认识的任锦然了，她是一个挑食的女孩，只挑让她欢喜的来尝，稍不如意，就推开盘子。既然很快要死，她不愿意接受即将到来的痛苦，甚至不愿意在死亡逼近的恐惧中多耽误一个晚上，一个噩梦连连的黑夜，有什么意义呢？她早已没有家人，也没有爱人，确实没什么需要安排与留言的，就像忽然决定动身去远方，连夜出发，行李箱也不带。

有一个问题，今晚王小山又问了一遍："那天在星巴克，你等她等了1小时，为什么不打个电话给她？"

"她要来总会来的。"这一回，孟雨在后面补充了几句，"只要我不打电话问她，就不会立刻听到她说，她不打算来了。我至少还有1小时可以等。"

说完之后，他捂着脸干笑了两声，手掌拂过面孔的时候，我看到他的眼睛一瞬间有点红。

孟雨告诉我们，迄今为止，无论是爱还是恨，他跟人相处的痛苦总是大于快乐，这让他致力于研制"爱得康"，一种可以让人类不再需要他人的存在，就能得到快乐的药物。他确实曾经狂热地投入研制工作，祈祷这种灵药的诞生，一开始，他并没有想到，这种药物事实上将改变人类的物种属性，怎么说呢，将会毁灭人类。

"爱得康"毕竟是孟雨多年的心血。2008年9月，他已经意识到这种药物的可怕，并决定设法在某个实验环节中止它，这个计划却一天拖一天，每一天他都对自己说，明天吧，明天也不晚，反正它还没到大批量生产的阶段。

当一个人发觉,他拥有了一种药,这种药可能会让他拥有比上帝更大的权柄,他会极其迷恋这些莲红色的小东西,更何况,那是他亲手创造的。他太想尝试一下,自己究竟能有多大的力量,他并不想真正地造就灾难,他告诉自己,这只是小范围的实验,无害的。他对自己说:"就让我再多实验一个月吧,就一个月。"

第二阶段是健康志愿者实验,他的药还只在老鼠身上实验过,他多么希望看一看人类服用这种药品之后的反应。当他把药分发给第一批志愿者的时候,他拿起药瓶的手在不易察觉地颤动。只有10个人,他安慰自己,现在还只有10个人,即便他们变异成了某种拥有人类外貌的新物种,别人也看不出来,也不会影响整个人类的正常状态。他发出的药品只有这么一些,吃完就没有了,不会再蔓延。配方最后是可以销毁的。

实验第一周、第二周。那段日子他几乎每夜辗转难眠,他有理由焦虑不安,兴奋和恐惧,像是沸水和冰水同时从头浇下,日夜不息。

他亲自跟10个志愿者一一谈话,他审视他们,他总是忽然就忘了自己正在说什么。第三周评估,第四周,他困惑难挨。

他发现这种药品在老鼠身上的神奇效力,似乎并没有体现在人类身上。他们服用了8周"爱得康",依然保持着人际交往正常,家庭关系良好,爱情幸福。当他们谈话时,他不知不觉停下来的时候,他们还会体贴地在一旁静候,等待他神游归来,或者提醒他,他刚才讲到哪里了。这样看起来,他似乎比他们更像是一个服用过这种药物的人。

"爱得康"对这一批参加实验的人员而言,甚至连抗抑郁的效果也不甚明确,这一点,可能是因为第二阶段实验不是针对抑郁症病人的缘故吧。

"现在你们知道了,这种药事实上什么都不是。"

说到这里,他的额头上皱起了一丝恼怒,其实我和王小山并没有任何嘲笑他的意思。

他在胸前交叉着手肘,语气有点激烈:"我跟卢天岚说了,这种药什么都不是,恐怕未必会比现在市面上的任何一种抗抑郁药有效。结果卢天岚说,有多少效果没关系,关键是现在我们有了一种新的概念,商品只要有概念就可以推广。什么研发、诞生、实验、认证,本来就是一套表演,19世纪以来,除了盘尼西林,谁能说哪种药一定比哪种药更有效吗?谁又能说,哪种药一定比安慰剂更有效吗?"

我想起比尔曾给我列举过的数据,无言以对。幸好他并不需要任何人的回应。

他说:"换了以前,我一定会跟她好好争论一番,可是我没有,我意识到,我根本没有什么拯救人类或是毁灭人类的力量,我不是天才,我的手中也没有上帝失落的权柄。"

6月22日下午2点17分,孟雨亲手触摸到了孟玉珍的尸体,当他将她的身体翻过来,她的面貌看上去有些不同了。他说不清哪里有变化,似乎是某种自小让他厌恶的神情终于熄灭。于是他确定,她是真的死了。

这一刻,他既不悲伤,也不快乐,他抓着这副无用的躯壳,只觉得追悔莫及。他应该在她还能感觉恐惧的时候杀死她,他应该亲手捏碎她怨气冲天的灵魂,折断她偏执的眼神。为什么她竟然死了,在他还没鼓起勇气杀死她之前?她给了他这么多痛苦,他还没机会还给她呢!

至此,他终于明白,他恐怕就跟他的药丸一样平庸可笑。他曾经以为,那些爱和恨在他心里焕发的力量如此惊人,足以改变世界,其实就和孩子的游戏一样，是一些只存在于想象中的轻飘的打闹。

他孱弱的手没有气力杀死谁，或拥抱谁，恐怕最妥帖的用处，他自忖，也许还能帮何樱送保温壶或饭盒什么的。他从椅子上站起身来，摸了摸窗台上的汤碗，凉了。他笨手笨脚端起来，倒进保温壶，和壶里的热汤兑开，再把汤倒进碗里，递给我说："喝吧，别又凉了。"

我接过碗，征询地看了王小山一眼。

他揉着眼睛，从窗台上跳下来，走到床头柜边上，自己拿了一只碗倒上汤，没用汤勺，凑着碗边就大口喝了起来。然后他又打开装鳜鱼的饭盒，扔了一双筷子给我，却抢在我前面先把鱼肚裆夹去吃了。

"急着赶过来，我晚饭还没吃。都快饿晕了。"塞了一嘴吃的，他含糊不清地说着。已经是晚上 8 点 30 分了，不饿才怪。

第十四章

1

我对比尔说，人就像是生活在一片无边无际的胶质里，想要挣脱爬出来的时候，却被困得更深。相反，倘若想要沉浸得更深，却很快会几近窒息，不得不想法挣扎出来喘一口气。这胶质就是由无数人组成的，人与人相互纠缠，彼此需要又彼此痛苦，至死方休。

比尔的看法刚好相反。

他说，这个世界是个瓶子仓库，每个人都生活在各自的瓶子里。他们听不见别人，因此免不了害怕，他们也不能被别人听见，因而免不了孤单。但是他们自己不知道。

他们隔着瓶子交谈，以为听见了别人，其实只是听见自己的回声。他们凝视对方，看见的是自己的影子叠化在别人穿过玻璃的变形身影上。即使是最亲密的关系，人们依然隔着冰凉的瓶子拥抱，他们感觉到的是自己传递到玻璃上的温度，所以他们常常感到冷。一个人爱另一个人，爱的是自己的体验，恨另一个人，恨的也不过是自己的感受而已。

没有人能够了解另一个瓶子里的人，了解另一个瓶子里的生活。而貌似复杂难解、千头万绪的生活，其实只是自己一个人在瓶子里的表演，一出独角戏。

我忽然捏紧比尔的手臂，掐得他叫了一声。我低呼道："原来孟雨的药是有效的！"

"你是指那种吃下去以后，就可以从此不需要别人的邪门玩意儿？"

"是呀。按你的说法，人都生活在自己的瓶子里，那么人岂不是和那些服药变异以后的老鼠是一样的？所以这种药才对老鼠有效，对人不生效，因为人本来就是这样的呀！"我觉得自己的逻辑能力真是越来越强了。

我听到比尔的喉咙深处发出了一串含糊的音节，估计他又在指摘我这个"胡思乱想小姐"，却已经懒得跟我说，所以哼哼两声以示不满。

7月7日深夜11点45分，我挽着比尔在深夜的思南路上散步，绕着瑞安医院漫长的院墙外围。细雨时来时歇，空气中弥漫着丁香的芬芳。比尔撑着一把透明的伞，路灯下梧桐的影子在伞面逶迤而过，笼住满耳雨点的絮语。

比尔讨厌医院，讨厌到连医院的大门都不愿进。他这个破毛病害得我每天夜半从病房逃出来，跟着他在这里栉风沐雨，跟两个疯子一样。

这个局面其实是我抗议的结果。我抗议他不来医院看我，坐在楼梯上等有什么用？住院两星期呢，就算把楼梯坐坏了，也得等14天才能见着。于是折中下来，他每天下班以后到住院部的后门口等我，我们在围墙外面见。散步，说话。有时候他带我去吃消夜，打浦桥有新旺。有时候我拉着他去逛田子坊，买小玩意儿，满弄堂花花绿绿的小店把他烦得够呛。

我却越来越喜欢这段时间,跟他在一起,走在白天的时光之外,暂时不用去想自己在帕罗药业的前途,不用想随时会来取我性命的凶手,甚至不会去烦恼即将晋升"败犬女"的可怕处境,事实上我好像已经暂时忘记了孤独这回事。我们两个就好像手挽着手走出了这个世界。

约会结束,我会坚持要他送我回病房,一般都是凌晨2点左右,也有超过3点的时候。我要他亲手帮我盖上毯子,他会吻我的额头,道晚安,蹑手蹑脚离去。为此他不知给值班护士买过多少支可爱多。

"唉呀,你们总算回来了!"穿着粉红制服的小个子护士碎步跑过来,在走廊里迎住我,小声叨叨,拉着我往护士办公室去。

我还以为她这么着急等着冰激凌,她把我拉进办公室,我才看见,徐晨坐在里面,戴着花镜,椅子靠墙,攥着一份报纸。

原来徐晨的处理意见已经定下来,今天是来医院收拾东西的,为了避开同事,他有意等到夜深才悄然来到门诊大楼,坐电梯上17层,穿过空荡荡的走廊,打开主任办公室的门。灯光苍白,他要走了,仿佛这房间里的所有东西都失去了生命,看上去东倒西歪,像一片废墟。他习惯地在办公桌前坐下来,看见桌上有一张字条,用笔筒细心地压住了。

"6病区,3号病房,314床位,有病人找徐主任。6月30日留。"

护士长的笔迹,依然撇是撇、捺是捺。徐晨想,等事情过去了,这幢楼里的所有人他都不打算再见了,除了护士长,他得请她吃个饭。

徐晨整理好东西,把箱子撂在门诊大楼的警卫室,就来到了病房。恰好我出去见比尔,他等了颇长的时间,一直坐在这里看报纸,看见我,他满面笑容地站起来。

"徐主任，你还好吧？"我迎上前去，一半羞愧，一半惊喜。

徐晨的脚步更快，笑容穿过我，伸出右手，转眼已经紧紧握住了我身后比尔的手。

"李、嘉、文！小家伙，你什么时候回医院来的？回来怎么也不跟我说一声？"他右手拉着比尔，左手在他身上推推搡搡，一副已经认识了几百年的样子，"怎么样，现在还跟岚岚耗着呢？我说你们打算一辈子做仇人啊？"

比尔赔着笑，满脸尴尬，像是不幸被流弹穿胸而过。

徐晨兀自欢喜地转过脸来看我，刚要张嘴对我说什么，猛然恍然大悟："噢，小周，原来李主任在跟你……哈哈，小周你眼光好！李嘉文当年可是瑞安医院的大才子啊，心理科最年轻的副主任！"徐晨使劲给我们锦上添花，唯恐自己不能发挥余热似的。

我不知道"李主任"是谁，我也不认识"李嘉文"，我的男朋友就是一个拿梳子和剪刀的，还喜欢上个论坛什么的，网名"驼鸟哥"，店里的人叫他"比尔"。

眼前的场面让我觉得极其诡异，一瞬间，我的脑海中闪过了无数韩剧的桥段，难道我遭遇了现实版的"失忆男友"，我是否还得庆幸与他热泪相认的不是一个美女，只是一个糟老头？可是，听徐晨的意思，他跟卢天岚好像还有点纠葛，这又是怎么回事，他怎么从来没跟我说起过？

呆立半晌，我愤懑地瞪着比尔。

比尔此刻仿佛已经中弹濒死，失血过多，连说话的力气都没有了。

已经是7月8日凌晨2点14分，送走徐晨，我拷问比尔。

这个时间的病房容不得死缠烂打和长篇大论。比尔坦白，他确实曾经在瑞安医院工作,心理科副主任医师,可是他后来讨厌这个工作了,辞职,改行。至于卢天岚,他12年前认识了她,谈过5年恋爱,后来吵架分手,反正现在就算在大厦里遇见,彼此也不说话。所有的情况就是这样,其实很简单。

卢天岚,我的大老板兼偶像,我无意中成了她的前男友的现任女友,我不知道我该觉得庆幸,还是嫉妒。其实我是情不自禁地感到了自卑,我把自己的五官、头发、身材、穿着、谈吐、气质、品位,跟卢天岚再次一一对照了一遍。我想,难怪比尔连真名也没跟我提起过,跟我这样乖僻幼稚、不修边幅的,他压根就没打算认真恋爱吧。我又忍不住揣测,12年前的卢天岚是什么样子的呢?说不定还没修炼成现在的模样,跟我一样傻乎乎的。没准比尔就喜欢"萝莉"类型的呢?

凌晨3点32分,我还是没有睡着,看时间,手机上的数字晃着我的眼睛。我合上手机,打算继续努力合眼,手机猛地振动起来,屏幕不停地闪动,把黑夜搅动得如同一锅沸水。

"周游,快起来!"是王小山的声音,沙哑,急促,"到我这儿来!凶手抓到了!"

2

就在我接到王小山电话的48分钟前,7月8日凌晨2点44分,比尔离开6病区,下电梯,穿过院子,由后门走出医院,沿着思南路冒雨而行。

夜路上,间或有亮着空车灯的出租车开过,到他身边减慢车速,之后不甘不愿地加油门离开。他两手插在口袋里，脚步踯躅，快走到肇嘉浜路的时候，他忽然加快脚步，在路口挥手拦下一辆出租车，西向直行，到天平路右拐，穿过一个三岔路口，停在华行大厦的门前。

旋转门已经上锁，他从边门进去，拐到魅影发廊的玻璃门前，掏出钥匙，蹲下身，沿着大理石地面摸索到钥匙孔。门开了，他熟练地穿过成排的镜子和发廊椅，在黑暗中脚步飞快，竟没有撞上任何东西。贮藏室里一阵响，搬动什么的声音，少顷，他提着一副金属折叠梯走出来，梯子在幽暗的大堂里闪闪发亮。

他穿过大堂，搭乘右侧的客梯，消失在两扇合拢的金属门后面。底层电梯门口上方的楼层显示灯在跳动着，5、6、7……17、18，停在19层。

跟上他最快的方法是乘坐左侧的客梯。

此时的19楼被光影的游戏分成了两个世界。前台和门厅的背后，朝北的一半，完全沉没在黑暗中，而朝南的一半，被明暗相间的花纹布满，呈放射状，由南及北，沿着走廊逐渐放大，最后被门厅的影子完全截断。这是夜光透过南侧观光梯的栅栏门照进来，在半个楼面的投影。

从左侧的客梯出来，就是踏入了花纹斑斓的这半个世界，一时间，不要说分辨出人影，就连哪里是走廊、哪里是墙都分不清了。这种情况下，梯子比人显眼多了，因为它金属材质的凌厉反光，不锈钢的两片支架已经打开，靠在墙角。比尔正站在梯子的顶端，摆弄着走廊一侧顶端安装的监视器。他用随身的刀子割开监视器后侧的一块胶布，取下了一个东西。

是一面小镜子。

六角形的环形走廊里共有4个监视器，分别安装在东南、东北、西南、西北4个角落里。有人在西南、西北两个监视器的后面各安了一面小镜子。本来如果观光梯在19层经过，只有楼面南侧的人可以看见墙上的"花雨"，判断电梯的到达与离开。楼面整个朝北的一半则被门厅遮挡，完全看不见什么。

但是，只要有这两面角度巧妙的小镜子，南侧墙面上光影的变化就会被反射到门厅的背面，尽管是一个10厘米见方的光斑，那已经足够了。

所以凶手就不再局限于当时在19楼上班的员工，如果有人从货梯上来，站在安全门后面，透过门中间的窄条玻璃窗，就可以看见门厅背面的光斑，知道被害人登上观光梯的确切时间，再沿安全梯到楼顶的电梯控制室。

比尔是在销毁证据的时候被他当场抓获的，王小山这么说。

"不可能！"我在原地转来转去，挥舞着手臂。

比尔坐在分局办公室的一角，神色分外平静地看着我。

我对王小山嚷嚷着："他为什么要杀人？他跟苏亚有什么关系，跟孟玉珍有什么关系，跟新药实验又能有什么关系？他只是一个剪头发的而已……"我强烈的手势并不能加大我说话的力度。事实上，说到这里，我已经感到自己的语气越来越弱。李嘉文，李主任，卢天岚的前男友，今天之前，我了解他多少，现在我又知道多少。

王小山摇头说："你还不知道他是什么人吧？"他递给我一沓资料，比尔黑白复印件的照片赫然在第一页的左上角。

李嘉文，身高179厘米，体重78公斤。1973年6月29日出生。上海第二医科大学医学心理学硕士，中德高级心理治疗师培训项目学员，中国心理卫生协会理事。1997年参加工作，2002年升任瑞安医院心理科副主任，在 2003 年，事业最风生水起的上升期，忽然辞职。我究竟了解他多少，曾经最年轻有为的学界代表，转眼变身成为一家小发廊的发型总监，太荒唐了。

据王小山搜集的资料，李嘉文的猝然引退，跟他学术观点强烈的倾向性有关。

当时学界有一派专家认为，心理治疗应该秉承经典精神分析的原则，他们对新兴的所谓简易疗法和流派持保留态度，更加反对药物治疗，尤其是医生和病人之间基本上毫无沟通的药物治疗。

称他们"古典派"算是一种礼貌的说法了，事实上，学界的大多数专家都在背后讥笑他们是"古董派"。中国的心理治疗似乎一开头，就失却了"古典"的条件。专家门诊一个上午 30 个号，有的还不止这些，医院的营收与医生的奖金以这个计。各个医药公司都有一批自己熟识的主任、副主任直至普通医师，处方上开出越多药，医生个人的药扣就拿得越多。这种状况下，为什么还要耐心听病人诉说什么痛苦，费心去解决他们内心的问题呢？开药，既能体现医生的权威性，又能最有说服力地遣走病人。

也有一些专家会尽可能地对病人做一些心理治疗，仅限于认识疗法、行为疗法这样简易快速的手段。如果每次治疗耗时过长，每个病人的治疗周期过久，不但医生无法生存，恐怕病人都会投诉见效太差太慢，据说体现了这个世界发展步伐的"效率"就是这样要求的。

"古典派"并不如名字听上去那么温文尔雅，这一派人对现实状况提出了许多激进的批判意见,称当前心理学界的方法是"反心理治疗"的。

他们指出，经典精神分析，就像医生循路走进病人心灵的房屋，在里面做客,喝茶、聊天,帮病人收拾房间,通过一段时间的勘查,找到造成房子倾斜的那部分地基,然后和病人一起想办法修缮。地基的问题解决之后,再适当调整房子里的物品摆放、通风和采光,就是一栋让病人觉得宁和舒适的房子了。这将是一个非常需要耐心和意志力的过程,像弗洛伊德治疗伯爵夫人前后花了20几年。

实际上,治愈病人的不是找到朽坏地基的一刹那,而是用心而漫长的过程。修缮好这栋房子的也不是医生,而是病人自己,医生只是一个陪伴者,他必须有专业素质,必须敏锐、温柔、坚忍,他唯一需要付出的是真实的关注和无条件的关怀。也可以这么说,房子之所以变得宁和,其实没有人做了什么,这种可以长久在病人生命中延续下去的宁和,凭借的不过是医生在房子里坐着,坐了很多年,留下了温度。

"古典派"把认知疗法和行为疗法称作"把驯兽的方法用于人类"。确实,多数现代疗法,都是用诸如重复刺激、建立类似条件反射的思维关联、通过训练形成熟练反应等方式,将病人的思维模式和行为模式用一个符合社会规范的模板压制成型,从而达到"有效率"的治疗。

比"驯兽"更糟糕的,就是开处方,用一种或几种抗抑郁药对付成千上万的病人,病人的处境"简直连实验室的老鼠都不如",医生的行为有如"随手向门外撒一把灭鼠灵,听任有的老鼠中毒倒下,有的挣扎数日康复,有的毫无反应"。

从这些主要观点就可以看出,当初"古典派"立场鲜明,言辞犀利,与整个学界呈剑拔弩张的态势。"古典派"人数并不多,但都是业内的精英,李嘉文是其中最年轻的一员。一开始他并不是其中的主要人物,他的资历还完全够不上。后来,高调一时的"古典派"很快瓦解,这也是可预知的结局。

派别的核心人物动机不纯，他们本来就是为了博取业内的关注度，目的达成，医药公司招安的大笔贿赂也收到，他们自然就悄然退出了。另一些跟随的人顶不住外部的压力，同行的讥讽，医院的警告，更重要的是，他们在自己的工作中也没法坚持"古典"的做法，大环境不允许，生存不允许。做不到，哪还有底气去说？

到最后，"古典派"只剩下了李嘉文和另外两个专家，李嘉文倒成了这个派别最激进，也是最坚定的一个。就像潮水退下去，露出了河岸上的石头，事到如今，大家才看见，这个年轻的副主任是真的把"古典派"的观点当作自己的理想来看待，怀抱着改变整个心理治疗现状的愿望，一个太宏伟、太天真、太不切实际的愿望。但是谁能拿走一个年轻人的理想呢？说这就好像劝说一只飞鸟放弃它的翅膀，那么它将不知道该如何停留在天空中了。

李嘉文和卢天岚的爱情开始于1998年，卢天岚到帕罗药业工作的第一年，她应聘了销售部的销售员，勇气满满地一个人来到瑞安医院心理科推销药品，遇见了李嘉文。

卢天岚当年踏进心理科的办公室，其实是一个错误，因为帕罗药业最早代理的一种抗抑郁药，在瑞安医院心理科早有使用，她错跑了别人的辖区。但是2002年5月，她再次来到心理科，则是为了她事业中至关重要的一个业绩。当时，她刚刚被委任为销售部经理，成效待考。这时候，公司恰好新近取得了4种美国药品的中国区代理，给销售部的压力非常大，其中一种就是国外销售状况非常好的抗抑郁药物——"赛洛夫"。

卢天岚打算亲自把"赛洛夫"送进瑞安医院心理科,男朋友是这里的副主任,就算他不出面,别人也会给足面子的,这笔业绩在卢天岚的概念中早已经是装在口袋里了。没想到,别人都给开了绿灯,唯独李嘉文亮红灯,他利用副主任的职位出面反对使用这种药。

非但如此,他还劝说卢天岚放弃目前的工作,他认为医药公司的商业行为是不道德的,把一个小药瓶里的白色片剂的魔力夸耀得无所不能,让病人觉得服用抗抑郁药是理所当然的治疗方式,因此诱发了恶性循环。医生选择了推卸责任的方式——开处方,病人把所有本来需要从他人那里获得的关注寄托在一个瓶子里,困境不得出路的结果是,医药公司持续不断地卖掉越来越多的药。

卢天岚听了这话就更不高兴了。她对李嘉文说,全世界的医药公司又不是我一个人开的,难道我放弃了辛苦得来的职位,这个世界上就没有人卖药了吗?

李嘉文说,一个人没法让全世界听从你,但是至少可以决定自己做什么。

卢天岚回答道,你说得对。你可以决定自己做什么,但是你不可以决定我做什么!我是你的女朋友,并不等于我受你的大脑支配。

卢天岚也对李嘉文说了她的观点。她认为,如今抗抑郁药已经成为像感冒药一样普及的药品,这说明人们开始懂得关注自己内心世界的不适,心理学知识已经越来越普及,这是社会进步的标志。她的事业,把更好更新的药推介到医院,正是为了让病人有更多的选择。让病人能够轻松自如地缓解自己内心的痛苦,这有什么不好的呢?

从经典精神分析,到众多现代简快疗法的出现,更多更好的新药被研制出来，投入市场，这本身就是社会发展的必然，说人类的物质生活更丰富也好，说人类的内心更痛苦也好，总之不可能逆转。如果一个人不能接受他生活在这个时代的事实，怀着完全不切实际的想法，这不仅是幼稚的，而且是危险的，他将失去生存的能力。

她卢天岚，不希望她的男朋友是这样的一个人。一个男人可以没有学识，但是不能没有适应社会的能力。

李嘉文和卢天岚的观点之争持续了大半年，双方都使尽浑身解数，一开始各自充满了说服对方的信心，时间久了就变得急躁，到后来就演变成了一场旷日持久的争吵，争论和争吵的差别是，后者的重点不再是说服，而是打击对方。两个人在一起就好像仇人一样，彼此满怀愤怒，本来以为对方是最亲密的人，会站在自己一边，他们的愤怒就是由此而生的。

在这大半年里，卢天岚大力推广的"赛洛夫"业绩卓著，唯独在瑞安医院始终搁浅，这是除精神卫生中心以外，抑郁症病人流量最大的一个点，如果拿不下来，就是卢天岚这个销售部经理最大的失职。

业内传说，当时面临这样的状况，卢天岚不得不下狠手，凭借帕罗药业的实力，买通瑞安医院的领导和学界权威，设法逼走李嘉文。2003年4月初，李嘉文辞职一周后，"赛洛夫"立刻成为瑞安医院心理科的处方上出现频率最高的抗抑郁药。然而这么一来，李嘉文的职业前途就算是全毁了。

卢天岚当年曾经说："真正爱我的人，就算我杀了人，他都应该毫不犹豫地站在我这一边，更不用说我们只是在工作上观点有分歧而已。他明明是我男朋友，还故意反对我，这是对我最大的羞辱。我要是跟他继续过下去，我的颜面往哪里搁？"

李嘉文辞职以后，两个人就分手了。或者说，真的从此由恋人变成了仇人。

本来大家以为，李嘉文会接受哪家民营医院的聘任。可是2005年，李嘉文居然出现在魅影发廊，变成了一个使剪刀的发型师。没有人知道他为什么要选择这样的工作，发廊在华行大厦底层，和帕罗药业是同一幢办公楼，所以又有人猜测，他是打算伺机找卢天岚报仇。

更何况，他不仅是一个发型师。2003年以后，他依然活跃在各大心理学专业论坛上，宣扬他"古典派"的理想，到处发布"反对用药品代替心理治疗"的激烈观点。他依旧在专业刊物上发表文章，水准不输当前的权威，看得出，他没有停止过研读国外的最新资料。他更多了一项职业，给报纸写专栏，通过这个途径直接向大众传播他的理念。

业内的人渐渐明白，他不再做医生，是出于对这个行业的失望，然而这不代表他会放弃自己的努力，正如他当年所说的，"一个人没法让全世界听从你，但是至少可以决定自己做什么"。

也许他做了更多人们远远想不到的努力，在暗处。

从2002年开始，帕罗药业快速膨胀，到2003年，已经通过代理销售积累了雄厚的实力，开始考虑介入研发领域。至2005年，帕罗药业已经成为医药行业市值最高的民营企业之一，并且初步形成了集研发、生产、销售和代理于一体的格局。尤其是同年，帕罗药业挖来了复旦大学青年学者孟雨，在张江高科技园区成立了帕罗生物医学研究有限公司，首个立项的课题就是一种据说"具有颠覆意义"的抗抑郁药——"爱得康"。

帕罗药业宣布这个新闻是在10月，事实上，这个消息9月就在业内传开了。

李嘉文是为"爱得康"而来的，在华行大厦底楼，每天拿着梳子和剪刀，透过落地玻璃幕墙默默观察和等待。他甚至可以随时从边门绕到安全通道，乘货梯来到任何一个楼层，属于帕罗药业的4楼、5楼、6楼、7楼和19楼，站在安全门后面，观察和聆听这里发生的一切。

如果他站在19楼的安全通道里，连着吸烟区，跟卢天岚的办公室1913仅一墙之隔，听得到里面的说话声。如果需要，他还可以通过后门直接走进她的办公室。安全通道也与总裁办公室1911与会议室1912相连。他在那里无声无息地站了整整5年，每天2小时或3小时，就在离我30米之遥的地方。

"每个怀抱理想的人，都是一个潜在的恐怖分子。"王小山说，这是他身为警察的经验之谈。李嘉文必须阻止"爱得康"，这种还没研制成功就到处宣传、夸夸其谈的药品，一旦投入市场，就会被贪婪的商人和医生卖给数不胜数的病人，使更多的人成为药瓶里的囚徒。李嘉文的职责还不限于此，他还要最大程度地让人们关注这个事件，警醒他们对药品的热衷和对周围人的冷漠，所以他设计了一个"苏亚"的幽灵，一个连环杀手。他正是想用这种方式来战胜卢天岚，在7年之后，他在告诉她，他依然没有放弃与她的战斗。

3

曾经有很长一段时间，我每天夜里在论坛上等候凶手的动静，比尔

MSN的头像亮着"有空"的绿灯，孤零零地悬在名单上，彻夜不熄，等着我随时跟他说话。

我问他在做什么。他说："你监视凶手，我监视你。"

现在想来，当时的场面多么可笑，我在论坛上找寻他的踪迹，他则在MSN上等候着我告诉他最新发现。我和凶手相互监视，通过电脑屏幕面面相觑，没有第三个人。

比尔监视了帕罗药业整整5年，悄然进出各层办公室，弄到一份实验名单是完全不成问题的。他打算选择1个、2个还是3个受害者呢，谁知道，对于这样胸怀大志的恐怖分子而言，为了指出时代进程的错误，几条人命实在算不了什么。

"驼鸟哥"是论坛有名的热心先生，他有可能早就认识了论坛的一大批人。他上这个论坛，根本不是因为他自己觉得寂寞，而是因为他觉得"就是想让你知道"这个名字的论坛里断不会缺少抑郁症患者，他一开始就是为了获取研究对象而来的，他的论文需要病例。所以他只跟别人的帖子，关心别人的事情，而自己从来不发帖。

令比尔惊喜的是，他发现实验名单上有好几个病人都是论坛上的成员，是他锁定的研究对象。比如说苏亚，"驼鸟哥"知道她就是"糖糖"，他们在前些年就开始在网上聊天，还见过几次面，彼此发展到以真实姓名结交。也许"驼鸟哥"早就告诉过苏亚，他是一个心理医生，还为她做过几次义务咨询，这让苏亚对这个朋友增添了更多信任和依赖，也为他制造自杀现场提供了足够的条件。

任锦然的自杀几乎是送上门来的，既然是想制造更瞩目的混乱，把这个事件加入连环杀手的"功绩"中，倒是恰好。所以凶手的这个帖子不是发表于6月1日或6月2日,而是发表在6月14日帕罗药业得到消息以后,其实他也是在那时候才获悉。

他设计的这一连串事件都围绕帕罗药业展开。身在这幢大厦里,他当然要充分利用这个地理优势。他发现观光电梯是一个好道具,即便是躲在安全门后面,也可以掌握电梯起落的时间,只要在监视器背后装上两面小镜子,调到合适的角度。更重要的是,他锁定了何樱成为他的下一个被害人。他从我这儿得知,整个19楼,只有我与何樱会乘坐观光梯。

何樱是卢天岚工作上的得力助手,更是她的闺蜜。她要是受伤休息一段时间,卢天岚就更忙了。他不会直接对卢天岚下手,他是想要让卢天岚不断遭受压力,意志力逐渐瓦解,直至在事业上彻底认输。

6月22日下午1点30分,他照例站在19楼的安全通道里,背靠着墙,这里光线暗淡、细尘飞扬,他闭目静听,在心里勾画着墙壁那头的景象。

会议室里,卢天岚正在听取一个老妇人的投诉,关于何樱故意上网发帖,损毁她婆婆的名声,诸如此类。听得出,卢天岚非常不耐烦,打断了对方几次,但是抱怨还在没完没了地继续。1点50分,会议室的分机电话响了,卢天岚接起电话。

"什么,合同少了一份?不可能吧,中午我还亲自看过的。你在6楼吗?别上来了,我脱不开身……我现在正接待一个客人,你打个电话给何樱,让她赶紧到你那儿去一次,确定是少了哪份合同。"

比尔做了一个深呼吸,嘴角露出一丝笑意,昨天刚装好镜子,今天就能用上了。他估计,5分钟之内,何樱就会走出1906,穿过走廊,来到门厅,按下观光梯的下行键。10分钟之内,他就能在门厅背后的墙壁上看见光斑的闪动。第一次闪动数次,停止,是厢体来到了19楼,停层,开门。第二次闪动,则是厢体开始下行,何樱已经在电梯里缓缓下降了。

在此期间,他还听到墙壁那边发生了一系列动静。

先是会议室里,卢天岚说:"你先坐一会儿,我去隔壁找一下,看桌上有没有落下那份合同。"他往安全梯的方向紧走几步,避身阴影中。幸而如此,他看见卢天岚从会议室的后门出来,穿过他方才偷听的位置,回到她1913的办公室,带上门。

他不敢回到原来的位置,怕卢天岚很快又经过这里返回会议室。不过安全梯这边刚好正对安全门的窄长玻璃窗,可以清晰地看到那个10厘米见方的光斑。

就这样,他准确地看到了观光梯到达与离开的光影提示,却错过了重要的声音。卢天岚走出会议室之后,老妇人的手机也立刻响了。

"我在你们公司总部啊,对,华行大厦,在19楼的会议室呢,你们卢总亲自接待我的,她现在有事走开一会儿……好啦,好啦,我现在就下楼,真是的!你发这么大火干什么?我是你的妈呀!"然后是老妇人离开会议室的脚步声,穿过走廊,也来到门厅。1点59分,她与何樱同时站在观光梯前,一起看着电梯上方的显示灯,15层、16层、17层。

比尔关闭电闸之后,乘货梯下楼,若无其事地从边门出来,冒着细雨从旋转门走进大堂,回到发廊里,顺便拨开客人挑染的锡纸,看了一眼,合上,告诉助手用加热器烘5分钟以后叫他,然后懒洋洋地走进休息间,装作要睡一会儿的样子。他也确实有点累了。

他听到外面吵吵嚷嚷,发廊里的客人和发型师陆续跑出去看热闹,有人在大堂里惊叫,更多人大声说话,震得空气嗡嗡作响。旋转门不停地转动,警车和救护车停在门口,顶灯把这一片雨幕染成奇异的颜色。

他正想打开上网本发帖,尽责的助手来叫他,客人染发加热的时间到了。他从休息室走出来的时候,正好遇到我走进来歇脚,一口气走下19楼把我累坏了。我抢过他的上网本,查看论坛上有没有凶手最新的发帖。当然没有,凶手还没来得及。他当时正站在我背后,一只手帅气地转动着剪刀,另一只手捻着我卷曲干枯的发梢,问我:"小姐,要不要我捎带帮你修一修?"

"唉,我可付不起240元。"我合起上网本,还给他,心里惦记着下午4点眼科事业部的会议,所以很快离开发廊,徒步登楼回到办公室。可是比尔暂时也没有时间上网了,助手带着客人回到座位上,洗干净的头发用毛巾擦干,梳顺,系妥理发围布。

比尔一边舞动剪刀,一边听到背后几个发型师正在议论:"不是摔死的,是心脏病发……老太太也真是怪可怜的,这么大年纪了,结果死在电梯里。"

修剪发尾的顺序忽然乱了,客人直起脖子,似乎她也察觉到了比尔的走神。比尔在镜子里对她笑笑,取下她头顶分缝的夹子,重新梳顺,找到修剪的分界线。这一刻,他其实已经想到了解决这个错乱的方法,虽然他不知道这个错误是怎么发生的。显然,观光梯里的人不是受伤,而是死了,这倒是无碍大局,只是何樱又是什么时候被换成一个老太太的呢?这个老太太是谁,至少要让她看起来是凶手早已选定的目标。一个凶手的威信有时候比一个警察的更重要。

关上吹风机,梳妥发型,解下客人脖子上的围布,帮她摘掉领子上最后两根碎发,比尔扭回头,不紧不慢地问:"那个死掉的人是谁啊?"

于是在大家八卦的热情中,他得到了非常详尽的答案。

3点41分,他用"苏亚"的ID发出了与电梯谋杀案对应的帖子。幸亏有论坛前些天的人肉搜索,他核对了"孟玉珍"这三个字,没有打错被害人的姓名。可是,也许就是在处理意外情况的时候,他忽略了使用国外服务器的这回事,不慎泄露了真实的IP地址。也很可能不是,他足够镇定,这是故意的,这个IP地址是他故意留给我看的。

我一直不愿意去猜想,在他陪伴着我,和我一起寻找线索、分析案情、逐渐接近真相的过程中,他究竟怀着一种怎样的心态?他饶有兴趣地看着我胡乱摸索,暗自发笑,他巧妙地把我引向错误的方向,然后默不作声地看着我在歧途越走越远。有时候,他又会故意透露一些重要的线索,指引我看见,就像是逗弄我。

他曾经对我说过:"凶手发了这些帖子,就是故意想让我们知道……所以线索断了没关系,很快,凶手就会故意让你知道更多的。"

这就好像一场捉迷藏的游戏,侦探捉凶手,侦探被蒙着眼睛,凶手则笑眯眯地看着他。一开始也许有趣,渐渐地,凶手就厌倦了这种胜券在握的处境,寂寞,寂寞到谈不上游戏的乐趣了,所以他想要给自己增加难度。

他需要危险,正如我喜欢那种在高架上飞车到140迈,随时会撞上什么粉身碎骨的感觉。现在,我就是他手中不断靠近自己脖颈的利刃,他希望近一些,再近一些,令他感到一种真实的恐惧,像一场侦探和连环凶手之间真正致命的追与逃,这才能让他觉得,他的存在显赫而色彩鲜明。他已经"隐身"了太长时间,在MSN上,在大厦底楼的发廊,在这个几乎遗忘了"李嘉文"的世界里。

当然,他需要的只是危险的体验,他并没有打算自杀。

6月24日清晨5点32分，晨光初现。我亲自测量观光梯的运行速度，比尔在19楼等我。当电梯再次升上19楼，将要停稳的一刹那，我看见有个光点在墙壁上方一闪而逝，一滴飘进来的雨，还是一只萤火虫，抑或，正是其中一面小镜子的反光。这一刻，站在电梯外面的比尔看见了我惊疑的表情，我的眼睛，黑色的瞳孔里，那个光点倏然划过，这一道弧线在背光的暗处令他看得尤为清晰，仿佛一道能击破谎言的闪电，仿佛那道闪电经过了几次反射，刚好最终击中了他，让他周身掠过一阵近乎瘫痪的战栗。

只持续了5秒，他就恢复了对身体的控制权，这仰仗于他一贯的镇静自若，好在光线也足够黯淡。15秒之后，他迎面而来，环住了正要前去查看究竟的我，胸膛贴着我的脸颊，手掌暖着我的脊背，球鞋刷一样的胡子扎着我的额头。

那个早晨，他坚持要为我吹干潮湿的头发。在无人的发廊里，唯一的灯光照着我的脸，他在光的阴影中打量镜子里的我，端详不出我心中究竟知道了几分。他将我的头发吹得笔直光亮宛如一匹丝缎，我不知道这是出于他的焦虑，还是内疚，内疚他放下吹风机后的下一分钟，就要开始尽一切努力让我从此沉默。

他知道我有和他一样的嗜好，热爱危险，我喜欢在高架上开快车，而且，每周至少有两三次公事外出。

早晨8点51分，我坐在1906的窗前，在难得放晴的干燥空气中眺望天空，等待上班时间的到来。这个时候，比尔已经来到最近的药店，买了两瓶眼药水，泪然，是他见我从挎包里经常掏出来用的，托吡卡胺，是李嘉文医生为我开的处方。

10点3分，发廊刚开门营业，助手擦窗拖地，发型师急匆匆地三两到达，还没有一个客人。透过玻璃幕墙，比尔看见我来到停车场，正在一扇扇摇下车窗，这恰好给了他时间从边门绕到停车场的栅栏门外。就在我坐进驾驶室，第一次滴眼药水的时候，他已经无声无息地关闭了两扇栅栏门，在左右两根门轴里各插了一根树枝。

10点17分，王小山把我从撞毁的三菱SUV里抱出来，我满头鲜血，双眼模糊。

比尔的第一个客人推门进来，坐在发廊椅上，对他露出甜美的笑容。她也许是一个翻译公司的口译员，今天下午要参加法国领事馆的一个酒会。比尔用梳子展开她的长发，另一只手由发根拢起直至发梢，旋转举高，对着镜子尝试哪种盘发更适合她的脸型。

他心情轻快，创意联翩，他相信危险已经在无限接近他的一刹那，反身远去，就算我猜出了端倪，也没有时间再证实了。这正是他喜欢的游戏结局。

下午1点50分，手机响了，比尔颇为沮丧地看到，屏幕上是我的来电显示。

"老驼鸟，我出车祸了……你又瞎说，不是我开快车，是有人换掉了我的眼药水瓶子，谋杀，唉，一时说不清，晚些网上再说……嗯，没事，就额头破了一点，还要观察，可能要拖到晚上。"

深夜11点17分，王小山护送我由医院回家，遇见比尔坐在3楼的台阶上等我。其实，是我选择了凶手成为我的保护人。从那时起，他就几乎与我寸步不离了。

6月27日星期天的中午，太阳出来了一小会儿，比尔带着我穿过院子,来到对面的清迈皇室泰厨,那幢有美丽穹顶的犹太式的建筑。我们穿着短裤和凉鞋,晒着太阳,午餐颇为丰盛,有青木瓜色拉、黄咖喱膏蟹配米饭,还有椰汁嫩鸡汤。11点55分,我们还加了两份甜点红宝石,当我们咀嚼着糯而脆的甜蜜颗粒时,窗前的莲花上绽开了一颗颗晶莹细密的水珠,雨来了。

12点10分,我们冒着小雨回到301。比尔提议了一个制订戒除药瘾的计划。他让我把这套房子里所有的散利痛搜罗出来,过期的扔掉,剩下的,带着铝箔包装一片片剪开,分装在限制用量的小瓶子里。当然我的家里不可能有那么多药瓶,他说他待会儿出去给我买。

12点32分,他套上那件迷彩花纹的防雨薄外套,在小雨中出门。他找到了最近的一家网吧,登录无涯网,点击黑天使图标,于是"苏亚"再次现身。

第5号,周游。
明天。

发帖时间是12点50分。

凶手没有选择在"冬菇"的帖子后面发布谋杀公告,而是特意挑选了"胡桃公子"的帖子,我唯一一次使用"周游"ID的那一次,他这是为了故意显得跟我不熟悉,把自己排除到知道我就是"冬菇"的名单之外。

1点20分,他提着屈臣氏的大口袋回来了,满满一口袋塑料小药瓶,粉彩瓶盖,半透明的乳白色瓶身。他给每个瓶子贴纸,编号,写上日期,"2010年7月4日以后""2010年7月11日以后""2010年7月18日以后"……好像我还有很多的"以后",好像我们还有很多的"以后"。

他对我说:"咱们以后不破案了好不好?平平安安的,别掺和这些乱七八糟的事情了,好不好?"

他为什么忽然对我说这些呢?难道是他曾经对我心软?如果我当时答应了他,他会不会放弃6月28日的计划呢?可是帖子已经发出去了,6月28日的我,已经被凶手预订,如果他中途变卦,凶手的威信岂不是毁于一旦?

接下来,他一个人剪药片,一个人装妥了关于"以后"的瓶子。他把所有的瓶子用袋子装了,提到客厅去。他隔着墙壁对我说:"我给你放在抽屉里了,记得按日期的规定吃。"然后他就离开了我的房子,我打开电脑,看见了凶手4个小时前对我的判决。

比尔早就设想好了一切,他不打算当面杀死我,不是下不了手,而是因为王小山已经知道了我们的亲密关系,一旦我和苏亚以同样的方式死去,他将成为第一嫌疑人。他决定再次利用观光梯,本来,安装那些镜子就不是只为了何樱,这个装置可以方便他将来在大楼里制造一系列混乱,而且安装的当初,他就想到了我,总有一天,我会成为他的威胁,这是侦探和凶手之间的宿命。

发廊总是大楼里最后一个结束营业的地方,有无数次,他看着断电后的电梯沉入地下室。我是一个幽闭恐惧症患者,所以我只敢乘坐观光梯,但观光梯并不会在任何时候都提供一个敞开的空间,当它停泊在地下室,它会比任何四面封闭的电梯更可怕。

他是心理医生,他知道在心理上谋杀一个人,比谋杀他的肉体更容易,也更有效。

他等了几天，特意等到周一，他知道"苏亚"的预告是有绝对把握的，周一我总是不断地上楼下楼，忙个不停。

6月28日上午9点10分，每周一的公司例会，早在5年前，这个会议就多了一个隐身的听众。比尔总是在这个时候出现在4楼的安全通道里，将扩音器贴在古老的砖墙上，戴上耳机，席地而坐，这可以让他听得更舒服，反正这个时间大家都在会议室里，也不会有人进出这个区域。

10点15分，散会。比尔收起耳机，他已经得到了足够多的消息。比如，当天下午还将开会讨论如何处理徐晨偷换药品的事件，我一定会参加，地点还是在4楼。

上午11点9分，他在MSN上主动向我道歉示好，我们开始缠绵地聊天，几乎一直没有中断过。现在回想才觉得反常，他从来没有在白天跟我聊过这么长时间。他还问我有没有摄像头可以视频聊天，说什么"我就是想每时每刻看着你，放心一点"，他恨不得能看见我走出办公室，走进观光梯。事实上，他看到了。

那天他史无前例地说了很多甜言蜜语，他的对话框不停地闪动，这就让我再忙，也会不时地回复他，如果我下楼开会，就一定会告诉他。

下午1点59分，我接到孟雨打来的电话："卢总让你动作快点，她马上就到。我正叫人开一间小会议室出来，404或者406。"

我在MSN上告诉比尔："我要去4楼开会了，你等我下班。"

"好的。自己当心点。"他敲了两行，还在第三行献了一朵"玫瑰花"的图案。当我走到门口，对话框还在继续闪动，他故意不断地跟我说话，以确定我是真正离开电脑了。他一边用上网本打字，一边绕到大堂北侧，

283

乘坐货梯飞快地抵达19楼。或者,那时候他早已坐在19楼安全楼梯的台阶上,手捧上网本,就像他坐在我家3楼的台阶上那样。

我怀疑他午饭以后就一直坐在那里,就在离我30米的近处,伺机而动,专等着我下楼开会的消息。所以他才有那么多闲工夫不停地跟我网聊,如果他在发廊里,客人和助手哪能由着他这般清闲。

由此看来,他真应该被评为本世纪最有耐心,最尽心尽力,刻苦耐劳,当然也是最有远大理想的连环凶手。

我的最终推理讲完了。现在已经是7月8日清晨5点10分,分局办公室的化纤地毯散发着清洁剂的气味,雨下了整夜,几乎已经让人习惯了窗外的淅沥声,天空浓云低垂,还不见晨光。办公室只剩下王小山、比尔和我三个人,值班的人都打盹去了。

我对比尔说:"现在轮到你讲了,你来告诉我们,刚才我们的推理都是错的。"

第十五章

1

7月9日上午9点20分,我提前拿到了出院小结和账单。10点45分,我背着手提电脑和为数不多的杂物,回到了茂名路的301。

我懒得把行李打开来,先取出电脑上网。

何樱姐在MSN上对我说,苏亚的父母状告帕罗药业"爱得康"实验致病人自杀一案,将在11天以后,也就是7月20日周二开庭。当初原告在任锦然的自杀案发生后,推迟了开庭的时间,以为能搜集到对他们更有利的证据,可是这一会儿,他们似乎又后悔没有早点把官司结束了。因为苏亚的案子从自杀变成了谋杀,这等于丢掉了所有的赢面,还不如撤诉,省下一笔诉讼费。当然他们也不甘心撤诉。

何樱姐对苏怀远和齐秀珍颇有微词,她说这对老夫妇"很奇怪"。

一开始坚持女儿没有任何自杀理由的是他们,听起来似乎唯一的理由就是参加了"爱得康"的实验,是被这药给毒死的。结果警察进一步调查,发现果真不是自杀,是谋杀,他们又不乐意了,支使律师给法院提供了一大堆证据，什么严重抑郁啦、工作压力太大、感情生活不顺利等，硬要证明他们的女儿是自杀的。

他们当初起诉帕罗药业，不是口口声声说是为了给女儿"讨回公道"吗？居然现在连杀死女儿的凶手也没兴趣追究了，显然，关心的只是从官司里得到一大笔赔偿金而已，难道他们就是这样为苏亚"讨回公道"的吗？

何樱为此抱怨了好几天，其实归根结底，是她觉得自己一个多月前的同情心白白浪费了。于是我少不得夸她善良、夸她单纯，再假装责备她"实在太天真"，让她的气顺过来。

现在看来，"爱得康"前方的阻碍已经彻底被扫清了。既然实验药品都被徐晨换成了安慰剂，那么参加实验的病人自杀，"药品组"和"安慰剂组"的评估数据不分伯仲，这些都不成为问题了。"爱得康"大可以重新开始第三期实验，就算药效不逮也可以在技巧上早作安排，比如说，让评估医师给病人一点暗示，安慰剂都能这么奏效，暗示的效果更是不容小觑。何樱说，这是卢天岚的原话。

然而，这只是理论上的局面。在现实中，我住院期间，卢天岚亲自出面跟瑞安医院接触了几次，院方说什么也不愿再接"爱得康"的实验。

卢天岚不得不联络另外几家三级甲等医院，两三天内大约谈了四五家，都是她当销售部经理的时候培养起来的老关系，许多年了，私底下的金钱往来也不少。得到的回复都是婉拒，明里暗里给再多钱也不成。

原因很简单，一种药，开始实验不到两个月，参加实验的病人死了两个，临床药理中心的主任被撤职查办，连医药公司本部的电梯都掉下来两次，还出了一个车祸，把一辆三菱SUV撞成了烂橘子，虽说这些倒霉事在理论上跟"爱得康"都没关系,甚至,"爱得康"还在两个大药瓶里一颗未动。但是,谁能说真的没有关系呢,就像谁能说安慰剂真的没有药效,哪种药品真的有某种确实的效果呢,人们能了解多少?

如果哪家有胆量把这个实验接下来,这一回,莲红色的小药丸真的从药瓶里被拿出来,散发给病人,还会发生什么更邪门的事情呢?

估计这些天何樱一个人待在办公室里,没人八卦,憋坏了,就把嘴上的唠叨换成了网聊的热情,从我昏迷醒来到出院,前后才8天半,她的打字速度就快了好多。

7月9日是星期五,她跟我聊了一通之后,又搬出了老一套。她让我刚出院不要操心去想工作上的事,双休在家好好休息,周一要是觉得精神还不好,再休息几天也没关系,干脆养好了再来上班,反正,有她呢。

说实话,我待不住。

我问:"要不要我下午就过来?"

何樱回:"你别毁坏我形象好不好?刚出院就来上班,不知道的,还以为我虐待你呢。"又说:"你实在想来,就周一吧,不用赶早上打卡,晚点来就行。"她就是这个毛病,心里想,嘴上客气。

我待不住是真的。我想起还没吃午饭,可是我一点也不饿,我只是觉得这房间让我胸口发闷,周身僵硬,把门窗再开大都不行。难道是我的幽闭恐惧症加重了?

我摇摇晃晃地下楼,走出弄堂,拐进7-11。我从冷藏柜前面走过,绕过洗发水和纸巾,来到饼干零食的货架前,找到了整整两排简装方便面。我蹲在那里,轻轻触摸塑料袋底下的干面,它们就像一副副细小的骨骼。我花了整整20分钟,无声无息地把它们一包接一包捏得粉身碎骨,

287

一寸完整的都没有留下。

我拖着麻木的腿走出7-11,显得更加一瘸一拐,并且漫无目的。大约走出四五站地,途经两个全家超市、一个联华、一个罗森,还有一个家乐福。我默默地走进去,默默地把所有的袋装方便面都捏成粉末,尽责尽力,一丝不苟,再默默地走出来,没有人发觉。

比尔没有反驳我的推理,那个黢黑的清晨,他甚至还对我笑了笑,说:"我就说嘛,你这个小脑袋还不算太糟糕。"

但是接下来,他还是对我说了很多话,这个婆婆妈妈的家伙,我就知道,他被抓走之前一定会嘱咐我一番。他说:"有件事我一定要告诉你,不说以后就没机会了,所以你这一次不可以不愿听……是关于'柠檬'。"

2007年平安夜之后,比尔曾代替我去见"柠檬",把"柠檬"当年留在我这里的《环境资源保护法》还给他。这只需要5分钟,结果"柠檬"主动留他在张江的意利咖啡馆小坐,与他聊了许多。

"柠檬"说起了校园毛主席像前最大的那片草坪,我总爱在那里睡午觉。他喜欢端详我熟睡的样子,睡着的时候,怎么看着我,都不会觉得不自然,所以他就贪心地看了个够。醒来时,我们打打闹闹,好像谁多看了谁一眼,谁就落了下风似的。

他说,我连睡觉的时候都爱皱眉头,他很想知道我心里究竟有什么烦恼,可是当我醒来,我们总是说一些无足轻重的俏皮话,好像快乐得没有明天。

他总觉得我是一个不甘平凡的女孩,对未来的抱负也许大过了他这个男人。他不过是想将来有一份稳定的职业,实际的生活,不想跟人争争斗斗,这样的想法,他觉得羞于告诉我。将近毕业,大家都向往着恒隆和金茂大厦的外资律所，他选择了浦东软件园法务部的工作，像是自我放逐到了张江这样的荒郊野外。

说实话，他没有把握，我会不会愿意从此跟着他过平淡的生活，买菜做饭了结一生，不过他还是打算试一试。毕业前，他在谢瑞麟选了一枚戒指。

退掉宿舍的那一天，他送我回茂名路，一路动荡忙乱，他觉得还没到开口的时候，看见我面色凝重，始终一声不吭，他忽然觉得是不是我已经决定了分手。两个人沉默着，直到帮我把行李箱提上3楼，他站在门口，满头大汗，有些紧张地摸了摸牛仔裤口袋里的小盒子，却发现手机不见了，好在一回头就看见是掉在楼梯上，3楼和2楼的转弯处。他反身去捡，还没走到手机边，就听见背后一声轻响，301的门已经关上了。

他在楼梯上站了很久，可是我背靠着门蹲在地上哭，完全不知道。他想，这就是我的决定了，这也好，省却了他的尴尬。

这以后，有成百上千次，他在手机上看着我的名字，只是看着，看得发呆，这个号码却好像永远也拨不出去了。到入冬的时候，他终于鼓起勇气按下了通话键，他已经事先想好了借口，他想这样可以自然一些，否则，说什么好呢？说想你吗，说不想就这样分手吗？

他听到了我的声音，那个"喂"字听上去有些奇怪。他说想让我帮他找找那本《环境资源保护法》，可能放在我的行李里了。然后他听见我说重感冒了，不想被打扰的样子，电话就挂了，留给他一片空空如也的寂静，就好像这手机忽然变成了一块废铁。他依然举着手机，对着那片寂静聆听了很久，然后，他用自己都觉得陌生的语调对着手机说："小游，嫁给我吧，我们以后都不要再分开了。"

比尔说:"那枚戒指,他还一直留着呢,不过他让我一定不要告诉你。"说完这些话,比尔就被王小山带去别的房间了。天边渐渐泛出一片青白,雨丝在晨光里现出丝缎般的光泽。我看着窗外的雨,努力看着雨,可还是眼泪流了满脸。

这算什么意思嘛!拿"柠檬"出来说事,孔融让梨似的,最后把我托付给了另一个人,你就可以心安理得了吗,老驼鸟?

我试着去回想"柠檬",他的一切一切依然那么清晰而心痛,可是直到此刻我才发觉,其实我已经没法想象如何再和他一起生活。我爱的只是回忆中的他,也许我爱的只是属于我的回忆,我当时的感受种种,而现实中的那个人,对我来说已经变得陌生。

如果现在全世界的人中,要我选一个手拉手逛街、面对面吃饭、在黑夜中说话,我还是只会选比尔。即使他是杀人凶手也没关系,即使他曾经想要杀死的人是我。很奇怪,对于这一切,我气愤,我委屈,但是这并不影响我想要时刻有他陪伴的愿望。难道决定一个人意愿的是假象的总和,而事实对大脑竟然毫无用处?

事后我对王小山发火,我问他为什么明明知道比尔是凶手,却不早点告诉我。

王小山说,他之前也不知道。

他安排我住院,就是为了方便于监视往来我身边的人,找出凶手。因为他确信凶手一次、两次没成功,一定会伺机再对我下手。所以王小山不是监视比尔一个人,他观察了前来探望我的每一个人。本来每天凌晨,等比尔把我送回病房,王小山也照例下班回去睡了,可是那天凌晨,比尔走出来以后的反应有点古怪,于是他就一直跟着他,没想到刚好看到了比尔毁灭证据的一幕。

终于结案了。我没有胜利的喜悦。

我混迹在一个又一个超市中，周末的超市物资丰富，等待着双休过来采购的家庭，也许天黑以后，下班的夫妻和情侣就会一批批拥进来，推车上载满生活用品。我害怕遇到这样的场面，可是我无处可去。

在我细细捏碎了第100袋方便面以后，我决定回家。我走出超市的大门，夜空晴朗，竟然零星有一两颗星辰远远跟随着我，我这才想起今天下午游走在街上，没有淋到过一滴雨，竟然是阳光灿烂，不知从哪一刻开始，上海的雨季已经过去了。

这陌生晴朗的夜色让我迷失了归途的方向，我在这个城市里绕了好大一个圈子，到处都是相同的高楼大厦和汽车尾气的味道。我两腿酸胀，腰背难支，指关节被折断一般，这是谋杀了100袋方便面的代价。我的半个脑袋疼得像要炸裂开来，鼻腔干燥，每一寸骨骼都在疼痛。

我撑着扶栏，把身体半拖半拽地弄上3楼。我从牛奶箱里拿出钥匙打开房门，跨进客厅，照例伸手到桌上摸散利痛，没摸到，借着对面酒吧的微光找了一遍，还是没有。

我忽然想起了这些药片的去向，低骂一声，多年来第一次打开客厅的灯。

我在客厅的抽屉里找到了数十只小药瓶。拿起一只，瓶子上写着"2010年8月15日以后"，又拿起一只，写着"2010年10月10日以后"。比尔的笔迹，他故意写得很端正，为了让我看清。

我撒气般拧开这两只瓶子，倒出4个铝箔方块，剥开药片，打开自来水龙头，把4片散利痛一并吞了下去。冷水冲刷着我的脸，浸湿我的发鬓，顺着脖颈流到我的背心里。我在流水里笑出声来，笑我们这些可怜的囚徒，被装在"今天"的小瓶子里，还时常谈论以后来安慰别人，回忆过去来安慰自己，好像我们能知晓和把握的世界真的有多大似的。

2

周五我还发愁怎么一个人度过双休，到了周一的早上，我忽然发现自己出不了门了。

我在 MSN 上跟何樱姐说："我能不能申请用年假啊？"

何樱似乎很失望，停顿了半晌，还是回答我说："没关系，要是还觉得不舒服，我就帮你再请几天病假吧。反正你本来也说住院要住到这周末的。"然后她还是忍不住问我："那么，你打算哪天来？"

我不知道，我真的不知道。

"最晚下周一，你一定要来上班了。"何樱向我宣布，她这个老好人还找了个借口，"下周二开庭，这个案子你出了这么多力，法庭上很多情况还要靠你陈述。你周一来复习一下材料，周二正好跟我一起去。"其实我知道，工作何止这一件。

可是我没有办法，我的精神好像一下子瘫痪了，不要说走出门去，就在 MSN 上多打几个字都困难。我像一个失事的船员，抱着一条细小的木板漂浮在绝望的汪洋中，只剩最后一点气力勉强不让自己沉下去，这已经让我觉得艰难异常。

凭着在医药公司的耳濡目染，我意识到，我恐怕是得了抑郁症。

7月13日周二，我睁着眼睛看着天边一点点亮起来。几个小时后，明晃晃的阳光照得我几乎窒息，我茫然得像一滴即将被晒干的水。我什么都不想做，除了一个念头，一个疯狂的念头，我想逃离这个世界，立刻。我只需要一把刀片，5厘米见方，纸一样薄的刀刃。1秒钟之后，我就解脱了。

最无助的一刹那，我忽然想起了那两大瓶"爱得康"。我还没来得及把它们交到公司，6月27日傍晚，在论坛上看见了凶手对我的"判决"之后，我就把它们放到了卧室写字台的下柜里，放到柜子的最深处，外面还塞了一件毛衣作掩护。如果它们还没被比尔发现的话。

我摸到了瓶子冰凉的外壁。

我想起徐晨把它们交给我时，曾经说："都在这里了，每瓶840颗药丸，一颗都没有少，不信你点点……也没有掺安慰剂，不信你还可以尝尝。"

我把两个瓶子从柜子里挖出来。我拿起一瓶，拧开瓶盖，它们拥挤着，像一堆细小的宝石，在阳光下散发着近乎妖冶的光亮。我拈起一颗莲红色的药丸凑近唇边，闻到了甜酒酿的气味，小时候妈妈亲手做的酒酿小丸子，还夹杂着以前上海旧城街头时常飘浮的香气，我细细回想，是家家户户天井里的白兰花在夜晚散发的气息。

7月7日夜晚，在病房里，我曾经问过孟雨："你真的没有自己试过这种药吗？"

孟雨答："可能是我还缺少献身科学的勇气吧。这种药就算在10个人类身上不起作用，并不等于它在第11个人类身上也不起作用，就算当时不起作用，也并不等于1年以后、5年以后不起作用。再说了，这10个志愿者表面没有显示出变化，并不等于他们的内心没有变化。"

当清晨再次来临的时候，我抓着两个药瓶，蹒跚着走到卫生间里，把药丸倒进了抽水马桶，按下了抽水键。

7月15日周四上午11点20分，有人从床上拖起我，拍打着我的面颊。

是王小山，他从牛奶箱里找到了钥匙，打开房门。他对着我大喊大叫："给你打了这么多电话你也不接，你到底在搞什么？"他逼着我梳洗更衣，吃下一碗方便面。我估计这是他刚从门口的7-11买了端来的，幸好他没买袋装面。然后他不由分说地拉着我出门。

"徐鸣之回来了！"他使劲把我拽下楼。

我想起之前，我们曾经一直苦苦等着徐鸣之回来，因为徐鸣之是任锦然关系最好的同学，无话不谈。可是现在，任锦然的自杀已经定案，连这一串事件的凶手都抓住了，还翻腾任锦然的私生活做什么呀。

"你这个窥视狂，你无聊。"我一路骂骂咧咧。

王小山今天颇有点讨好我的态度，他在出租车上对我说："徐鸣之告诉我一个重要的事实，这让案子的一个环节变得不大合理了。你帮我想想？"我不知道他这样对我说，是因为想让我振作起来，还是真的遇到了什么疑难。

徐鸣之在文化集团大厦的顶楼咖啡厅等我们，她工作的《新申晚报》就在6楼，属于文化集团。看来她已经回到单位上班了。

国有企业的咖啡厅非常古老，咖啡是速溶的，15元一杯，还有调羹插在杯子里。好在沙发够宽大，靠着落地玻璃窗，半个上海的景色一览无余。徐鸣之坐着看一份报纸，她的打扮看上去清爽精神，豆绿色的无袖长款针织衫，这种颜色恐怕只有她这么白皙的肌肤才敢穿，米色抹胸，浅色牛仔中裤，米色高跟凉鞋，两条美腿并拢侧放着。

她换了发型，头发剪短了，贴着脸颊。看得出，这种发型扎得她有点不习惯，当她抬起头跟王小山打招呼的时候，她不经意地拨开脸颊边的头发，我注意到她的左边脸颊有一条粉红色的细痕，从耳根一直到嘴角。

"她是谁？"徐鸣之指着我，嘴角轻微地撇了撇，她有一种天生的优越感，声音快而尖细。接下来说话的时候，她一直朝向王小山的方向，故意把脸的侧面留给我。

"我在电话里已经跟你说了，"她放慢了一点语速，"我不是苏亚帖子里说的那个'小妹妹'网友，我是2004年才认识张约的。我也没有在苏亚那时候工作的出版社实习过，我压根就没见过苏亚。张约当年的网友，是任锦然。"

3

2002年深秋，任锦然做了人工流产，加上心情不佳，请病假休息了一段日子。就在这段日子里，她每天一个人关在房间里上网，在聊天室里认识了张约。

张约那一阵其实心情也不好。和苏亚已经恋爱8年了，每次同学聚会，大家都会问他们这对当年的"金童玉女"何时修成正果，她打着哈哈，他则赶紧转移话题。

结婚，是一件早就该操办的事情了，就差一个形式。可是从另一个角度来看，他倒是觉得这么多年，恐怕他依然没能获得这个资格，像个没毕业的学生面对导师，连问分数都不好意思。时间拖得越久，他就越忐忑。

他知道，苏怀远和齐秀珍一直盼着他能主动退出。当年他和苏亚在学校刚开始恋爱的时候，二老就提出见他，问了他的家庭情况、父母职业，等等。他们本来希望苏亚能找一个现成有实力的夫婿。如果一定要选同龄人，那么家境殷实的也可以考虑。再不济，就只能等他自己有所作为，这是苏怀远和齐秀珍并不乐意的，他看得出来。

这么多年来，他们的见面一次比一次难堪，全靠苏亚在饭桌上辛苦地调节气氛。

毕业5年，他算得上工作努力，偏偏又发展得不顺利。当初选了行业内规模最大的这家华翰电子集团，没想到大企业有实力是真的，内部关系复杂也是始料未及的，千军万马挡在前面，5年了，他连个主管也升不上去，薪水跟刚毕业的时候几乎没相差多少。

在这种情况下，他自然不好意思向苏亚提出："我们就凑合着先简单办了好不好？"

可以说，在任锦然身上，张约第一次感到了被需要，并且力所能及的快乐。这个小女孩被恋爱问题困扰，每天都有无数烦恼要跟他这个网友倾诉，征求他的意见，让他忙个没完，让他觉得自己非常重要，简直成了她的精神支柱，一个救世主。

苏亚则完全不同，她是他的同届同学，虽然不是同系，在他们相处的这么多年里，他始终会感到一种难以忽略的竞争的错觉。她与他说话的方式，也总是一种讨论、商议或建议的态度，而不会是求教。

可能是因为苏怀远和齐秀珍越来越差的态度，这些年，每当跟苏亚说话，他就会感到一种莫名其妙的压力，好像苏亚是被老师派来检查功课的课代表。但是，在任锦然这里，他轻松、愉快，自我感觉空前良好，也仅此而已。

"他们真的只是网友而已。"徐鸣之向王小山特意声明，现在，作为一个完全的局外人，她说她只说事实，不会偏袒任何人。

在2003年6月之前，他们甚至没有见过一面。任锦然住在复旦大学，张约在漕河泾，一北一南，现实生活中各有所爱，各自的烦恼都忙不过来。闲下来，不用奔波，用手指就能跟人在聊天中获得安慰，甚至连穿着整齐面对别人的辛苦都免了，网友不就是这个用途嘛。

当然，张约看起来是在这个网友身上倾注了太多的精力，这跟任锦然的焦虑有关，也跟张约自己的焦虑有关。网络上每分钟都有无数失恋的人试图找人倾诉，张约之所以选择了任锦然，是因为这个小女孩跟他遇到的问题恰好是一样的。任锦然也是遭遇了恋人家长的反对，局势还更严重。

每当张约安慰任锦然，他就会觉得暂时分散了自己的烦恼。正如比尔曾经对我说的，这个世界上试图拯救别人的人，潜意识里都是为了拯救那个无路可走的自己。

当年，任锦然凡事都请教这个无所不知的"大哥哥"，到百花出版社实习也是张约的建议。这是张约从苏亚那里得到的知识，除此之外，在文化领域，他这个电子工程系的毕业生也不知道更多了。任锦然特意要求被分配到"嫂子"的编室，网聊和短信都不避着苏亚，也是为了不给苏亚带来不必要的误解，没想到效果刚好相反。

自从来到苏亚这里实习，任锦然摆脱了原先满是旧日恋情的环境，如我们先前所知，她开始恢复快乐。这是2003年6月的事。

2003年的圣诞夜，任锦然与加州的男友杰生在酒吧跳舞，疯玩了一个通宵。就在那天夜里,苏亚向张约提出分手。张约没有表示异议,他想,这是迟早的事情,不及格的学生总要被开除的,用什么借口不重要。

得知这个消息,任锦然非常内疚,她对张约说,她要去跟苏亚解释清楚。张约坚决地阻止了,他说:"这不是你的问题,这是我和苏亚两个人之间的问题,你帮不了我们的。"

这以后,张约就跳槽到了大江集成电路株式会社,没有了苏亚,他不再过分地患得患失,担心跳槽以后情况更差,这么一来,倒是得到了很好的发展机遇。只是在很长一段时间里,他一直沉浸在失恋的低谷中,形容憔悴,沉默寡言。

2004年5月,任锦然请张约吃饭,把自己最亲密的同学徐鸣之也叫来了。她在饭桌上说:"在我最不开心的那段日子里,是你们两个不嫌我烦,每天听我唠叨,帮我一步一步走过来的,我早该请你们吃饭谢谢你们了!"

但是徐鸣之心里明白,任锦然的本意是介绍他们两个认识。徐鸣之个性清高孤僻,从大学到工作,一直没有男朋友。

那是一顿气氛美好的午餐,梅龙镇广场的翡翠餐厅。还点了一瓶红酒。徐鸣之记得很清楚。

"你是说苏亚认错了人?"王小山问。

他下意识地把手放到右边面颊,和徐鸣之的伤口呈镜面对称,忽然醒觉过来,赶紧改作了托右腮,补问了一句:"她没看清就下手了?"

"你看我跟任锦然有哪点长得像的吗?"徐鸣之正在生气,没注意到王小山的动作,"她不可能认错,她跟任锦然同一个办公室待了几个月呢!"

"那为什么……"

"为什么,你去问她呀。只有一个解释,她变态!"徐鸣之总结道,然后往沙发深处靠了靠。

第十六章

1

苏亚救了我。正如当初她把我推入这个案件,陷我于接踵而来的谜团、危险与比尔伤人的爱情,现在,她正用一个不可解的细节重新召唤起我的斗志,让我从抑郁里爬起来,空着一颗心,疯狂地躲在卧室里上网看帖。

苏亚,35岁的"败犬女",出版公司的副总经理和股东之一。我还记得她在照片上的模样,一头柔顺的长发,心形小脸,一双少女般的圆眼睛,浓密的眉毛,微笑的时候总是带着一丝惊讶的表情,还有月牙般的两窝笑纹,她的笑容让我想起了春天的明媚与甜蜜。

我了解她多少?她会下手伤害一个陌生的女人吗,只因为她坐在张约身边?还是整个案情推理的逻辑出了问题?

她被谋杀了,我曾经是她死亡的诊断者,可是,她写了7年的帖子,15页,1943楼,我和王小山只看过6楼,为此我鄙视自己。我打算现在开始补救,一楼一楼读下去。一边读,我一边又不由得想起了比尔的话:

"了解一个人的过程，就是不断推翻以往印象的过程。"太贴切了。

我还记得，苏怀远和齐秀珍曾经告诉王小山，苏亚的健康状况非常好，除了小时候割过盲肠、成年后患有慢性咽炎以外，其他每年体检都一切正常。

才看了苏亚没几个帖子，我就得知，她连续5年体检都查出胆囊炎和胃病，害怕胃癌，做过多次胃镜，幸好只是溃疡，但是久治不愈，非常痛苦。她甚至患过一次急性阑尾炎，开过刀，在论坛上咨询过愈后的饮食问题。

她的父母还告诉警察，苏亚的出版公司最近经营状况非常好，还有可能被收购上市。这也是一个与事实不符的消息。

"他们好像根本不认识自己的女儿"，这句是苏亚的原文。

苏亚出生在一个中学教师的家庭。苏怀远是物理老师，齐秀珍是语文老师。苏亚写道，她小时候时常有一个错觉，她觉得她是一种家电，像冰箱、电吹风、洗衣机什么的，当然，她更高级一些，她是苏怀远和齐秀珍精心装配出来的一台机器人。从装好的那一天起，她就开始承担各种功能，让齿轮稳定、轴承规律，忘记自己的存在，为外界尽责尽力地转动不息。

比如说，在别人家，都是孩子对父母撒娇。他们家刚好相反。

对一个五六岁的孩子，母亲常常向她申诉，父亲不修阁楼上的灯，不肯加班给学生补习赚一点外快，不关心她，她最近胃疼得厉害，他从来不问一句。说着，就当她的面哭起来。她茫然地举起小手抚摸母亲的背脊，她觉得也许这一切都是她的错。

她的父亲则不断向她抱怨，母亲在学校里当着大家的面奚落他，他晚回家，锅里半碗饭都不给他留，这么多年争风吃醋，莫名其妙地得罪了他身边许多女同事。他说，他这一辈子恐怕也只有她这个女儿可以听他讲讲了。那时候苏亚还不满10岁，已经成了父亲的半个心理咨询师。

这对夫妻似乎都有无数多余的情绪需要发泄，又无法彼此中和。20年里，在一个孩子的纵容下有增无减。20年后，苏亚终于念大学住读，暂时离开了父母的身边。住在家以外的地方，耳畔只有同学的欢声笑语，她忽然感觉卸下了肩膀上沉重的什么，以前她还以为那是她身体原本的一部分呢。她觉得此刻的自己轻盈得像一只飞鸟，似乎随时随地可以飞翔起来。她像一个孩子似的，对着这片广阔而自由的天地，露出了惊奇的笑容。

就这样，她生平第一次感到了自己的存在，不是作为别人的日用品，她发觉生活原来可以这样轻松自在，充满了随心可及的快乐。她和张约恋爱了，这是她人生中只为自己而做的唯一的一件事。

20年后，苏怀远和齐秀珍撒娇的重点不再是彼此的关系。他们哀叹改革开放的掘金热潮带富了一大批人，却不是他们。他们抱怨学校分配的多层公房太局促。苏亚惊叹他们总是能列举出那么多得了重病的熟人，好像全世界的人都缺少医药费，晚年无着。于是每到双休回家，苏亚就像从一场美梦里醒来一般。

苏怀远和齐秀珍不知对苏亚埋怨了多少遍，说张约不是一个合适的结婚对象，贫贱夫妻不会幸福，就像他们两个。现在他们不想做贫贱夫妻了，他们觉得苏亚可以为他们做到。

说实话，他们第一次提出反对意见的时候，苏亚根本还没想过结婚的事情，她才大三。不过苏亚忽然有了一种古怪的错觉，她还没结婚，但是已经有了一儿一女。她觉得苏怀远和齐秀珍并没有把她当作女儿，恰恰相反，他们从来是把她当作父母来依赖的。

恐怕这么多年来，苏亚从来没把这些话告诉过任何一个人，包括张约。

与张约分手后，她持续地发帖，也许是为了让张约看见，也许仅仅是为了发泄。她每个帖子都用"亲爱的Y"开头，像一封封长短信件，她把悲愁、疑虑、压力和往事的片段都一点一点说给Y听，我觉得这个让她如此信赖的Y已经不是张约了。

从她帖子里的记述可以看出，其实对现实生活中的张约，苏亚始终怀着戒心，就像一个人总是觉得椅子里会有什么东西硌着她，不断神经质地调整坐姿。

对张约毫无经济实力这一点，苏亚在内心是介意的。不是因为苏怀远和齐秀珍的反对，而是，她担心物质上的无能，会造成精神上的无助，她害怕将来张约也会依赖她，变得像她父母对她那样，只顾关注他自己的怨艾。除了要求她倾听他、扶着他之外，不会有兴趣多看她一眼。

苏亚的担忧是精确的，虽然她当时不愿意承认。事实上，早在张约跟任锦然网聊之前，他与苏亚的关系就已经非常接近这个状态了。这种爱无疑让人疲惫。

2004年7月2日夜晚10点50分，苏亚在帖子里写道：

亲爱的Y，今天是你的生日。我想给你发个短信。想想，还是罢了。

每当想起我们以前在一起时快乐的点点滴滴，就像鸦片，让我忍不住想拨电话给你。结果，却总是不免想起更多的痛苦，让我像被火烫了一样缩回手。回想起来,不仅是关于她,9年里还有那么多的时候,患得患失、焦虑、伤心、欲言又止。其实两个人在一起的时候,没法让你知道的心里的话,并不比分开后少。

想想都累。

想来感情真是一件糟糕的东西,人与人在一起,那么多的痛苦,换那么少的一点快乐。

还不如什么都没有。

2004年的这个时候,苏亚已经从百花出版社辞职,跟人合伙创办了一家出版公司。父母一心指望那个"有实力"的女婿为他们提供的一切,她打算自己做,这总好过被成天埋怨"连个像样的男朋友也没有"。

苏亚的运气很好,签下了几套英国的童书版权,在国内非常畅销。2004年,全国的图书市场已经远不如前些年,可是苏亚的出版公司第一年就赚钱,连赚了3年。一个人总能轻易得到自己并不真正想要的东西,真心想要的却偏不给你,这是苏亚的切身感受。

2006年初夏,苏亚按揭买房,选中了罗马庭院这个楼盘。她买了一套联排别墅给父母住,自己买了一套酒店式公寓,与父母相距步行15分钟路程,可惜不能离得更远。她把别克停在别墅的车库里,这样她可以勉强自己每天过去看一看父母,也可以有借口很快地离开,因为把车开出来,肯定是有事情等着她外出。

搬入新居之后,苏怀远和齐秀珍绝口不再提及苏亚的婚事。

苏亚的生活就像一列火车,虽说选择的不是自己喜欢的方向,却总算驶上了一段平稳的轨道,并且打算从此就这么平直地向前,不作他想。可是到了2007年春天,一个重大的变故降临到苏亚身上。

2

2010年7月16日周五,下午1点45分,耀眼的阳光从窗外涌进来,灌满了我整个卧室,也把这个躁动不息的城市照得光影分明,毫发毕现。

老街区的咖啡吧已经陆续开门营业,咖啡豆磨好了,啤酒冻到了冰柜里,一部分桌椅被搬到室外,在地中海式建筑的回廊上,或是人行道边,撑起一把把白色遮阳伞,或是在某个闹中取静的院子里,背靠着一棵上百年的香樟树。

还没到时候,生意寥寥,也许室外七八套桌椅,坐着他们唯一的一个客人。中年男人,身材高大略胖,短裤,凉鞋,橙色圆领T恤,宝石蓝的棒球帽压得很低,盖住了大半张脸,只露出有络腮胡子的下巴。

他的手边放着一个"V"形高脚杯,冰摩卡快喝完了。还有一杯柠檬凉水,每次有人过来加水,他从不抬头。服务生并没有觉出什么异常,独自过来喝咖啡的人总会有些古怪,对人爱理不理的,仿佛希望全世界的人都看不见他似的。更何况,这个客人在上网,开着手提电脑,聚精会神,正用手指敲击键盘。

我一边看苏亚的帖子,一边喝果汁,被MSN上突然闪动起来的对话框打断了。我记得我没有登录过MSN啊。我点开,对话框里先是一行莫名其妙的字:"我知道你在电脑边上。"随即,下面几行接踵而至:

"你听我说,你还会遇到危险的。少出门,凡事自己小心!"

是比尔，竟然是比尔。

还没咽下去的半口番茄汁顿时呛在喉咙里，咳得我眼冒金星。

我立刻拨电话给王小山："喂，你们警察干什么吃的？凶手都逃出来满大街溜达着呢！"

王小山那边可能信号不好："什么？你说谁，谁逃出来了？"

"凶手！"我大喊一声。

电话那头愣了片刻，忽然大笑起来："你是说比尔吧，我们早就把他放走了。"

"为什么？"

"证据不足。"

"他自己都承认了，还有什么证据不足的？"我对着电话嚷嚷。

王小山说："自己承认也没用，他跟许多犯罪条件根本不吻合。比如说，他和苏亚根本就不认识，没有手机通话记录，没有短信，没有邮件，没有 MSN 聊天记录，连一个论坛短消息都没发过……他在论坛上只跟 3 个网友联系过，'冬菇'往来最多，接下来是'蟑螂'和'小艾'。"

难道是我冤枉了他？那他为什么不反驳我呢？我知道了，他一定是对我太失望了，不愿再分辩什么，觉得多余。反正他知道自己不是凶手，最后不会获罪就是了。

"怎么啦？"王小山问我，"你不知道他没事了吗？我还以为他一出来就会跟你联系的。"说到这里，王小山的声音听上去简直心花怒放，他还故意问了一句："都这么多天了，他没跟你联系啊？"

我想比尔是不愿意再理我了吧。

我记得在我住院的时候，他半夜陪我在思南路上散步，就是两周前，他再次郑重地劝我放弃追查这个案子。他说："你有多少推理，就会有多少犯罪，只有停止推理，犯罪的事实才会像河床上的石子一样显露出来。"

我听得不是滋味，问他："你这是在讥笑我越帮越忙吗？"

他说我完全误会了，他的意思是："其实别人的瓶子里究竟有什么，你是永远猜不出的，你所能看见的只是你自己无穷无尽的犯罪冲动。"

我当时简直快被气得笑起来了，我问："那你是在说我才是最大的罪犯咯？"他委婉地赞同了这句话，他的理论是，侦探确实比罪犯危险得多，是犯罪冲动最强、犯罪基因最发达的一群人。他们深谙几百种详尽的谋杀过程，这得益于他们常年沉浸在犯罪步骤的想象中，就像一种每日必行的体操，否则他们怎能从片段的线索中推断出犯罪的全景呢？可是，一个凶手顶多只能用一种方法杀死受害者而已。

于是，他立即被我评为"本城最擅长胡言乱语的理发师"。我严肃地指出，侦探和罪犯关键的不同，在于他们的目的是相反的，前者是为了除暴安良，为了广大市民的安全。

比尔一手撑着伞，一手帮我把额发捋到脑后，环在我的后背上。他语调温柔地继续跟我抬杠，他反问我："你想想，人做的任何一件事，哪一件不是为了满足自己的感受？"他在黑夜里静默地注视着我的眼睛，我觉得他的眼神在变化，一开始是恋人的端详，渐渐变成了颇有兴味的审视，最后陷入凝神深思，笑意也随之消失。

那时候我还不知道他是那个名叫李嘉文的人。

"其实你从来没有相信过任何人，是不是？"他忽然说，眼睛里掠过了一丝疏远，"你的世界原来是这样的。"他用胡子在我的额头上碰了碰，放开了我，他的唇几乎没有触到我发际的肌肤。

3

2007年1月的北京书展上,苏亚的出版公司主推一套从法国引进的儿童科幻故事,批发情况出奇地惨淡,令苏亚和她的合伙人始料未及。3、4月间,已经发行出去的那部分也开始退货。这显然是一笔失败的投资,30个品种、750万码洋压在仓库里,也压住了整个公司的流动资金。到下半年,新书的品种已经大幅度减少,这就使得单本书的运营成本升高,利润降低,陷入了资金窘迫的恶性循环。

也直到这个时候,苏亚才真正感受到了图书市场的低迷,无论再选什么书,多么有卖点,销售一律平淡,能把首印书卖完就算很不错了。运气就像一尾野喜鹊,来去匆匆,总是让人来不及看清它飞走的方向。

至此,公司在奇迹般地大赚了3年半之后,开始进入勉力维持的状态。起初大家认为,这只是一个过渡阶段,坚持下去,大卖的书,也许就是下一套,公司就能重新回到以前的局面。一年、两年,精力倍付,毫无起色,这简直像是一条岸上的鱼在挣扎扑腾,到了第3年,苏亚感到了一种真正的疲惫。合伙人早已心思活泛地去张罗别的生意,不愿意再在这个出版公司多耗光阴。

2010年元旦过后,合伙人终于跟苏亚商议是否关闭这家公司。苏亚犹豫不定,她未尝不愿意卸下这个让她几乎累垮的包袱,但是,家里的一套酒店公寓和一套别墅还在缴按揭,将来怎么办?

我再次被MSN打断。已经是7月16日下午2点32分,何樱姐在网上半真半假地发了几句话给我:"我们的卢总很惦记你噢,刚才开会,她说你病了这么久了,今天下午她打算亲自去慰问你一下,让我通知你。"

我赶紧表态:"不用麻烦了,我周一就来上班,行吗?"我琢磨着,这也就是何樱担心我周一还不去上班,自己又不好意思开口,就拿卢天岚当令箭。

何樱没回复。

我又补了一句:"我保证早上8点50分就到。"

何樱还是没动静。难道是会上卢天岚真的提到了我,让何樱又错觉地位受到威胁,不高兴了吗?"何樱姐,说话啊。"我催她。她可能走开了吧。

扔掉番茄汁的瓶子,我又打开一瓶葡萄汁,继续看帖。

苏怀远和齐秀珍一心认为苏亚的出版公司正在蒸蒸日上,还对警察说,公司近期将被收购上市。其实公司只是把库存转卖给了别家,半做废纸的性质,接下来就是遣散员工,清算债务与资产,到工商税务部门去办手续,公告注销。这一切到4月底基本办妥,所以5月1日之后,苏亚才有了一个难得的长假。

出版公司的股份并没能结算到多少钱,债账相抵就算是不错了。从苏亚2010年3月的帖子可以看到,在清算公司的同时,她也开始着手给自己的酒店公寓和别克车找买家,打算用这笔钱支付父母那套别墅的按揭,幸而房价涨了,她计算下来,刚够一次性付清全部按揭。这样的话,她觉得自己至少可以安心休息一段时间,不必急着另谋生计。

她本来打算自我休整一段时间,3月份就这么打算了,找一个远离上海的安静所在小住数周,还在网上征询过大家的度假攻略,比较了几个海岛。

她和英国那家出版公司的联络人已经成了好朋友,一个英格兰老太太,邀请苏亚去她的家乡做客,葛里特纳格林,《傲慢与偏见》里提到过的恋人们私奔去结婚的著名小镇。

可是不知为什么,直到 5 月 15 日,苏亚还没有定下任何计划。

2010 年 4 月 20 日,就在苏亚忽然决定约见张约的 5 天前,她又在帖子里写了这么一段话,中午 12 点 56 分。

亲爱的 Y,又有两个月没有在这里给你留言了。

在这个越来越让人感觉疲惫的世界里,不努力工作、不赚钱会活不下去,不恋爱结婚却不会死。爸妈晚年的生活终于有了保障,这让我觉得很安慰。

马不停蹄地工作了 7 年,停下来,一无所有。我忽然庆幸我还是一个单身女人,输入登录密码,在这里跟你倾诉心事,关上网页,就什么都不用承担。现在看来,这倒是好事一桩。

这 7 年里,我也想过再找一个,总是不得精力,也不得心情再重新折腾一次。为了追寻一小段美好的时光,冒极大的风险,受极长时间的痛苦。为了维系一点情爱的幸福,甘愿处于被忽视的境遇,忍受草率的对待而不言语。结果,却还是觉得孤单。

亲爱的 Y,我的 7 年就是这样度过的。我常常想,如果当初没有她,如果我们在 2004 年春节结婚,生子,现在孩子也该有 5 岁了。如果这样的话,我们会幸福吗?

两个并不了解对方心里的想法,也无意关心对方感受的人,也许这是一场更大的冒险。

也许大多数人都是这样过的,即使越来越痛苦,越来越孤单,也不觉得这是一个问题。

也许我这个样子,相比之下,才是最幸福的。爱是锁链,到时候血脉牵连,只有相互折磨,勉力承担。

今天是我35岁的生日,生命不过如此而已,多活一年和少活一年没什么差别。

我还是时常想你,Y,因为你是我最好的一部分记忆里的男主人公。我庆幸我们停止得及时,还没有变作满目疮痍,无法回顾。仅此。谢谢你曾给我带来的快乐,我这一生中为数不多的快乐之一。

这样看来,苏亚似乎并没有动机对张约身边的女性挥刀行凶,无论是任锦然,还是徐鸣之。她忽然想要跟张约见一面,恰如任锦然约见孟雨,只是为了见一见往日的自己。

可叹这个跟帖刚好在14页的页尾,接下来的帖子就转到了下页,我们当初只看了15页,以至于忽略了上文。15页的页首就是王小山给我看过的那个帖子,发布于2010年4月25日下午4点7分。

Y,我今天打电话给你了。

我说,我想跟你见一面。

你似乎有些尴尬,犹豫了一下,回答说,那就,过完长假以后吧。

我说，那好吧。我又补充了一句，你愿意自己来也行，愿意跟她一起来也行。

苏亚口中的"她"，当然是指任锦然，7年前横刀夺爱的实习生，这只是她在5月15日下午3点10分之前的设想。当张约和徐鸣之出现在汇洋商厦的中央大厅，并肩向咖啡吧走去，苏亚就会发现，这不是身着黑衣裙、金色肌肤、长发卷曲的任锦然，而是另一个修长白皙的陌生女人。

毁容案之后，凶手依约来到苏亚的公寓，为了伪造苏亚的临终遗言，凶手一定会打探下午发生了什么。凶手是苏亚非常信赖的人，她会和盘托出，或者，不等凶手询问，以她当时的心情，她也会主动向凶手倾诉发生的一切。

可是，凶手伪造的临终遗言中赫然写着："Y，只要你还念一点旧情，一个人来见我又能怎样？或者，你们稍稍对我有一点负疚之心，两个人表现得不要这么张扬……"凶手笔下对苏亚应该有负疚之心的"你们"，也当然是指张约和任锦然，不是指张约与徐鸣之。

难道下午出现在汇洋商厦的这个"苏亚"，根本就不认识任锦然？

5月15日下午3点10分，真正的苏亚已经变成了一具尸体，脖颈中的鲜血渐渐凝结，室内空调开到了最低温度，试图使死亡时间延后几个小时。此时，凶手正站在汇洋商厦二楼或三楼的回廊上，俯视中央大厅，为自己精致的计划暗自得意。他打算在这个人流如梭的闹市制造一起瞩目的毁容案，造成苏亚依然活着的假象，这样的话，一旦谋杀的真相被发现，他就能为自己制造出确切的不在场证据。

在谋杀被揭晓之前，这还是伪造自杀的全过程中最有感染力的一个情节，苏亚的愤怒报复，然后她为自己的罪行感到惊愕，加上对恋情的失望，畏罪自杀。

凶手摸着手袋里的方形小纸包，单片包装的DORCO刀片，与杀死苏亚的刀片是一样的。他想，如果张约一个人来，就该张约自己倒霉，如果张约带着任锦然一起，那是最好，毁容案会显得更加合情合理。

但是他不认识张约和任锦然，咖啡吧里已经坐满了独自等候的男士，和一对对情侣，还陆续有人穿过中央大厅，向咖啡吧的方向走来，或绕行，或落座。

3点25分，凶手打了一个电话到服务台，找"张约先生"。6号服务员在各个座位间询问了好一阵，阳光明媚，每个人都有些昏昏欲睡，最后在徐鸣之诧异的目光中，张约起身走到吧台接了电话，但是电话已经挂断了。

张约怀疑这个电话是苏亚打来的，因为他忘了带手机，可能是苏亚打他手机没人接，才打到了服务台。他不想借用徐鸣之的电话，不想把苏亚的电话号码留在她的手机上，将来横生枝节，正好已经从座位上走出来了，他就多走几步，去投币电话那里，拨了苏亚的手机。这就是3点27分，从汇洋商厦打到苏亚手机的那个通话记录。

苏亚吗，我是张约。我们已经到了。我手机忘带了。我们就坐在最靠边的位置上，你一过来就能看见。好。我们等你。

挂机。通话时间43秒。

这个戴眉毛架眼镜的摩登男人离开投币电话亭，再次穿过大厅，凶手在二楼的回廊上俯视着他回到座位，重新在女伴身边坐下。也许凶手还多打量了徐鸣之几眼，心里想，这个当年跟苏亚竞争的女人，长得还真不坏。然后,转身走进商厦二楼的洗手间,戴好手套,割破右侧的衣袋,插在衣袋里的右手攥紧刀片,下楼,选择了一个张约和徐鸣之背对的角度,朝咖啡吧走来。

徐鸣之低着头正在发短信,给她的闺蜜任锦然:"今天是你打电话到咖啡吧找张约吗?"今天的约见她告诉过任锦然,还让任锦然将苏亚描述了一番给她听。她想,这会儿,也许是她故意跟他们开玩笑呢。

很快,任锦然回复:"没有呀。你们见着了吗?谈得怎么样?"

这时候,屏幕上的光线被挡住了一瞬,徐鸣之感觉到左边脸颊一阵凉意,随后是锋利的痛楚,从耳根一直到嘴角。

张约曾经告诉王小山,5月15日下午3点15分,他曾经看到苏亚的身影一闪而过。3点45分,徐鸣之的脸已经鲜血淋漓,这时候,张约清晰地看见,就在距离他20米的正对面,在商厦大厅混乱的人流中,苏亚面对面地看了他足足5秒钟,然后微微一笑,消失在大理石立柱刺眼的反光中。

当时阳光强烈,苏亚戴着墨镜和帽子,穿着张约熟悉的那一身杏红色的套装,配着米白色的宽檐凉帽,阳光将她的长发勾勒出金色的轮廓。

这么说来,其实她是背光的,她的脸张约不可能看得清楚,更何况还有墨镜和宽檐凉帽。张约认定那是苏亚,其实凭的就是那一身杏红色的套装,颜色与款式与他当年为她挑选的生日礼物一模一样。

原来凶手是个女人,而且是一个身材与苏亚相差不大的女人。

凶手假扮成苏亚的模样,在2点30分乘坐电梯离开酒店公寓,完成了毁容案之后,又在5点30分乘电梯上楼,故意留下苏亚回到29楼的电梯录像。

然后她开门走进29C，飞快地换下衣帽，把杏红色的套装挂在衣帽间显眼位置，指纹和垃圾早已在前一次出门时就已经清理干净了，她只需要关上空调，关上门，经由安全楼梯无声无息地离开这幢公寓，走出罗马庭院，不动声色地去往将要制造不在场证据的地点。

如果在6点整之前，有任何目击者能证明她出现在另一个场合，她就基本摆脱了嫌疑。因为电梯录像显示，"苏亚"是在5点30分才回到公寓的，洗澡，换上睡衣，在闭目小憩中被凶手用刀片插入咽喉，再紧凑也需要30分钟的时间。

这么一来，以不在场证据脱身的人，就重新有了嫌疑。

比如说，何樱。

孟玉珍的日记里记载，5月15日下午5点52分，何樱外出归来，走进了小区的住宅楼。6点5分，何樱、孟雨和儿子一家三口前往哈尼美食广场的豆捞坊，直到7点45分才结束，买单，3个人走回小区时已将近8点。

本来这是最可靠的不在场证据，现在看来，如果何樱在5点35分离开罗马庭院，以虹桥与徐家汇之近，打车，她完全可以在5点52分回到小区。6点5分，举家去豆捞坊吃火锅，她只需要在手袋里装一台上网本，自己单独去一趟洗手间。

这是她用"苏亚"的ID第一次在论坛发帖，5月15日傍晚6点32分。

Y，今天我看见你们了，你们那么亲密地坐在一起，完全没有顾及到我的感受。或者，你们就是故意想让我知道，你们在一起有多么幸福，我是多么多余，多么可笑，多么可悲！

> 所以，我决定用刀片和鲜血，让你们永远记住我，时时
> 刻刻感觉我在你们身边。
> 我已经决定结束我的生命，这是你们的错。

凶手与苏亚换装的推理，让我忽然想起苏亚洗手间里的一个细节。记得当初勘查现场，发现苏亚是一个极其严谨的人，各处的摆放简略、整洁得惊人，衣帽间里的衣物按颜色分类。梳妆台上，从护肤品到彩妆，每一件无一例外都是雅诗兰黛，包括洗手间里的卸妆乳和洁面膏。唯独她的洗手间里多了一瓶用过一半的资生堂卸妆油。

我意识到这很可能不是苏亚的。

凶手既不是跟苏亚约在5点30分之后见面，也不是约在2点30分之前。5月15日，为什么没有凶手乘电梯上29楼的记录，不是因为她走了安全楼梯，而是她本来就在苏亚的公寓里，她前一天傍晚就来了，在这里过的夜。也许两个闺蜜一起吃了最后的晚餐，亲热地聊了一宿，交换了彼此所有的秘密。

我记得现场哪里都整齐得惊人，但是苏亚的梳妆台有点乱，雅诗兰黛的大小瓶子错落着。我仿佛能看见凶手从梳妆台上拿走自己的资生堂系列，小心翼翼地，捏住瓶子的顶盖部分，从矩阵里逐个抽出来，以防把指纹留在紧挨的雅诗兰黛的瓶子上。

我记得何樱用的就是资生堂的护肤品。当然，这不是证据。我相信，到此为止，这个案子终于走出了纯推理的迷障，有了两项确凿的证据。

其一，凶手在5月14日的电梯录像里留下了画面，而且是单程的。

其二，她匆忙漏下的资生堂卸妆油上，应该有她的指纹。

我瞟了 MSN 一眼，何樱姐还是没有回复。

已经是 7 月 16 日下午 4 点 50 分，卧室敞开的窗外，蝉鸣渐息，天边的云彩变幻出嫣红与靛蓝的色泽，街上的车流平静地驶过，不过我知道，只需要 30 分钟，30 分钟以后，周末下班的交通拥堵就会如约而至，窗下将变成有人驾驶的停车场，尾气蒸腾。

我打算现在就打电话给王小山，然后趁着高峰还没到来，直奔苏亚的酒店公寓，谜底很快就要揭晓，我实在等不及了。这时候，有人敲门。我没听错，还有人在客厅通往回廊的窗外叫我的名字。声音熟悉得让我心里咯噔一下。

卢天岚脚步有力地走进来，随手带上房门，看着目瞪口呆的我，破例给了一丝笑容。

"身体怎么样？"她依然言简意赅。

原来她真的在公司大会上提到我，说要来探病，而且她真的来了，对我这么个不甚长进的小职员。帕罗药业有周末可以穿休闲装的规定，今天卢天岚一条白色七分裤，一件宽松的麻质白衬衣，配一袭手工刺绣的无袖披肩，直发垂顺，显得容光焕发。我的偶像站在我脏乱不堪的房间里，我想起卧室里堆了满桌的果汁瓶和咬了两口的三明治，床上乱扔的衣物，还没叠的被子。可是客厅里更糟，连个椅子都没有。

结果，她颇为泰然地坐在卧室的一片混乱中，就坐在我写字台前的椅子上。我尴尬地坐在床上。

"打算什么时候回来上班？"她一向就是这么直奔主题。

"真没想到领导会来看我，下周一，我一定去上班，我已经全好了。可是……"我结结巴巴地说，"我现在有急事要出去一趟，真的是急事。"

4

周五下午 4 点 50 分，对于完成了手中任务的人来说，是一个轻松周末的起点。对于手中有任务在忙的人来说，跟周一和周四没有差别。但是，对于手中有任务、苦于找不到方向的人来说，这就是一个最折磨人的时段了。

分局刑侦支队的办公室此刻颇为喧闹。有的人继续在忙案子，一如往常，来来往往。有的人刚结束了某个案子，正在兴高采烈地跟大家道别，去过一个难得的双休。王小山坐在自己的位置上发呆，看着电脑屏幕，鼠标无意识地点来点去。

凶手是谁。自从比尔获释以后，这个案子没有一点新线索。凶手似乎也不打算再对周游下手，或者对"爱得康"搞什么破坏，下一步他还打算谋杀谁，什么时候？可能是下一分钟,也可能数年之后。最失败的是，跟连环杀手较量了这么久，他这个警察竟然连对方的目的都还不知道。

"苏亚"这个 ID 也没有再发过新帖子，每半个小时刷一次屏，论坛静默，像一片停止生长的麦田，然后变成每 15 分钟刷新一次，每 5 分钟。

我相信王小山就是在这样的焦虑下，做了一种无聊的尝试。

他点击"登录"键，输入"苏亚"的用户名，在密码栏里随手输入一组数字或者字母，回车，提示"用户名或密码错误"。再试，跳出来的还是错误提示。他知道凶手一定不会在这个 ID 空间里留下什么，否则他大可以找技术部门来解密。他只是为了反复一个毫无意义的动作，好过他攥着两只拳头干着急。

我不知道他是在哪一次尝试的时候，想起了我的名字，第10次、50次、还是150次，他在密码栏里输入我名字的拼音，"zhouyou"，回车，这一次似乎有点不同，屏幕上跳出了一个对话框，"苏亚，你好"。

我的手机铃响了。

王小山气急败坏的声音传来："周游你怎么回事？不会一直是你在逗我玩吧？凶手的密码就是你的名字，你有什么瞒着我……"

手机从我手掌中被抽走了，卢天岚站在我面前，面无表情地当着我的面按下"挂断"键，机身在她手指间漂亮地转了一个圈，然后，被关闭了电源，扔在写字台上。

"卢总，真对不起！我真的是有急事啊，你就让我讲完这个电话吧！"我赶紧起身到桌上去拿手机。卢天岚没有拦我，她自顾自走到卧室的窗户前，解开支撑的搭钩，伸手就关上了左边的一页木窗，然后是右边的那一页。

顿时，屋子的四壁向我挤压过来，我想阻止她，却说不出话来，我倒在地上，不停地喘气，脸贴着冰凉的地面。我听到高跟鞋不紧不慢的敲击声，从倾斜的视线中，我看见她走到卧室的门口，把门也关上了。她走回来，站在我的面前，静静地打量我。生平第一次，我看见她竟然是笑吟吟的，她笑吟吟地看着我在地板上挣扎扭动，大张着嘴，像一条被捞起来的鱼，渐渐停止扭动。

昏迷中，我被关进了一个窄小的瓶子，拧紧瓶盖，抛进太空，远离一切星球，就这样飘浮1万年，1亿万年，我永远不会死，有知觉，冰冷、窒息、恐惧，无穷无尽。

给我一点声音吧，给我一个人类，哪怕是前来杀死我的凶手也好。

第十七章

1

我现在已经是一个赫赫有名的连环杀手了吗？听说我受到全城人的关注，警方对我束手无策，崇拜我的网友每天在论坛上等待我的新消息，猜测我的性别、年龄、外貌、身份。有人说我是帕罗药业的竞争对手公司派来的；有人说我是一个曾经嗜药成瘾的受害者，一个药品抵制主义者；有人说我是中国当代心理治疗界的隐身权威，"古典派"的幕后推手；也有人揣测我是一个行为艺术家，做下这一系列的案子本来就没什么目的。

不，我有目的。

我的目标就是你，周游，所以"苏亚"这个ID的密码就是你的名字。

据说你一直在找我，每天苦思冥想，几乎怀疑了身边的每一个人，为什么唯独没有怀疑我？你太骄傲了，你从来就没把现实中的卢天岚当作你的对手，是吗？

观光梯是我为你精心设计的一份礼物。

它是老魏在夜里唯一必须关闭的电梯，它太旧了，怕没人管理时出故障。我是公司少数几个时常加班到深夜的人，11点，我时常在大堂里恰好看见观光梯关闭，一路下降，直到沉入地面以下。我看着电梯，想象着你被沉入黑暗的景象，对于一个幽闭恐惧症患者来说，这种刺激一定有趣极了。

为此，我做了很多准备，包括测算电梯的运行速度，安装和调整镜子的反射角度。这个恶作剧在你身上必须操作成功，于是，我打算先用别人来做一个实验。我选了何樱。

她总是劝我早点成家，在我面前唠叨她一个已婚女人的幸福，在我面前，她也只有这一个方式才能表现她的优越感。你没想到吧，人的关系是很微妙的一种东西，有时候看上去很亲密的一对闺蜜，其实相互都看不惯；彼此为仇的两个女人，像是何樱和孟玉珍，反而在内心里惺惺相惜。

我没打算对何樱怎么样，她没有幽闭恐惧症，电梯事故不过是给她一个小小的惊吓。4月22日中午，我故意在眼科事业部急用的一套7份合同里抽掉了一份，事业部和客户的谈判在4点，孟玉珍1点30分来访。1点28分，我让秘书把这套合同紧急送去6楼，亲手交给事业部经理韩枫。我相信，不用多久，就在孟玉珍不停抱怨的时候，会议室的分机就会响起。

1点50分，我对着电话那头的韩枫说："我现在正接待一个客人，你打个电话给何樱，让她赶紧到你那儿去一次，确定是少了哪份合同。"

随后我也刚好有了借口，让孟玉珍暂候："你先坐一会儿，我去隔壁找一下，看桌上有没有落下那份合同。"我知道只需要10分钟，可能更短，我就能完成一切，回到会议室，恰如到隔壁房间找了一会儿合同。

321

孟玉珍既可以作为我走不开的借口，让何樱先去 6 楼，又可以成为我的不在场证人。

我从会议室的后门，通过吸烟区，回到隔壁自己的办公室，1 点 54 分。别忘了我的办公室是北侧的 1913 套间，前门正对着门厅背后墙壁上反射的光斑，后门通往安全通道。我透过半掩的前门，看到光斑开始闪动，然后停止，2 点 1 分，我打开手机上的秒表，关上前门，由后门经安全楼梯飞快地登上楼顶，把准备好的胶布贴住货梯的下行键，走进控制电梯的小屋子，找到观光梯的推杆，往下压到底。

然后，我撕掉胶布，由货梯下到 19 楼，这样又快，又不至于让我看上去像刚刚短跑回来。我气定神闲地穿过安全通道，就像我刚从 1913 走出来，推开会议室的后门，孟玉珍不在了。

当时我的第一反应就是立刻回到 1913，拨通韩枫的分机，以证明我正坐在办公室里。我们刚说了几句话，我就听到他的电话背景声里传来了尖叫声。这是正在等候电梯的女客户发出的惊叫，观光梯此刻刚好回落到 6 楼。这么一来，就好像在事发当时，我正在办公室里打电话。

其实我听见了隔壁的孟玉珍打着电话走出去，我当时正专心留意光斑的动静，我想她也许是去洗手间，很快就会回来的，看上去她的怨气才刚发泄了十分之一。我没想到走进观光梯的是她，她一个人，我更没想到电梯刚好在 6 楼把她夹住。

我的动作显然太慢了一点，所以 6 月 28 日，我安排你多下了两层楼。

"卢总让你动作快点，她马上就到。我正叫人开一间小会议室出来，404 或者 406，你下来后到那里找我。"孟雨就是这么通知你的吧。

现在就让我来教你怎么做一个侦探。有一个人，她是公司最高层的

322

调度者,她可以决定谁在何时下楼去开会,或者单独开车外出办事。她办公室的位置得天独厚。她看见过你驾车时需要用泪然,开上高架的时候喜欢飙到100迈以上,也从何樱的大嘴巴里听到过你有幽闭恐惧症。更关键的是,她怨恨你。这样举足轻重的一个人,你怎么可以忽略她?

2

瓶盖被打开了,我感觉有人把我从瓶子里拖出来,这里不是飘浮几亿光年也找不到一个栖息站的太空,也不是掩埋尸体的建筑垃圾堆放场,不过也相差无几,这是我的301。

窗、门已经打开,连房门都大开着。比尔正托着我的两肋,把我拽到床上。卢天岚冷冷地站在一边看着,手臂交叉在胸前。在比尔面前,她矮小得像一个小女孩,比尔则被衬托得像一个刚从瓶子里被放出来的巨型妖怪。

我不知道刚才听到的声音是真的,还是幻觉。

我想这不可能,我是站在卢天岚这一边的。她为什么要破坏"爱得康"的实验和名声,这是她的业绩,是公司发展最仰赖的项目,从说服孟雨加盟,到今天新药进入三期实验的阶段,哪一个步骤不是她殚精竭虑?她就差嫁给这个公司和这个项目了。

比尔怎么会在这儿,两个冤家集合在我的陋室里。我叫他:"比尔……"我想我没能发出声音来,只觉得嘴唇挪动了一下。

然后,我听到他们在说话。

"你还有她家的钥匙?"卢天岚像是在用鼻子说话。

"不不,她的钥匙一直是放在牛奶箱里的,我就是从那儿拿了直接开门进来的。"比尔说话总是这么婆妈,今天好像更严重了。

"你在跟踪我?"卢天岚倒是越来越精练。

"唉……这个……其实我不是跟踪你啦。"比尔吞吞吐吐,后半句似乎更难出口,"我是监视了她。"他从外套口袋里掏出上网本,放在写字台上打开,屏幕上赫然显示出我房间的一角,还有卢天岚的衬衣下摆,这个图像的角度分明就是我的手提电脑打开的方向。

"我改了她的电脑设置,只要她一上网,我就能通过我的电脑打开她的MSN,包括摄像头,而且不会给她任何的提示信息。刚才我就在院子对面的露天咖啡……"说到这里,比尔又结巴了,他指了指客厅的窗户外面,憋了半天才把话接上,"是正好,正好在屏幕上看见你跟她在一起。"

"我知道,你以为我是凶手。"卢天岚居然没生气,连声音也没提高一丝一毫,只是尖下巴略微向上仰了仰。她这副气势,让比她足足高了20厘米的比尔感觉比她还矮。

比尔这下是刚想辩解就忘言。尴尬中,他东张西望想找一个地方坐下,却发现房间里除了床,就只有一张椅子,卢天岚就站在椅子边。

我正努力从床上坐起来,克服晕眩,想要厘清思路。原来比尔从来就没有远离过我,这么多天,他一直就在25步宽的院子对面,离我不到100米的地方,一刻不息地注视着上网本的屏幕,通过我电脑上的摄像头监视我的安全状况。看起来,刚才卢天岚确实想要对我不利,比尔看见了,就立刻从院子对面跑过来,从牛奶箱里拿出钥匙打开门,及时救下了我,也生擒了凶手。

如果是这样，现在的局面看起来就未免太奇怪了。

我想要叫一声"比尔"，此刻我已经能正常地发出声音了。我想招呼他坐在床沿上，他总是坐在这里的，他忘了吗？我想要他的大手掌稳稳地握住我的手，他以前总是这样，让我的心安定下来。可是我看着他们两个，忽然有一种奇怪的感觉，好像我是外人，他们之间的默契是我完全不能理解，也无法介入的。

"你保护她还挺用心的，很好。"卢天岚补了一句。

"我……"比尔张嘴无语，瞥了我一眼，又看了看卢天岚。

卢天岚笑了，她这样的女人，真是笑比不笑还让人紧张。"我知道，你也想保护我。"她从容地在唯一的椅子上坐下，随手把两台电脑都合上了，"听说你还主动替我顶罪？"

现在比尔看上去简直像一个被老师罚站的小学生，唯唯诺诺站在椅子边上。他忽然拿出了以往我所熟悉的救世主的态度，满脸诚恳地弯腰对卢天岚说："你停止吧，不要再继续下去了，这样对你自己不好。我陪你去自首吧，或者你告诉我具体的细节，我去认罪也行。"

这番话听得我汗毛倒立，他是怎么修炼成这种"耶稣情结"的，我真是受不了。我险些笑出声来，又心中酸痛，想要流眼泪。

这一回卢天岚没有笑，她面色铁青，扬着两道眉毛，眼神锋利地在我和比尔的脸上扫来扫去，我下意识地往后靠了靠。她开口的时候，声音都气得有些高亢了。"阿文，"我想她这是在叫比尔，李嘉文，"在你眼里，我就是这样一个女人吗？"她本来是不想解释的，凝着一张脸，沉默了半天，只有间或穿过房间的风声，和逐渐沉积的夜色。我觉得我几乎能听见3个人的心跳。终于，她还是说话了。

325

"我不是凶手,而且,根本就没有什么谋杀案。"她的神态相当坦然。

卢天岚和苏亚才是关系最好的一对闺蜜。她们在"就是想让你知道"论坛相识,苏亚是"糖糖",卢天岚是"蟑螂"。两个年龄相仿的"败犬女王"很快就彼此投契,无话不谈,6、7年来一直相互陪伴,到对方家度周末,换衣裳穿,共用一盒面膜,亲密得宛如儿时一起长大的手帕交。

5月14日傍晚,卢天岚来到了苏亚的公寓,两个人一起叫了外卖,一边吃,一边看电视聊天。苏亚看上去情绪很平静,有些过于平静了。卢天岚劝她,公司结束了也是好事,不如早点定下计划去旅行,别再犹豫不决了。知道苏亚第二天要去见张约和任锦然,卢天岚又建议苏亚,明天一定要趁这个机会好好把他们骂一顿,忍了7年,都忍出抑郁症来了,发泄一下会觉得痛快许多。

那天晚上,苏亚的话有点少。她笑着对卢天岚说:"女侠,我干脆把生活交给你好了,你帮我打理一切吧,我真想好好休息一下。有你在,我最放心了。"

她又说:"你不用担心,其实我没有什么可不高兴的,公司关了,张约要结婚了,爸妈生活也不成问题了,我轻松得很呢。从来没这么轻松过。"

当晚,卢天岚成了一个话痨,很难想象她这样的人会说个不停。本来两个人在一起总是有一箩筐的话,这个周末苏亚话少,卢天岚就努力想让气氛变得跟原来一样。第二天早上,苏亚还是懒洋洋的,连睡衣都没有换掉。

两个人在电脑上看了一部老电影,《楚门的世界》,没吃早餐。上午

11点15分，卢天岚打电话叫了必胜客的外卖，一个9寸装的海鲜至尊比萨。11点50分左右，外卖人员送达29楼。卢天岚是真的饿了，苏亚却吃得很少。然后苏亚说，下午她不打算去赴约了，她要给张约打个电话，让他们两个也不必来了。

"为什么不见他们？"卢天岚当时有点激动，"做错事的是他们，又不是你。你干吗这么窝囊，反而躲躲藏藏的。"

苏亚笑笑说："我没觉得他们做错了什么，我就是懒得去见了。"苏亚真的是这么想的，可是卢天岚觉得这是托辞，更窝囊的托辞。两个人的理解就这么岔开了。

卢天岚坚称，苏亚这副恹恹的样子是压抑造成的，只要当面骂任锦然一顿，让张约给她补上一个欠了7年的道歉，苏亚心中的郁结就会消除大半。苏亚则坚持说，她早已对张约没感觉了，也不恨任锦然，当初就算没有任锦然，她和张约之间的关系也未必能比现在更好。苏亚越这么说，卢天岚就越觉得，苏亚的症结其实就在这儿。

最后，卢天岚说："好吧，你不去，我去。我替你去。"

苏亚问："那你跟他们说什么呢？"

"就说你没空，不能去了，让我替你祝他们结婚快乐好了。"卢天岚说得不情不愿，这当然不是她心里想的，但是说想替苏亚去出口气，苏亚肯定不会同意。

"嗯，再替我谢谢张约，我们在一起曾经很开心。"苏亚这句话当然又把卢天岚气得差点内伤。她看到苏亚这两天里第一次比较振作地站起来，去衣帽间挑了一套衣裳出来，让她穿着去赴约。

杏红色的宽松套装，她不明白这是什么意思，反正她们经常穿彼此的衣裳。苏亚身高165厘米,比她略高5厘米,她只需要穿一双高跟鞋就可以了。外面阳光明媚,出门前,她戴上了自己的米白色宽檐凉帽和墨镜,帽檐底下露出一头长直发,苏亚也是这个发型。苏亚微微笑着打量她:"你看上去跟我真像。"

"好啊,这样张约看见我就会更内疚了。"卢天岚说。

"我只是想让他记起我们最好的时候。"苏亚自言自语。

2点30分,卢天岚乘电梯下楼,留下了"苏亚"离开公寓的电梯记录。

卢天岚到了汇洋商厦,才发觉自己忘了带手机。换了衣裳,这还不是主要原因,她有些心不在焉,她的右手插在衣袋里,指尖触碰着那个5厘米见方的扁平小纸包。这是她从苏亚的洗手间里特意带出来的。7年了,苏亚还保存着张约用剩下的半盒刀片,那个DORCO的小盒子始终搁在放刷牙杯的玻璃横隔架上,就像他时常会过来小住似的。这个摆设让卢天岚特别不顺眼,骂苏亚没出息,几次逼着她扔掉都没成功。

出门的时候,卢天岚偷偷取出了一个单片包装,揣在这件杏红色的外套口袋里。《旧约全书·申命记》说,以眼还眼,以牙还牙。她就是打算替苏亚把这枚刀片还给张约,用她的方式。

她不认识张约,张约的电话号码刚存进自己的手机,却落在苏亚的公寓里。这点小事难不倒卢天岚。她来到离咖啡吧最近的投币电话亭,拨通了服务台的电话,找"张约先生"。她看见6号服务生在座位间穿行,一个戴眉毛架眼镜、穿灰色条纹T恤衫的男人站起来,走向吧台,3点25分。

她看见这个男人悻悻地回到了座位上,身边果然坐着一个身材高挑的年轻女人。她不喜欢他们老夫老妻的样子，男人坐在外侧，背对着女人翻看杂志，女人悠闲地坐在座位内侧发短信。她用投币电话拨了苏亚的手机，向她汇报。

"他们已经到了，两个人，女的也来了，挤在一张小沙发上，看着就让人生气。"这就是3点27分，由汇洋商厦拨往苏亚手机的那个通话记录。

卢天岚听到苏亚在电话那头说："亲爱的，我忽然很想试试海蓝之谜这个牌子的面霜，你看我用雅诗兰黛都快用了一辈子了。你待会儿帮我带回来好吗？不过这个牌子只有梅龙镇广场有，要麻烦你跑得远一点了。"

"没问题，我很快给你带回来，你等着我。"卢天岚没有细想苏亚的要求，此刻她的心思都在接下来的计划上，她已经迫不及待地想要动手。挂断电话，通话时间总共43秒。

直到驾车从汇洋商厦的停车场驶出，卢天岚才反应过来，苏亚怎么忽然想起换面霜牌子呢？本来从徐家汇返回虹桥，至多30分钟，也就是卢天岚在4点30分前就能抵达罗马庭院，可是梅龙镇广场刚好在完全相反的方向。

卢天岚两手放在方向盘上，她觉得手掌的皮肤颇有些不习惯，因为这一回，她破例没有戴手套，爱马仕小挎包里的手套已经丢进了商厦边门的垃圾桶，刀片也弃在花坛里，没有留下丁点证据。她心情轻快，更多的是亢奋和舒畅，车速高于往常，按梅龙镇广场的路程，一个往返再回到罗马庭院，也许都已经6点了，可是那一天，5点30分，卢天岚就已经踏入电梯。

开门走进29C，卢天岚有些气喘，手里提着海蓝之谜的暗绿色纸袋，她刚闯了3个红灯，由上海的中央飞车到南区，还疾步穿过走廊。苏亚今天下午的要求有点任性，这让卢天岚反而心生宽慰和快乐，苏亚也只有对她这个闺蜜才能任性一点了。

她在客厅里叫她："糖糖？"电视关着，桌上的鱼缸里，两尾金鱼仓皇地游。

她推开卧室虚掩的门。

她想她是一生都不会忘记这个场面的。

手提电脑的键盘上端正地摆着一个大信封。苏亚亲笔写的遗书，非常简练："我累了，只是累了，所以我偷懒提前走了，很抱歉要请你收拾残局，蟑螂，多亏有你，谢谢。"

信封里还有不少文件。2份合同，一份是酒店公寓的转让合同，一份是别克车的过户合同，都是3个月以后付款交接的。一本酒店公寓的房产证。车的行驶证。一份请卢天岚成为她全权执行人的委托书。另有农行的龙卡套在小信封里，信封上用钢笔标明，这是还别墅按揭贷款的专用卡。诸如此类。

卢天岚忽然想起，昨晚苏亚说过："女侠，我干脆把生活交给你好了，你帮我打理一切吧，我真想好好休息一下。有你在，我最放心了。"苏亚当时还微笑着呢，语气就跟挤对她似的。没想到竟然是一句真话。

卢天岚这才意识到，苏亚这次约她来度周末，其实早就决定了要她来"收拾残局"。就算她没有自告奋勇替苏亚去赴约，苏亚也会拜托她出门买面霜，而且一定是全上海只有梅龙镇广场才有的面霜，这能让卢天岚离开足够长的时间。

3点27分，当卢天岚在汇洋商厦拨打投币电话给她，说是已经见到张约和任锦然，苏亚以为她30分钟以后就要回来了，这对于一个正在酝酿自杀的人来说，有点急促，她可不想喉咙正在最后的呼吸中喷血的时候，卢天岚闯进来，大喊大叫地试图抢救。于是她还是用面霜做了借口。

这是一次早已预谋妥当的自杀，合同上有铅笔标明的细节和注意事项，银行卡的信封上写着密码和开户行，加上文件如此齐全，必定是早就准备好的。连委托书使用的钢笔墨水也跟遗书的墨水颜色不一样。可是卢天岚立刻否定了这个结论，当时有一个念头在她耳边大声喊叫，覆盖了一切思想，她认定，苏亚的死，是因为张约和任锦然伤了她的心。

我很好奇这个念头是怎么俘获了她。

也许是因为眼前骤变的刺激。也许是内疚，她不由自主地想起3点27分的那个电话，她最后一次跟苏亚说话，她愤愤然地向苏亚诉说当时的景象，"两个人，女的也来了，挤在一张小沙发上，看着就让人生气"。当时苏亚还是活着的，卢天岚没准觉得，如果她不打这个电话，苏亚就会依然活着。

更大的可能性，应该是一直存在于她心中的那份无名愤怒，对张约和任锦然的愤怒。在卢天岚不动声色地讲述事情经过的时候，这份莫名的怒火令我印象深刻。很明显，这怒气不是她替苏亚承担的，事实上，苏亚并不这么想。这份怒气是她自己的。

她好几次要替苏亚扔掉那盒多乐可的刀片，她骂苏亚"没出息"，她再三撺掇苏亚不要压抑对张约和任锦然的不快，有机会一定要面斥他们。她甚至用一枚刀片划破了"任锦然"的脸，让徐鸣之成了无辜的受害者。她被怒火冲昏了头脑，以至于完全没有觉察到苏亚自杀的意图。

这让我再次想起了比尔的那句话："试图拯救别人的人，潜意识里都是为了拯救那个无路可走的自己。"卢天岚"照顾"苏亚的心态，其实和张约"辅导"任锦然是一样的。

5月15日傍晚5点45分，卢天岚在29C客厅的沙发上坐了半响，在弥漫着新鲜血腥味的空气中，她断定苏亚一定是听到了张约和任锦然同来赴约的消息，万念俱灰，才决定自杀的。在自责与恼怒中，她忽然产生了一个让她兴奋不已的设想。苏亚不会白死的，活着的时候，她在感情上这么窝囊，忍气吞声，甚至遗书里也没有提到一个字，卢天岚不允许这种状况在苏亚死后仍然延续。

卢天岚想，与眼前的惨烈景象相比，第一枚刀片简直算不了什么，这第二枚刀片才是对张约和任锦然毁灭性的打击，一个对旧情毫不眷恋的男人和一个自以为是的新欢，她要他们受到公众的谴责与唾弃，要他们一辈子生活在内疚和恐惧中，感觉自己满手沾着血。

她换下杏红的套装，挂在衣帽间最显眼的地方。清理垃圾，事实上，因为苏亚的洁癖，她2点30分出门时已经带走了大部分垃圾。她收拾行李，包括将自己资生堂的护肤品从梳妆台上拿走，这显然有些难度，她小心翼翼捏住瓶子的顶盖，把它们一个个从雅诗兰黛的瓶子之间抽出来。雅诗兰黛的瓶子上都是苏亚的指纹，她要注意不把自己的手指碰上去。

她擦掉了刀片盒子上的指纹，她不打算牵扯到这个事件里，由别人发现苏亚的死和"遗言"，这才更自然，也更震撼。不过她还是忘记了她的资生堂卸妆油，洗面台上的搁板有点窄，她昨晚用了以后，就顺手放进上方的柜子里。等她第二天下午猛然间想起来，要再回去取，自杀现场已经被警察封锁了。

她提着垃圾袋从安全梯下楼,为了不留下电梯录像。她收拾得太干净了,连刀片的包装纸也在垃圾袋里。她飞快地回到家中,立刻登录论坛实现自己的计划。

她注册了"苏亚"的 ID,用国外服务器重新登录了一次。她找到"糖糖"的帖子,粗略地看了看前文的内容,令她非常满意的是,上一楼正巧提到了"糖糖"约见 Y 的事情。于是她点开跟帖的对话框,草拟苏亚的遗言。在她聚精会神忙碌的时候,窗外的夜色已经渐渐降落下来,书房里只有电脑屏幕的冷光照亮着她的脸,嘴唇紧抿、眉毛高扬的脸。

Y,今天我看见你们了,你们那么亲密地坐在一起,完全没有顾及到我的感受。或者,你们就是故意想让我知道,你们在一起有多么幸福,我是多么多余,多么可笑,多么可悲!

所以,我决定用刀片和鲜血,让你们永远记住我,时时刻刻感觉我在你们身边。

我已经决定结束我的生命,这是你们的错。

发帖时间,6 点 32 分。

卢天岚断定,很快,人们就会知道这个"Y"和他的新欢是谁,杏红色的套装和 DORCO 刀片会帮助警察联想到毁容案,以及毁容案中的男女主角。更何况还有人肉搜索的热衷者们,到时候她只需要用别的 ID 推波助澜,再适时给出一点小小的线索。

她如此仇视这两个人,一个对旧情毫不眷恋的男人和一个自以为是

333

的新欢，他们不是张约和任锦然，更不是张约和徐鸣之，他们究竟是谁，使得她愤怒到迁怒于人呢？

直到这一刻，我才明白。

6月23日下午2点12分，卢天岚路过魅影发廊，我记得她凝固在玻璃幕墙外，目光冰冷透骨，嘴唇抿成一条坚硬的直线，脸色发青。比尔左手的梳子掉在地上，他弯腰捡起梳子，右手的剪刀又失手落下来。当时我还以为，卢天岚生气是因为她发现我居然翘班躲在发廊里上网。原来我完全会错意了。

6月24日早晨8点51分，卢天岚飘过1906门口，丢下一句"周游，今天发型不错"。她的声调没有起伏，听不出赞赏的意思。这是比尔在天亮时分为我吹直的头发。现在想来，卢天岚当时一定是努力克制言语中的嫉恨，才会让语调变得如此生硬。

也就是这一天，我的眼药水瓶子被人偷换了，险些在高架上丢掉性命。

3

5月25日上午10点20分，在华行大厦1906办公室，周游这个29岁的准"败犬女"正在上班时间偷偷上网，浏览无涯网上的"'5·15'汇洋商厦毁容案"专题。

电话铃声让她从网络世界一下跌回办公室，她眼睛还在网页上，手已经准确地摸到了电话听筒，拿起来，放到耳边。奇怪，是拨号音。

办公桌对面的何樱姐正在接听电话，嘴里"嗯嗯啊啊"应着，一边笑眯眯地望着周游狼狈的样子。这笑容很快淡去，何樱听着电话，脸色变得越来越严肃。

这一天，有个坏消息传到了帕罗药业，帕罗生物医学研究有限公司被起诉，新药临床实验致人死亡。法院已经立案。苏怀远和齐秀珍认为，苏亚的自杀应该是药品公司的责任。

15分钟以后，卢天岚、何樱与周游一起开会，讨论如何应诉。

在苏亚自杀之前，卢天岚并不知道她就是"爱得康"三期实验的第23号病人。她并不责怪苏亚，换了她，为了面子起见，这样的隐私也不会告诉闺蜜。可是，一种抗抑郁新药的实验病人自杀，对这种新药是重大的打击，会直接影响"爱得康"能否顺利通过SFDA的认证，进入市场。这关系到公司几个亿的投入啊，公司将来的发展就寄望于这种新药的成功。这也是她，卢天岚，5年来全心期待的项目，不，是她在医药行业12年来最大的野心，她放弃了这么多，36岁，她不允许自己连事业都失败了。

5月25日上午，诉讼和立案的消息传来，卢天岚觉得，形势已经愈发严峻了。一切从常态解决问题的方式都显得虚弱无力，更像是无谓的挣扎。然而她并不绝望，她一贯信赖自己的智力，钢笔在她手指间飞速平稳地旋转，她漆黑的瞳孔里映着不停转动的亮光，她的大脑也在飞快地转动。

忽然，一个想象力非凡的念头跳跃出来，像一条红色鱼鳞的锦鲤由池塘跃起，冰凉灿烂地滑入她的怀中。

5月25日是一个诸多大事发生的日子，傍晚6点25分，就在我和王小山发现杏红色套装的同时，论坛上的人肉搜索宣告成功。

卢天岚的叙述相当简要，延续着她说话的一贯风格。她没有详述人肉搜索的进程，所以我无法知道，张约和徐鸣之的信息究竟是那天恰好被人搜到了，还是卢天岚等不及，自己注册了另一个ID，将他们的照片、工作单位、住址等一并发到网上。

2010年5月25日深夜11点42分，卢天岚终于开始实行缓解"爱得康"危机的点睛之笔。她再次用"苏亚"的ID发帖，就在"其实……我很介意"这个帖子里，202页上，2313楼。在此之前，她还以为这个ID只会有一次的利用机会呢。

冷漠啊，多么可怕的冷漠。我要怎样才能让你知道？你告诉我，我该怎么做？当我静好地走过你的面前，你视而不见，我在内心黑暗的舞台上日夜斟酌着连篇累牍的台词，你却宁愿相信我是一个天生的哑巴。难道只有流血和死亡才能让你听到我的声音吗？

好吧，现在你给我听着，我还在这里，这一切只是一个开始。

如果你听不见这些话，没关系，她的血会让你听见的。

就在她按下"发表回复"的那一刻，一个虚拟的杀人凶手诞生了。卢天岚觉得，在这件事情上，她特别幸运，苏亚自杀的故事本来就是经过她再创造的，是她构建的世界。这就有如小时候摆火柴棍的游戏，她知道移动哪一根火柴，就能够使火柴棍组成的汉字变成另外一种完全不同的意义。

就在不久前，我还以为我是一个天才侦探，从杏红色套装衣袋底下的口子，推理出苏亚是"'5·15'汇洋商厦毁容案"的凶手，又从"苏亚"在自杀案发生10天后深夜的发帖，推理出苏亚是被谋杀的。事实上，我只是循着卢天岚设计的剧本往前走。

自此，苏亚的自杀变成了被谋杀。"爱得康"的药效里并不包含"抗谋杀"。

张约和徐鸣之也没有逃脱网民的攻击。人肉搜索已经揭晓，各种信息一应俱全。虽然徐鸣之不是任锦然，没有介入张约和苏亚之间，没关系，她一样是新欢。即便苏亚是被谋杀的，现在也没关系了，她痛苦的申诉已经深入人心。网民们的情绪就像脱轨的列车。4天后，张约和徐鸣之仓皇逃离了上海。

不幸的是，6月14日周一上午9点5分，帕罗药业收到瑞安医院临床药理中心的通知，警方已发现任锦然的尸体，初步判断是自杀。她恰好是"爱得康"实验的第35号病人。卢天岚心道，"爱得康"真是厄运不断。不得已，她将前一招又用了一回。

9点26分，她用"苏亚"的ID发出了第三个跟帖，依然随在"糖糖"的帖子后面，便于让警方发现。

第3号，任锦然。

我说过，我会让你知道的。

如果你还是不知道，我会继续下去。W，我在等你阻止我。

就是这样，虚拟凶手再次出现，如今，他已经成了一个连环杀人犯。

"我必须保护公司利益。"这句话的语气被特意加强了几分。卢天岚调整了一下坐姿,把右腿搁到左腿上,眼睛直视比尔,好像这个话就是讲给他听的。

比尔没有反驳,闭着嘴,从鼻子里长出了一口气,我想那是叹气。

这一刻,重新回想了一遍凶手每个帖子里的话,我如醍醐灌顶,我终于知道帖子里那些留言的意思了。我想比尔应该比我知道得更早。

其实不知不觉中,卢天岚的行为已经离开了纯粹的计策范畴。她在用这个凶手的手指说话。就像一个作家被自己作品中的主人公俘获,卢天岚最终抵御不了这种致命的诱惑——成为一个有威慑力的人,引起公众的关注,从而让某人不得不注意到她。有些事情,她早就想让那个人知道,他却视而不见,或者假装不知道。

冷漠啊,多么可怕的冷漠。我要怎样才能让你知道?你告诉我,我该怎么做?

W,我在等你阻止我。

这个 W 指的不是王小山,而是李嘉文,卢天岚的"阿文"。

4

从 6 月 30 日到 7 月 7 日,我终日在病房浏览"千夏"的帖子,这让我几乎走遍了论坛的大半个空间。无意中,我看到"蟑螂"的一个帖子,标题是"那个脑袋埋在沙子里的蠢货"。在我的印象里,"蟑螂"只偶尔跟帖,话很少,从不自己发帖,出于好奇,那天我点击进去看了一眼。

只要你往前走1步，剩下的99步我来走。

没有更多的内容，也不知道是什么意思，发帖时间是2005年12月25日上午10点5分。我悻悻地关了这个窗口，很快就忘记了。

5

也许，就我看来，李嘉文往前走了何止一步。

2005年，在他离开瑞安医院，以及与卢天岚正式分手之后，他来到了华行大厦底楼的魅影发廊工作，每天身在透明的玻璃房子里，让卢天岚进出大楼都必须看见。

2010年6月24日清晨5点32分，观光梯升往19楼，我在电梯里测速。将要停稳的一刹那，我看见有个光点在墙壁上方一闪而过，某一面小镜子的反光，凶手的机关。这一刻，站在电梯外面的比尔看见了我惊疑的表情，我的眼睛，黑色的瞳孔里，有一个光点倏然划过，他忽然猜到了凶手作案的方法，也猜到了凶手是谁。

只用了5秒，他就飞快地做了一个决定。15秒之后，他迎面而来，用温柔的怀抱挡住了正要前去查看究竟的我，他球鞋刷一样的胡子扎着我的额头。

我们的关系从此迅速升温，这恐怕是他忽然特别紧张案情侦破的进度，非得在我身边时刻监视着才放心的原因，或者还有内疚，想要替某人补偿我。因为6月24日当天，我在预谋的车祸中受伤，比尔坐在我家3楼的台阶上等我直至深夜。

6月27日，周日原本美妙的下午，比尔忽然郑重其事地对我说："咱们以后不破案了好不好？平平安安的，别掺和这些乱七八糟的事情了，好不好？"

他是希望我不再受到追杀，"平平安安的"，还是更希望卢天岚平安呢？

因为我不愿意放弃，比尔负气离开。我百般无聊重回网络，这时候，看见了凶手在中午12点50分发出的新帖。

第5号，周游。

明天。

W，这是我特意为你准备的，等着看吧。

现在回想起来，比尔应该也在当天夜里发现了这个帖子。他非常焦急，左右为难。他不能通知我明天应该远离卢天岚，不能报警，更不能让凶案发生，否则不但我会丢掉性命，卢天岚的罪责也会更大。没准在明天作案的时候，她就当场暴露了。

所以在6月28日，他主动跟我肉麻地求和示好，并且不停地跟我聊天，想用这个方法监测我是否平安。他还问我有没有摄像头。

我记得，当他对我说，"我这是担心你再出什么意外"，我忽然发觉，从6月24日他第一次拥抱我的那个清晨开始，就有人在我心里放入了对生命的留恋。

我问他："要是我被凶手杀掉了，你会怎么办？"

"不会。我不会让她杀了你。我会保护你的。"他果断地回复。

下午1点59分,我告诉他:"我要去4楼开会了,你等我下班。"当我抱着文件大踏步迈入走廊,对话框又闪了几闪,我不知道他当时说了什么,也许是想了个借口,让我迟一些再下楼。可是我没来得及打开看,孟雨在电话里说,"卢总让你动作快点,她马上就到",所以我急着下楼。

当比尔赶到楼顶,卢天岚已经按下了电闸。卢天岚也许还对他露出一丝轻蔑的笑容:"你想保护她是吗,可惜你晚了一步,不过,你可以去告发我啊。"就这样从容地与他擦肩而过,揭下按钮上的胶布,走进货梯,电梯门在比尔面前合上了。

比尔的确是在保护我,不过,他更尽心尽力地保护她。他说他讨厌医院,连走进医院的大门都觉得受不了。我住院,他选择不来看我,或者万不得已,他与我在医院的围墙外相见,夜半时分,也只有这个时候,他才愿意短暂地出入医院,把我送回病房,转身就走。他这样刻意隐瞒他的真实姓名,是为了怕人们提起他和卢天岚的往事,让我对卢天岚起疑。

他以为,午夜、住院部,不可能有科室和门诊的熟人在,然而7月8日凌晨2点4分,他正好撞见了循着我留言而来的徐晨。

2点44分,比尔离开6病区,下电梯,穿过院子,由后门走出医院,思忖了半响,决定在卢天岚被怀疑之前,替她把作案的证据毁去,这样就算将来别人猜到她是凶手,只要她坚决不认,又没有证据,公安也没法定案。于是在那个阴沉的雨夜,他在离医院不远的肇家浜路上打了一辆车,径直来到华行大厦。

比尔是在销毁证据的时候被他当场抓获的,王小山这么说。

他默认了。

2003年4月,卢天岚与比尔分手之后,曾经对别人说过:"真正爱我的人,就算我杀了人,他都应该毫不犹豫地站在我这一边,更不用说我们只是在工作上观点有分歧而已。"她当时并没有料到,工作观点上的分歧,比尔没有让步,然而当她真的杀了人,比尔却是毫不犹豫袒护她那个人。直至此刻,她依然不知道,或者故意不想承认。

那个傍晚王小山到得有点晚。直到5点45分,他才冲进我的房门。周末的下班高峰,车太堵了,所以他错过了最精彩的情节。他站在301的客厅中央,警惕地四处观察,卧室书桌前的椅子已经空了,椅子前比尔靠过的那堵墙也是空的。

卢天岚留下了那个装遗书和文件的大信封,让我转交给警察。她在5月14日的电梯里留下了录像,也在资生堂卸妆油的瓶子上留下了指纹,但是苏亚的遗书能够解释一切。

在比尔的恳求下,我没有讲出卢天岚代替苏亚去汇洋商厦的那一段。

6

比尔又猜错了。卢天岚赶在王小山到来之前离去,并不是为了逃避罪责。她这样的女人,喜欢一切尽在掌握,即便犯案落网也是如此。

她独自驾车去罗马庭院附近一家安静的法式餐厅,点了一盘羊奶酪蔬菜色拉,一小份鞑靼牛排和一客核桃巧克力蛋糕配香草冰激凌。这曾经是苏亚和她最喜欢去的餐厅。不紧不慢地用毕晚餐,她回到自己的公寓,沐浴,绾起马尾,精心化了淡妆。然后换上一袭带暗红色皮革腰饰的藏青色丝质长裙,黑白斜方格的薄羊绒披肩环颈而过,悠然垂到膝盖,这让她看上去更加瘦小，就跟个女中学生似的。可是她的气势简直能对峙千军万马。

她留给王小山的那个信封是一出缓兵之计。既然苏亚不是他杀，警察就需要时间论证后面几起事故的作案证据。这样她就有时间在玄关的镜子前补了补唇彩，站上脚凳，把公寓的电源总闸关上。想了想，到厨房把煤气和自来水的总开关也关上了。她打开鞋柜，本来想取一双高跟鞋，结果还是选了一对软底平跟鞋穿上，拿起手袋，就这样自己开车到武宁南路的市公安局值班处，理直气壮地说要自首。

2010年7月16日周五深夜10点20分，王小山的同事接待了前来自首的卢天岚。翌日他原原本本告诉了王小山，连同当时详尽的笔录。王小山又转述给我。

王小山一脸郁闷的模样，鼻子眼睛都快皱到一起了。他手里把玩着一个苹果，说两句就拿着苹果恨恨地往桌上拍一下。拍烂了一个，还要去拿下一个。这一袋苹果可是他买来给我的啊。我抓住他的手说："你这是打算做果酱给我吃吗？要做的话，也拜托你先削了皮好不好？"

王小山放下苹果，手掌很快找到了另一个圆形物，他自己的脑袋。他揪着前额的头发咕哝着："你说她明明晚上就要自己去投案的，她干吗不能让我在你家当场把她抓住，直接带回局里呢？我们那时候还没有其他事故的作案证据，她如果愿意坦白，那也是算自首的啊！"

接下来他就说得更不像话了："要是她真的这么想吃法国餐，那天晚上我也是可以去帮她打包买回来的啊。她不用为了这个逃走吧？我们的国家怎么会饿着犯人呢，你说是不是啊？"

没有轮到他做那个推理陈词的结案英雄，他是有多失落。

本来我想趁机落井下石，挤对他说："人家卢天岚姐姐的境界哪是你能理解的？"可是忽然想到，卢天岚这么做其实不仅是为了漂漂亮亮地去自首。她应该是不希望在比尔面前被警察带走吧。她是怕自己那一刻看上去很无助、很狼狈，还是怕看见比尔婆婆妈妈地为她开脱，流眼泪，坚持要替她顶罪，或者干脆把王小山打翻在地，拉起她一路逃亡呢？

想到这里，我觉得肚子里像是塞满了冰凉的烂苹果。

比尔是不是已经知道卢天岚自首了呢？也许吧。我不清楚。

2010年7月17日周六凌晨1点5分，现在推算起来是卢天岚赴公安局自首的2小时45分钟后，MSN上跳出了比尔的对话框。他说："都是我的错。"

我忍不住心里一阵狂骂："'9·11'恐怖袭击和禽流感也都是你的错好不好？世界末日将来也算到你的头上，你就满意了是不是？"我一把抓过电脑，手掌里满是冷汗。我想要趁他在线的时候赶紧跟他说上话。手指噼里啪啦半天，打了删，删了打，竟然一个字都没来得及发过去。

他又说了一遍："都是我的错。"

然后无论我再发过去多少行字、多少表情，他都一概以沉默相对。

我想起，他是能通过摄像头看见我的。此刻没准他正在电脑屏幕的那一头看着我脸色发白，玩命打字，一副咬牙切齿的模样。我想我是不是该挥手跺脚，龇牙咧嘴来引起他的注意。或者我干脆把这房子点着，没准他下一分钟就会出现在我面前，带着灭火器，就像8个小时前他飞速赶到救了我。

我找了条绿箭口香糖，放在嘴里嚼了几下，吐出来，粘到手提电脑的摄像头上。我哭得缩成一团，控制不住的抽噎让我的身体颤抖得像一片树叶。我愿意看着他在MSN上隐身的头像哭，可是我不想让他看见我这个样子。

2010年7月17日周六傍晚5点55分，王小山买了一袋苹果来到茂名路。抱怨完卢天岚令人发指的自首行径之后，他告诉我，卢天岚的供认和绝大部分的证据都对上了，除了"苏亚"ID的密码。卢天岚告诉警方，她设置的密码并不是我名字的拼音"zhouyou"，而是李嘉文姓名的拼音"lijiawen"。

她的原话是："那个小丫头在我心里没么重要，我在意的可不是她。"

我相信她的话，至少相信她的骄傲。

根据卢天岚的供述，发出孟玉珍那个帖子之后的第二天，她就发现"苏亚"的ID无法登录。一定是有人盗用了这个ID，更换了密码。王小山揉着右手的手腕，表情严肃地提醒我注意这个细节："那么问题就来了，究竟是谁发出了6月27日中午12点50分的帖子，预告了对你的谋杀呢？"

卢天岚承认是她成功让我的电梯沉入了地下室。不过她对那个预告谋杀的帖子也很恼火。她说，换作是她，她一定会在计划成功之后再发帖，绝不会陷自己于被动。她不喜欢任何没有把握的事情。更让她耿耿于怀的是，那个帖子就像是在胁迫她必须在6月28日执行这个计划，否则就损害了凶手的威信。她讨厌受人要挟。

不过她也曾想过，也许那个帖子并不是为了迫使她采取行动，因为窃取ID的人并不能确定凶手是否能及时看到它。也许那是一个真正的谋杀预告。在她登上华行大厦的顶楼，关闭观光电梯的电闸前，她还这么怀疑过。也许她完全不必自己动手，有人早已周密准备了一切，以至于毫不忌惮信心十足地提前一天发出预告。不过卢天岚不愿拿凶手的威信来冒险，她一贯亲力亲为。按照她的经验，即便要找出一个单项做得比她好的下属都是难上加难。

王小山总结道："这个插曲留下的疑问可大可小。从最坏的角度来推想，就是还有一个预备役连环杀手，目标是你，只有你。但是更大的可能性是哪个网友的恶作剧。局里的意思是，既然已经结案，就没必要再去深究。"

转眼间，这个名噪一时的连环谋杀案就被人们忘记了，早在2010年的秋天还没有过去的时候。

第十八章

1

2011年梅雨季节到来的前夕，魅影发廊依然门厅兴隆，只是少了一个人。比尔早在去年7月下旬就离开了，听说邀请他加盟的美发工作室非常顶尖，不是在外滩3号，就是在半岛酒店，也可能是在滨江的香格里拉，具体的地址没人说得清。

于是每次经过那扇玻璃门的时候，我努力克制自己，不再往里面张望。

他的手机号码换掉了。MSN的头像不再显示绿色，留言没反应。"驼鸟哥"也绝迹论坛，没有回帖，不再热心地为素不相识的网友传达心意。现在我确信，当初，比尔也是被"就是想让你知道"这个论坛的名字吸引而来的。他替陌生人奔忙，是因为他对自己的处境无可奈何。究竟要怎么表达，卢天岚才能知道？也许他说得对："即使努力了解别人，关心别人，说爱，归根结底，恐怕这一切只是为了满足自己的感受而已，未必与对方有什么关系。"

可是我不愿意这么想，真的。

我愿意相信，他只是需要时间去平复内疚，也许这会儿正在另一个论坛上拯救全人类，为的是减轻负罪感，好回来见我。他依然每天控制着我手提电脑的摄像头，日夜监视着我。为此，我24小时挂在MSN上。我甚至宁愿他就是那个预备役连环杀手。

那个杀手，他的密码是我姓名的拼音，至今依然是。我猜想，他和我之间一定有某种异常深刻的联系，胜过我与任何人的相处。他是这个星球上与我最亲密的人。他还在暗处注视着我，我的每一个帖子，每一次呼吸，每天细小的悲喜。我希望至少他还没有放弃我。

10个多月过去了，"苏亚"的ID再也没有发过第6个帖子。华行大厦的观光梯运行平稳，连正常故障都没有半桩。没有自杀，也没有他杀。这个城市平静如斯。

按照卢天岚的陈述，"苏亚"的ID是在发完第4个帖子之后被盗的，第5个针对我的谋杀预告帖，IP地址显示是华行大厦。我可以感觉到，这位朋友每天早上跟我一起走进大堂，晚上一同离去，一样坐电梯，打卡，处理文件，开会，偷偷上网闲逛，发呆，有无数远远超出自身局限的念头。他就在这里，在离我几十步之遥的地方，也许更近。中午伏在办公桌上打盹的间隙，时常有某个熟悉的呼吸贴近我的脖颈，我就知道，是他又来了。

有时候寂寞至极，打开电脑，点击进入"就是想让你知道"论坛。我会在用户名的一栏输入"苏亚"，在密码栏输入"zhouyou"，我名字的拼音。

"你好，苏亚"，论坛的对话框这么跟我打招呼。

收件箱里没有论坛短信，发件箱里也没有。上一次登录时间是2011

年5月19日周四上午8点45分,就是今天1小时25分钟前。我的心中一阵狂喜,原来那个杀手从没有打算弃用这个ID。可耻啊,我们这些朝九晚五领工资的,都比不上犯罪分子职业心的一成,人家9点前就上线了!转念再想想,这更可能是王小山在定期检查这个可疑的ID,守株待兔。警察上班都比较早。

发表回复的方框里,光标闪动着,像是诱惑我写些什么。我一字一顿地敲击键盘:

第6号,周游。还是你。
明天。
W,有本事你就把脑袋一辈子埋在沙堆里!

我在想,如果我点击发布,明天我会不会真的死掉?我这样做算不算自杀?比尔会不会及时看见这个帖子,出现在我面前?

2

2011年5月20日周五上午9点35分,法院正式宣判。苏怀远和齐秀珍输掉了官司。帕罗药业已经借着诉讼的全程宣传,把"爱得康"名誉上的污点撇得干干净净,知名度反而更高。现在老夫妇正打算掉头起诉瑞安医院,理由是实验药品被换成安慰剂,导致苏亚抑郁症失控,自杀身亡。

但是"爱得康"依然没能找到合作的医院。这件事已经拖了将近1

年,拖得帕罗药业的所有相关人员都陷入麻木。仿佛一句谶语,各种破坏、厄运、诽谤都没有使"爱得康"坐实任何不良的记录,然而它就是无法走过投入市场前的最后一小段路。

也许它真的有力量把人类变成其他的物种,而这样的力量是不被允许的,人类只配小打小闹,在一臂之内的范围里自寻烦恼。所以它注定没法走到 SFDA 的面前。

3

2011 年 5 月 20 日周五傍晚 5 点 56 分,手机响了。我一边接电话,一边乘观光梯下楼。他站在旋转门外等我。夜幕渐近,街道上杨花飞翔,空气中荡漾着丁香的芬芳。我告诫自己,待会儿不要只顾着埋头大吃,日本料理固然是人生大事,聆听约会男主角的内心独白也不能偏废。毕竟这是我新晋"败犬女"的第一年,新身份要有新气象。

于是晚餐时候,我总算没有错过王小山的重要宣言。

他告诉我,其实他就是"胡桃公子"。早在 2003 年夏季,他就义无反顾地爱上了我。他说,那时候茂名路的弄堂口还没有 7-11,同样位置的门面上是一家好德超市,他暑期就在那里打工,9 元钱 1 小时。

整整两个月,他每天都看到我去买东西,三明治、饮料、关东煮、方便面、饼干、洗发水、沐浴露、牙刷、牙膏、散利痛,就好像我的一日三餐、衣食住行、生老病死都依靠这家超市。他说,我总是穿着一条白底带蓝点的连衣裙。我怎么不记得我有过这么一条裙子?我甚至不记得门口的超市曾经叫作"好德",对收银机后面的人更是毫无印象。

他还说，那时候的我不怎么快乐，少言寡语，习惯低头皱眉毛。他打工结束以后就在附近吃饭，有时候会不由自主地走在我背后，傻乎乎地看我。他跟着我在电影院的售票处排队，总是离我四五个人的距离，我排到了，他就离开。可是一转身，他发现我并没有走进电影院，只是坐在台阶上一个人发呆。

在我的记忆中，2003年暑假的这段日子，应该正处于我和"柠檬"的热恋期。我清晰地记得，他时常来看我，我们在茂名路附近到处闲逛，吃遍了街头巷尾的生煎包、大小馄饨和葱油拌面，我们说笑不断，手拉着手，形影不离，几乎都忘了时间是怎么流走的。原来在以为最好的时光里，我依然会皱眉毛，会独自看电影，会困顿在一个人的世界中。

接下来，王小山掏出个红丝绒小盒子，向我求婚。我很意外，以至于有些生气了。我说："你不知道这儿点餐是限时3小时的吗？吃的时间已经很紧张了啊。"

王小山摸着鼻子说："我觉得这儿环境很雅致呀，还有坐垫可以下跪。再说服务员都陪我跪着，也不尴尬。"

我想王小山是误解了我的意图。一周前，我说我想搬家。他可能以为，这是在暗示他，我想要脱离单身生活。要不然搬出自己家的房子，难道还打算另租房子住？可是我真的是这么想的。搬出办公楼由不得我，离开另一个伤心地我总可以做主吧？

王小山试图说服我，举出单身生活种种不便与危险之处。"身边有个喘气的总比没有好吧？"他不惜自贬为一个最基础的生命体。

我又吞下6个赤贝寿司以后，向他宣称，我打算养一只猫，蓝色的英国短毛猫，要有一张忧郁的大饼脸。梅雨时节，看见它在窗前忧国忧民地看雨，我就不会发愁。夜深人静时，如果它趴在电脑键盘上一脸悲哀地打盹，我就会意识到过度沉湎于网络世界有多不健康。我还可以从孟雨那里把14365讨来喂给它吃。对了，还有其他39只参加过"爱得康"实验的老鼠，反正它们已经疯了，不知道痛苦，今后也没法参加别的实验。

王小山手指抠着桌面，噎了半天，忽然郑重其事地问我："你是不是真的把那两瓶'爱得康'倒掉了，你确定你在倒掉之前没有吃过一两颗吗？我怎么觉得你跟普通人类有点不一样呢？"

4

2011年6月25日周六下午2点12分，我从牛奶箱里取出钥匙，开门走进301。搬家太仓促，我还有一部分行李留在茂名路的房子里，趁着双休，来整理和取走一部分。

卧室凌乱，像是主人匆忙逃难，搬走了一部分生活用品，把另一部分随意堆在各处的空地上。有一个奇怪的振动在持续地响，像细小的电钻，还是迷你风扇。我找遍了整个屋子，最后在窗台上发现了声源。窗台上搁着几个小药瓶，我吃完了里面的散利痛，就随手扔在那里，开着口，窗户也一直洞开着。一只苍蝇闯进了其中的一个瓶子，在里面四处乱撞，找不到出口，不知被困了1小时，还是1个星期。

我拿起一个粉红色的瓶盖，顺手把药瓶盖上了。我拿起这个瓶子对着阳光端详，是一只极小的苍蝇，身躯柔弱，腿足纤细得几不可见。药瓶上写着的日期是"2010年6月27日以后"。

想起1年前，2010年6月27日周日那个温暖的午后，比尔发动我一起张罗这些小瓶子。

"为什么还要写上2010年啊,光写几月几日不就够了?"我问比尔。

他不紧不慢写完手中的瓶子,才抬起头来回答我:"因为将来还有2011年、2012年、2013年,我每年都得管着你,不乱吃药,不胡思乱想。"

我躲开他的目光,掩饰着脸红,拿起一个他刚写完的瓶子在手里把玩。"以后",上面写着。每个瓶子上都写着"以后"。"我喜欢这两个字。"我把瓶子扔还给他,凶巴巴地吆喝道,"继续写!"

我拖着拉杆箱离开卧室,走出客厅。锁上门的时候,依稀听见那只苍蝇还在不停地撞击瓶壁,好像它永远不会累似的。

2011年8月21日星期天,我再次走进301,这一回,是把行李搬回来。我还是单身,连一只猫也没有。MSN越来越不稳定,打开对话框就会死机,有时候竟然连续三四天没法登录,让我极度焦虑。我早就想过,去年比尔的手机号停机后易主,这可能不是他故意为之,而是不慎丢失手机,之后销号再重新买了卡。如果这样,他就很可能丢掉了手机里所有联系人的电话号码,包括我的。一旦MSN停工,茂名路的这个住址就成为他找到我的唯一方式了。

我知道这番猜想很愚蠢。所有这些揣测啊、推理啊,或者自以为确凿的常识啊,原本就是人类向这个世界扔出的一份份狂妄战书。可是我还是忍不住这么做,每个人都在忍不住这么做,不愿意承认挣扎在各自世界中的我们是多么无能为力。

卧室的窗台上,那只细小的苍蝇还活着,依然在粉红盖子的药瓶里不停地飞翔。

接下来的两天里,我一直坐在窗台边看着那只苍蝇。它不再撞击墙壁了，它在瓶子中央绕着圈滑翔，速度快的时候，我甚至能听到瓶子里的雷霆万钧，像是绕着雪山，绕着大地；速度慢的时候，它的姿态曼妙有如舞蹈，像是循着河流，顺着瀑布，乘着横穿世界的风飘去夕阳的脚下。我想它也是这么认为的，它看上去伤感而骄傲，勇敢而悲壮，它细小的翅膀在阳光底下努力伸展着，背脊闪闪发亮。

它会忽然高飞起来，攒足一股劲向着瓶盖的方向垂直向上冲刺，我不知道在我离开的两个月里，它究竟这样试过多少次，也许在它有限的视觉中，那片粉红色的光就是太阳盘桓的所在，至高的理想之巅。可是它每次都在与瓶盖距离1厘米，甚至半厘米的位置失去了气力，空扇着翅膀跌落下来。

有时候它也会尝试俯冲，在浑圆的瓶底收拢翅膀，贴着大地盘旋。可是它从不在这安定的地域停留太久，仿佛它不是身处一只狭小的药瓶，而是真的飞行在一条漫长无垠的航线上。

偶尔的，在它兴奋飞翔的过程中，也会不小心撞到瓶壁。不知为什么，这样的情形极少发生，可能是因为它被关在瓶子里太久，已经习惯了空间的形状吧。所以每当它被撞到，它就会显出极其惊愕的样子，在空中停留很久，静止不动，像在思索，为什么在这广阔世界里竟然有一堵墙。幸而没过多久，它又快乐地盘旋起来，似乎已经浑然忘记了这回事。

窗外，天阔云高，秋日明朗。这个小药瓶在窗台上摇摇欲坠，窗台下是3层楼高、梧桐染金的广阔街道，四通八达，通往那个我们曾经以为到达过的世界。

完稿于2010年11月8日，立冬次日

修订于2018年4月11日，雾霾

《瓶中人》番外之一

周向红：孟雨的身世之谜

我曾是一个天不怕地不怕的孩子，不肯与其他女孩一样留长发梳辫子，顶着一头鸡窝似的短发在弄堂里撒腿飞奔，鞋底敲击水泥路，像晴天里的鼓点。

母亲叫我作"小祖宗""假小子"，成天数落我将来会嫁不出去。对中学生来说，嫁人是何其遥远的事情，我笑话母亲想得真远。也难怪，她是妇联干部嘛，这方面自然会想得多一些。

其实这辈子我根本不想嫁给谁，这样自由自在多好，永远不用学那些女生，忸怩作态。我最爱坐在父亲驾驶的洒水车上，大半夜在马路上横行霸道，或者在他们单位的废品回收站流连，看他们把纸板垒成一摞摞的，我是无忧无虑的世界之王。

那是20世纪60年代的上海，我名叫周向红。"炼一颗红心，干一辈子革命，做一辈子毛主席的好学生"。

那一年，母亲升迁，我们全家搬到"明月里"。

看见徐晨的第一眼，我竟然生平第一回生出烦恼。一个眉清目秀的美少年，满脸倔强倨傲的神情。我从未见过这样的男生，我们中学里的男生都是一派懵懂的表情，成天在操场上野人似的疯玩，见了女生嬉皮笑脸，做些可恼的恶作剧。

徐晨聪明早熟，成天抱着书本在读，懂拉丁语，还会背诵中医验方。他话很少，在弄堂里只偶尔与成人说话，不怎么理睬同龄人，尤其是我。

我们家原本居住的曹安浜是"下只角"贫民窟，明月里是"上只角"，居民都是上海原本的官僚富商。徐晨的母亲如今是医院的人民医生，却并非来自"人民"，她早年是军阀的御用保健医生，寡妇。

徐晨愿意搭理的同龄人只有一个，那便是孟玉珍，她的父亲原本是机械厂老板，资本家家庭。孟玉珍白衣黑裙，长发乌黑明亮，笑容淡淡的，走路如清风娴静无声，他们家时常传出钢琴声。他们两个人一起上学，一起回家，并肩走却离开半人的距离，彼此轻声说话，默契地展露笑容。

我开始检审自己，究竟是我太不像一个女孩，还是我不爱念书，学问太差。这倒难得令母亲不再数落我的举止，她说，我们家向红怎么不像个女孩，唇红齿白，美丽开朗，怎么胜不过那个病恹恹的资产阶级小姐。她又说，我们是工人阶级家庭，怎么也得是他们来巴结我们。

一条弄堂里哪家煮了好吃的，总要分给每家每户。果不其然，送到我家来的食物最多。孟玉珍的家里会做一种奇怪的冷食，叫作"色拉"，据说是蛋黄与素油手工搅拌成酱，加入土豆丁、青豆丁与肉丁，但是我们家都吃不惯。徐晨的母亲柳医生经常送来她亲手包的馄饨，渐渐与我的母亲熟络起来。

我母亲说："我们家向红成绩不好，要是有你们家徐晨一半聪明和用功就好了。"

柳医生鉴貌辨色，提议道："如果瞧得起，就让我们家徐晨来给向红讲讲习题。"

我母亲答应道："那是求之不得。"

于是，徐晨每天下午放学后便来我家，与我在一起做作业。

他不情不愿，但还算尽责，但凡我不会做的习题，他都耐心一道道讲给我听。听到弄堂里有脚步声经过时，他的眼睛常常瞥向窗外，如果是孟玉珍走过，他的目光便会多停留一会儿。我看到孟玉珍也有意无意向这里望过来，我就故意装着没听懂徐晨的讲解，他不得不收起目光，继续辅导我功课。

都说习惯成自然，我习惯听着远处的钢琴声，托腮看着徐晨给我讲解习题。徐晨似乎也习惯了每天到我家里，习惯了我一道题要让他反复讲几遍，有时候，他听着我的提问，哑然失笑。他渐渐开始享受这种智力上的优越感，不再拘谨，有时候还故意数落我，我便跟他斗嘴。

"你真够笨的。"他并不习惯这么不礼貌地评价别人，说这话的时候都笑出声来了。

"要看是哪个笨人教出来的呀。"要论斗嘴，我比他在行多了。

当我们在一起的时候，柳医生也经常过来串门，与我的母亲坐在一处剥毛豆，听我母亲讲什么形势。

那一刻我是胜利而满足的，但是想起一天的大多数时间里，还是孟玉珍与徐晨在一起，我念的是曹安中学，他们二人念的是瑞阳中学。我想着他们轻声细语，用一种我永远不会懂的默契相处，我就心有不甘。

我盼着中学毕业，没想到中学提前结束，我们要被分配去工作。听说大多数学生会被分配到外地的工厂，像是黑龙江、安徽、云南，最近也是崇明农场。

柳医生开了三张疾病证明。一张是徐晨的。一张给我，那是我母亲拜托的，她绝不会推辞。还有一张是孟玉珍的，听说是徐晨要死要活，求着他母亲非给不可。有了疾病证明，就可以分配留上海。

分配结果出来，我与徐晨果然都被通知留在上海，唯有孟玉珍被分配去崇明农场。

我的疾病证明书上写着"青光眼"，徐晨的疾病证明书上写着"先天性心脏瓣膜病"，而孟玉珍只是"胃溃疡"。据分配工作的同志说，胃溃疡不算什么大病，顶多不去离上海太远的地方，那就分去崇明吧。

我明白这不是运气的问题。回到家中，我看见我母亲与柳医生又坐在一处择鸡毛菜，谈谈讲讲，很是亲密的样子。我感慨母亲为我煞费苦心，当时年少气盛，不免觉得柳医生甚是阴险，觉得自己胜之不武，想要挑明这一切，又不愿被徐晨看低。

孟玉珍哭得凄惨。当时革命如火如荼，孟玉珍的父母都被批斗，家中被抄，钢琴也被拖走，他们自身难保，反而劝女儿早日去崇明，远离是非之地，过些日子，这房子也要没收，他们不知会被送去哪里暂住改造。

徐晨整日陪着孟玉珍，安慰她，忙着为她擦眼泪，连我家也不来了。

柳医生握着我的手，让我少安毋躁，等孟玉珍离开，徐晨注定是与我在一起的。

没想到孟玉珍还没走，徐晨便急匆匆来到我家，不知谁暗地里举报柳医生开假证明，扰乱革命队伍对中学生的就业安排。柳医生原本成分就不好，全靠我母亲保着，这个罪名会让她的下场比孟玉珍的父母更惨。

徐晨第一回定睛望着我，满眼热切的恳求，他说母亲是他唯一的亲人，无论如何他都不能失去她。我豪气干云地向徐晨保证，我一定让父亲母亲尽力，不能让柳医生有任何闪失。

斡旋的过程并不顺利，上面同意不深究柳医生的责任，不过她医生的工作再也保不住了，只能留在医院做个护工。徐晨的疾病证明也因此被质疑，为了让母亲平安，徐晨主动要求分配去崇明农场，这么一来，学校很高兴趁此树立一个先进典型，"革命青年志在四方"，带病请战扎根农场。柳医生的灾难也因此不了了之。

徐晨与孟玉珍同赴崇明，留下我一个人在上海。仿佛命中注定，他们总是一对。

我申请到崇明挂职已经是数年以后，那时候，我已经是上海凤凰自行车厂的车间小组长，却没能忘记徐晨。到了崇明，我便是徐晨与孟玉珍这一生产队的副队长。我看到这两个人都如同脱胎换骨一般，黝黑疲惫，与当地农民一般无二。

徐晨脸上倨傲的表情碎了，他见人唯唯诺诺，腰总是弯着的。他与孟玉珍还是形影不离，唯独有个细节让我暗自欣喜。徐晨并没有帮孟玉珍背篓子。若是以往，孟玉珍的书包重一点，他都会帮着背。恐怕在这里，他实在太疲惫了，所以他们是各背各的。

数年毕业后的生涯，我也变了。看到太多"造反有理"的惨烈，我不再天真，我明白要得到什么，只需足够决绝与有手段。

徐晨看到我很是高兴，甚至有几分谄媚。不久之后，恢复高考。队里自然而然把唯一的名额给了我。我清楚地知道自己并不是念书的材料，却依然积极复习迎考，只因为这是一个让徐晨与我相处的好机会。

我请求徐晨帮助我补习功课，徐晨乐得逃避劳作，每天到我房间给我讲解习题，我则给他加一点小灶。不到一个月，他褪去黝黑，还胖了些。

我的学业却进展甚微，于是我向他提议，不如由他顶替我这个名额去参加高考。听到这个建议，他愣了许久，眼眶竟有些红了。他做梦都想回到上海，继续求学，他的理想是做个医生。

他是个聪明人，天下没有免费的午餐。只是他还不愿意买单，他装傻充愣，但愿我是那种痴心到不求回报的女人。

徐晨要参加高考了，他考取功名简直毫无悬念。

孟玉珍提出要和徐晨结婚，这样如果徐晨迁回上海，她也有理由迁回去。我知道徐晨心中依然只有孟玉珍一个人，否则他不会冒着得罪我的风险，给队里打了结婚报告。我不再是那个心思直率的"假小子"，我不怕捧着他们飞得更高，这样摔下来才会更绝望。

队里为两人筹备婚礼，这时候，队长向大家传达了一项新规定，家庭阶级成分考评不过关的人不能参加高考。

如果徐晨和孟玉珍结婚，他原本暧昧不明的阶级成分就会立刻被拖累。徐晨听完通知，脸色发灰，半小时之后，我听到队里为他们准备结婚的新房里传出尖厉的哭声，原来孟玉珍这么斯文的女孩子，也会哭得这么歇斯底里。我知道这一场我赌赢了。

徐晨接到录取通知书，独自动身前往上海报到后不久，孟玉珍失踪了，她的私人物品都妥妥收拾带走，队长的房间里还失窃了20斤全国粮票。这粮票的失窃却没法报案，因为这是我私下给队长的报酬，犒劳他传达假规定。"恢复高考，不再根据家庭成分限制考生资格"，这才是国家政策。

孟玉珍去了哪里？我担心她返回上海寻找徐晨，那么我一番苦心将化作流水。

原本就要回上海履职，原本我并没有那么心急，收获与徐晨在一起的胜利果实，那是迟早的事情，这么一来，我不得不连夜赶回上海。

到了上海才知道，就在我赶回上海的这一天，徐晨到医学院报到，无意中听说，高考与就学并不需要考察考生的家庭成分，他当晚就赶回崇明寻找孟玉珍，只是阴差阳错，孟玉珍正是在那天早上离开的。

徐晨扑了个空，谴责队长传达错了政策，队长责骂他不思感恩，两人大吵一架，徐晨被队员赶出来，无奈两手空空回到上海。

徐晨见到我时，头发凌乱，目光殷切，他恳求我为他寻找孟玉珍。他知道在我这里，他的请求总是管用的。我照例满口应承，装模作样托请父母与各种关系去找。

孟玉珍的父母早已在运动中不知去向，有如龙卷风过后地面上消失无踪的大多数东西。孟玉珍也没有再出现，正如我愿。

就这样，我回到上海凤凰自行车厂做我的车间主任，与徐晨继续做邻居。几年后，我顺利与徐晨结为伉俪。医学院的大学生与国有企业的新梯队，又是邻居与青梅竹马，亲上加亲，我们是众人羡慕的一对。

徐晨毕业工作时，我们的儿子也降生了，那是一个完美的男孩，眉眼都像极了徐晨。

而徐晨已经不再像当年的徐晨，他少年时眉眼间的倔强与倨傲早已散尽。他变得非常实际，甚至超过我做环卫工人的父亲。他毕业后没有选择继续深造，也没有选择像是外科、眼科之类有挑战性的科室，他宁愿去药剂科，稳定，收入丰厚，朝南坐外快多，还不容易犯错。

除了他言语中还时常喜欢显示自己的与众不同，实际上他已经变成了一个再平庸不过的男人。这是崇明数年中的磨难所致，是运动中看破了红尘,还是为了让他多病的母亲不再担心,我不知道,也不在乎。我只喜欢他这个人,无论他变成什么样子,他留在我身边,我便满足,他越平庸,我便越是安心。

然而我最担心的是,他变得平庸,是因为他失去了孟玉珍。

每当他意识到自己的变化,他便会忽然间不甘心起来,他一直记恨那个生产队队长传错了政策,棒打鸳鸯,后来开始怀疑是我父母做的手脚。我们的婚姻确实是外力促成,我的父母与他的母亲费了不少撮合的唇舌。

自从他开始怀疑我的父母,他对我的态度也开始变得敌对。我担心我们的婚姻就此触礁。不得已,我疏远自己的父母,真是罪过,为了这个男人,我难道要在此生把不该做的事情都做过一遍?我对他的爱竟能让我如此卑微?午夜梦回,我时常责怪自己,而我又发觉,我尽管一直是一个平庸的女人,但在拥有他的漫长战役中,我从不平庸。

当我刻意不给父母好脸色看时,徐晨与我仿佛站在同一战线,我们一起惩罚那两个毁掉了他生活的人,他对我意外地亲密起来。

我在内心对父母说过一万次"对不起",而我别无选择,尽管我嫁给徐晨,成为他儿子的母亲,我在他心中始终比不上孟玉珍,所以我不得不为他多牺牲一点。

我有一个最大的噩梦,那就是某天,孟玉珍忽然出现在我们面前,那时候,我的生活将分崩离析。

失踪的孟玉珍宛如一只没有掉下来的靴子,悬在我们婚姻的天花板上。直到徐晨的母亲柳医生癌症晚期住院,这只靴子的命运才被我知晓。

柳医生抽了一个徐晨不在的时候,将我叫到病床边,她已然嶙峋的手握着我的手，宛如当日。她说自己时日无多，不得不将重要的秘密告诉我。她告诉了我一个坏消息和一个好消息。坏消息是，当年，孟玉珍离开崇明的原因是，她发觉自己怀孕了。她来到上海，凑巧没有遇见徐晨，而是遇到了柳医生。好消息是，孟玉珍恐怕今生今世都不敢再来主动找徐晨了，这是柳医生与她达成的协议。

中学分配，3份疾病证明，唯独孟玉珍被分配到崇明，她怨怒之下，私底下举报柳医生，害得柳医生做了半辈子护工，徐晨被迫主动要求分配去崇明。举报总有痕迹，柳医生后来查得举报信，字迹她认识，正是孟玉珍。这件事徐晨一直不知情。

柳医生一心促成我与徐晨的姻缘，她与孟玉珍约法三章，如果孟玉珍再出现在徐晨面前，她便将孟玉珍的行径告诉徐晨，徐晨将从此恨她。如果孟玉珍愿意消失，这个秘密将永远成为秘密，她将依然是徐晨心中美好的回忆。

柳医生手持这个符咒，守护我们的婚姻10余年，此刻她将符咒交予我，嘱咐我安心过日子，照顾好孙儿与徐晨。

追悼会那日，我失声痛哭。

我感到前所未有的孤寂，柳医生懂得我的执着，这样的故人日渐稀少。数年后，我的父母也相继离世。自行车成为夕阳产业，工厂缩减生产，原本风光的职业逐渐边缘化，到后来连我这个主任也下岗了。都说相夫教子是幸福的生活，我却仿佛一艘弃船，搁浅在河滩上。因徐晨的心始终不在这个家中，有如他的心始终不在药剂科主任那个庸俗的肥差中。而我已经积攒了半生的话，总想要对谁说一说。

我开始跟自己说话，我变得絮絮叨叨，连儿子都嫌我折磨他的耳朵。

我在家中转来转去，对着茶杯说话，把纸盒垒起来，空瓶子排整齐，将别人送来的礼物同类项合并，用绳子捆扎在一起存放起来。后来我发现，我熟练做着的，竟然是少年时看着父亲在废品回收站做的工作。这样的环境让我觉得亲切，我仿佛又回到无法无天的中学时代，仿佛自己依然是那个顶着鸡窝短发的"小祖宗"，无忧无虑的世界之王。我是如何走到今日，变作一个忍气吞声的怨妇呢？

那一刻，我忽然领悟到，徐晨并不是与我毫无交流的。

还记得当年，在我家堂屋，他辅导我功课，在我面前，他享受着智力上的优越感，因此常常发笑，分外轻松。如今，这似乎成为我们夫妻相处的唯一模式。他热衷于数落我的平庸，对着我，以及在别人面前，兴许在心里也暗自这么抱怨，其实，他只是不能接受他自己的平庸。

他的平庸总需要怪罪谁，所以，是我给了他最需要的婚姻，也只有我能给他这样的婚姻，让他一直活得心安理得，看不见自己的平庸。

他还一直抱怨儿子的学习成绩不好，毫无建树，他说这是来自我失败的遗传。

当了解到自己重要的作用之后，我丝毫没有声张，依然如以往一般扮演一个疯癫的怨妇，乐在其中。我看着他用着硬纸片一样的旧毛巾，他经常被垒起的废纸板绊到，他骂骂咧咧却不得不继续使用那只拴了塑料绳子的抽水马桶，看着他被困在我创造的世界里，还一心以为生活有其他可能，我暗自发笑。

他根本走不出去，因为他就是属于这个平庸破败的世界。他自己走不出去，却以为我是那个狱卒。

有一天，当我不再存在于这套公寓里，他会终于意识到这一点，这才是最有趣的时候。那时候,我会在天国里对着他放声大笑。

在我去往天国之前,还有一个秘密,我不知道应不应该告诉他。当年,他是瑞阳中学的高材生,我也是曹安中学的高材生。应我母亲之邀,他来我家辅导功课,一道习题,我央求他讲解数遍,他笑话我说:"你真够笨的。"其实那些习题有什么难的,更难的我也解出无数。

写于2018年2月1日,立春前夕

《瓶中人》番外之二

周游：2011年的平行世界

1

2003年4月，卢天岚与比尔分手之后，曾经对别人说过："真正爱我的人，就算我杀了人，他都应该毫不犹豫地站在我这一边，更不用说我们只是在工作上观点有分歧而已。"

她当时并没有料到，工作观点上的分歧，比尔没有让步，然而当比尔以为她真的杀了人，却毫不犹豫地袒护她，甚至不惜以身相替。

比尔是在销毁证据的时候被他当场抓获的，王小山这么说。

关于杀人的指控，比尔默认了。

2010年7月16日下午4点50分，卧室敞开的窗外，蝉鸣渐息，天边的云彩变幻出嫣红与靛蓝的色泽，街上的车流平静地驶过，不过我知道，只需要30分钟，30分钟以后，周末下班的交通拥堵就会如约而至，窗下将变成有人驾驶的停车场，尾气蒸腾。

下1分钟，卢天岚走进我的公寓，关上所有门窗。我因为幽闭恐惧症倒在地上，呼吸困难，陷入意识模糊的状态。

在我濒临死亡的时候，比尔及时现身，拯救了我。

这是凶手现出原形的精彩一幕。恢复了神志的我终于得以进行本案的最后一次结案陈词。只不过，我并没有感受到胜利的喜悦，我心中酸涩。

其实我并不愿意把我的结论讲出来。我不愿意告诉比尔，卢天岚所做的一切都是因为无法忘情于他；我更不愿意告诉卢天岚，比尔所做的一切都是因为在意她。我不是比尔，没有拯救情结，我没兴趣自告奋勇替人去做沟通，更何况那是我的男朋友和他的前女友。

再说，推理未必是正确的。事实也确实如此。

那天傍晚，卢天岚说的最后一番话让我陷入了迷惑，我至今还记得她当时的神情，忧伤、骄傲、极力抑制的激动。

她说，关于这一系列案件，在用"苏亚"的ID发完第3个帖子之后，她唯一做过的，就是在6月19日深夜11点38分贴出了孟玉珍与何樱的照片，为人肉搜索做了一点贡献。这是出于迁怒，何樱也是一个横刀夺爱的"新欢"。照片是从何樱的数码相机里得到的。

"我对你很失望，阿文。你袒护我，我知道，我并不领情，因为你根本不了解我。我不是凶手。孟玉珍出事以后，我才发现'苏亚'的ID没法再打开了，一定是有人盗用这个ID，更换了密码。"讲到这里，她瞥了我一眼，"我会这么大动干戈地对付她吗，在你眼中我就这么没志气？"

她说完这番话以后，我依稀记起4点50分她关窗的时候，我听到她说："汽车尾气这么大，你怎么受得了。"紧接着我就不由自主地晕倒了。

也许她真的不是来杀死我的，她只是不喜欢汽车尾气的污浊，顺手关上了窗户。也许除了徐鸣之，她真的没有伤害过任何其他人。

如同上海每一个工作日的傍晚，道路交通拥堵，所以直到5点45分，王小山才冲进我的房门。他没有证据指认我就是凶手,也没有抓到前来谋害我的凶手。当他站在301的客厅中央,警惕地四处观察,卧室书桌前的椅子已经空了,椅子前比尔靠过的那堵墙也是空的。

卢天岚留下了那个装遗书和文件的大信封,让我转交给警察。她在5月14日的电梯里留下了录像,也在资生堂卸妆油的瓶子上留下了指纹,但是苏亚的遗书能够解释一切。

在比尔的恳求下,我没有讲出卢天岚代替苏亚去汇洋商厦的那一段。

15个工作日后,8月9日周一上午,警察通知卢天岚去领回这个大信封。替苏亚办房产和车辆转移的日子快到了。

9月24日,卢天岚带着办妥的文件亲自去了一次罗马庭院。

苏怀远和齐秀珍输掉了官司,帕罗药业借着诉讼的全程宣传,把"爱得康"名誉上的污点撇得干干净净,知名度反而更高。现在老夫妇正打算掉头起诉瑞安医院,理由是实验药品被换成安慰剂,导致苏亚抑郁症失控,自杀身亡。

他们还拉住卢天岚,咨询了好一会儿医药官司方面的问题。当苏怀远说到"苏亚不在我们身边,以后我们就要靠你了",卢天岚终于丢失了一贯镇定的风度,起身告辞。

转眼间,这个名噪一时的连环谋杀案就被人们忘记了,早在2010年的秋天还没有过去的时候。

2

8个月以后,2011年5月20日周五,早晨8点45分,我和卢天岚在华行大厦的大堂电梯前遇到了。我们在上班的人流中互相点头致意，然后3台电梯先后到达，我和她分别走进了观光梯和右侧的客梯。

我和卢天岚还在一起工作，本来我以为，她会辞职，或者开除我。生活远比想象中平静。我时常想，如果要通过犯罪的条件推理来得出这个凶手，没有人比她更合理。但是这个世界未必就是合理的，比如说，她莫名其妙的傲气不允许她这么做。

就这样，我和她在19楼默默相处，竟然生出了一种秘密的亲近。当何樱亲密地跟她唠叨时，我会觉得她反倒在有意无意地看着我，锐利的目光划过我的脸颊，像是顷刻就让我流出了鲜血。

即便不是她，凶手也一定在我左近。按照卢天岚的陈述，"苏亚"的ID是在发完第3个帖子之后被盗的，第4个帖子，IP地址显示是华行大厦。我可以感觉到，这位朋友每天早上跟我一起走进大堂，晚上一同离去，一样坐电梯，打卡，处理文件，开会，偷偷上网闲逛，发呆，有无数远远超出自身局限的念头。他就在这里，在离我几十步之遥的地方，也许更近。中午伏在办公桌上打盹的间隙，时常有某个熟悉的呼吸贴近我的脖颈，我就知道，是他又来了。

2011年5月20日傍晚5点56分，手机响了，来电显示是"王小山"，我按掉电话，直接乘观光梯下楼。他站在旋转门外等我。夜幕渐近，街道上杨花飞翔，空气中荡漾着丁香的芬芳。我们手拉手一起穿过马路，走去公交车站，等车回家。

我和王小山结婚了。3个月前，在我即将晋升成为正式"败犬女"的前24个小时，我做出了这个冒险的决定。

王小山告诉我，其实他就是"胡桃公子"，早在2003年夏季，他就义无反顾地爱上了我。他说,那时候茂名路的弄堂口还没有7-11,同样位置的门面上是一家好德超市,他暑期就在那里打工,9元钱1小时。

他还说,那时候的我不怎么快乐,少言寡语,习惯低头皱眉毛。他打工结束以后就在附近吃饭,有时候会不由自主地走在我背后,傻乎乎地看我。他跟着我在电影院的售票处排队,总是离我四五个人的距离,我排到了,他就离开。可是一转身,他发现我并没有走进电影院,只是坐在台阶上一个人发呆。

在我的记忆中,2003年暑假的这段日子,应该正处于我和"柠檬"的热恋期。我们难舍难分,我清晰地记得,他几乎每天都来看我,我们在茂名路附近到处闲逛,吃遍了街头巷尾的生煎包、大小馄饨和葱油拌面,我们说笑不断,手拉着手,形影不离,几乎都忘了时间是怎么流走的。我哪有皱眉毛的时间呢,又怎么会一个人去看电影?我可以确定,我和"柠檬"从来没有一起去看过电影,电影太长,我们相处的时间总是太短。

可是如今,时隔7年,王小山又说得如此肯定。这不禁让我开始怀疑,难道从来就没有过"柠檬"这个人?这样的问题不能细想,越想就越觉得不能确定。

我试着翻找过从大学宿舍带回来的两箱杂物,找到了一本《环境资源保护法》,扉页上写着我的名字。我浏览手机上的所有姓名,这么多年,我一直叫他"柠檬",忽然间,我发现我想不起他的真实姓名了。

还有一个人可以证明"柠檬"的存在,比尔,他替我去张江看过"柠檬",还带回了关于他的一大堆消息。我这才意识到,如今比尔也不见了,没有地址,没有手机号码,MSN用户已注销,就好像他从来没有出现过。

当然,我也不确定王小山究竟真的是"胡桃公子",还是他无意中看到了 2003 年 10 月 23 日凌晨 2 点 17 分的那个帖子，冒名顶替。不过这番话委实很动人。所以我就用这个理由说服了自己，嫁给他。直到结婚那天，我忽然想到，如果说，两个人在一起需要某个理由，那就说明他们根本就没有理由在一起。可是，婚宴都已经开始了。

穿着婚纱，多喝了几杯，我鼓起勇气问了卢天岚一个问题："你为什么起了'蟑螂'这么个网名？"我没有说"这么个难听的网名"，证明我还不算太醉。

卢天岚也喝了几杯，所以没有见怪。她大大方方地回答说："以前有一个人，他喜欢叫我'蟑螂'，因为他说，我总是穿着一套深色的职业装，不停地跑来跑去，看上去很像厨房里窜来窜去的黑壳蟑螂。"她又补充了一句："那是 11 年前的事了，我当时的男朋友。"

这一刻我有了半分钟的恍惚，卢天岚对我说"那是 11 年前的事了，我当时的男朋友"，就像她的前男友是一个我从没见过的人。

不，不会的，比尔这个人肯定不是我的幻觉，我有证据，301 客厅抽屉里的几十个小药瓶可以证明，上面的字迹是比尔的，一个名叫李嘉文的心理医生。

婚后，我曾经有些失落，找了一个警察做丈夫，就再也没有人会为我往小药瓶上写字了。于是我服药又开始增量，散利痛 4 颗一顿，每天，或顶多隔天。王小山倒是很赞成我吃药，他说："有病就该吃药，头疼别熬着，电视广告上都这么说了。"说完，脑袋又钻进电脑屏幕里去了。正如我第一眼看到他的判断，他是一个游戏狂，每夜无网不欢，黑眼圈就像是两道眉毛掉到了一双瞌睡眼下面。

不过嫁给警察也有特殊的好处。

例如，开窗开门睡觉绝对有安全感，不怕强盗上门。

又如，就在方才的公交车站上，我从挎包里掏出钱夹找公交卡，一个男人忽然从右侧冲过来劈手夺过我手里的钱夹，飞快逃走。这时候，王小山就像被启动了某个可怕的开关一样，呼啸着就追了上去，带起我的长发一阵翻飞。两个人就这样一前一后在大街上拔足狂奔，仿佛浑然忘却了自己原本在世界上站立的位置。跟出半站地之后，我实在跑不动了，眼睁睁看着他们步伐矫捷，身影渐小，俨然这场赛跑还只进行到热身阶段。

我两手撑着酸痛的膝盖，弯着腰，有一刹那我觉得自己要喘不过气来了，站在梧桐遮蔽的古老街角，用背脊寻找砖墙当作依靠。稍作调息，眼角的余光告诉我，我靠着的是一家咖啡馆斑驳的暗红砖墙，离我后背半米之遥的地方，就是咖啡馆几乎落地的大幅玻璃窗。这么扭头望去，我忽然看见了比尔。

在这华灯初上的时刻，隔着玻璃窗看一家咖啡馆是时常会产生错觉的，街上的灯光与屋里的灯光重叠在一处。又是一家意利咖啡，非常小，可以看见里面仅有5张小桌子，间距还捉襟见肘。比尔就坐在柜台左侧最靠角落的位置上。他的对面坐的是孟雨。两个人正在热烈地交谈，不时做着手势，激动时手肘不时碰撞到墙壁。我猜想他们在说些什么，关于人类的毁灭、拯救世界，或者永恒的爱情。

我犹豫再三，打算进去跟比尔打个招呼。我沿着砖墙往前走，绕着这个街角来回走了五六遍，我几乎已经是摸着砖墙在寻找缝隙了，居然没有找到门。也许该从某个弄堂的后门绕进去，可是天渐黑了，我找不见指示标志。我开始着急，我用力地拍打玻璃，我想能引起服务生的注意也好，没有人听见，也没有人偶尔向我这边望一眼。

我的手指触摸着玻璃窗里熟悉的身影，光洁冰凉。我也听不见他在说什么，他看上去兴高采烈。我说："比尔，我想你。"他依然没有听见。然后我就走了。

到家足足2个小时后，王小山才回来，衣衫不整就像刚刚遭到了抢劫，他摇摇晃晃地把兔斯基图案的粉红钱夹塞给我，就伸开四肢瘫倒在沙发上。这其实是我的零钱夹，里面只有一张50元和一张10元，总共60元钱。公交卡剩余金额14元。

3

我们的新家在松江大学城附近，双方的父母赞助了首付，我和王小山努力工作，每月还贷。房价所限，这里离市中心有点远，两室一厅，窗外望出去很空旷。

王小山自从娶了我之后，就不再跟我谈论任何关于案件的事情，包括不赞成我阅读《福尔摩斯探案集》和各大报纸的社会新闻版，反对我总是上"无涯网"看案件专题，禁止我对生活中的每一天刨根究底，对早已被时光覆盖的每一个细节生出无数不确定的推想。他的这种态度，让我想起了比尔以前常常管我叫"胡思乱想小姐"。

我想，也许是他们自己都体会过，不可拧开瓶盖，一旦那个硕大无朋的妖怪随着烟雾跑出来，很有趣，却很难收拾。如果是做朋友，不妨一起找些乐子来打发这乏善可陈的生命。如果是女朋友或妻子，最好还是把她的妖怪永远收起来，沉入海底比较安全。

不过我还是有点不甘心。

有时候，我会问我现在的丈夫："你以前不是还经常夸我有破案的天赋吗？"

"噢？有吗？"他如今跟我说话总是心不在焉。

"你每次遇到疑难，还会特地来请我出马呢。"

"真的吗？"

"那个连环杀手的案子到底怎么样了，你们有新线索了吗？"

这一下，他好像忽然魂灵回到了身体里，从沙发里直起背，把电视的声音调低，转过脸来看着我。他问："你是说哪个连环杀手？"

"就是去年春天出现的那个呀。一个女人的脸被划破了，两个女人自杀了，当然这些都不是他干的，接下来电梯夹住了一个女人，心脏病发死去，然后是我的眼药水被换掉了，我还被同一台电梯关过一次，在医院住了一个多礼拜。那个凶手总是在论坛上留言，他的 IP 地址就是我办公的大楼。"

王小山眨巴着大眼睛："有这么个案子吗？我怎么不记得了？"他又郑重地多看了我一会儿，像是在努力回忆，然后对我说："这不会是你看推理小说看多了，哪天做梦梦到的吧？"

"你才做梦呢！"我跳了起来，"没有这个案子，我们两个人是怎么认识的呢？你倒说说看？"

"不会吧！"王小山手按额头，倒进沙发里，"大半夜的，你不会要让我再重新说一遍恋爱经过吧！我今天已经说过'我爱你'了，你就饶了我吧！"

于是我一个人躲进书房里，打开电脑，点击进入"就是想让你知道"

论坛。我重新将凶手的5个帖子查看了一遍。我点击"登录论坛"，在用户名的一栏输入"苏亚"，在密码栏输入"zhouyou"，我名字的拼音。

"你好，苏亚"，论坛的对话框这么跟我打招呼。

不久前，我在"周游"这个ID的邮箱里发现了一条论坛短信，是一个名叫"蹉跎君"的网友发来的，他说他看了我写的新帖子，对那些探案的故事非常神往，他崇拜我是一个出色的侦探，想要做我的助手。我们就这样互加了MSN，"蹉跎君"的MSN头像总是显示绿色的"在线"状态，有时候就这样亮一整夜。

在MSN上，他告诉我，他的名字叫张约。我总觉得这个名字很熟悉，不知道在哪里听到过。有一次，我们聊到了去年轰动一时的"'5·15'汇洋商厦毁容案"，以及之后发生的一系列自杀与他杀事件。"蹉跎君"忽然告诉我，他知道徐鸣之根本就没有离开过上海，5月29日，人肉搜索成功的4天以后，她只是换了一个住址，就在上海南区市中心一幢闹中取静的老房子里，背靠华行大厦的位置。

我此时才想起，张约也是这个故事的主人公之一。他怎么知道徐鸣之的秘密住址呢，难道他们分手，取消婚约，只是做给大家看的？他又如何能确定地告诉我，徐鸣之根本就没有离开过上海呢？除非，他自己也从来没有离开过上海。

那一夜，我兴奋得辗转反侧，捡来了这么重要的线索和两个新嫌疑人，我打算瞒着丈夫，将这个案子继续追查下去。

4

"爱得康"依然没能找到合作的医院。这件事已经拖了将近1年，拖得帕罗药业的所有相关人员都陷入麻木。仿佛一句谶语，各种破坏、厄运、诽谤都没有使"爱得康"坐实任何不良的记录，然而它就是无法走过投入市场前的最后一小段路。

也许它真的有力量把人类变成其他的物种，而这样的力量是不被允许的，人类只配小打小闹，在一臂之内的范围里自寻烦恼。所以它注定没法走到 SFDA 的面前。

以前，每当我一个人躲在家里不想出门，或者埋头网络不理人的时候，王小山总是打趣地问我："你是不是真的把那两瓶'爱得康'倒掉了，你确定你在倒掉之前没有吃过一两颗吗？我怎么觉得你跟普通人类有点不一样呢？"

结婚之后，他就再没有问过我。

5

2011年5月21日下午2点12分，我从牛奶箱里取出钥匙，开门走进301。结婚装修都太仓促，我还有一部分行李在茂名路的房子里，趁着周六，来整理和取走一部分。

王小山没有陪我来，他说昨晚的追捕实在太累了，他追着那个抢钱夹的，从衡山路一直跑到石门一路。这会儿浑身酸痛。

卧室凌乱，像是主人匆忙逃难，搬走了一部分生活用品，把另一部分随意堆在各处的空地上。有一个奇怪的振动在持续地响,像细小的电钻,还是迷你风扇。我找遍了整个屋子,最后在窗台上发现了声源。窗台上搁着几个小药瓶,我吃完了里面的散利痛,就随手扔在那里,开着口,窗户也一直洞开着。一只苍蝇闯进了其中的一个瓶子,在里面四处乱撞,找不到出口,不知被困了1小时,还是1个星期。

我拿起一个粉红色的瓶盖,顺手把药瓶盖上了。我拿起这个瓶子对着阳光端详,是一只极小的苍蝇,身躯柔弱,腿足纤细得几不可见。药瓶上写着的日期是"2010年6月27日以后"。

离开的时候,那只苍蝇还在不停地撞击瓶壁,好像它永远不会累似的。

2011年10月2日星期天,我再次走进301,这一回,是把行李搬回来。我跟王小山又吵了一架。我抱怨说,以前我们至少还能一起勘查现场,讨论案情,追查凶手的线索,现在住在一个屋檐底下,除了吃饭和睡觉,我们几乎毫不相干,没有任何共同的事情去想,也没有共同的目标去完成。

王小山挠着后脑勺,提议说:"要不,我们生个孩子吧,这样就有共同的目标了。"我承认这是一个好主意,绝大多数人类都在使用这个好主意。可是忽然间,想到要生产出一个与我一样心念不息的人类,我害怕了。

卧室的窗台上,那只细小的苍蝇还活着,依然在粉红盖子的药瓶里不停地飞翔。

接下来的两天里,我一直坐在窗台边看着那只苍蝇。它不再撞击墙壁了,它在瓶子中央绕着圈滑翔,速度快的时候,我甚至能听到瓶子里

377

的雷霆万钧，像是绕着雪山，绕着大地；速度慢的时候，它的姿态曼妙有如舞蹈，像是循着河流，顺着瀑布，乘着横穿世界的风飘去夕阳的脚下。我想它也是这么认为的，它看上去伤感而骄傲，勇敢而悲壮，它细小的翅膀在阳光底下努力伸展着，背脊闪闪发亮。

它会忽然高飞起来，攒足一股劲向着瓶盖的方向垂直向上冲刺，我不知道在我离开的 4 个多月里，它究竟这样试过多少次，也许在它有限的视觉中，那片粉红色的光就是太阳盘桓的所在，至高的理想之巅。可是它每次都在与瓶盖距离 1 厘米，甚至半厘米的位置失去了气力，空扇着翅膀跌落下来。

窗外，天阔云高，秋日明朗。这个小药瓶在窗台上摇摇欲坠，窗台下是 3 层楼高、梧桐染金的广阔街道，四通八达，通往那个我们曾经以为到达过的世界。

写于 2018 年 3 月 12 日，午夜，万物沉睡时

2022 年后记

孙未 / 文

《瓶中人》这部长篇小说最初发表于文学期刊《中国作家》杂志，获得了第六届中国作家鄂尔多斯文学奖的优秀奖。此后经年，出版成书，在当年的后记中，我曾写道：

这些年，我一直有隐隐约约的担心，写作会不会成为本世纪即将灭绝的行当呢？我这个码字的人会不会在退休之前被迫停笔，提前从这个世界上消失了声音呢？话说写一部小说花几年时间很正常吧，再加上修订付梓，优雅而缓慢地面世符合这个行当的一贯规律吧。可是小说写着写着，萝莉和大叔都爱用的 MSN 停止服务了。破案神器 Google 的页面打不开了。罪犯云集的论坛也逐渐清冷，大家都转战"朋友圈"了。我们原来生活在这么一个令人兴奋的时代呢，每次设想的"一辈子"比一个食品罐头过期得还要快。我不禁同样兴奋地设想，虽然现在声称这部小说唤起大家的青春回忆还为时过早，但是再过些年，这可就是一部风物详尽、极具社会文化考证意义的历史小说啦。

至于我感兴趣的，是我们这些活着相遇的人共同经历的浩大时代，是我们曾经与正在经历的苦楚与甘甜，是依然盛行于此时的都市孤独症候群，以及古往今来，人类这个物种为克服自身的局限性而尝试的每一次逆流而上。

当年这部小说在出版成书时，书名改作了《单身太久会被杀掉的》，据说是出版市场的需求，那年流行很长很长的书名，编辑们嫌弃《瓶中人》这个书名太文学了。小说的结局也进行了重大改动，从开放式结局改成了封闭式的结局，据说也是出版市场的需求。

我还记得那一年，我住在丹麦维堡，一座乡间庄园里，正在写作我的另一部书稿，写作之余经常去森林和田野之中散步，天空广阔得不可思议，云朵澎湃。庄园周围常年有十几匹狼出没，我没有见过，却经常被放牧的牛群追赶。超市在8公里之外，必须步行往返，把很重的蔬菜水果一次又一次提回来，在挂着历代国王画像的巨大厨房里自己做饭。

又过了些年，这部小说即将再次出版。这一回与之前的两个版本都不相同，我再次做了改动，并且增加了番外。此时的我身在德国乡间，住在一座老房子的顶楼，毗邻教堂，正在做关于《格林童话》的研究，工作之余钻研德语语法，经常沿着莱纳河边长久地散步，天气晴雨不定，无数种飞鸟在风中舞蹈，等候下雪的日子。

这个世界变化如此频繁，据说每年都有新的市场需求，我不太懂这些。我的世界总是一成不变的，书本、图书馆、博物馆、音乐厅、剧院、画廊、教室、书房，我的世界很小，如此而已。

在此仅愿所有孤独的人都早日遇见倾听。

> 写于2020年初冬，日落后的黑暗下午

图书在版编目（CIP）数据

瓶中人 / 孙未著. -- 北京：作家出版社，2023.7
（悬疑世界文库）
ISBN 978-7-5212-1782-7

Ⅰ. ①瓶… Ⅱ. ①孙… Ⅲ. ①长篇小说 - 中国 - 当代 Ⅳ. ①I247.5

中国国家版本馆CIP数据核字（2022）第011329号

瓶中人

作　　者：孙　未
出版统筹策划：汉　睿
责任编辑：翟婧婧
特约编辑：李　翠　沈贤亭
装帧设计：天行云翼·宋晓亮
出版发行：作家出版社有限公司
社　　址：北京农展馆南里10号　邮　编：100125
电话传真：86-10-65067186（发行中心及邮购部）
　　　　　86-10-65004079（总编室）
E-mail:zuojia@zuojia.net.cn
http://www.zuojiachubanshe.com
印　　刷：唐山嘉德印刷有限公司
成品尺寸：142×210
字　　数：253千
印　　张：12.25
版　　次：2023年7月第1版
印　　次：2023年7月第1次印刷
ISBN 978-7-5212-1782-7
定　　价：58.00元

作家版图书，版权所有，侵权必究。
作家版图书，印装错误可随时退换。

悬疑世界文库
蔡骏策划
悬疑世界打造

悬疑世界文库
中国类型小说殿堂卷帙
[悬疑世界文库] 魅惑解锁
时间从此分叉
万象森罗 蛰伏如谜
爱与恨正在演绎无数可能
悬疑无界 故事无常
敬请期待

孙未《瓶中人》
悬念迭出 烧脑反转